AF307850

Caroline Seibt wurde 1993 in Korbach geboren. Schon als
Kind entdeckte sie ihre Liebe zum Lesen. Mit etwa neun Jahren begann sie, die ersten eigenen Geschichten aufzuschrei-
ben. Woran sie merkt, dass sie beim Schreiben auf der richtigen Spur ist? Wenn sie nachts vorsichtshalber doch noch einmal kontrolliert, ob alle Türen und Fenster verschlossen sind.
Inspiration findet sie vor allem bei längeren Spaziergängen
in Wald und Feld mit ihrer Hündin Maya.

ENGELS TÖTER

CAROLINE SEIBT

Erstausgabe Dezember 2023

Copyright © 2023 dp Verlag, ein Imprint der
dp DIGITAL PUBLISHERS GmbH
Made in Stuttgart with ♥
Alle Rechte vorbehalten

ENGELSTÖTER

ISBN 978-3-98778-945-8
E-Book-ISBN 978-3-98778-793-5
Hörbuch-ISBN 978-3-98637-735-9

Covergestaltung: Buchgewand
Umschlaggestaltung: ARTC.ore Design
Unter Verwendung von Abbildungen von
stock.adobe.com: © HappyTime19
depositphotos.com: © ivanvbtv
shutterstock.com: © Iris_art, © Madredus
Lektorat: Birgit Förster
Satz: dp DIGITAL PUBLISHERS GmbH
Druck und Bindung: Books on Demand GmbH, Norderstedt

Das Werk darf – auch teilweise – nur mit
Genehmigung des Verlages wiedergegeben werden.

Sämtliche Personen und Ereignisse dieses Werks sind frei erfunden. Etwaige Ähnlichkeiten mit real existierenden Personen, ob lebend oder tot, wären rein zufällig.

PROLOG

2001

Die Plastikplane klebte wie eine zweite Haut an ihrem Rücken. Franziska schwitzte und fror gleichzeitig. Mit letzter Kraft öffnete sie die Augenlider, an denen unsichtbare Gewichte zu hängen schienen. Der Todesengel kniete direkt neben ihr. Seine langen Locken fielen auf ihr Gesicht und kitzelten ihre eiskalten Wangen. Er seufzte.

»Ich brauche noch mehr. Sie ist immer noch bei Bewusstsein.«

Zusammenhangslose Silben gurgelten aus ihrem Mund, als der zweite Schatten sich von der Wand löste. In der rechten Hand hielt er eine Spritze, deren Zylinder bis zum Anschlag mit einer goldgelben Flüssigkeit gefüllt war.

»Sch! Ganz ruhig!« Sanft legte der Engel den Zeigefinger auf ihre zitternden Lippen. »Keine Angst. Du wirst gar nichts merken.«

Sie versuchte den Arm zu heben, aber ihr Körper gehorchte ihr nicht länger. Die Injektionsnadel, die durch ihre Haut glitt, spürte sie kaum. Nur ein leichtes Kribbeln, als er den Kolben nach vorn drückte und der Inhalt der Spritze sich in ihren Venen verteilte. Sie wusste, dass ihr nicht mehr viel Zeit blieb. Schon nach der ersten Dosis war sie innerhalb weniger Minuten zusammengesackt. Kein Tunnel mit einem gleißenden Licht am Ende erwartete sie. Auch kein Stummfilm voller Erinnerungen, der vor ihrem inneren Auge ablief. Alles, woran sie denken konnte, während der Mann die Nadel aus ihrer Armbeuge zog, war das Leben, das sie verpassen würde. All die Dinge, die ihr so selbstverständlich vorgekommen waren. Nächste Woche wäre ihr fünfzehnter Geburtstag. Die Torte hatte sie selbst ausgesucht. Erdbeer-Sahne, ihre Lieblingssorte. Im Kleiderschrank ihrer Mutter hatte sie sogar schon die verpackten Geschenke gefunden. Bei dem Gedanken, wie alle an dem gedeckten Tisch saßen und auf ihren Stuhl starrten, der von jetzt an für immer leer bleiben würde, zog sich ihr Herz krampfartig zusammen. Zum Weinen blieb keine Kraft mehr. Eine einzelne Träne löste sich aus ihrem rechten Augenwinkel und strich sanft über ihre Wange.

»Gleich hast du es geschafft ...«, sagte der Todesengel voller Mitgefühl. Er beugte sich zur Seite. Seine Hand schwebte für einen Moment über den Werkzeugen, die er wie OP-Besteck auf der Plane ausgebreitet hatte. Das Letzte, was sie sah, bevor ihr die Augen zufielen, war die Zange in seiner Hand.

Sie spürte kaum, wie die Metallzähne an ihrem Kopf ansetzten. Sie hatte keine Schmerzen mehr. Empfand nur einen leichten Druck und hörte ein schmatzendes Geräusch, als die Zange ein Stück Fleisch aus ihrem Kopf riss.

Sie konnte nichts mehr tun. Franziska ließ los.

Jetzt war es an der Zeit, zu sterben.

KAPITEL 1

5 Jahre danach

Die Minuten zerrannen zwischen seinen Händen. Theo Weiland glaubte zu spüren, wie die Zeit zu Staub zerfiel und der lauwarme Wind sie über den Atlantik davontrug. Ihm blieben nur noch vier Stunden, bis der Flieger abhob, der ihn zurück nach Berlin bringen würde.

Die Idee, sich eine Auszeit zu nehmen, war eine Kurzschlussentscheidung gewesen. Er hatte den verstaubten Rollkoffer von seinem Dachboden geholt, ihn bis zum Rand mit Kleidung für alle Wind- und Wetterlagen gefüllt und war dann nach Berlin-Tegel gefahren. Der Zufall setzte ihn per Direktflug auf Madeira ab. Eine Insel, die wie ein Relikt aus einer anderen Zeit schien. Kilometertiefe Schluchten durchzogen das raue Vulkangestein, aus dem die Insel bestand, wie vernarbte Wunden. Wenn Theo in einen der Abgründe blickte, kam er nicht umhin, sich zu wundern, dass der Boden unter ihm nicht auseinanderbrach. Seine Tage hatte er damit verbracht, auf den steilen Straßen zu laufen, bis seine Füße ihn keinen Schritt mehr weitertragen konnten. Er hatte Wein getrunken, bis das Meer vor ihm schwankte wie ein sturzbetrunkener Seemann. Gegessen, bis sein Bauch rund war. Trotzdem fühlte er sich ausgehungert und leer.

Drei Wochen lang hatte er versucht, an alles, nur nicht an den Brief auf seinem Küchentisch, zu denken, der sein Leben für immer verändert hatte. Doch die Worte verfolgten ihn wie sein eigener Schatten, bei allem, was er tat.

Dienstuntauglich.

Auf unbestimmte Zeit freigestellt.

Mit sofortiger Wirkung.

Jede Silbe traf ihn wie ein Schlag ins Gesicht. Nach über zwanzig Jahren schlafloser Nächte, mehr Überstunden, als er zählen konnte, und Bildern von Mordopfern, die sich wie Säure in seine Netzhaut geätzt hatten, war dieser Brief wie ein erhobener Mittelfinger. Das Schlimmste an dem Brief war jedoch, dass jeder der penibel dokumentierten Vorwürfe darin der Wahrheit entsprach. Bei seiner letzten Ermittlung hatte Weiland einen Zeugen körperlich bedroht und sich ohne Beschluss Zugang zu mehreren Gebäuden verschafft, weil er darin ein Kind in Lebensgefahr vermutete. Moralisch hatte er richtig gehandelt. Gesetzlich nicht. Wo lag die feine, unsichtbare Grenze, über die ein Polizist sich hinwegsetzen konnte, um ein Menschenleben zu retten? Eine Frage, auf die weder sein Verstand noch sein Herz bis heute eine Antwort gefunden hatte. Weiland wusste nur, dass er ohne zu zögern jeden Fehler genau so wiederbegehen würde.

Die Wolken am Horizont vor ihm rissen auf. Er blinzelte in die Sonne, die ihn nicht länger wärmte. Trotz der angenehmen zwanzig Grad fröstelte er. Die Kälte hatte sich in seinem Körper eingenistet, eine dünne Eisschicht, die jeden Zentimeter seiner Organe zu bedecken schien. Das Meer klang heute wütender als sonst. Unruhiger. Die Wellen zerschellten an den schwarzen Steinen unter seinen Füßen, griffen nach seinen Beinen, als wollten sie ihn nicht gehen lassen. Er würde diesen Anblick vermissen. Das Wellenrauschen in seinen Ohren, das ihn beständig wie ein Atmen durch die nach Salz riechenden Straßen begleitete.

Ein letztes Mal sog er jetzt die kalte Atlantikluft ein.

Zeit, nach Hause zu gehen. Zurück in die Leere.

Knapp neun Stunden später setzten die Räder des Fliegers auf der Landebahn in Berlin-Schönefeld auf. Die Passagiere klatschten, ein kollektives Aufatmen ging durch die Reihen. Zwischen den Sturmböen hatte sich das Flugzeug so robust angefühlt wie ein Papierflieger. Während des gesamten Fluges schoben sich graue Wolkenwände vor die Fenster, die aussahen, als könnten sie die Maschine zwischen sich zermalmen.

Weilands Magen rumorte noch immer, als er als einer der letzten Passagiere auf das Rollfeld trat. Sein Kopf dröhnte, als hätte ein riesiger Vorschlaghammer seine Schädeldecke zu Staub zertrümmert.

Was er brauchte, waren zwei Aspirin, ein Whiskey auf Eis und sein Bett.

Der Gedanke, die Augen zu schließen und in einen tiefen, traumlosen Schlaf zu fallen, trieb ihn dem nasskalten Wind entgegen weiter nach vorn. Innerhalb von Sekunden durchnässte der Regen seine Kleidung. Die Kälte biss sich in seine sonnengebräunte Haut.

Während die anderen Reisenden von Männern in neongelben Warnwesten wie Vieh in Richtung Ankunftshalle gedrängt wurden, steuerte eine Frau in dunklem Anzug direkt auf ihn zu. Ein gelber Regenschirm schützte sie vor den Sturzbächen, die von dem schwarzen Nachthimmel herabfielen.

»Willkommen zurück in Berlin. Wir haben Ihren Koffer. Der Fahrer erwartet Sie bereits.«

Sie brüllte die einzelnen Wörter, um trotz des rauschenden Windes gehört zu werden, und schob den Regenschirm nach vorn, sodass sie gemeinsam im Trockenen standen. Die anderen Reisenden hatten jetzt die Türen zum Flughafenterminal erreicht. In der Entfernung schrumpften sie zu schwarzen Punkten am Horizont.

»Das muss ein Missverständnis sein. Sie verwechseln mich mit einem anderen Fluggast.«

Die Frau lächelte und schüttelte den Kopf.

»Ausgeschlossen. Anscheinend hat Sie niemand informiert, Herr Weiland, aber ich habe die Anweisung, Sie zu Ihrem Fahrer zu bringen.«

»Ich werde am Hauptausgang von meiner Familie abgeholt. Entschuldigen Sie, ich muss jetzt wirklich ...«

»Ihre Tochter ist leider verhindert. Sie wird nicht kommen.«

Für einige Sekunden war nur der prasselnde Regen unter Weilands hektischem Atem zu hören. Der Schmerz in seinem Schädel verwandelte sich. Ein Gefühl, als steche ein glühendes Messer abwechselnd in seine Augenhöhlen.

»Ich weiß nicht, was hier vorgeht. Aber ich werde jetzt den normalen Eingang nehmen, genauso wie der Rest der Passagiere.« Er wandte sich um und blickte zu der Tür auf der anderen Seite des Rollfeldes, hinter welcher der Rest der Passagiere verschwunden war. Ein Mann in Sicherheitsweste verschloss sie gerade.

»Bitte!«, behutsam legte die Frau eine ihrer behandschuhten Hände auf seinen rechten Arm. »Der Verkehr ist teilweise zum Erliegen gekommen. Einige Straßen sind gesperrt, und die U-Bahnen fahren auch nicht mehr, weil die Schächte volllaufen. Ihre Tochter ist sicherheitshalber zu Hause geblieben. Der Fahrer wird Sie zu ihr bringen.«

»Wer genau hat Sie engagiert?«

»Tut mir leid«, entgegnete sie. »Ich habe nur die Anweisung, Sie abzuholen und in unsere Lounge zu bringen. Wenn Sie mir jetzt bitte folgen würden.«

Die Frau deutete mit dem Regenschirm auf eine unscheinbare Tür am Rand der Landebahn.

»Wenn Sie möchten, können Sie an der Bar noch ein Getränk einnehmen. Vielleicht einen wärmenden Kaffee oder einen Wein, um den Abend ausklingen zu lassen?«

»Ich möchte nur nach Hause«, antwortete Weiland.

Hatte seine Tochter Hanna den Fahrer schicken lassen? Aber warum hatte sie ihn dann nicht angerufen, um ihm Bescheid zu sagen? Winzige Steine knirschten unter den Sohlen ihrer Schuhe, als sie über das Rollfeld gingen. Bevor Weiland weiter grübeln konnte, traten sie durch die Tür in einen Bereich des Flughafens, den er noch nie zuvor gesehen hatte.

Schlagartig wurde der prasselnde Regen von leiser Klaviermusik aus zwei Boxen abgelöst. Der quadratische Raum war mit einem teuer aussehenden, dunkelblauen Teppich ausgelegt. Gedimmtes Licht beleuchtete eine Bar aus dunklem Holz, an der zwei Männer Rotwein aus eleganten, bauchigen Gläsern tranken. Weiland ließ den Blick über die geschmackvolle Einrichtung schweifen. *Sky Lounge*, stand in goldener Schrift auf einem Schild an der Wand. Das war wohl einer der Orte, die Normalsterbliche wie er sonst nicht zu Gesicht bekamen. Die Männer an der Bar sahen kurz auf, nickten Weiland zu, als seien sie Teil einer Gemeinschaft, und vertieften sich dann wieder in ihre Weingläser.

Nur ein einziger weiterer Gast saß mitten im Raum an einem der Tische. Im Gegensatz zu den Männern an der Bar trank er nicht. Statt an ein Glas klammerten seine Finger sich an ein etwa zwanzig Zentimeter großes, in rotes Geschenkpapier gewickeltes Paket, das vor ihm auf der Tischplatte lag. Trotz der Entfernung konnte Weiland sehen, dass es bereits einmal geöffnet worden war. Die Reißkanten auf dem Papier hatte man provisorisch mit Klebeband verschlossen.

Der Fremde musterte ihn so unverhohlen, als sei er ein Ausstellungsstück in einem Museum. Langsam und mit sichtlicher Verwunderung ließ er seinen Blick über Weilands zerknittertes Hemd und den löchrigen Wollmantel wandern.

»Noah ist heute Abend Ihr Fahrer. Bleiben Sie, so lange Sie möchten, unser Gast. Getränke und Speisen gehen selbstverständlich aufs Haus. Haben Sie noch irgendwelche Wünsche?«

Die Frau, die ihn hergebracht hatte, war direkt hinter der Tür stehen geblieben, als gäbe es eine unsichtbare

Mauer, eine Grenze, die sie nicht überschreiten durfte. In der Dunkelheit hatte Weiland ihr Gesicht kaum erkennen können. Im dämmrigen Licht wirkte sie viel jünger, als ihre rauchige Stimme erahnen ließ. Unter ihren Augen waren tiefe Halbmonde. Vermutlich eine Studentin, die sich mit drei Nebenjobs gerade so über Wasser hielt.

»Nein, ich ... danke, sehr freundlich von Ihnen.«

»Dann wünsche ich Ihnen eine gute Heimreise.«

Sie nickte ihm ein letztes Mal zu und schlüpfte dann durch die Tür zurück nach draußen, wahrscheinlich heilfroh, einen unbequemen Kunden wie ihn losgeworden zu sein. Das Letzte, was er von ihr sah, bevor die Tür endgültig zufiel, war der gelbe Regenschirm.

Der Mann namens Noah, der zuvor am Tisch gesessen hatte, war aufgestanden und kam jetzt direkt auf Weiland zu, während er ihn weiter taxierte. Das eigenartige Geschenk hatte er an seinem Platz zurückgelassen.

»Möchten Sie etwas trinken? Ich kann den Merlot sehr empfehlen.«

»Ich möchte nach Hause. Sind Sie mein Fahrer?«

»Ja und nein. Ich werde Sie nach Hause bringen. Aber vorher möchte ich Ihnen ein Angebot machen. Entschuldigen Sie den Überfall, aber wenn ich Sie vorgewarnt hätte, dann hätten Sie einem Treffen wahrscheinlich nicht zugestimmt.«

»Da haben Sie recht. Hören Sie, ich bin seit 5 Uhr morgens auf den Beinen. Mein Kopf fühlt sich an, als würde er jeden Augenblick explodieren. Ich wäre Ihnen sehr verbunden, wenn Sie mich jetzt nach Hause fahren würden. Ansonsten rufe ich mir ein verdammtes Taxi.«

»Viel Glück dabei. Es fahren kaum noch Taxis, die Straßen sind so gut wie dicht. Ich verspreche Ihnen, Sie nach Hause zu bringen, sofern Sie das nach unserem Gespräch noch wünschen. Ich bitte Sie nicht um viel, nur um fünf Minuten Ihrer Zeit.

»Drei Minuten. Danach bin ich weg«, sagte Weiland und ließ sich in einen der Cocktailsessel sinken. Sein im Flugzeugsitz malträtierter Körper schmerzte an Stellen, deren Existenz er zuvor noch nicht einmal wahrgenommen hatte. Noah setzte sich ebenfalls und tippte dann sanft gegen das Paket vor sich auf dem Tisch.

»Hier drin sind Informationen, die Ihr Leben verändern können. Wenn Sie den Auftrag annehmen, gehört all das Ihnen.«

Weiland seufzte. Das lief ja ausgezeichnet. Wahrscheinlich war sein Gegenüber bloß irgendein Spinner, der in der Zeitung von ihm gelesen hatte und jetzt seine Zeit mit irgendwelchen wilden Verschwörungstheorien verschwenden würde.

»Sie machen es aber spannend«, sagte er gelangweilt, während sein Blick zu der Armbanduhr an seinem Handgelenk wanderte. Erst dreißig Sekunden.

»Sie sind nicht zufällig ausgewählt worden. Ich habe Ihren Hintergrund checken lassen. Auf den ersten Blick findet man eine tadellose, weiße Weste. Innerhalb weniger Jahre von der Sitte zum Hauptkommissar mit einer der besten Aufklärungsquoten. Mörder, Vergewaltiger, Schlägertypen. Niemand war vor Ihnen sicher. Vor fünf Jahren finden sich die ersten Anzeichen, dass Ihr Leben außer Kontrolle gerät. Angefangen mit kleinen Aussetzern: Unpünktlichkeit bei der Arbeit, ein paarmal haben Sie sich bei Verhören im Ton vergriffen und schließlich sogar durch schlampige Arbeit Beweismittel verunreinigt. Vermutlich war das zu der Zeit, als die Depression Ihrer Frau schlimmer wurde, nicht wahr?«

Weilands Körper verkrampfte sich. Der Schmerz, der nur kurz geschlafen hatte, riss sein geiferndes Maul auf und biss zu. Bohrte die Zähne tief in seine Seele, um ihn weiter auszuhöhlen. Er hatte versucht den Schmerz mit Tabletten zu betäuben, war von ihm davongerannt, hatte meditiert, sogar gebetet, aber es half alles nichts. Der Schmerz war jetzt ein Teil von ihm. Er war wie ein inoperables Krebsgeschwür, das sich durch seine Zellen fraß.

»Sie arbeiteten immer unkonzentrierter, bis man Sie schließlich nur noch auf Cold Cases angesetzt hat«, fuhr Noah fort. »Dann, vor knapp einem Jahr, der traurige Höhepunkt: der Suizid Ihrer Frau. Mein Beileid, übrigens. Monatelang hört man nichts mehr von Ihnen. Sie sind fast wie untergetaucht, unsichtbar, obwohl Sie jeden Morgen wie gewohnt zur Arbeit gehen. Nur ermitteln Sie dort nicht mehr, Sie fristen Ihr Dasein. Bis Sie letzten Winter überraschend zu einer Ermittlung hinzugezogen werden. Beim Versuch, das Leben eines Kindes zu retten, setzen Sie sich über sämtliche Anweisungen und Sicherheitsvorschriften hinweg.«

»Sie haben Ihre Hausaufgaben gemacht«, Weiland räusperte sich. Sein Mund war staubtrocken. Ihm gefiel die Richtung des Gespräches nicht. Noah war anscheinend doch kein Irrer. Sondern ein Profi, der sein Leben seziert hatte.

»Ich wollte sichergehen, dass wir dieses Mal den richtigen Kandidaten wählen. Vor Ihnen gab es andere, die versagt haben. Aber Sie sind bereit, sich für die Wahrheit über Grenzen hinwegzusetzen.«

»Tja, ich muss Sie leider enttäuschen, Noah. Ihre nette Recherche über mein Leben ist nicht mehr auf dem neuesten Stand. Ich bin kein Polizist mehr. Ich kann Ihnen nicht helfen.«

»Das macht Sie gerade so perfekt. Sie haben fast alles verloren. Alles, was Sie wollen, ist wieder ermitteln zu dürfen. Das liegt Ihnen im Blut. Sie sind wie ein Jäger, dem man sein Revier weggenommen hat. Der Inhalt dieses Pakets könnte Ihr Joker werden. Ihre Chance, wieder ganz vorn mitzuspielen ...«, sagte Noah. »Sie sind ein freier Mann, Weiland. Wenn Sie mir nicht trauen, können Sie jederzeit zur Tür hinausspazieren und Ihr Leben weiterleben. Keine besonders berauschende Aussicht, finden Sie nicht? Ihr Chef ist nicht gerade gut auf Sie zu sprechen, wie man hört. Wenn jemand so viel Herzblut in den Job gesteckt hat wie Sie, muss das ein Schlag ins Gesicht sein.«

Weiland starrte auf das Geschenk. Die Luftfeuchtigkeit bog die Ecken sanft nach oben.

Es würde nicht schaden, einmal hineinzusehen.

Einen einzigen Blick zu riskieren.

Er ignorierte das sanfte Kribbeln in seinem Nacken, die böse Vorahnung, und zog das Paket zu sich heran.

KAPITEL 2

Das Papier knisterte sanft, als Weiland das Klebeband löste und das Geschenkpapier auseinanderfaltete. Ein Schuhkarton einer gängigen Fitnessmarke in Herrengröße 44. Er nahm den Deckel ab und spürte, wie sein Herz sich schmerzhaft in seiner Brust verkrampfte.

»Was soll das?«, fragte er. Der bittere Geschmack seiner eigenen Magensäure lag plötzlich auf seiner Zunge. »Ist das ein schlechter Scherz?«

»Sieht das für Sie etwa nach einem Scherz aus?«, fragte Noah.

In zwanzig Jahren als Ermittler hatte Weiland lernen müssen, dass es unterschiedliche Abstufungen der Angst gab. Je größer die Angst, desto dunkler fühlte sie sich an, als falle man in einen Brunnen, der so tief war, dass man das Licht am Ende nur noch erahnen konnte. Ganz oben, am Anfang des Brunnens, wo es noch vereinzelte Lichtstrahlen gab, fanden sich die Dinge, die Weiland schon zu oft gesehen hatte, um sich wirklich noch davor fürchten zu können. Dazu gehörten grün glänzende Fliegen, die einen wabernden Teppich an einem Fensterrahmen bildeten. Blutstropfen, die eine Kellertreppe hinabführten. Er wusste, was ihn erwartete. Hatte Zeit, sich zu wappnen.

Auf dem Grund des Brunnens, in tiefster Schwärze, hingegen traf die Angst ihn vollkommen unvorbereitet. Dort unten lagen die Dinge, die auf den ersten Blick harmlos erschienen und ihr Grauen erst beim näheren Hinsehen offenbarten. Bilder, die sich für immer in seine Netzhaut einbrannten wie der einzelne Babyschuh im Gras neben dem zusammengestauchten Autowrack. Gegen diese Art von Angst konnte man sich nicht wappnen.

Weiland starrte auf den Inhalt des Pakets und fragte sich, ob dieser Anblick sich auch zu einem seiner dunkelsten Albträume gesellte, die er bei seiner Arbeit an Tatorten gesammelt hatte wie Briefmarken. Der Karton war von innen mit weißem Seidenpapier ausgeschlagen. Darin gebettet lag ein Zopf. Dunkelblondes Haar. Etwa schulterlang. Ein grünes Haargummi hielt die kunstvoll ineinandergeflochtenen Haare zusammen. Unwillkürlich musste Weiland sich vorstellen, wie einem Mädchen der Kopf gewaltsam nach hinten gerissen wurde und ein Reißen ertönte, als eine Schere die Haare mit einem einzigen Schnitt abtrennte.

»Das Paket wurde vor etwa einer Woche abgelegt. Kein Absender. Kein Anschreiben. Nichts«, sagte Weilands Gegenüber.

»Wenn Sie ein Verbrechen vermuten, dann sollten Sie damit zur Polizei gehen. Nicht zu mir.«

»Wir vermuten kein Verbrechen. Wir wissen, das eins stattgefunden hat. Aber wir fürchten, dass die Polizei dieser Spur nicht mit der nötigen Sorgfalt nachgehen wird. Sagt Ihnen der Name Franziska Dahl etwas?«

Die feinen Härchen auf Weilands Armen richteten sich auf.

»Natürlich. Jeder Polizist in Berlin kennt Franziska Dahl.«

»Seit fünf Jahren warten ihre Eltern auf Antworten. Können Sie sich das vorstellen? Fünf Jahre Ungewissheit? Fünf Jahre, in denen man nicht weiß, ob man hoffen soll, dass die eigene Tochter irgendwo in einem Kellerverlies gequält wird oder sie längst tot ist und ihre Knochen irgendwo in der Erde verscharrt liegen?« Noahs Augen glänzten unter dem fahlen Licht der Deckenlampe.

»Sie kannten das Mädchen?«, fragte Weiland.

»Bin ich so leicht zu durchschauen?«

»Es geht Ihnen nahe. Näher, als es einem Profi gehen sollte, der auf Dauer nicht seinen Verstand verlieren will.«

»Franziska ist mein Patenkind. Ich kenne sie, seit sie zwei Tage alt ist. Deshalb kann ich in dem Fall auch nicht weitermachen. Der Gedanke daran, was man ihr angetan hat, zerfrisst mich.« Noah starrte einige Sekunden lang wie weggetreten in sein halb leeres Glas. »Franzis Vater Stefan und ich, wir haben uns beim Journalistikstudium in Hamburg kennengelernt. Erst waren wir nur Mitbewohner. Irgendwann wie Brüder. Der Zufall hat uns beide Jahre später nach Berlin verschlagen. Hier hat Stefan dann Mara auf einer Silvesterparty kennengelernt. Franziska ist das Ergebnis.«

Wie er es sagte, klang es wie eine einfache Matheformel. Zwei Menschen, die das Schicksal zusammengeführt hatte und deren Summe ein neues Leben ergab.

»Ich kann Ihnen nicht helfen, Noah. Es tut mir leid, was Sie alle damals durchgemacht haben und noch immer durchmachen. Aber Sie sollten damit offiziell zur Polizei gehen.«

Weilands Gegenüber redete unbeirrt weiter, so als hätte er die Einwände gar nicht gehört.

»Das Paket wurde vor Franziskas Elternhaus abgestellt. Stefan und Mara leben immer noch dort. Eine wunderschöne, historische Villa. Aber drinnen fühlt man sich wie in einem riesigen Sarg. Alles ist unverändert. Franziskas Zimmer sieht noch ganz genauso aus wie damals. Sie bringen es einfach nicht über sich, irgendwo neu anzufangen. Mara kam eines Nachmittags nach Hause, und da stand das Geschenk mitten auf der Treppe. Genauso verpackt wie jetzt. Als sie den Inhalt gesehen hat, ist sie völlig zusammengebrochen ...«

»Hören Sie, ich will Ihnen wirklich nicht zu nahe treten. Aber das hier könnte auch bloß ein grausamer Scherz von jemandem sein, der so mickrig ist, dass er seinen Selbstwert aus dem Leid anderer zieht.«

»Daran haben wir auch gedacht, natürlich. Der Kopf malt sich jede schreckliche Option in den grellsten Farben aus. Was, wenn es nur ein Scherz ist? Wenn im Internet jetzt ein Video davon existiert, wie Mara das Geschenk öffnet und sich irgendwelche Vollidioten an ihrem Schmerz aufgeilen?« Noah leckte sich die aufgesprungenen Lippen. »Unser erster Impuls war es, das Paket wegzuwerfen. Aber dann dachten wir: Was, wenn es wahr ist?«

Noah beugte sich nach vorn, sodass ihre Gesichter nur Zentimeter voneinander entfernt waren. »Um die

Wahrheit herauszufinden, haben wir die Haare anonym mit einer Vergleichsprobe an ein Labor geschickt. Man sagte uns gleich, dass die DNA-Analyse ohne Haarwurzel schwierig bis unmöglich sei. Aber wir hatten Glück. Der Täter hat beim Schneiden so fest gezogen, dass er einige der Haare mit Wurzel herausgerissen hat.«

Weilands bohrende Kopfschmerzen ließen schlagartig nach. Die neue Spur wirkte wie eine Wunderpille.

»Genug für einen DNA-Abgleich?«, fragte er. Obwohl er die nächsten Worte erahnte, trafen sie ihn unvermittelt wie ein eiskalter Regenschauer.

»99,98 Prozent Übereinstimmung. Sie ist es.«

»Zum Teufel.« Weiland fragte sich, ob das gute oder schlechte Nachrichten waren. Es war nicht weiter ungewöhnlich, dass Mörder Souvenirs zur Erinnerung an ihre Taten behielten. Ungewöhnlich dagegen war, dass sie die kostbaren Erinnerungsstücke freiwillig abgaben. War es eine Botschaft? Eine Warnung an die Familie? Bevor er länger darüber nachgrübeln konnte, zog Noah mit zitternden Händen eine Fotografie aus seiner Brusttasche. Ein wackliges Bild, augenscheinlich aufgenommen in einem Café, wie es sie an jeder zweiten Straßenecke in Berlin gab. Im Hintergrund wucherten tiefgrüne Pflanzen mit handtellergroßen Blättern zwischen einer Auswahl von Kaffeebohnen aus aller Welt und exotisch klingenden Teesorten in deckenhohen Regalen. Wuchtige Ohrensessel mit weinroten Kissen umrahmten die Tische. Eine Gruppe Mädchen lächelte in die Kamera. Das Gesicht in der Mitte erkannte Weiland sofort wieder.

»Das hier ist das letzte Foto, das Franziska lebend zeigt. Es wurde wenige Tage vor ihrer Entführung aufgenommen. Fällt Ihnen etwas daran auf?«, fragte Noah.

Die Erkenntnis traf Weiland wie ein Schlag in die Magengrube.

»Ihre Haare«, stieß er aus. »Raspelkurz.«

»Auf den Suchplakaten damals waren zwei Fotos von ihr abgebildet. Eines mit langen und das andere mit raspelkurzen Haaren. Eigenartigerweise erinnern sich die meisten nur an das Foto mit den langen, dunkelblonden Haaren. Aber Franziska hat sie kurz vor ihrem Verschwinden abrasiert. Der Täter könnte sie aus dem Müll gefischt haben. Aber es gibt noch eine zweite Möglichkeit.« Noah beugte sich noch weiter nach vorn, sodass niemand anderes im Raum ihn mehr hören konnte. »Ein menschliches Haar wächst nur etwa einen Zentimeter pro Monat. Das würde bedeuten, dass Franziska nach ihrer Entführung noch etwa zwanzig Monate in den Händen eines Psychopathen gelebt hat. Mindestens bis sie sechzehn wurde. Sie können sich denken, was er danach mit ihr getan hat.« Als Weiland Noah jetzt ansah, glänzten Tränen in seinen Augen. »Wahrscheinlich wurde sie ihm zu alt. Er konnte nicht länger so tun, als wäre sie ein unschuldiges Kind. Deshalb hat er sie entsorgt wie ein uninteressant gewordenes Spielzeug.«

»Die Überlebenschancen eines Kindes oder Teenagers nach einer Entführung ...«, setzte Weiland an.

»Ich weiß! Ich habe jede einzelne der Studien gelesen. Die meisten sagen, dass drei von vier Kindern und Jugendlichen innerhalb der ersten drei Stunden sterben, nicht wahr? Da haben die Eltern ihr Verschwinden oft noch nicht einmal bemerkt. Die Polizei lächelt nur müde, wenn man zu diesem Zeitpunkt versucht, eine Vermisstenmeldung aufzugeben. Aber erzählen Sie das einer Mutter oder einem Vater, die nach ihrem Kind suchen. Da zählen diese beschissenen Statistiken nicht.«

»Es tut mir leid, Noah. Ich kann mir vorstellen, wie sehr die Fragen Sie quälen. Haben Sie an dem Paket vielleicht sonst irgendwelche Spuren finden können? Fingerabdrücke oder weitere DNA?«

»Nichts. Er ist ein Vollprofi. Ich zermartere mir das Gehirn. Es treibt mich fast in den Wahnsinn. Warum hat er das gemacht? Warum quält er die Familie so? Hat er vielleicht das nächste Mädchen im Visier und möchte die Familie so verhöhnen? Sie und ich, wir wissen beide, dass jemand, der so brutal und effizient vorgeht, es nicht bei einem Verbrechen belässt. Wer weiß, wie viele Mädchen ihm in den vergangenen fünf Jahren noch zum Opfer gefallen sind. Wie viele noch kommen werden.«

Weiland lehnte sich auf seinem Stuhl zurück. Er brauchte Abstand. Noah strahlte jetzt eine Wut und einen Schmerz aus, der wie eine Virusinfektion auf seine Umgebung übergriff.

»Sie brauchen die Polizei, Noah.«

»Die können nichts tun, und das wissen Sie auch. Sonst hätten Sie Franziskas Mörder längst zur Strecke gebracht. Ich musste Mara versprechen, dass das hier unter uns bleibt. Ich würde ja selbst nach ihr suchen, aber ich kann nicht. Ich steigere mich rein, schlafe und esse nicht mehr, bis nichts mehr geht. Ich habe selbst Familie.«

»Die Polizei hat ganz andere Möglichkeiten als Sie oder ich. Im forensischen Labor finden sich vielleicht Spuren, die ...«

»Wussten Sie, dass damals ein Teil der Beweismittel aus der Asservatenkammer verschwunden ist?!«, unterbrach Noah ihn. »Zufall, nicht wahr? Angeblich war es nur irgendein Praktikant, der sie nicht wieder an den richtigen Platz gestellt hat. Angeblich wurden sie dann aus Versehen entsorgt. Darunter waren einige Notizbücher von Franziska. Können Sie sich den Schmerz der Familie vorstellen? Ihre Wut darüber, dass mit den Andenken ihrer Tochter so umgegangen wird?!«

Weiland antwortete nicht, aber das brauchte er auch nicht. Noah redete sich so in Rage, dass die Augäpfel aus seinem Schädel hervortraten.

»Stellen Sie sich doch mal vor, Sie lösen den Fall, an dem der Rest der Berliner Polizei sich schon vor Jahren die Zähne ausgebissen hat. Die Öffentlichkeit wird vergessen, dass Sie Zeugen bedroht haben. Ihr Chef wird gar nicht anders können, als Sie wieder ermitteln zu lassen.«

»Das ist kein Spiel oder Wettbewerb, Noah. Es geht vielleicht um Menschenleben.«

»Das sehe ich ganz genauso. Und deshalb wollen wir jemanden, für den dieser Fall nicht nur einer von vielen ist. Jemand, der nicht aufgibt, bis Franziska in Frieden ruhen kann. Jemanden wie Sie. Bitte. Sehen Sie sich wenigstens einmal die Spuren an. Wenn Sie es nicht für sich selbst tun wollen, dann denken Sie an die Mädchen, die noch irgendwo da draußen sind. Die Mädchen, die das Monster noch töten wird, wenn ihn nicht endlich jemand aufhält.«

KAPITEL 3

Der schwarze Geländewagen schob sich quälend langsam durch die vollgestopften Straßen. Das Navi führte sie im Schneckentempo quer durch Berlin in Richtung Grunewald. Der Regen hatte ganze Straßen unbefahrbar gemacht, sodass die Autos sich wie Ameisen durch das überlastete Verkehrsnetz zwängten. Verstohlen musterte Weiland den Mann am Steuer. Noahs dunkle Locken hingen ihm so tief über die Augen, dass er immerzu blinzelte. Seine breite Nase sah aus, als wäre er in die ein oder andere Kneipenschlägerei verwickelt gewesen. Insgesamt machte er keinen besonders vertrauenswürdigen Eindruck. Wie ein seriöser Journalist sah er jedenfalls nicht aus. Unwillkürlich fragte Weiland sich, ob er diese Entscheidung noch bereuen würde. Noah hatte ihm den perfekten Köder direkt vor die Füße geworfen, und Weiland hatte zugebissen.

»Wir sind da«, sagte sein Fahrer in diesem Moment und riss Weiland aus seinen düsteren Gedanken. Im Licht der Scheinwerfer erkannte er zuerst nur eine graue Steinmauer, in die ein schmiedeeisernes Tor eingelassen war. Noah öffnete das Tor per Knopfdruck auf einer Fernbedienung. Während sie die gepflasterte Einfahrt hinauffuhren, schälten sich die Umrisse einer Stadtvilla im Scheinwerferlicht aus der Dunkelheit. Er wusste jetzt, was Noah gemeint hatte, als er das Haus als einen riesigen Sarg bezeichnet hatte. Die Fassade, die einmal schneeweiß gewesen sein musste, war vom Regen grau gewaschen. Die Farbe begann sich bereits von den anthrazit gestrichenen Fensterläden zu lösen. Langsam, aber sicher nahmen die Elemente das herrschaftliche Gebäude ein.

»Alles soll so bleiben, wie es war, als Franziska verschwunden ist«, sagte Noah, als er Weilands Blick bemerkte. »Es fühlt sich für sie einfach nicht richtig an, irgendetwas zu verändern. Noch nicht.«

Weiland nickte nur, sagte aber nichts. Er hatte am eigenen Leib erfahren müssen, wie die Trauer die Schwerkraft verhundertfachen konnte. Jede Aufgabe, selbst wenn es nur ein Telefonanruf war, um Handwerker zu beauftragen, wurde dann zum Kraftakt. Als der Wagen vor der Haustür hielt, sprang ein Bewegungsmelder an und aktivierte die Beleuchtung über dem Eingangsbereich. Sie stiegen aus und gingen auf die Haustür zu, neben der ein vollkommen vertrockneter Olivenbaum stand. Die Klingel hallte dumpf durch die Mauern. Weiland hörte keine Schritte, nur das leise Kratzen, als jemand die Abdeckung vom Türspion schob und die beiden spätabendlichen Besucher musterte. Zwei Schlösser wurden entriegelt. Eine Kette zurückgelegt. Als die Tür aufschwang, blieb Weiland für einen Moment die Luft weg.

Franziska. Er erkannte ihre dunklen Augen mit den langen Wimpern von den Suchplakaten, die vor fünf Jahren an jeder Straßenecke Berlins gehangen hatten. Auch den sanften Bogen auf ihrer Nase erkannte er von den Fotos wieder. Nur war die Frau, die jetzt vor ihm stand, viel älter, als Franziska Dahl jemals werden durfte. Bis auf die zarten Falten um ihre Augen und Mundwinkel herum wirkte Franziskas Mutter wie eine Kopie ihrer verschollenen Tochter.

»Ist euch jemand gefolgt?« Ihre Stimme klang überraschend tief.

»Wir sind einen kleinen Umweg gefahren. Ich war vorsichtig.«

»Danke, Noah.« Die Frau machte einen Schritt zur Seite und ließ die beiden Männer eintreten. Behutsam verriegelte sie die beiden Schlösser erneut und legte die Kette zurück vor die Tür.

»Mara«, sagte sie und streckte ihm eine knöcherne Hand hin.

»Theo Weiland. Aber das muss ich Ihnen ja sicher nicht erklären, nachdem Sie mich extra am Flughafen haben abfangen lassen.«

»Nein, das müssen Sie nicht. Entschuldigen Sie die Umstände, aber ich wusste mir nicht anders zu helfen«, sie setzte ein Lächeln auf, das ihre Augen nicht erreichte. Weiland kannte diese Art von Lächeln. Er hatte es im letzten Jahr selbst perfektioniert. »Setzen wir uns doch ins Wohnzimmer. Darf ich Ihnen einen Drink anbieten?«

Mara ging durch den Flur voran. Die riesige Bilderwand im eleganten Treppenhaus wirkte wie ein Mahnmal, ein Schrein für ein Mädchen, das seit fünf Jahren wie vom Erdboden verschluckt war. Die Zeit schien stillzustehen. Seit Jahren war kein neues Bild dazugekommen, weil Franziska für immer vierzehn Jahre alt bleiben würde. Ein beängstigender Gedanke. Sie betraten jetzt ein Wohnzimmer, das so groß war wie eine gesamte Etage von Weilands bescheidenem Haus. Im Kamin knisterte ein Feuer.

»Scotch? Wein? Was mögen Sie gern?«

Im dunklen Flur war es Weiland nicht weiter aufgefallen, doch im Schein der Flammen konnte er den Schmerz sehen. Tiefe Höhlen hatten sich in ihre Wangen und unter ihre Augen gegraben. Ihr Schlüsselbein hob sich deutlich auf ihrer mageren Brust hervor.

»Scotch klingt gut.«

Sie öffnete den Barschrank aus Mahagoni mit Minikühlschrank. Füllte drei Gläser bis zur Hälfte mit Eiswürfeln und goss sie dann mit bernsteinfarbenem Whisky auf. Sie reichte Noah und ihm jeweils ein Glas. Das dritte behielt sie für sich selbst. Jetzt, wo sie so dicht bei ihm stand, konnte er den Schmerz auch riechen. Unter ihrem blumigen Parfüm lag eine weitere Note. Stechend und süßlich. Anscheinend war das nicht ihr erster Drink an diesem Abend und würde auch nicht ihr letzter bleiben.

»Hier. Auf die Hoffnung, die zuletzt stirbt.« Die Eiswürfel schlugen wie ausgerissene Zähne gegeneinander, als sie das Glas mit einem Schluck leerte. Weiland nippte nur. Der Scotch brannte angenehm in seiner Kehle. Er sah, dass Noah nur so tat, als würde er trinken, und das Glas dann auf dem Tisch abstellte.

»Sie haben auch eine Tochter, nicht wahr?«, fragte Mara.

»Ja. Sie ist fünfundzwanzig.«

Ihr Gesicht blieb ausdruckslos, aber Weiland sah es in ihren Augen: Es waren elf Jahre mehr, als Franziska jemals werden durfte. Über viertausend Tage, die man ihrer Tochter gestohlen hatte.

»Ich wusste lange nicht, ob ich Kinder will. Ich bin nie aufgewacht und habe gedacht: Jetzt bin ich bereit, Mutter zu sein. Diese Sehnsucht kam nie. Aber eines Tages ist es einfach passiert.« Zum ersten Mal hatte Weiland das Gefühl, dass das Lächeln auf ihren Lippen echt war. »Ich hatte keine Angst, damals nicht. Es war wie ein Zeichen. Als sollte es so sein. Und als ich Franziska dann zum ersten Mal in meinen Armen gehalten habe, wusste ich, dass es genau das Richtige ist. Ich fühlte mich unbesiegbar. Als könnte ich für meine Tochter Bäume ausreißen.«

Das Lächeln auf ihrem Gesicht verblasste. Machte Platz für den Schmerz, der wie ihr eigener Schatten an ihr hing.

»Die Angst fing einen Monat später an. Wir fanden Franzi blau angelaufen in ihrem Bettchen. Ihr ganzer kleiner Körper schüttelte sich, als hätte ihn jemand unter Strom gesetzt. An die Fahrt ins Krankenhaus erinnere ich mich nicht mehr. Auch die ersten Tage danach sind nur verschwommen. Sie haben ihr Blut abgenommen und sie in den Kernspin gesteckt. Die Ärzte tippten auf Kinderepilepsie und schickten uns dann mit Medikamenten nach Hause.«

Ihre Fingernägel bohrten sich jetzt so tief in ihre Hände, dass rote Halbmonde darauf zurückblieben.

»Stefan und ich wollten uns abwechseln. Einer sollte an ihrem Bett wachen, während der andere schläft, aber in Wahrheit haben wir beide kaum ein Auge zubekommen. In dem Moment habe ich begriffen, dass mein Herz nicht länger in meinem Körper schlägt, sondern dort draußen im Babybettchen. Ich habe versucht, mich an die Angst zu gewöhnen. Aber so richtig tut man das mit Kindern nie, nicht wahr?«

»Nein«, antwortete er. »Ganz egal, wie alt sie sind.«

»An dem Tag, als sie verschwand, bin ich mit einer Freundin einkaufen gefahren. Stefan war mit seinem Bruder verabredet. Eigentlich war der Plan, dass Franzi mich begleitet, aber in letzter Minute hat sie es sich anders überlegt. Können Sie sich vorstellen, wie oft ich unser letztes Gespräch im Kopf durchgegangen bin? Gott, wie oft habe ich mir ausgemalt, ich hätte sie überredet, mit mir ins Auto zu steigen ... Wir waren etwa drei Stunden weg. Stefan und ich hatten uns noch bei unserem Lieblingsitaliener getroffen. Ein kleines Date sozusagen. Wir hatten für Franzi sogar eine Pizza zum Mitnehmen bestellt. Ich wusste es in dem Moment, als ich die Tür wieder öffnete. Es fühlte sich so leer an. So kalt.«

Das Knistern des Feuers war das einzige Geräusch, das den Raum jetzt erfüllte. Wütend fraßen die Flammen sich durch das Holz, bis nur noch Staub und Asche übrig blieb.

»Stefan ist zuerst in ihr Zimmer gegangen. Und dann hat er geschrien, wie ich ihn noch nie schreien gehört hatte. Als würde er seine Seele herausbrüllen, mir ist vor Angst ganz schlecht geworden. Ich bin sofort zu ihm gerannt. Er stand mitten in ihrem Zimmer.«

Ihre Finger tanzten über den Rand des leeren Glases, während sie gedankenversunken in die Flammen starrte.

»Erst habe ich es nicht verstanden. Die Flecken auf dem Boden waren so dunkel. Fast schwarz wie Tinte. Die größte Lache war direkt vor Franzis Bett. Groß wie ihr Kopf.«

Maras Finger zitterten, als sie die Flasche erneut öffnete und sich nachschenkte. Wieder leerte sie das Glas in einem Zug. Als sie Weiland jetzt ansah, wirkten ihre Augen wässrig, sie schien wie weggetreten. Wahrscheinlich ertrug sie die Erinnerung an das, was geschehen war, nur, indem sie ihre Sinne betäubte und den Schmerz in Alkohol ertränkte.

»Es sah aus, als hätte man sie über den Boden geschleift. Bis zu dem alten Wäscheschacht. Und da war …« Sie atmete tief durch. »Ich sah etwas glänzen. Erst als ich näher getreten bin, habe ich gesehen, dass es einer ihrer Perlenohrringe war. Er steckte noch in ihrem Ohrläppchen. Das Monster hat sie in den Schacht gestopft und ihr dabei ein Teil ihres Ohrs abgerissen.«

Behutsam griff Noah nach ihrer Hand und drückte sie einen Moment. Mara ließ es geschehen.

»Er hat mein Kind weggeworfen, als wäre es Müll. Dafür muss er büßen.«

»Das sollte er. Und deshalb rate ich Ihnen dringend, mit den neuen Beweisen zur Polizei zu gehen.«

»Die Polizei hat mir in den letzten Jahren mehr als deutlich gemacht, dass sie kein Interesse daran hat, weiter nach Franziska zu suchen. Es gibt neue Fälle, zu wenig Personal. Ich habe in der Zeitung von Ihnen gelesen. Der Kommissar, der zu weit ging. Sie haben Zeugen bedroht, um einen entführten Jungen zu finden. Haben Ihr Leben aufs Spiel gesetzt, um ein Kind zu retten.«

»Das war keine Sternstunde von mir.«

»Nicht viele hätten so gehandelt. Ich bitte Sie, Weiland. Nehmen Sie die Kopien der Akten, die ich habe. Lesen Sie sich ein. Und entscheiden Sie dann, ob Sie den Fall annehmen. Mein Mädchen ist noch irgendwo da draußen. Bitte bringen Sie sie endlich zurück zu mir nach Hause.«

KAPITEL 4

»Vergessen Sie die Akten nicht«, rief Noah eine Stunde später, als Weiland ausstieg und den Rollkoffer vom Rücksitz des Geländewagens wuchtete. Mit der linken Hand zog Weiland den Koffer hinter sich her. Rechts balancierte er den Karton mit den Unterlagen. Unterlagen, die er am liebsten in die nächste Pfütze geworfen hätte, damit das Papier sich darin auflöste. Er wollte diesen Fall – und gleichzeitig wollte er ihn nicht. Bachmann hatte ihm mehr als deutlich zu verstehen gegeben, dass er während seiner vorläufigen Suspendierung die Füße stillhalten sollte. Den Kopf geduckt lassen.

Zieh einfach für ein paar Wochen keinen Ärger an, Theo, hatte er gesagt. *Meinst du, du kriegst das hin?*

Die Reaktion darauf, wenn Bachmann erfuhr, dass Weiland nun doch Ärger anzog, konnte er sich bildlich vorstellen. Wahrscheinlich würde vor Wut grauer Rauch aus seinen Ohren aufsteigen.

Andererseits konnte es nicht schaden, sich einmal einzulesen. Sich wenigstens einen Überblick zu verschaffen. Die letzten Wochen vor seiner spontanen Auszeit auf Madeira hatte er für sich vollkommen untypisch sämtliche Schubladen und Schränke aufgeräumt. Er hatte die Werkstatt im Keller in Ordnung gebracht und sogar den Gefrierschrank abgetaut. Alles, um eine Aufgabe zu haben, einen Sinn, der ihm vom Morgengrauen bis zum Abend eine Struktur gab.

Noahs Mundwinkel zuckten.

»Wir wissen beide, wie Sie sich entscheiden werden, stimmt's?«

»Wir werden sehen.«

Weiland knallte die Wagentür mit dem Fuß zu und stapfte durch den matschigen Boden in Richtung Einfahrt, ohne sich noch einmal umzusehen. Der Motor röhrte auf, dann schoss der Geländewagen davon.

Das Innere des Hauses wirkte auf den ersten Blick verlassen. Kein Licht brannte. Noch immer war es ungewöhnlich, fast unheimlich aufgeräumt, genau so, wie er es bei seiner Abreise hinterlassen hatte. Als Weiland in den Flur trat, stellte er fest, dass er dennoch nicht allein war. Ein leises Schnarchen begrüßte ihn. Er stellte den Rollkoffer und den Karton mit den Ermittlungsakten neben der Garderobe ab und folgte dem leisen Grunzen bis zu seinem Ursprung.

Hanna schlief auf der Couch, die eisbonbonblauen Haare wie einen Vorhang über ihrem Gesicht ausgebreitet. Anscheinend hatte sie in den letzten Tagen ihr Lager hier aufgeschlagen, zumindest verteilte sich sämtliches Chaos auf, neben und vor dem Sofa. Behutsam legte Weiland eine Decke über ihren Körper und schlich dann auf Zehenspitzen zurück in den Flur. Eigentlich wollte er nur noch ins Bett. Aber wie Noah prophezeit hatte, übte der unscheinbare Karton eine fast magische Anziehungskraft auf ihn aus. Er hob den Deckel. Insgesamt gab es drei Ordner, die Hunderte Seiten

Protokolle, Analysen und Zeugenbefragungen enthielten. Tatsächlich durfte das nur ein Bruchteil der tatsächlichen Ermittlungsergebnisse sein, die in einem komplexen Fall gut und gerne Zehntausende Seiten überschritten. Weiland griff sich den ersten Ordner und nahm ihn mit nach oben. Obwohl seine Augenlider bleischwer waren, schaltete er die Nachttischlampe neben seinem Bett an und begann zu lesen.

Laut den Unterlagen ging die Polizei davon aus, dass Franziska spätestens eine Stunde nachdem ihre Mutter das Haus verlassen hatte, in ihrem Zimmer von einem oder mehreren unbekannten Tätern angegriffen worden war. Die gefundene Blutlache legte den Schluss nahe, dass das Mädchen mit einem scharfen Gegenstand attackiert und ihr eine einzelne, tiefe Wunde beigebracht wurde. Innerhalb von Sekunden wurde sie handlungsunfähig und verlor in liegender Position eine große, potenziell tödliche Menge Blut. Den blutbeschmierten, zierlichen Körper hatte der Täter in den Wäscheschacht geworfen, der direkt in den Keller führte. Der Sturz aus etwa acht Metern Höhe war von zwei alten Matratzen abgefedert worden, die laut Aussage von Franziskas Eltern eigentlich in einem anderen Kellerraum gelagert worden waren. Schmierspuren am Treppengeländer deuteten darauf hin, dass der Täter anschließend die Treppe genutzt hatte. Den toten oder zumindest bewusstlosen Körper hatte er durch eines der Kellerfenster, welches in Richtung der Hausrückseite zeigte, geschoben und war hinterhergeklettert. Wer auch immer Franziska Dahl angegriffen hatte, musste sich bereits mehrere Stunden vor der Tat im Haus aufgehalten und die Flucht geplant haben. Ein

spontaner Einbrecher hätte weder vom Wäscheschacht noch von den Matratzen wissen können. Die
letzten Blutspuren fanden sich vor dem Zaun auf der
Rückseite des Hauses. Entweder hatte die Blutung dort
abrupt gestoppt, oder - was viel wahrscheinlicher war -
der Täter hatte von dort aus ein Fluchtfahrzeug benutzt. Danach verlor sich Franziskas Spur endgültig.
Unweit des Zauns zwischen einigen Oleanderbü-
schen war ein weiteres Beweisstück gefunden worden,
das die letzte Hoffnung zerschmetterte. Ein achtlos
weggeworfener Zigarettenstummel, an dessen Spitze
sich die DNA eines vorbestraften Sexualstraftäters
fand. Obwohl die Polizei das Auto und die Wohnung
von Frank S., wie er in den Zeitungen nur genannt
wurde, auf den Kopf stellte, fanden sich keine weiteren
Hinweise. Franziska Dahl blieb wie vom Erdboden verschluckt.

KAPITEL 5

Die ersten Rostflecke auf dem alten Mercedes schimmerten rot in der kalten Frühlingssonne. Die alte Dame hatte schon bessere Tage gesehen, aber das hatte Weiland auch.

Irgendwie passten sie so ganz gut zusammen - der alte, krächzende Wagen und er. Der KFZ-Mechaniker seines Vertrauens hatte ihm bei seinem letzten Besuch behutsam nahegelegt, dass es langsam zu Ende ging mit dem Wagen. Eine Reparatur würde das Unvermeidliche nur hinauszögern.

Sanft klopfte er auf das Dach, bevor er einstieg. Er würde ihn fahren, bis zum bitteren Ende. In guten wie in schlechten Zeiten - das war er ihm nach all den gemeinsamen Jahren schuldig. Weiland manövrierte den Wagen aus der viel zu engen Parklücke und zwängte sich zwischen zwei hupende SUVs. Der Sturm hatte Narben hinterlassen. Armdicke Äste waren wie Fallbeile auf die Straße gefallen. Sonnenschirme, Mülltonne, Dachziegel - der Wind hatte sich alles gegriffen. Ein kleines Wunder, dass es keine Toten gegeben hatte. Die Feuerwehr und das Technische Hilfswerk würden vermutlich noch bis in die nächste Nacht Spuren beseitigen.

Weiland lenkte seinen Wagen auf eine der Hauptverkehrsadern.

Je näher er seinem Ziel kam, desto stärker wurde das Stechen in seiner Magengegend. Ein pochender Schmerz, der sich bis in seine Brust zog. Unablässig mahlten seine Kiefer aufeinander. Noch konnte er umdrehen. Im nächsten Kreisverkehr wenden und den gestrigen Abend von seiner inneren Festplatte löschen.

Stattdessen blickte er auf die Uhr an seinem Armaturenbrett und gab Gas.

Ihm blieben noch zwei Minuten, sofern auf die Berliner Verkehrsbetriebe Verlass war. Weiland parkte seine alte Dame unweit seiner früheren Dienststelle. Er schaltete gerade den Motor ab, als ein Bus am anderen Ende der Straße einbog. An der Haltestelle senkte sich der Bus auf Bordsteinhöhe ab, und eine Traube Menschen strömte heraus.

Die Frau, die als Letzte aus dem Bus stieg, war so groß, dass sie sich unter der Tür hinwegducken musste. Wie immer trug sie eine schwarze lockere Chino und ein weißes Hemd unter einem Wollmantel. Dazu eine schwarz angelaufene Herrenuhr am rechten Arm.

Frieda Holm war eine kompromisslos pragmatische Frau. Auch wenn Weiland ihren Kleiderschrank nie gesehen hatte, konnte er sich dessen Inhalt bildlich vorstellen: Mindestens fünf Paar Hosen, gleiches Modell. Dazu ein gutes Dutzend weißer Hemden, ebenfalls identisch.

Holm wollte am Morgen keine Minute ihrer Zeit darauf verschwenden, sich Gedanken darüber zu machen, was sie anzog.

»Holm!«, rief Weiland auf die andere Straßenseite herüber, aber sie dachte gar nicht daran, zu reagieren. Zielstrebig steuerte sie auf ein rundum verglastes Gebäude zu, in dessen Kellergewölben Dutzende Leichen darauf warteten, ihre Geschichten zu erzählen. Er sprintete über die Straße und rammte dabei fast einen Fahrradfahrer, der ihn in drei verschiedenen Sprachen verfluchte.

»Holm!«, rief er noch einmal lauter. Die Rechtsmedizinerin wandte den Kopf und zuckte bei seinem Anblick zusammen, als hätte sie einen elektrischen Stromschlag erhalten.

»Weiland? Mona hat erzählt, Sie hätten sich ins Ausland abgesetzt.«

»Schön wär's. Ich habe mir nur eine kleine Auszeit genommen«, antwortete er und passte seine Laufgeschwindigkeit ihren langen Schritten an. »Ich wollte mich bei Ihnen entschuldigen.«

Frieda Holm zog die Augenbrauen hoch und den Mantel enger um ihre knochigen Schultern.

»Wofür?«

»Na ja, Sie haben immerhin Ihre Karriere aufs Spiel gesetzt, um mir bei der letzten Ermittlung zu helfen. Und zum Dank habe ich Sie in Lebensgefahr gebracht.« Bei dem Gedanken daran brach Weiland noch immer der kalte Schweiß aus. Sie hätten tot sein können. Erschossen und irgendwo im Wald vergraben, wo man ihre Leichen so schnell nicht finden würde.

Holm legte den Kopf schief.

»Jetzt überschätzen Sie sich aber ein wenig. Ich habe Ihnen freiwillig geholfen. Ich hätte jederzeit umdrehen und gehen können, schließlich habe ich einen freien

Willen. Sie sind nicht der Mittelpunkt des Universums, Weiland.«

Frieda Holm hatte sich anscheinend nicht verändert, trotz ihrer gemeinsamen Nahtoderfahrung. Herzlich wie eh und je.

»Und sagen Sie mir auch, warum Sie wirklich hier sind? Oder dachten Sie ernsthaft, ich kaufe Ihnen diese rührselige Geschichte ab, dass Sie den ganzen weiten Weg hierhergefahren sind, nur um sich zu entschuldigen?«, fragte sie. »Sie wissen, ich mag Effizienz. Ein Anruf oder eine Nachricht hätte es auch getan.«

Die Ampel vor ihnen wechselte auf Grün. Nur noch wenige Schritte trennten Holm vom Eingang der Rechtsmedizin.

»Da ist tatsächlich noch etwas. Ich würde Sie gern zu einem Fall befragen, bei dem Sie an den Untersuchungen beteiligt waren.«

»Ist das Ihr Ernst? Sie ermitteln doch gar nicht mehr. Bachmann hat Sie auf die Ersatzbank gesetzt, oder bin ich nicht mehr auf dem neuesten Stand?«

»Ich bin weiterhin suspendiert. Es handelt sich um rein privates Interesse. Sie wissen doch, einen alten Baum verpflanzt man nicht mehr. Ich kann nicht einfach herumsitzen und Däumchen drehen. Das macht mich wahnsinnig.«

»Würde Ihnen aber zur Abwechselung ganz guttun. Sie sehen erschöpft aus. Schlafen Sie überhaupt?«

»Ab und zu, ja.«

Holm seufzte.

»Welcher Fall ist es dieses Mal, der Ihnen nachts den Schlaf raubt?«

»Sie erinnern sich vielleicht daran, weil die Umstände so einzigartig waren: Es gab damals keine Leiche. Nur Körperteile und jede Menge Blut.«

Holm erstarrte mitten in ihrer Bewegung.

»Franziska Dahl«, sagte sie leise. »Natürlich erinnere ich mich daran. Wie kommen Sie ausgerechnet auf diesen Fall?«

»Gestern im Fernsehen wurde zufällig eine Reportage gezeigt. Ihr Verschwinden jährt sich bald zum fünften Mal.«

»Und da kommen Sie den ganzen Weg extra hierher, nur um mit mir über diesen Fall zu sprechen?«

»Ich habe ja Zeit, jetzt, wo ich suspendiert bin«, antwortete Weiland achselzuckend.

»Glauben Sie mir einfach, wenn ich Ihnen sage, dass Sie die Finger davonlassen sollten.«

»Warum?«

Die Frage schien Holm aus ihrer Starre zu reißen. Sie preschte nach vorn, als wolle sie Weiland abschütteln wie ein lästiges Insekt.

»Weil es einer der Fälle ist, die einen nicht mehr loslassen. Und das sage ich wirklich nicht leichtfertig.«

»Waren Sie damals in die Untersuchungen involviert?«, fragte Weiland unschuldig, obwohl er die Antwort bereits kannte. Den Beweis dafür hatte er gestern Abend schwarz auf weiß gelesen. Ein von Holm angefertigtes und unterzeichnetes Protokoll, in dem sie die Spuren und Eindrücke am Tatort dokumentiert hatte, sowie ein von der Staatsanwaltschaft beauftragtes Gutachten, das auf Basis der gefunden Blutmenge einordnete, ob und wie lange ein Mädchen von Franziskas Größe und Gewicht den Angriff überlebt haben konnte.

»Nein«, sagte Holm zu seiner Überraschung. »Ich habe es nur gehört. Von Kollegen. Sie wurden damals gebeten, ein Gutachten darüber anzufertigen, wie hoch die Wahrscheinlichkeit war, dass Franziska verstorben ist.«

»Ein schwieriges Unterfangen so ganz ohne Leiche.«

»Normalerweise ja. Aber in diesem Fall nicht. Der Täter ging äußerst brutal vor. Soweit ich weiß, fand man in dem Zimmer, in dem Franziska angegriffen wurde, etwa drei Liter Blut. In dem Wäscheschacht, durch den der Täter sie nach unten in den Keller geworfen hat, waren ebenfalls Schmierspuren, insgesamt also etwa dreieinhalb Liter, schätze ich. Sie kann den Angriff nicht überlebt haben. Der hohe Blutverlust hat zu einem sofortigen Schock geführt, wodurch der Tod innerhalb von Minuten eintritt. Selbst wenn ein Spezialistenteam vor Ort ist, lässt sich ein solcher Blutverlust kaum mehr ausgleichen.«

»Franziskas Eltern wollten das nicht glauben. Sie haben den Täter immer wieder öffentlich angefleht, ihre Tochter gehen zu lassen. Anscheinend hatten sie noch Hoffnung.«

»Verständlicherweise haben sie sich an die Illusion geklammert, Franziska könnte den Angriff irgendwie überlebt haben. Menschlich ist das nachvollziehbar. Wissenschaftlich leider nicht.«

Sie erreichten die Tür, hinter der die Toten auf Holm warteten.

»Sie haben sicher keine Lust auf Karrieretipps von mir, aber ich gebe Ihnen jetzt trotzdem einen: Wenn Bachmann herausfindet, dass Sie schon wieder auf eigene Faust ermitteln, dann hat er einen Grund mehr,

Sie endgültig rauszuwerfen. Dann ist es aus, Weiland. Wenn ich Sie wäre, würde ich abwarten, zumindest bis Ihre berufliche Zukunft geklärt ist. Was auch immer Sie vorhaben: Vergessen Sie es«, sagte Holm noch, trat dann durch die Tür und ließ Weiland allein draußen in der Kälte stehen. Das Gespräch hatte mehr Fragen aufgeworfen, als es beantwortet hatte.

Wenn Franziska an dem Tag ihrer Entführung gestorben war, wie war der Täter dann an ihre langen Haare gekommen? Hatte er sie gestohlen, nachdem sie sich die Haare einige Tage vor ihrem Verschwinden abgeschnitten hatte?

Vor allem aber fragte er sich, warum zum Teufel Frieda Holm ihm gerade ins Gesicht gelogen hatte.

KAPITEL 6

Mara Dahl wirkte nicht überrascht, Theo Weiland eine halbe Stunde später vor ihrer Haustür anzutreffen. Ganz im Gegenteil: Sie hatte eine Kanne Kaffee und zwei Tassen im Wohnzimmer vorbereitet. Daneben stand ein Teller mit Keksen, die so trocken aussahen, als würden sie Weilands Mund unverzüglich in die Sahara verwandeln.

»Tut mir leid, ich habe nicht so oft Besuch. Viel mehr kann ich Ihnen leider nicht anbieten«, sagte sie verlegen.

Weilands Magen rumorte beim ersten Schluck Kaffee. Er hatte wie so oft das Frühstück vergessen. Sein Kopf war für gewöhnlich schon draußen auf der Straße, während sein Körper sich noch müde aus dem Bett schälte.

Höflichkeitshalber nahm er doch einen Keks, bereute diese Entscheidung jedoch schon beim ersten Bissen.

»Hatten Sie schon Zeit, sich die Unterlagen anzusehen?«, fragte Mara und spielte dabei mit dem Ring an ihrem Finger. »Ich meine ... Wie lange brauchen Sie, um sich einen Überblick zu verschaffen? Tut mir leid, ich will Sie nicht unter Druck setzen, meine Gedanken überschlagen sich in meinem Kopf.«

Weiland würgte die Keksbetonkrümel unter Schmerzen herunter, um antworten zu können.

»Nach unserem Gespräch gestern habe ich angefangen, alles durchzusehen. Heute Morgen habe ich mit einer Kollegin gesprochen, die damals indirekt in die Ermittlungen involviert war. Was noch nicht heißt, dass ich mich entschieden habe. Ich will Ihnen keine falschen Hoffnungen machen: Für mich ist es mehr als fraglich, ob ich irgendetwas für Sie und insbesondere für Franziska tun kann. Sosehr ich mir das auch wünschen würde.«

»Sie haben nichts zu verlieren, oder? Ich meine, ich kann Sie gut bezahlen. Geld ist kein Problem. Was wollen Sie? Fünfzigtausend? Ich verdopple, wenn Sie den Scheißkerl wirklich drankriegen.«

»Darum geht es nicht. Aber die Ermittlungen würden Ihnen vielleicht Hoffnung machen. Auch wenn es keine Hoffnung gibt.«

Mara stellte ihre Kaffeetasse zurück auf den Tisch. Ihre Finger zitterten so stark, dass ein Teil des brühend heißen Kaffees überschwappte und über ihren Handrücken lief. Sie schien es nicht einmal zu bemerken.

»Nichts ist schlimmer als die Ungewissheit. Solange ich nicht weiß, was mit meiner Tochter passiert ist, steht mein Leben still. Ich wache morgens auf und denke an Franzi. Tagsüber versuche ich mich abzulenken. Ab und zu verabrede ich mich mit den wenigen Menschen, die ich nicht verschreckt habe. Und während wir reden, wandern meine Gedanken immer zurück zu ihr. Wenn ich die Augen schließe, dann ist ihr Gesicht das Letzte, was ich sehe. Ich will um sie trauern. Ich will weinen. Aber dann schäme ich mich, weil ich keinen endgültigen Beweis dafür habe, dass meine Tochter tot ist. Es fühlt sich an, als würde ich sie verraten. Ich weiß nicht, ob es besser wird, wenn wir sie finden. Wenn ich sie begraben kann. Aber ich weiß, dass ich dann anfangen kann zu heilen. Auch wenn ich nie wieder ganz werde, weil ein Teil von mir mit ihr gestorben ist.«

»Es tut mir leid. Sein Kind auf diese Weise zu verlieren muss herzzerreißend sein.«

Sie griff nach seiner Hand.

»Mehr als das. Ich habe das Gefühl, kein Herz mehr zu haben. Das ist irgendwo dort draußen, und ich habe keine Ahnung, wo. Ich kann mich über nichts freuen. Kann über nichts weinen außer um meine Tochter. Helfen Sie mir. Helfen Sie Franziska, damit sie Frieden findet.«

Weiland fühlte sich, als hätte er Scherben geschluckt. Kaltes Glas, das jetzt in sein Innerstes schnitt. Jemand hatte Franziska mitten aus dem Leben gerissen, aus dem Kreis der Menschen, die sie mehr liebten als sich selbst. Ein Kind, ausradiert wie eine Bleistiftzeichnung.

»Darf ich mir Franziskas Zimmer ansehen?«, fragte er mit belegter Stimme. Sie ließ seine Hand fallen und sah plötzlich verlegen aus, als würde sie sich für ihren Gefühlsausbruch schämen.

»Erster Stock. Die Tür am Ende des Flurs.« Mara stockte für einen Augenblick. »Finden Sie sich allein zurecht? Wenn es für Sie in Ordnung ist, würde ich gern hierbleiben. Franzi hat viel Zeit dort oben verbracht. Ihr Zimmer zu betreten ist für mich jedes Mal, als würde ich von einem Lastwagen überrollt.«

Die Tür am Ende des Flurs gab keinen Ton von sich, als Weiland sie mit den Fingerspitzen aufstieß.

Gleißend helles Sonnenlicht blendete ihn für einen Augenblick. Es fiel durch die deckenhohen Bogenfenster und malte ein eigenartiges Mosaik aus Licht und Schatten aufs Parkett. Unsichtbare Fäden schienen ihn über die Türschwelle zu ziehen. Heraus aus dem kalten, tot wirkenden Flur. Hinein in Franziskas Reich. Fünfzehn Quadratmeter, auf denen eine unsichtbare Macht die Zeit stillstehen ließ. Ihr Tod hatte Franziska Dahl hier drinnen konserviert. Alles in dem kleinen Raum wirkte lebendig, als besäßen die Gegenstände darin eine Seele, die dem Rest des Hauses fehlte. Es sah aus, als wäre Franziska nur kurz hinausgegangen. Als würden jeden Moment ihre schnellen Schritte durch den Flur in Weilands Rücken hallen.

Kannst du nicht lesen?, würde sie fragen und dabei mit vorwurfsvoller Miene auf das *Betreten-Verboten*-Schild neben der Tür deuten. Ihr Zimmer war mehr als der Ort, an dem sie geschlafen hatte. Für ein vierzehnjähriges Mädchen war das der Rückzugsort, die Höhle, in der das laute Grundrauschen der Welt auf ein erträgliches Maß sinkt. In dem man nicht dafür beurteilt wird, welche Markenklamotten man trägt, wie cool man auf die Mitschüler wirkt oder wen man liebt.

Wenn es einen Ort gab, an dem Weiland Franziska finden konnte, dann war es hier. Kein Staubkorn lag auf den Möbeln, die Luft roch frisch. Wahrscheinlich ließ Mara das Zimmer ihrer Tochter regelmäßig von einem der Bediensteten putzen und lüften. Obwohl die Spurensicherung bei den Durchsuchungen nach Franziskas Verschwinden jeden Zentimeter des Zimmers durchkämmt hatte, war das Mädchen noch immer in den Details erkennbar. Weiland kannte keinen der Bandnamen auf den willkürlich angeordneten Postern über ihrem Schreibtisch. Die langhaarigen Männer mit grimmigem Gesichtsausdruck, die dort an der Wand hingen, schienen jeden seiner Schritte mit ihren Kajalaugen zu beobachten. Er trat vor ein vollgestopftes Bücherregal, in dem die Bücher übereinandergestapelt waren. Es waren fast ausschließlich Fantasyromane, die von Drachen und Zauberern, Zwergen und Werwölfen handelten und von der ältesten Geschichte der Welt erzählten: Dem Kampf von Gut gegen Böse.

Weiland drehte sich einmal um die eigene Achse. Ein Störgefühl setzte sich in ihm fest, ohne dass er dessen Ursprung benennen konnte. Er schloss die Augen für einen Moment und beschwor die Bilder aus den Unterlagen wieder herauf. Bei der Tatortbegehung hatte man Franziskas Zimmer aus allen Winkeln fotografiert. Er sah den Schreibtisch, auf dem damals noch aufgeschlagene Schulhefte mit Eselsohren gelegen hatten, daneben das volle Bücherregal. Als er die Augen wieder aufschlug, wusste er, was ihn störte. Die Abstände passten nicht. Das Bett hatte bei dem Angriff viel weiter rechts gestanden. Weiland trat vor das massive Gestell aus dunklem Holz mit kunstvollen Blumenschnitzereien. In die Oberfläche waren Rosen mit langen Stielen und Dornen geschnitzt, die so spitz aussahen, als könnten sie tatsächlich durch die Haut stechen, wenn man darüberstrich. Der Rahmen stand schief. Während das Kopfteil direkt an die Wand stieß, gab es am Fußende einen fingerbreiten Spalt. Wahrscheinlich hatte Franziskas Familie es nicht ertragen, den alten Wäscheschacht zu sehen, in den man ihre Tochter geworfen hatte, weshalb sie das Bett nachträglich so gut es ging davorgeschoben hatten.

Obwohl Weiland von den Tatortfotos wusste, was ihn erwartete, breitete sich ein flaues Gefühl in seinem Magen aus. Er griff nach dem Rahmen und zog das Bett zu sich. Die Beine knarrten leise, als sie die Kratzer auf dem Boden nachzeichneten. Die Klappe war direkt in der kalten Steinwand eingelassen. Die Öffnung war so groß, dass ein schlanker Mensch gerade so auf allen vieren hineinkriechen konnte. Und doch klein genug, dass man das graue Metall nicht sehen konnte, wenn das Bett vor die Wand geschoben war. Weilands Finger schlossen sich um den Griff, der die Klappe öffnete. Er spürte einen deutlichen Widerstand, als hielte jemand von innen dagegen. Rost hatte sich in das Metall hineingefressen, verbiss sich zwischen den einzelnen Bauteilen und hielt sie unerbittlich fest. Die Scharniere gaben ein Knirschen von sich, als Weiland erneut zog. Dann schwang die Klappe auf. Die Tatortfotos hatten nüchtern dokumentiert, welches Unrecht vor Jahren hier geschehen war: Franziskas Körper hatte damals lange Blutschlieren hinterlassen, die wie Tränen an den glatten Wänden des Schachts hinabliefen. Obwohl alles akribisch gereinigt worden war, bildete Weiland sich ein, dass er unter dem Geruch modriger Erde noch immer ihr Blut riechen konnte. Die kalte Luft strömte in das Zimmer hinein, als sei sie froh darüber, endlich aus dem Schacht befreit zu werden. Weiland hustete. Das Sonnenlicht reichte kaum zwanzig Zentimeter hinein, bevor es von der undurchdringlichen Schwärze verschluckt wurde. Er richtete die Taschenlampe seines Handys in das Schachtinnere. Die Kälte, die zu ihm hinaufstieg, breitete sich schlagartig in seinen Adern aus. Das Herz in seiner Brust hämmerte, während er das Bild, das sich ihm bot, nur schwer verarbeiten konnte. Der Schacht war nicht leer.

Augen schienen durch ihn hindurchzusehen. Stumpf wie vom Salzwasser gespülte Perlen. *Das Auge*, korrigierte Weiland sich stumm. Die linke Augenhöhle war eingesunken. Das Gesicht des Mädchens war entsetzlich entstellt. Als hätte ein Chirurg zwei Gesichter zerschnitten und neu zusammengenäht. Links blickte er in eine Totenmaske. Das faulende Fleisch um ihren Mund so vertrocknet, dass es den Blick auf die spitzen Zähne freigab. Lippen und Nase eingefallen. Die Haut ähnelte Papyrus. Grau und durchscheinend. Aber es war nicht der Tod, der ihr Gesicht so abstoßend machte. Es war das Leben darin. Die rechte Seite war vollkommen unversehrt. Lange, dunkle Wimpern. Rosige Wangen. Dunkle, schulterlange Locken. Weilands Blick wanderte nach unten, wo ihr Hals im Nichts endete.

Dort, wo vor fünf Jahren Franziska Dahls Körper verschwunden war, hing jetzt ein abgetrennter Kopf.

KAPITEL 7

Tief einatmen. Luft anhalten. Stumm bis zehn zählen. Ausatmen, bis sich ihr Brustkorb dumpf und leer anfühlte. Ronja spürte, dass es wieder losging. Das leise Getuschel. Kichern in ihrem Rücken. Die Tafel verschwamm vor ihren Augen, bedeutungslose Buchstaben, die zu einer Suppe verkochten.

Im Augenwinkel nahm sie eine Bewegung wahr: eine Welle, die durchs Klassenzimmer wanderte. Sie drückte den Bleistift so fest aufs Papier, dass die Mine brach.

»... Ronja?«, fragte in diesem Augenblick eine Stimme. Unangenehm wie quietschende Schuhsohlen auf dem Turnhallenboden. Ronja blickte auf. Frau Eidinger hatte die Arme vor ihren tief hängenden Brüsten verschränkt, das runzelige Gesicht zu einem Lächeln verzogen.

»Ich habe dich etwas gefragt.« Das Lächeln auf ihrem Gesicht wurde breiter.

»Wie war die Frage?«

»Spreche ich nicht klar genug für dich?«

Ronja biss sich auf die Zunge, um nichts zu sagen oder zu tun, was sie später bereuen würde – so wie die letzten Male, als sie für ein paar Tage vom Unterricht ausgeschlossen worden war.

Ronja hat ihrer Lehrerin den Mittelfinger gezeigt.

Ronja hat eine höchst unvorteilhafte Skizze ihrer Lehrerin angefertigt, waren nur zwei der vielen Einträge im Klassenbuch. Gut, das mit dem Mittelfinger stimmte schon, vielleicht hatte sie da überreagiert, aber die Skizze zeigte die Eidinger so, wie sie nun mal aussah. War doch nicht Ronjas Schuld, wenn sie ihren eigenen Anblick nicht ertragen konnte. Ein paar Tage schulfrei waren keine Strafe, sondern eher eine Belohnung. Die Strafe war allein der Blick ihrer Mutter, wenn Ronja es wieder nicht schaffte, einen der Schulbriefe vor ihr aus dem Briefkasten zu fischen.

Die Eidinger schnalzte mit der Zunge.

»Soso, auf einmal bist du stumm. Ich habe dich nach deinem Kunstprojekt für den Wettbewerb gefragt. Deins ist das Einzige, das noch fehlt.«

Der Wettbewerb, natürlich. Gefühlt nahm ihre Klasse jede Woche an einem anderen Wettbewerb teil, bei dem es angeblich irgendetwas Tolles zu gewinnen gab: Es gab Matheolympiaden, Buchstabierturniere und Debattiermeisterschaften. Noch nie hatte sie oder irgendjemand sonst aus der Klasse bei irgendeinem der Wettbewerbe Erfolg gehabt, geschweige denn irgendetwas gewonnen. Entweder waren sie als Klasse ziemlich untalentiert oder all diese Wettbewerbe waren nur eine Beschäftigungsmaßnahme ihrer Lehrer.

Dieses Mal lautete das Motto: *Vereinte Gegensätze.* Weil es ein Kunstwettbewerb war, hatte Ronja sich wirklich Mühe gegeben. Stunden über Stunden hatte sie mit krummem Rücken über ihrem Schreibtisch gesessen und ihre Finger fliegen lassen. Es war wie Magie, wenn ihre Hände schon wussten, was sie erschufen, noch bevor Ronja selbst ein klares Bild in ihrem Kopf hatte. Sie hatte mit der rechten Gesichtshälfte angefangen. Die ein oder andere Falte war um ihren rechten Mundwinkel und ihr Auge dazugekommen. Ansonsten war die Haut auf dieser Seite glatt wie Porzellan. Diese Seite lächelte. Automatisch hatte ihre Hand auf der linken Seite der Maske einen größeren Druck ausgeübt. Die Schatten auf ihrem Gesicht wurden dunkler. Das Auge lag so tief in der Höhle, dass es darin verschwand. Die Maske sah aus, als hätte jemand ihr Gesicht entzweigeschnitten. Tag und Nacht. Leben und Tod.

Die Maske war auf unheimliche Weise schön geworden, und es tat ihr fast leid, sie einzureichen. Ronja hob den Baumwollbeutel neben ihren Stuhl an und erstarrte. Viel zu leicht. Sie hatte einen Schal über die Maske gelegt, damit ihr Kunstwerk auf dem Weg nicht nass wurde. Als sie den Schal jetzt herauszog, war der Beutel darunter leer.

»Ich hatte mein Projekt hier hineingelegt. Ganz sicher. Es war gestern noch hier drin!«

»Ronja ...«, seufzte die Eidinger.

»Es war hier!«, sagte sie viel lauter als beabsichtigt.

»Das ist jetzt schon das zweite Mal, dass du bei einem unserer Projekte als Einzige nichts einreichst. Komm bitte nach der Stunde zu mir ins Lehrerzimmer.«

Ronja nickte nur. Atmete gegen den Druck in ihrer Brust an. Die Eidinger würde heute bestimmt bei ihrer Mutter anrufen. Es lief immer gleich ab: Erst gespieltes Entsetzen. Wie unkonzentriert und respektlos Ronja doch sei. So etwas habe sie noch nie erlebt. Dann geheucheltes Mitgefühl: Ob zu Hause wirklich alles in Ordnung sei. Ob es Probleme gäbe, die Ronja vielleicht mit zur Schule bringen würde. Das sei ja sicher anstrengend, so als Alleinerziehende, ganz ohne Mann im Haus, der Ronja Regeln beibrachte. Da bekam man ja schon allein vom Zuhören Würgereiz. Nach dem Auflegen hätte ihre Mutter wieder rot geränderte Augen. Sie weinte nicht, dafür war sie meist zu stolz, hatte gelernt, ihre Gefühle abzuschalten wie den Ton an einem Fernseher.

Ronja wünschte, dass es anders wäre. Dass sie normal sein könnte, ein normales Mädchen mit normalen Noten. Sie versuchte es ja, wirklich. Aber sosehr sie sich auch bemühte, es interessierte sie einfach nicht, wie man die Ankathete eines Dreiecks ausrechnete oder warum Goethe Iphigenie auf irgendeine seltsame Insel verstoßen hatte. Und es war doch vollkommen egal, dass der Schmelzpunkt von Gold bei 1064 Grad lag. Wofür brauchte man so einen Quatsch?

Obwohl die Eidinger den Unterricht so dröge wie nur irgendwie möglich gestaltete, war Kunst bislang das einzige Fach gewesen, das ihr wirklich Spaß machte. Beim Gestalten fühlte sie sich schwerelos. Als könnte all der Druck durch den Stift nach draußen fließen.

Die Eidinger hatte ihre Predigt anscheinend beendet. Sie wandte sich gerade wieder ihrer geliebten Tafel zu, als ein zusammengefalteter Zettel auf Ronjas Tisch landete. Seit während des Unterrichts absolutes Handyverbot galt und jedes sichtbare Telefon bis zum Schulschluss einkassiert wurde, lief der Großteil der Kommunikation untereinander ganz altmodisch mittels Zettel und Stift. Auf der Oberseite war ein krakeliges Herz gezeichnet. Obwohl kein Name daraufstand, wusste Ronja sofort, dass diese Nachricht für sie bestimmt war. Das Kichern hinter ihr war gespannter Stille gewichen. Alle schienen die Luft anzuhalten.

Natürlich war da noch ein kleiner Funke Neugier in ihr, aber Ronja würde den Zettel auf gar keinen Fall auseinanderfalten, den Inhalt unter keinen Umständen lesen. Stattdessen würde sie ihn in Dutzende Schnipsel zerreißen, die nach der Stunde wie Schneegestöber in den Papierkorb an der Tür segeln würden. Ronja griff nach dem Zettel, bohrte die Fingernägel hinein. Sie hörte die Schritte, die sich ihr näherten, viel zu spät. Eine runzlige Hand schoss nach vorn. Die Finger so gelb und schrumpelig wie alte Pommes.

»Her damit.«

Kurz überlegte Ronja, sich das Papier einfach in den Mund zu schieben und es hinunterzuschlucken, aber das würde den anderen nur Futter für einen neuen, fiesen Spitznamen geben, irgendwas wie Müllschlucker oder Papierfresser. Ronja schüttelte den Kopf.

»Ronja, gib den ...«

»Nein«, unterbrach Ronja die Reibeisenstimme und klang dabei selbstbewusster, als sie sich fühlte. »Ich gebe Ihnen den Zettel nicht. Weil es Sie nichts angeht, was daraufsteht. Fällt unter das Briefgeheimnis.«

»Na schön, ich habe dir eine Chance gegeben, glimpflich davonzukommen!«, fauchte die Eidinger. Ihre Gesichtsfarbe hatte von trübem Grau zu Sonnenbrandrosa gewechselt. »Steh jetzt gefälligst auf, und lies vor, was daraufsteht. Ich bin sicher, die anderen möchten auch hören, was du für nette Briefchen schreibst, anstatt dich auf den Unterricht zu konzentrieren. Na los, du hast doch sonst so ein großes Mundwerk!«

»Der Brief ist nicht von mir. Er ist bloß auf meinem Tisch gelandet.«

»Sicher. Jetzt lies«, sagte die Eidinger bedrohlich leise und stellte sich hinter Ronja, um jedes Wort mitlesen zu können. Die Stuhlbeine ächzten über den Boden, als Ronja aufstand. Sie wollte es lieber nicht darauf ankommen lassen. Wahrscheinlich stand auf dem Zettel nur irgendeine Gemeinheit über sie. Ronja stellte sich vor, wie sie eine Mauer um sich herum hochzog, deren Steine die Schlagwucht der Worte zwar nicht komplett aufhalten, aber zumindest dämpfen würden. Sie straffte die Schultern, faltete den Zettel auseinander und erstarrte, als sie realisierte, dass sie auf ihre eigene Schrift schaute. Gestern erst hatte sie die Nachricht während einer langweiligen Mathestunde an Jule, eine ihrer wenigen Freundinnen, wenn nicht sogar ihre einzige echte Freundin, geschrieben.

Treffen wir uns nach Schulschluss hinter der Sporthalle?, hatte Ronja geschrieben. Ab und zu rauchten sie dort gemeinsam. Jule rauchte, weil es ihr schmeckte, und Ronja, weil sie gern Zeit mit Jule verbrachte. Neu war die Zeichnung in schwarzer Tinte, die jemand am unteren Rand ergänzt hatte.

Es waren zwei liegende Strichmännchen. Der Kopf des ersten Strichmännchens verschwand zwischen den Beinen des zweiten und andersherum. Obwohl die Details in der Zeichnung fehlten, brauchte man nicht besonders viel Fantasie, um sich vorzustellen, was die beiden Figuren miteinander anstellten. Das Blut in Ronjas Wangen begann zu pulsieren. Gleich hätte sie wieder rote Flecken im Gesicht, die aussahen wie eine ansteckende Krankheit.

Verflucht. Sie hatte doch mit eigenen Augen gesehen, wie Jule den Zettel am Ende der Stunde in den Papierkorb gepfeffert hatte. Irgendjemand musste ihn wieder herausgefischt und die Zeichnung daruntergemalt haben, die Ronjas Nachricht wie eine zweideutige Einladung aussehen ließ.

»Das ist nicht von mir!«, stieß sie aus.

»Ich erkenne aber deine Schrift, Ronja«, sagte die Eidinger gefährlich leise.

»Die Nachricht ist von mir, die habe ich gestern geschrieben. Aber die Zeichnung, die hat jemand anders gemalt! Es war einer von denen.«

Die Stille in Ronjas Rücken war ohrenbetäubend laut. Sie spürte die Blicke der anderen auf sich. Sie starrten, als sei sie ein Tier im Zoo.

»Diese Diskussion führen wir später weiter. Du hältst für alle den Unterricht auf. Komm nach der Stunde ins Lehrerzimmer.«

Wortlos wandte die Eidinger sich wieder um und ließ Ronja einfach stehen. Mittlerweile sollte es ihr egal sein, scheißegal, und trotzdem fing ihr dämliches Herz an wie wild zu klopfen. Zu oft schon hatten die anderen ihr im Flur ein Bein gestellt, hatten sie gegen Spinde geschubst oder sie beleidigt, nur weil sie nicht so klein und zart war wie die anderen Mädchen in ihrer Klasse. Sie stellten es geschickt an und machten es immer nur dann, wenn kein Lehrer in Sichtweite war. Einer schob Wache, ein anderer schlug zu. Und keiner unternahm etwas dagegen.

Ronja griff nach ihrem Rucksack und stürmte unter den staunenden Blicken ihrer Mitschüler aus dem

Klassenzimmer, während die Eidinger ihr mit offenem
Mund hinterherstarrte.

KAPITEL 8

Weilands Fingerspitzen berührten die ausgefranste Kehle. Ein sanftes Knistern, dann löste sich das Gesicht von der Rückseite des Schachts. Er atmete tief durch und spürte, wie jeder Atemzug das angestaute Adrenalin aus seinem Körper hinausschwemmte. Im Tageslicht konnte er jetzt die einzelnen Papierstreifen unter der Farbe erkennen. Konnte die zarten Pinselstriche ausmachen, die das Gesicht nach und nach geformt hatten. Bloß eine Maske. Kein abgetrennter Frauenkopf. An der Rückseite war ein dünnes Nylonband befestigt. Die Fetzen, die Weiland in der Dunkelheit für verwesendes Fleisch gehalten hatte, waren Pappmascheestreifen.

Behutsam drehte er die Maske in seinen Händen, betrachtete sie aufmerksam von allen Seiten, wie ein abstoßendes Gemälde. Er suchte nach einem Anhaltspunkt: einem Kürzel, mit dem sich der Künstler verewigt hatte. Ein eingeritzter Hinweis. Aber es gab nichts dergleichen. Das Gesicht vor ihm sah aus wie eine lebendige Tote. Dem Verfall ausgesetzt und doch nicht bereit zu sterben. Genau wie Franziska, die gestorben war und dennoch wie ein Geist im Haus ihrer Eltern weiterlebte. Die Maske sah nicht aus wie sie. Weder die

Augenform noch die Größe der Nase oder die Form ihrer Lippen schien zu passen. Und doch musste es einen Grund geben, warum sie ausgerechnet in diesem Schacht hing.

Weilands Schritte hallten von den kahlen Wänden wider, als er die Treppe nach unten ging. Der Sessel, auf dem Mara Dahl noch vor wenigen Minuten gesessen und Kaffee getrunken hatte, war leer. Nur ihre Tasse mit dem dunklen Lippenstiftabdruck war zurückgeblieben. Weiland spürte die Veränderung im Raum, bevor er sie sah: ein eisiger Zug, der ihn frösteln und die bodenlangen Vorhänge sanft über das Parkett tanzen ließ. Die Glastür, die zum Garten auf der Rückseite des Hauses führte, war nur angelehnt. Der Wind ließ sie sanft vor und zurück schaukeln. Weiland schob die Maske behutsam unter seinen Mantel und trat hinaus. Der Geruch vom Morgentau lag noch in der Luft. Kalt und klar.

Etwa fünfzig Meter von ihm entfernt vor den kahl gerissenen Apfelbäumen konnte er eine Silhouette ausmachen.

»Mara?«, rief er, aber der Wind erstickte seine Stimme.

Sie hatte ihm den Rücken zugewandt. Die Hände tief in die Taschen ihres viel zu dünnen Morgenmantels gegraben, welcher der Kälte kaum etwas entgegensetzen konnte. Ihr Kopf war zu Boden gewandt. Sie stand vollkommen reglos da. Das totgefrorene Gras knackte wie brechende Zweige unter seinen Stiefeln, als Weiland über die Rasenfläche auf sie zuging. Erst als er ihr sanft eine Hand auf die Schulter legte, zuckte sie zusammen.

»Herr Weiland, ich hab Sie gar nicht bemerkt!«

»Ist alles in Ordnung?«

»Ja. Ich habe in der Nacht nur nicht besonders gut geschlafen. Mein Kopf klinkt sich dann manchmal aus.«

Sie deutete auf eine eigenartige Anordnung aus winzigen Kieselsteinen im knöchelhohen Gras. Es mussten an die tausend Steine sein. Sie waren spiralförmig angelegt, ein winziger Kreis in der Mitte, der immer größere Bahnen zog.

»Damit hat Stefan kurz nach Franziskas Verschwinden angefangen. Jeden Morgen hat er einen winzigen Stein dazugelegt, als wollte er die Tage zählen, seit unser Kind weg ist. Etwa vor einem Jahr nach dem Tod seines Bruders hat er plötzlich damit aufgehört. Er hat mir nie gesagt, warum, aber das musste er auch nicht. Ich glaube, etwa um diesen Zeitraum herum hat er die Hoffnung verloren. Er wollte es nur noch nicht laut aussprechen.«

»Wo ist Ihr Mann jetzt gerade? Weiß er, dass ich hier bin?«, fragte Weiland. Vielleicht war es besser, Mara und Stefan Dahl gleichzeitig von seinem Fund zu berichten, damit sie sich gegenseitig Halt geben konnten. Der Gedanke, dass der Mörder ihrer Tochter vielleicht erst vor Kurzem noch einmal in ihrem Haus gewesen war, würde ihnen den Boden unter den Füßen wegreißen.

Mara zog den dünnen Mantel enger um ihren Körper und schüttelte den Kopf.

»Nein, ich habe ihm nichts davon erzählt. Stefan wohnt nicht mehr hier. Es geht ihm nicht besonders gut. Ich wollte ihn schützen.«

»Sagen Sie mir bitte, dass er von dem Paket mit Franziskas Haaren weiß!«

»Nein. Ich weiß, wie schlimm das klingt. Aber Stefan hat letztes Jahr versucht, sich das Leben zu nehmen. Er stand auf der Bösebrücke und wollte vor einen der heranfahrenden Züge springen. Ein Passant konnte ihn Gott sei Dank davon abhalten. In den letzten Wochen scheint es ihm wieder schlechter zu gehen. Er meldet sich kaum noch. Beim letzten Treffen wusste ich nicht, wie ich es ihm hätte sagen sollen ... Ich hatte nicht die Kraft dazu.«

»Aber Sie müssen es tun, Mara. Als Vater hat ein Anrecht darauf, mitzuentscheiden, wie Sie mit den neuen Spuren umgehen.«

»Ich weiß. Sobald er wieder aus der Versenkung auftaucht, erzähle ich ihm alles. Aber aktuell geht er nicht ans Handy. Ich weiß nicht einmal, wo er gerade ist. Normalerweise schaut er alle paar Tage hier vorbei.« Sie atmete einmal tief ein und aus. »Franziskas Verschwinden hat uns und unsere Ehe verändert. Am Anfang haben wir uns aneinandergeklammert wie Ertrinkende. Wir waren keine Sekunde getrennt. Einige Wochen lang ging das gut. Dann begannen wir über alles und nichts zu streiten. Ich hatte manchmal das Gefühl, zu platzen. Dann habe ich ihn angeschrien. Ihm die Schuld gegeben, weil er damals vorgeschlagen hat, noch gemeinsam essen zu gehen, als Franziska verschwand. Wenn ich keine Kraft mehr hatte, warf er mir vor, nicht genug für die Suche nach unserer Tochter zu tun. Es war, als hätte das Leben uns betrogen und zu verbitterten, streitsüchtigen Fremden gemacht. Wir erkannten uns nicht wieder. Wenn wir nicht gerade stritten, dann sahen wir in allen anderen den Täter. Der

Postbote. Der Gärtner, der einmal die Woche vorbeischaut. Franziskas Lieblingslehrerin, die kurz zuvor ihre Tochter bei einem schrecklichen Unfall verloren hatte. Plötzlich sieht man überall Schatten, wo keine sein sollten. Man vertraut niemandem mehr. Nicht mal dem eigenen Mann. Bis die Polizei sechs Wochen nach Franziskas Verschwinden plötzlich die DNA eines vorbestraften Sexualstraftäters an einem Zigarettenstummel in unserem Garten fand. Im ersten Augenblick war ich fast erleichtert, verstehen Sie?«

Gedankenverloren schob sie einige der Steine mit der Fußspitze durch das Gras. Weiland konnte sehen, wie sie die Tränen zurückhielt.

»Die Scham kam erst einige Sekunden später. Als ich begriff, was das für meine Tochter bedeuten könnte. Es ist kein Beweis, immerhin könnte Frank Schiele auch einfach die Straße langgegangen sein, die hinter unserem Haus entlangführt, und seine Zigarette dort weggeschnipst haben. Die Polizei hat alles durchsucht. Vor Ihnen habe ich andere Privatdetektive engagiert, die ihn durchleuchtet haben. Nichts. Es ist, als hätte Franziska sich einfach in Luft aufgelöst.«

»Wann war Ihr Mann zuletzt hier?«

»Vor einer Woche, denke ich. Stefan kommt, wann es ihm passt. Ich dränge ihn nicht. Das würde ihn nur weiter wegtreiben.«

»Gab es sonst noch irgendjemanden, der Sie in den letzten Tagen besucht hat?«

»Nur Noah. Ansonsten bin ich fast immer allein. Wie Sie sich vorstellen können, bin ich keine Stimmungskanone.« Sie verzog die dünnen Lippen zu einem gequälten Lächeln. »Warum fragen Sie das alles? Stimmt irgendetwas nicht?«

»Leider ja. Ich habe etwas in Franziskas Zimmer gefunden. Der Anblick ist allerdings nicht leicht zu ertragen.« Er zog die Maske unter dem Mantel hervor und hielt sie ins Licht.

Maras Lächeln verschwand so schnell, wie es gekommen war. Instinktiv wich sie einen Schritt von dem unheimlichen Gesicht zurück.

»Hat Ihre Tochter je gebastelt? Könnte sie diese Maske gemacht haben?«, fragte er.

»So etwas Unheimliches hat sie sicher nicht gemacht. Franzi war auch nie besonders geduldig, schon gar nicht, wenn es um irgendwelche Bastelarbeiten ging. Vielleicht war es ein Geschenk einer ihrer Freundinnen? Teenager schenken sich doch manchmal solche eigenartigen Dinge. Ich war seit Jahren nicht mehr in ihrem Zimmer. Es kann schon sein, dass diese Maske dort lag und ich es einfach vergessen habe.«

»Das glaube ich nicht. Sie hing im Wäscheschacht.«
Mara wurde blass.

»Das ist unmöglich. Die Polizei hat doch jeden Zentimeter darin abgesucht. Sie haben stecknadelgroße Blutspuren darin gefunden. Die Maske hätten sie doch sicher als Beweismittel mitgenommen.«
Weiland nickte.

»... was bedeutet, dass jemand die Maske dort hineingehängt haben muss, nachdem die Polizei ihre Untersuchungen abgeschlossen hat. Und das vor nicht allzu langer Zeit. Der Kleber unter den Haaren ist noch nicht ganz durchgetrocknet. War Stefan oder Noah in den letzten Tagen allein in Franziskas Zimmer?«

»Wenn Stefan vorbeikommt, verbringt er meistens ein paar Minuten in Franziskas Zimmer. Aber das war er nicht. Wieso sollte er so was tun?«

»Was ist mit Noah?«

Sie schüttelte entschieden den Kopf.

»Noah ist ein guter Freund. Ich vertraue ihm. Er würde nie in Franziskas Zimmer herumschnüffeln. Geschweige denn in diesen furchtbaren Schacht kriechen. Er hat Klaustrophobie.«

»Was bedeuten könnte, dass jemand in Ihr Haus eingestiegen ist, ohne dass Sie es gemerkt haben. Es wäre sicherer, wenn Sie sich für die nächsten Tage ein Hotel nehmen würden.«

»Nein«, sagte sie zu seiner Überraschung.

»Mara ...«

»Ich gehe hier nicht weg. Ich habe kein Grab, an dem ich trauern kann. Das hier ist der einzige Ort, an dem ich mich meiner Tochter nahe fühle, auch wenn es zu schmerzhaft ist, in ihr Zimmer zu gehen. In kann sie vor mir sehen, wie sie als kleines Mädchen hier im Garten gespielt hat oder in meinen Armen auf dem Sofa eingeschlafen ist. Das lasse ich mir nicht nehmen.«

»Ich bitte Sie! Wer auch immer das getan hat, könnte jederzeit wieder hier einbrechen. Was, wenn es ihm beim nächsten Mal nicht reicht, Ihnen Pakete zu schicken oder Dinge in Franziskas Zimmer zu verändern?«

Mara Dahl straffte die Schultern und holte tief Luft.

»Dann soll er kommen. Ich warte schon seit fünf Jahren darauf, dem Mörder meiner Tochter endlich in die Augen zu sehen.«

KAPITEL 9

Einen Euro und siebenundfünfzig Cent.

Mehr konnte Ronja aus der Tasche ihres Anoraks nicht hervorkramen. Der Duft nach saftigem Fleisch und Gewürzgurken wehte zu ihr herüber und ließ ihren Magen jämmerlich knurren. Sehnsüchtig blickte sie auf die riesigen Plakate in den Schaufenstern, von denen sie zuckerwatterosa Milchshakes und Burger angrinsten, die so groß waren, dass man sie kaum in den Mund bekam.

Seit sie aus dem Unterricht getürmt war, hatte sie nichts mehr gegessen. Das war immerhin – sie blickte auf die Uhr an ihrem Handgelenk – sechs Stunden her. Sie hatte die Zeit im Einkaufszentrum totgeschlagen. War an den Auslagen vorbeigeschlendert, von denen sie sich von dem mickrigen Rest ihres Taschengelds sowieso nichts leisten konnte. Alles nur, um nicht nach Hause gehen zu müssen. Wahrscheinlich hatte die Schule ihre Mutter längst darüber informiert, dass sie abgehauen war. Nur den wichtigsten Teil, den hatten sie wieder mal ausgelassen.

»Aus dem Weg, Püppchen, oder willst du hier Wurzeln schlagen?!«

Eine Obdachlose mit Einkaufswagen schob sich an Ronja vorbei. Ronja machte einen Schritt zur Seite und wandte sich in Richtung des Ausgangs. Es half alles nichts. Sie ließ die Münzen zurück in die Tasche gleiten und schlenderte mit leerem Magen zur Bushaltestelle. Wirklich Lust, nach Hause gehen, hatte sie nicht. Noch weniger Lust hatte sie darauf, ihrer Mutter ins Gesicht zu sehen, die nur mit Mühe ihre Tränen zurückhielt, wenn Ronja ihr wieder Wörter entgegenschleuderte, für die sie sich später schämen würde. Aber genauso wenig konnte sie hier draußen bleiben, ohne Geld, vollkommen planlos. Sie fühlte sich wie in einer Achterbahn gefangen. Morgen ging die Horrorfahrt von vorn los.

Mit jeder Station, die der Bus sie näher zu ihrer Wohnung brachte, wuchs ihre Wut. Als Ronja schließlich ausstieg, war ihr speiübel. Ihre Finger zitterten, während sie den Schlüssel aus der Tasche zog und durch den Flur auf die schwedenrot lackierte Wohnungstür zuging. Behutsam öffnete sie die Tür und schloss sie so leise wie möglich hinter sich. Wenn sie Glück hatte, konnte sie sich unbemerkt in ihr Zimmer schleichen, die Decke über den Kopf ziehen und so tun, als hätte es diesen Tag nie gegeben.

Aus der Küche hörte sie das Radio rauschen. Es war alter Jazz, den ihre Mutter so liebte. Rauchige Frauenstimmen, die klangen, als schwebten sie von einer Wolke hoch oben über den Dächern der Stadt, untermalt mit dem Klappern von Töpfen und Pfannen.

Früher hatte Ronja mit den Holzlöffeln mitgetrommelt, hatte gemeinsam mit ihrer Mutter Pirouetten um die Kücheninsel herum gedreht, während das Essen in Töpfen vor sich hin schmorte. An guten Tagen hatten sie aus voller Kehle mitgegrölt, bis der griesgrämige

Nachbar von unten mit dem Besen an die Decke geklopft und sie sich vor Lachen den Bauch gehalten hatten. Ronja war naiv genug gewesen, um zu glauben, dass sie ewig so weiterleben würden. Dass sie gemeinsam versalzene Spaghetti bolognese kochten und zu Jazz tanzten, bis ihre Haare grau wurden. Als würde das reichen, um auf Dauer glücklich zu sein.

Ronja schluckte den Kloß in ihrem Hals hinunter und schlüpfte aus ihren durchweichten Stiefeln.

Sie wusste genau, welche Dielen sie nicht betreten durfte, weil sie lauter knarrten als jede Alarmanlage. Auf Zehenspitzen schlich sie in Richtung ihres Zimmers, als ein Geräusch sie innehalten ließ. Ihr Herz schlug bis zum Hals. Es hatte sich falsch angehört. Fremd. Etwas, das nicht hierhergehörte. Jetzt hörte sie es wieder: Lauter und näher dieses Mal. Eine tiefe Männerstimme. Zwei lange Schritte nach vorn, dann konnte Ronja mit den Fingerspitzen die Türklinke ihres Zimmers berühren, aber es war schon zu spät: Gelbes Licht strömte in den dunklen Flur, erfasste sie wie ein Suchscheinwerfer.

»Ronja?«, sagte eine Stimme dicht hinter ihr. »Ich habe dich gar nicht hereinkommen gehört.«

Sie wandte den Kopf. Der Ursprung des falschen Geräusches stand in der Tür und lächelte.

Ronja schmeckte das Blut auf ihrer Zunge, bevor sie begriff, dass sie drauf und dran war, sie durchzubeißen. Sie versuchte sein Lächeln zu erwidern, aber es gelang ihr nicht recht. Ihre Mundwinkel zitterten, genau wie ihre Knie.

»Willst du mit uns essen? Ich habe Pilzrisotto gekocht«, sagte Tom und musterte sie unverhohlen.

Er hatte diese Art, sie anzusehen. Seine treuen, braunen Augen einige Sekunden zu lang an ihr festzusaugen wie Tentakel. Als wolle er ihr am liebsten das Gesicht abziehen und die Gedanken dahinter sezieren.

»Keinen Hunger«, log Ronja, obwohl ihr Magen sich mittlerweile anfühlte, als würde die Säure darin ihre Schleimhäute auffressen. Hinter ihm konnte sie in die Küche hineinsehen. Zwei Teller standen auf dem Esstisch. Daneben zwei bauchige Weingläser, die bis zum Rand mit Rotwein gefüllt waren. Die Kerzen auf der Fensterbank brannten.

Ronja spürte, wie ihr das Blut in den Kopf schoss. Ein romantisches Abendessen mit ihrer Mutter und Mister Tentakelauge stand wirklich nicht auf ihrer Wunschliste. Nur fehlte von ihrer Mutter jede Spur.

»Wo ist Mama?«, fragte sie.

Tom holte einen dritten Teller aus der Vitrine und eine Gabel aus der Besteckschublade. Dabei bewegte er sich so selbstsicher durch den Raum, öffnete die einzelnen Schränke, ohne auch nur eine Sekunde überlegen zu müssen. Wie oft war er schon hier gewesen, ohne dass Ronja es überhaupt mitbekommen hatte? Sie malte sich aus, wie er die einzelnen Gewürzdosen aus dem Regal nahm, die Deckel abschraubte und seine lange Nase hineinsteckte. Wie er morgens aus ihren selbst getöpferten Tassen trank, den alten Morgenmantel ihres Vaters nur lose um seinen behaarten Bauch gebunden.

Er stellte den Teller und das Besteck an den linken Rand des Tisches.

»Ihr hattet keine Butter mehr. Verena ist kurz runter in den Supermarkt. Sie freut sich sicher, wenn du mit uns isst. Magst du auch etwas trinken?«, fragte er mit einer Selbstverständlichkeit, als sei das sein Zuhause, nicht ihres. Ronja schluckte eine ganze Reihe Wörter hinunter, die ihr auf der Zunge lagen.

Zum Beispiel, dass er sich zum Teufel scheren sollte.

Etwas stimmte nicht mit dem Kerl, darauf hätte Ronja ihr gesamtes mageres Taschengeld verwettet. Wäre ihre Mutter nicht so benebelt durch einen Hormoncocktail, würde sie es auch sehen. Die kleinen Zeichen. Die Bruchteile von Sekunden, in denen er sich verriet, wenn er Ronja so ansah.

»Ein Wasser, bitte«, sagte sie leise, um die laute Stille zwischen ihnen zu füllen.

Mechanisch steuerte sie auf den Tisch zu. Setzte sich auf den Stuhl, der sonst leer blieb. Sie hatte den Platz nie bewusst gemieden, es war eher eine stumme Übereinkunft, ein unausgesprochener Schwur. Ihr Vater hatte sonst hier gesessen. Ihre Mutter vor Kopf, sie rechts daneben. Sein Platz fühlte sich fremd und kalt an. Irgendwie falsch, genauso wie die Tatsache, dass Tentakeltom in der Küche der Wohnung stand und kochte. Er hob den Deckel von dem Topf auf dem Herd und rührte den Inhalt um, während er vergnügt vor sich hin pfiff. Der Geruch nach frischem Thymian und geröstetem Knoblauch stieg in Ronjas Nase, als sie hörte, wie von außen ein Schlüssel ins Schloss gesteckt wurde. Die Wohnungstür schwang auf.

»Bin wieder da!«, rief ihre Mutter unnötigerweise und schälte sich aus ihrer Jacke. Das Lächeln gefror in ihrem Gesicht. »Gott, ich habe dich bestimmt hundert Mal angerufen! Warum kaufe ich dir überhaupt ein Handy, wenn du es nicht benutzt?!«

»Tut mir leid. Ich hab die Zeit vergessen ...«, sagte Ronja leise.

Ihre Mutter pfefferte die Tasche mit den Einkäufen schwungvoll auf die Kücheninsel.

»Vergessen? Du hast fast sieben Stunden lang vergessen, dich zu melden? Ich hätte beinahe die Polizei gerufen.«

»Ich war nach der Schule noch bei einer Freundin. Wir haben nicht auf die Zeit geachtet. Kommt nicht wieder vor.«

Tom und ihre Mutter wechselten einen langen Blick, der Ronja nicht gefiel. Als hätten sie eine telepathische Verbindung, über die sie kommunizierten, um Ronja auszuschließen.

»Die Schule hat vorhin angerufen. Du bist einfach aus dem Unterricht weggelaufen. Frau Eidinger will mich morgen sprechen, sie macht sich Sorgen um dich.« Ihre Mutter setzte sich auf den Stuhl neben sie. Der Boden unter Ronjas Füßen schien zu verschwimmen. »Ist alles in Ordnung? Du weißt, dass du mit mir reden kannst, wenn dich irgendetwas bedrückt?« Ronjas Mund wurde staubtrocken. Schon öfter hatte sie mit dem Gedanken gespielt, es ihrer Mutter zu sagen. Aber was sollte das bringen? Selbst wenn sie die Schule wechselte, ihr Ruf würde ihr folgen. Er haftete an ihr, wie ein riesiges Brandmal mitten auf ihrem Gesicht. Im Netz war Berlin ein Dorf. Jeder kennt jeden. Jeder urteilt über jeden. Eine einzige Nachricht, ein Bild mit einer peinlichen Überschrift, und jeder an ihrer neuen Schule würde wissen, mit wem sie es zu tun hatten. Ihre Peiniger hätten neue Gesichter und neue Namen, sonst bliebe alles beim Alten. Das Blut in ihren Ohren dröhnte. Das Herz in ihrer Brust schlug so wild, als würde sie jeden Augenblick vor Wut in tausend Stücke zerspringen. Ronja ballte die Hände zu Fäusten.

»Es ist nichts«, log sie.

KAPITEL 10

Den letzten Teil des Weges fuhr Theo Weiland nur noch in Schrittgeschwindigkeit. Er war nicht länger allein unterwegs: Vom Beifahrersitz starrte ihn ein stumpfes Auge an. Er hatte die Maske aus Franziskas Zimmer kurzerhand in eine Gefriertüte gepackt. Zwischen Kleber und Papier, Farbe und Kunsthaar waren sicher Spuren zurückgeblieben. Winzige Hautpartikel. Der Bruchteil eines Fingerabdrucks. Speichel. Die Nadel im Heuhaufen, nach der die Polizei seit fast fünf Jahren suchte. Mit etwas Fingerspitzengefühl könnte er seine alten Kollegen aus der Spurensicherung vielleicht darum bitten, die Maske aus Franziskas Zimmer zu untersuchen.

Es gab nicht viele Erklärungen, warum und wie die Maske in den Schacht gelangt sein konnte. Jede davon auf ihre Art abstoßend. Vielleicht war es bloß ein verdammt makaberer Scherz. Eine leichtsinnige Mutprobe von Franziskas ehemaligen Klassenkameraden. Einige Teenager brachen nachts in leer stehende Häuser ein oder spazierten über Friedhöfe, vielleicht war es der neuste Kick, in das Zimmer eines toten Mädchens einzusteigen. Eine zweite, besorgniserregendere Erklärung war, dass Franziskas Mörder oder ein Mitwisser die Maske zurückgelassen hatte. War es eine Botschaft, die Weiland einfach nicht zu lesen vermochte?

Die Totenfrau grinste ihn stumm an. Schien ihn zu verhöhnen, weil die Antwort so nah und gleichzeitig unerreichbar schien. Weiland drehte die Maske mit der rechten Hand zur Beifahrertür, sodass er sie nicht länger ansehen musste. In der Dunkelheit suchten seine Augen die Hausnummern ab. Es konnte nicht mehr weit sein.

In der einsetzenden Abenddämmerung schienen sich die grau gewaschenen Fassaden aufzulösen und miteinander zu einer kilometerlangen Betonmauer zu verschmelzen. Statt auf Ästhetik hatte man beim Bau zweifelsohne auf Effizienz gesetzt: kompakte Wohnungen, aufeinandergestapelt wie Steine eines Jenga-Spiels. Weiland parkte die alte Dame vor der Hausnummer vierzig, schaltete den Motor aus und wartete in der Dunkelheit. Er hatte keinen Plan. Meistens lenkte ihn die Intuition und eine Messerspitze Glück. Die Straßen um ihn herum waren belebt: Eine Gruppe Jugendlicher, die gelangweilt eine leere Bierdose über den Bordstein kickte. Zwanzig Meter entfernt schob ein junger Vater einen Kinderwagen vor sich her und sah dabei so müde aus, als würde er jede Sekunde im Stehen einschlafen. Weiland blickte zu der unscheinbaren Tür Nummer vierzig. Ein Mädchen lungerte im Hauseingang herum. Die Fellkapuze ihres Parkas hatte sie tief über die dunkel geschminkten Augen gezogen. Sie schien auf jemanden zu warten. Zog nervös an ihrer Zigarette. Weiland schmeckte Magensäure auf seiner Zunge. Stechend und bitter.

Er unterdrückte den Impuls, auszusteigen und ihr zu sagen, dass sie wegsollte, weg von der Tür. Dass sie blind in ein Raubtiergehege gestolpert war und jetzt besser gehen sollte. Seine Finger bohrten sich in das weiche Leder des Lenkrads. Er könnte klingeln. Das Raubtier wecken und darauf hoffen, dass es einen Fehler beging.

Ich weiß, was du getan hast.

Es wäre dumm, aus der Deckung zu gehen. Noch wusste der Jäger nicht, dass er selbst gejagt wurde. Blind öffnete Weiland das Handschuhfach und zog die zerknitterte Aktenkopie heraus, die er sich aus den Unterlagen zu Franziskas Fall mitgenommen hatte. Den Inhalt der knapp zehn Seiten kannte er mittlerweile auswendig.

Beweisstück 20A. Ein Zigarettenstummel. Eine Discountermarke, die nach Straßenbelag schmeckte. An und für sich nichts Besonderes. Ein Drittel Berlins war mit achtlos weggeworfenen Zigarettenstummeln gepflastert. Besonders war, wo man den Zigarettenstummel gefunden hatte: Er hing zwischen den Zweigen eines Oleanderbusches auf der Rückseite von Franziskas Elternhaus. Gute zwanzig Meter von dem Fenster zu ihrem Zimmer entfernt. Man hatte eine DNA-Untersuchung durchgeführt und prompt einen Treffer gelandet. Es musste ein bittersüßes Gefühl gewesen sein. Endlich eine Richtung, eine Spur, welche die Ermittler zu Franziska führen würde. Gleichzeitig die Gewissheit, dass das Mädchen, nach dem halb Berlin suchte, nicht mehr existierte.

Die DNA gehörte Frank Schiele, ehemaliger Polizist, dreiundvierzig Jahre alt, vorbestraft wegen des Besitzes von Kinderpornografie und sexueller Nötigung Minderjähriger. Einer der damaligen Ermittler hatte sich die Mühe gemacht, Auszüge aus seinem Vorstrafenregister herauszukopieren. Wenn man sie las, dann hatte man das Gefühl, gelähmt in einem Wagen mit hundertachtzig Kilometern pro Stunde auf einen Baum zuzurasen. Unfähig, das Lenkrad herumzureißen, geschweige denn zu bremsen und die Katastrophe aufzuhalten. Weiland kannte Männer wie ihn. Wölfe im Schafspelz, die das Lügen so weit perfektioniert hatten, dass sie selbst nicht mehr zwischen Realität und Wahn unterscheiden konnten.

Bei seiner allerersten Verurteilung für ein anderes Verbrechen hatte Frank S., wie man ihn in den Zeitungen nannte, anfangs alles abgestritten: Es sei ein Irrtum. Jemand habe ihm nur etwas in die Schuhe schieben wollen. Er sei einer von den Guten, keiner von denen. Erst als er begriffen hatte, dass es keinen Ausweg gab, hatte er seine Maske fallen lassen. Er gab zu, sich die Bilder selbst heruntergeladen zu haben. Mädchen, zehn bis fünfzehn Jahre alt, Haarfarbe egal. Er hatte keine spezifischen Vorlieben, Hauptsache, sie waren jung und verletzlich. Schiele gab im weiteren Verlauf des Verhörs zu, sich im Schwimmbad in die Mädchenkabine geschlichen zu haben. Er wollte nur mal ausprobieren, wie das so in echt sei. Die Neugier habe gesiegt, aber er hätte niemals jemanden verletzt. Nur gucken. Das tat doch niemandem weh. Glücklicherweise hatte ein aufmerksamer Badegast Schiele beim Betreten der Umkleidekabinen gesehen und den Bademeister verständigt, der Schiele wenige Minuten später auf einer der Bänke fand, die linke Hand auf dem Schenkel einer verstörten Elfjährigen.

Als Ersttäter bekam Schiele ein Jahr und drei Monate. Laut Aussage einer Gutachterin bestünde mithilfe von Therapie und Beratungsangeboten eine Chance auf Rehabilitation. Schiele könnte wieder ein wertvolles Mitglied der Gesellschaft werden. Fünf Monate vor Franziskas Verschwinden kam er wieder auf freien Fuß. Weiland kurbelte jetzt das Fenster herunter und zündete sich eine Zigarette an. Seine Finger zitterten vor Wut. Wie immer, wenn er von vermeidbaren Katastrophen wie dieser las. Er betrachtete die drei Fotos des unscheinbaren Mannes in der Akte auf seinem Schoß, aufgenommen vor einer weißen Wand bei seiner Verhaftung. Schiele weinte darauf. Weinte um sich selbst, seinen Ruf, den verlorenen Job und seine Frau, die ihn kurzerhand verlassen hatte. Weiland hatte Lust, ihm die Nase zu brechen, damit er einen echten Grund zum Weinen hatte.

Nachdem man Schieles DNA im Garten von Franziskas Elternhaus gefunden hatte, hatte man ihn natürlich ausführlich zu ihrem Verschwinden befragt. Seine DNA auf dem Privatgrundstück der Dahls begründete einen hinreichenden Tatverdacht. Die daraufhin angeordnete Durchsuchung seiner Wohnung hatte jedoch keine neuen Hinweise zutage gefördert. Nichts, was ihn irgendwie mit Franziska Dahls Verschwinden in Verbindung brachte. Da die Rechtsmedizin nur vermuten konnte, dass Franziska tot war, fiel die Anklage in sich zusammen, noch bevor ein irdischer Richter darüber urteilen konnte. Einen Versuch. Nach deutschem Recht konnte man einen Verdächtigen nur ein einziges

Mal für ein und dasselbe Verbrechen anklagen. In Franziskas Fall war das Risiko, den Prozess ohne Leiche oder Beweis für ihr Ableben zu verlieren, schlicht zu groß. Frank S. blieb deshalb ein freier Mann. Und Franziska verschwunden. Zurück blieb ihr Geist, jeder Zentimeter ihres Elternhauses gepflastert mit Erinnerungen, die so schmerzhaft waren, dass einem die Luft wegblieb. Weiland drückte die Zigarette aus, löste schon den Gurt, als das Licht über dem Hauseingang plötzlich aufleuchtete. Ein Mann trat heraus. Weiland sog die trockene Luft scharf in die schmale Lücke zwischen seinen Vorderzähnen. Auch wenn die Geheimratsecken größer und die Falten um seinen Mund herum viel tiefer geworden waren, erkannte er das Gesicht von den Polizeifotos in Franziskas Akten sofort wieder.

Ein unscheinbarer Mann. Mausbraune Haare und Augen. Eine runde Brille auf der Nase, die weder besonders groß noch auffallend klein war. Ein Gesicht, das man sofort wieder vergaß. Ein Chamäleon, das in einer Stadt wie Berlin problemlos mit seiner Umgebung verschmolz. Schiele nickte dem Mädchen mit der Fellkapuze kurz zu. Die Andeutung eines Lächelns auf seinem Gesicht. Sie beachtete ihn gar nicht, sondern tippte gedankenverloren auf ihrem Handy herum. Er ging nur Zentimeter an ihr vorbei. Weiland musste unwillkürlich an einen Geparden denken, der im Steppengras, nur Zentimeter von seiner potenziellen Beute entfernt, seine Kreise zog.

Schiele ging über die Straße, direkt auf Weilands Wagen zu. Der sank tiefer in seinen Sitz, drückte wahllos auf den Knöpfen auf dem Armaturenbrett herum.

Wusste Schiele etwa, dass Franziskas Familie ihn beauftragt hatte? Hatte er Weiland beobachtet, lange bevor der überhaupt auf die Idee gekommen war, Schiele zu beschatten? Weiland hielt die Luft an, als Schiele vor seiner Motorhaube auf den Bürgersteig trat und dann, ohne ihn eines Blickes zu würdigen, in Richtung der nächsten Straßenkreuzung weiterging. Sollte er ihn im Wagen bemerkt haben, so hatte er sich zumindest nichts anmerken lassen. Wenn Weiland den Fall lösen wollte, dann musste er mehr über Schiele in Erfahrung bringen. Seine Gewohnheiten. Seine Verstecke und seine Schwächen. Nur dann hatte er eine Chance, den Jäger in die Falle tappen zu lassen. Weiland wartete, bis sein Ziel hinter der nächsten Kurve verschwunden war, und nahm dann zu Fuß die Verfolgung auf.

KAPITEL 11

Die Kneipe, die Theo Weiland und Frank Schiele im Abstand von etwa zehn Minuten betraten, roch nach längst vergessenen Zeiten. Das Leder der abgewetzten Sessel trug den Geruch langer Nächte und kalter Asche wie ein eigenwilliges Parfüm. Glücklicherweise war das Publikum beliebig genug, um dort als Neuankömmling nicht weiter aufzufallen: Büroangestellte mit gelösten Krawatten tranken billigen Wein neben Bikern mit Bierkrügen. Zwei Tische weiter saßen augenscheinlich Studenten, die mit Ouzos für einen Euro ihre Leber trainierten. Es war eine der Kneipen, in die man sich nur verirrte, wenn man in der Gegend wohnte und zu bequem war, einen weiten Weg in ein schöneres Etablissement auf sich zu nehmen.

Weiland entdeckte Schiele im linken Augenwinkel. Er saß im Dämmerlicht im hinteren Drittel des Raums an einem der Tische und war nicht länger allein. Die halb leeren Biergläser vor ihnen auf dem Tisch verrieten, dass die Gruppe schon eine Weile beisammensaß. Insgesamt waren es vier Männer. Die Stühle so weit nach vorn gerückt, dass ihre Knie sich berührten. Ein fünfter Stuhl am Tisch war leer.

Die Köpfe der Männer schwebten über den Bierkrügen, um sich trotz der lebhaften Geräuschkulisse unterhalten zu können. Als Weiland sich durch die Menge an die Theke schob, sah einer von ihnen auf. Für den Bruchteil einer Sekunde trafen sich ihre Blicke, bevor Weiland bestellte und dann mit einem Halbliterglas auf einen der blinkenden Spielautomaten zusteuerte. Ein denkbar schlechter Platz. Viel zu weit entfernt, um auch nur irgendetwas von den Gesprächen am Tisch mitzubekommen. Außerdem saß die Gruppe jetzt schräg in seinem Rücken, sodass er sie nur noch am Rande seines Blickfelds wahrnehmen konnte.

Er verfluchte sich dafür, nicht schneller geschaltet zu haben, während er die erste Münze aus seinem Portemonnaie zog. Der Spielautomat seufzte glücklich. Weiland tat dem Geldschlucker den Gefallen und drückte auf einen überdimensionierten Knopf, woraufhin die Symbole hinter der Plastikscheibe sich zu drehen begannen. Er zündete sich die nächste Zigarette an und dachte nach, während er die Augen scheinbar ziellos durch den Raum schweifen ließ. Von seiner Entfernung aus konnte er die Gesichter der Männer im Dämmerlicht nur schwer ausmachen. Aufgrund der Kleidung und der lichter werdenden Haaransätze schätzte er sie auf Mitte dreißig bis vierzig. Wussten Schieles Begleiter, mit wem sie da am Tisch saßen? Zumindest wirkten sie vertraut, wie alte Freunde oder langjährige Arbeitskollegen. Aus irgendeinem Grund hatte Schiele nach seiner Verurteilung davon abgesehen, seinen Namen zu ändern, der wie ein Makel an ihm haftete. Manchmal schämten Männer wie er sich nicht für das, was sie getan hatten. Im Gegenteil. Einige trugen ihre

Taten wie einen Pokal mit sich herum, wie ein Abzeichen, das auf ihrer Brust prangte. Nur eine Internetsuche, und jeder konnte sehen, wer sich im Schafspelz verbarg. War Weiland auf ein Rudel gestoßen? Wölfe jagten für gewöhnlich gemeinsam und teilten ihre Beute. In der Gruppe war ihre Erfolgswahrscheinlichkeit wesentlich höher als allein.

»Entschuldigung?«, er lächelte die beiden Studentinnen am Nebentisch an, die abwechselnd an einem schlumpfblauen Cocktail nippten, der so süß aussah, als würde er einem beim Trinken die Zähne wegätzen. »Ich bin zu Besuch in Berlin. Ich würde gern ein Foto für meine Tochter machen. Wärt ihr so nett ...?«

Die beiden wechselten einen vielsagenden Blick. Vermutlich hatten sie Mitleid mit ihm. Ein Mann mit tiefen Augenringen in abgewetztem Wollmantel, sein einziger Gesprächspartner das Bier mit eingefallener Schaumkrone.

»Äh ... okay? Gibt schönere Orte für ein Foto, oder?«, sagte die Linke von beiden, stand dann aber auf und nahm ihm das Telefon aus der Hand.

»Bitte von hier, sodass man die Theke im Hintergrund sieht. Mach ruhig ein paar, dann kann ich das Beste auswählen.« Weiland trat einige Schritte zurück. Er hob das Bierglas und prostete der Luft zu.

»Fertig.«

»Danke.« Weiland schob das Handy zurück in seine Manteltasche, ohne sich die Fotos darauf anzusehen. Stattdessen warf er die letzte Münze in den Schlitz, drückte den Knopf und leerte das Bier dann in großen Zügen. Der Automat gab eine traurige Fanfare von sich. Wieder kein Glück.

Er beschloss, nicht länger als nötig zu bleiben, und verließ die Bar, ohne sich noch einmal umzusehen. Der betörende Geruch von Alkohol und Zigaretten folgte ihm wie ein treuer Begleiter nach draußen. Sechs Grad und wieder dieser verdammte Regen, der wütend auf die Autodächer trommelte.

Erst hinter der nächsten Straßenecke blieb Weiland stehen, zog das Handy wieder aus der Tasche und betrachtete die Aufnahmen, welche die Frau von ihm gemacht hatte. Insgesamt waren es drei Fotos. Das falsche Lächeln hatte er perfektioniert: Er grinste im Vordergrund in die Linse, als hätte er bereits fünf Bier intus. Im Hintergrund des Bildes waren Schiele und seine Begleiter zu sehen. Schieles Finger krampften sich um das Glas in seiner Hand. Weiland stellte sich vor, wie sich diese Finger um den Schenkel eines Kindes krampften. Um Franziskas Kehle. Ihm wurde übel. Die Gesichter der Begleiter waren zwar verschwommen, aber vielleicht konnten ihm die Bilder trotzdem helfen, ihre Identität zu klären. Weiland wurde das Gefühl nicht los, dass er Zeuge von etwas geworden war, was im Verborgenen bleiben wollte. Er scrollte weiter durch die Fotos und erstarrte dann.

Auf dem Letzten schien Schiele direkt in die Kamera zu sehen. Als ahnte er, dass er das eigentliche Fotomotiv war. Er lächelte und zeigte dabei seine spitzen Zähne. Der Wolf hatte die Witterung aufgenommen. Weiland schob das Handy zurück in seine Manteltasche und bog um die nächste Straßenecke, hinter der sein Auto geparkt war. Dass etwas nicht stimmte, be-

merkte er auf den ersten Blick. Im Licht der Straßenla-
terne glänzten Glasscherben auf dem Boden wie Eiskristalle im Licht.

Er rannte los, wohl wissend, dass er zu spät kam.

Der Angreifer hatte brutal und äußerst effizient gearbeitet. Ein langer Schnitt vom Kotflügel bis zur Hintertür. In der Seitenscheibe klaffte ein Loch. Weilands
Blick fiel auf den Beifahrersitz. Ein Stein, groß wie eine
Faust, lag auf der Konsole. Er entriegelte den Wagen,
sah sicherheitshalber im Fußraum und dem Fach nach.
Die Kopien von Schieles Akten waren verschwunden.

Und mit ihnen die Maske des Totenmädchens.

KAPITEL 12

Zehn Minuten lang sagte keiner von ihnen ein Wort.

Der andere arbeitete konzentriert und sorgsam. Begutachtete jede der Verletzungen ausgiebig. Tastete die Kratzer und Beulen ab, während er immer wieder den Kopf schüttelte, sodass seine schwarzen Locken durch die Luft flogen. Besorgt beobachtete Weiland, wie die Falten auf seiner verhärmten Stirn mit jeder Minute tiefer wurden.

Normalerweise schätze Weiland diese Art an ihm. Effizient wie ein professioneller Auftragskiller, kein Wort und keine Bewegung zu viel. Ganz anders als sein Friseur, der ihm beim Haareschneiden so viel über Gott und die Welt erzählte, dass ihm danach die Ohren glühten. Jetzt hasste er die Stille, die Minuten in Stunden zu dehnen schien. Weiland versuchte in den Augen zu lesen, die unter den buschigen Augenbrauen fast verschwanden.

»Wie schlimm ist es?«, fragte er, als er es nicht länger aushielt.

Arash seufzte und richtete sich wieder auf. Arash, der Wunderheiler. Der Beulendoktor mit den magischen Händen, der Autos vor dem Autofriedhof rettete. Natürlich würde er die Dame wieder hinbekommen. Schwarz, fünfhundert Euro in bar, so lief das in der

Werkstatt hinter dem Industriegebiet, in der es immerzu nach Motorenöl und harter Arbeit roch.

»Schlimm, mein Freund, schlimm. Es gibt kaum noch Ersatzteile für dein Schätzchen.«

»Und? Es sind doch nur Kratzer, oder nicht?!« Weiland schluckte. «Dazu eine neue Seitenscheibe, und sie sieht wieder frisch aus.« Die alte Dame begleitete ihn jetzt schon sein halbes Leben. Er hielt nichts davon, Dinge einfach wegzuwerfen und auszutauschen. Ein neuer Wagen hätte keine Seele, es wäre eben nur ein Wagen. Mit diesem war er mit Ingrid zum ersten Mal an die Küste gefahren, war mit hundertzwanzig durch die Innenstadt gerast, als ihre Wehen kaum noch erträglich waren, hatte seine Tochter Hanna zu ihrer Einschulung und fünfzehn Jahre später in ihr Studentenwohnheim gefahren.

»Geht durch den Lack. Das ist eine Einladung für Rost, der wird da drin eine kleine Party feiern, verstehst du?«

Arash kratzte sich über die Bartstoppeln an seinem Kinn.

»Ich meine, ich kann es probieren. Aber keine Garantie. Fifty-fifty, denke ich.«

»Okay.«

»Sicher, mein Freund?«

»Ja. Ich habe das Geld dabei.«

Weiland kramte in seinen Taschen, aber Arash winkte ab und lachte.

»Ich denke nicht, dass das reicht. Anderthalb Scheine.«

»Andert...? Du willst tausendfünfhundert Euro von mir?!«

»Jap.«

»Dafür kann ich zu einer Vertragswerkstatt gehen.«

»Da kostet es locker vier Scheine. Wenn sie es überhaupt machen.«

Weiland blickte zu der alten Dame. Die vergilbten Scheinwerfer sahen ihn traurig an. Verflucht noch mal.

»Ich mach's«, stieß er zwischen zusammengebissenen Zähnen hervor.

Arashs Hand schoss nach vorn. »Anzahlung jetzt. Den Rest zahlst du, wenn sie überlebt.«

Weiland leerte sein Portemonnaie. Drei Hunderter und ein paar Münzen Trinkgeld. Arash steckte alles kommentarlos ein.

»Was denkst du, wann kann ich sie wieder abholen?«

»Es dauert so lang, wie es dauert. Dieses Wochenende brauche ich mindestens. Ich muss ein paar Leute anrufen, die eine Schwäche für alte Schätzchen wie dieses hier haben. Vielleicht haben wir ja Glück, du und ich.«

Weiland seufzte. Na prima. Arash klopfte ihm auf die Schulter, als sein Blick auf den runden Stein auf dem Beifahrersitz fiel, die Wurzel allen Übels.

»Hast du Ärger mit jemandem?«, fragte er.

»War vermutlich nur irgendein Idiot, der vom Leben frustriert ist.«

Arash zog eine seiner fingerdicken Augenbrauen nach oben.

»Ein Idiot hätte einen losen Bordstein genommen. Ein abgerissenes Straßenschild. Das ist ein schöner Stein. So einen findet man nicht einfach auf der Straße. Ich sag's nur ungern, aber ich glaube nicht, dass das ein Zufall war.«

»Du kennst dich ja anscheinend ganz gut mit Steinen aus?«, fragte Weiland.

»Mein Jüngster hat eine riesige Sammlung. Er mag vor allem die, die aussehen, als wäre ein ganzes Universum darin. Amethysten. Malachiten. Aber der hier hätte ihm auch gefallen, obwohl er langweilig grau ist wie Beton. Aber die Form ist besonders. Eine fast perfekte Kugel. Ich mein ja nur, an deiner Stelle wäre ich vorsichtig. Irgendjemand hat dich auf dem Kieker.«

»Ich versuche es.«

Arash nickte und wandte sich dann mit düsterem Gesichtsausdruck wieder seiner Patientin zu.

»Jetzt lass mich arbeiten, mein Freund. Vorn am Brett hängt ein Schlüssel. Nimm den Polo vom Hof, solang deine Lady bei mir bleibt. Gratis für treue Kunden.«

Weilands Schritte hallten ungewöhnlich laut durch die Luft, als er eine knappe Minute später den Innenhof durchquerte und auf den Wagen zusteuerte, der einsam unter den Zweigen einer knorrigen Eiche parkte. Erst als die Fahrertür hinter ihm zuschlug, realisierte er vollends, was heute Abend geschehen war. Frank Schiele hatte ihm eine Warnung zukommen lassen.

Einen kleinen Vorgeschmack auf das, was passieren würde, wenn Weiland seine Nachforschungen nicht einstellte.

KAPITEL 13

An Schlaf war heute Nacht nicht zu denken.

In der Stille hörte Ronja noch immer das Flüstern ihrer Mitschüler. Sah das Grinsen, das sie ihnen am liebsten aus den Gesichtern schlagen würde, wenn sie nur mutiger und stärker wäre. Die Lehrer predigten immer, man solle Konflikte mit Worten lösen. Ich-Botschaften. Was für ein Schwachsinn.

Hör bitte auf, meinen Kopf gegen den Spind zu schlagen. Ich fühle mich verletzt und wütend.

Obwohl ihr zum Heulen zumute war, musste Ronja bei der Vorstellung grinsen.

Reden funktionierte vielleicht bei Menschen. Bei Lebewesen, die so etwas wie Mitgefühl und Moral empfanden. Aber nicht bei Tieren. Allein war keiner ihrer Mitschüler bösartig. Gefährlich wurde es erst, wenn sie sich zusammenrotteten. In der Gruppe stachelten sie sich gegenseitig auf. Feuerten sich an, wie bei einem Boxkampf. Je brutaler der Schlag, ausgeführt mit ihren Fäusten oder Worten, desto lauter grölten sie vor Vergnügen.

Ronja hatte gelernt, dass es am schnellsten vorüberging, wenn sie ganz stillhielt. Wenn sie so tat, als sei sie ein lebloser Boxsack, an dem die Schläge und Worte einfach abprallten. Dann ließen ihre Mitschüler meist nach einigen Minuten von ihr ab. Enttäuscht darüber, dass sie dieses Mal nicht geweint hatte. Als wäre die Schule nicht schon schlimm genug, nistete sich zu allem Übel auch noch ein Parasit in ihrem Zuhause ein. Nicht einmal hier war sie mehr sicher. Tentakeltom hatte sie beim Essen wieder auf diese Art angesehen. Als *wüsste* er, was in ihrem Kopf vorging. Am liebsten hätte Ronja ihm gesagt, dass er endlich abhauen sollte, zurück in das Loch, aus dem er in ihr Leben gekrochen war. Was interessierte es ihn, wie Ronjas Tag war? Was ging ihn das überhaupt an? Er sollte endlich aufhören, Interesse an ihr zu heucheln. Er sollte die Klappe halten und Ronja ignorieren, so wie die Männer vor ihm. Ralf, Daniel, Viktor, bedeutungslose Namen und noch bedeutungslosere Männer, an die Ronja sich kaum noch erinnerte. Tentakeltom spielte sich fast so auf, als wäre er ihr Vater. Sie unterdrückte den dumpfen Schmerz, wie immer, wenn sie an den Mann dachte, der sie gezeugt hatte, nur um sie dann wegzuwerfen wie Müll. Vielleicht war sie ihm zu laut gewesen. Zu anstrengend. Vielleicht war sie auch einfach nicht besonders genug, ein schüchternes Mädchen mit Zahnspange und straßenköterblonden Locken. Ronja biss sich auf die Zunge.

Die Wahrheit war, dass sie keinen Vater mehr hatte. Der war gestorben in dem Moment, als er zum letzten Mal aus der Tür getreten war und sich nie wieder nach ihr umgesehen hatte. Auch Tentakeltom würde nie ihr Vater sein, der brauchte sich gar nicht so aufzuspielen.

Warum nur hing ihre Mutter an solchen Losern? Manchmal kam es Ronja vor, als würde ihr Gehirn beim Anblick brauner Augen aussetzen. Sie atmete tief durch, zählte bis zehn. Jetzt bloß nicht wieder anfangen zu weinen.

Die rote Anzeige des Weckers auf dem Schreibtisch zeigte kurz nach Mitternacht. In sechs Stunden ging die Hölle von vorn los. Erste Stunde Mathe. Ronja wälzte sich zurück in Richtung der Wand, während die Decke wie Stroh in ihre Haut zu stechen schien. Sie schloss die Augen, ein letzter, verzweifelter Versuch, der Realität wenigstens kurz zu entfliehen. Langsam spürte sie, wie die Müdigkeit über ihren Körper kroch. Ihre Gedanken lösten sich auf, und ihre Atemzüge wurden immer tiefer, als plötzlich ein Geräusch an dem wachen Teil ihres Verstands zupfte. Ein leises Kratzen. Fingernägel auf Holz. Mit einem Schlag war sie wieder hellwach. Ihr Körper gefror. Muskeln und Sehnen vollkommen unbeweglich und nutzlos.

Ronja hatte sich daran gewöhnt, in der Nacht Geräusche zu hören. Die Wände zwischen den einzelnen Wohnungen waren dünn wie Reispapier, sodass sie oft mehr hörte, als ihr lieb war. Rauschende Toilettenspülungen. Fernseher. Den neuen Gichtanfall von Frau Müller, untermalt von ihrem schmerzgeplagten Keuchen und Stöhnen. Aber dieses Geräusch war anders.

Es kaum aus ihrem Zimmer. Es war hier.

Sie hörte es jeden Morgen, wenn sie schlaftrunken aus dem Zimmer stolperte, und jeden Abend, wenn sie ein letztes Mal die laute Welt aussperrte. Seit ihr ein Wasserglas auf dem Parkett zerbrochen war, kratzte die Tür bei jedem Öffnen über das aufgequollene Holz. Ronja hielt den Atem an. Die feinen Härchen auf ihren Armen richteten sich auf. Ihre Mutter würde niemals mitten in der Nacht in ihr Zimmer kommen. Sie wagte sich ja selbst im Tageslicht nicht in Ronjas Chaos. Aufgeschlagene Bücher lagen kreuz und quer verteilt auf dem Boden. Auf der Fensterbank balancierten geklaute Weinflaschen mit Stumpenkerzen in den Hälsen. Eine falsche Bewegung, und die Flaschen zerschlugen auf dem Boden in winzige Scherben. Sogar die Wände ihres Zimmers waren über und über vollgestopft: In jeder Ecke hingen Tücher, die den grauen Himmel draußen erträglicher machten. Hexenhöhle, Gruft, Tatort – mit den Jahren waren einige nicht ganz ernst gemeinte Namen für Ronjas Zimmer dazugekommen, wenn es wieder einmal so aussah, als hätte eine Bombe eingeschlagen.

Ein weiteres Kratzen. Dann klickte das Schloss sanft. Die Tür war wieder geschlossen. Ronja wagte es nicht, sich umzudrehen. Sie öffnete ihre Lippen. Ein einziger Schrei könnte sie vielleicht retten. Vielleicht würde ihre Mutter im Schlafzimmer davon aufwachen. Frau Müller von nebenan würde die Polizei rufen. Aber wenn sie schrie, dann würde das, was in der Dunkelheit auf sie lauerte, nach vorn stürzen und die Hände auf ihren Mund legen. Zudrücken, bis ihre Zähne brachen und ihr schwarz vor Augen wurde. Deshalb blieb sie lieber stumm, hielt ganz still, als sei sie zu Eis erstarrt.

Auch dann, als die Schritte immer näher kamen. Leise. Auf Zehenspitzen. Ronja wartete auf das Geräusch eines umfallenden Bücherstapels. Knisterndes Papier. Ein Glas, das über den Boden rollte. Aber da kam nichts. Wieso, verdammt, hörte sie nichts?

Der Boden in ihrem Zimmer war das reinste Minenfeld. Entweder derjenige konnte in der Nacht sehen, oder er hatte ihr Zimmer ausgekundschaftet. Hatte sich bei Tageslicht eingeprägt, wo all die Kleiderstapel, Kerzen, Gläser und Taschen auf dem Boden lagen. Die Dunkelheit vor ihren Augen begann zu flimmern. Die Luft schien kaum noch ihre Lungen zu erreichen.

Warum ausgerechnet sie? Vielleicht war das alles nur ein Traum, ein Nachtmahr, wie ihr Großvater früher diese Art von Träumen genannt hatte, die so real und Furcht einflößend waren, dass sie einen lange nach dem Aufwachen verfolgten wie Schatten. Die Schritte endeten jetzt vor ihrem Bett. Etwas oder jemand stand direkt über ihr. Sie konnte ihn riechen. Ein Männerparfüm. Schwer und holzig. Darunter lag eine ekelerregende Note aus Alkohol und kaltem Schweiß. Der Geruch war so intensiv, dass sie ihn auf der Zunge schmecken konnte. Ronja wurde übel. Ihr Magen bäumte sich auf.

Halt still. Tu so, als würdest du schlafen.

Ihre Augen waren geschlossen. Die langen Haare fielen über ihr Gesicht. Sie hoffte, er konnte den Puls an ihrer Kehle nicht sehen. Rasend wie die Salve eines Maschinengewehrs.

Plötzlich spürte sie ein zweites Gewicht auf der Matratze. Das Bett sackte nach unten.

Es konnten nur Sekunden sein, die sie reglos in der Dunkelheit ausharrte, aber es fühlte sich an wie die Ewigkeit. Sie hörte ihn atmen. Tiefe, gleichmäßige Züge. Ruhig und konzentriert, wie jemand, der nicht zum ersten Mal in der Nacht in ein Zimmer einstieg.

Ronjas Körper war wie betäubt.

KAPITEL 14

Eine Bohrmaschine zerfetzte seinen Gehörgang. Anders konnte sich Theo Weiland das laute Knirschen und Knacken mit geschlossenen Augen nicht erklären. Er schreckte auf, spürte, wie seine Wirbel schmerzhaft Tetris miteinander spielten.

»Bin ich ...?« Er blinzelte, noch nicht bereit, sich aus dem viel zu kurzen Tiefschlaf zu verabschieden. Seit er vom Dienst freigestellt war, brannten seine Beine in der Nacht, als hätte er sie in Eiswasser gebadet. Schlaf war deshalb in den letzten Wochen ein gern, aber selten gesehener Freund in seinem Leben geworden.

»Morgen!«, Hanna stoppte die elektrische Kaffeemühle und füllte drei großzügige Löffel in den Filter. Er musste am Küchentisch eingeschlafen sein, den Kopf in seinem Ellbogen auf der Tischplatte vergraben. Mit Mitte vierzig steckte sein Körper eine solche Nacht nicht mehr so einfach weg. Seine Wirbelsäule fühlte sich an, als hätte man sie durch einen Fleischwolf gezogen.

»Warum ...?«, stöhnte er.

»Du wolltest wohl sagen: Danke, dass du die aufmerksamste Tochter der Welt bist. Ich bin eigentlich verabredet, aber dann habe ich dein Handy klingeln gehört. Du hast so tief geschlafen, dass du nichts von deinem

Wecker mitbekommen hast. Dabei klingt dieses schrille Piepen echt nervtötend. Übrigens hat dir eine Sarah Winter geschrieben, sorry, die Nachricht war echt penetrant direkt auf dem Startbildschirm zu lesen. Ich konnte gar nicht *nicht* hingucken.«

Weilands übermüdetes Gehirn brauchte einige Sekunden, um die Vielzahl der Informationen zu verarbeiten. Zu seinem eigenen Widerwillen spürte er, wie sein Puls sich beim Klang von Sarahs Namen um einige Takte erhöhte. Sie hatten sich letztes Jahr kennengelernt. Sie war eine Zeugin, er ermittelte. Beim Versuch, das Leben ihres Sohnes zu retten, hatte Weiland gleich mehrere Grenzen überschritten und war daraufhin suspendiert worden. Sie meldete sich unregelmäßig, teilte Bruchstücke und Eindrücke ihres Lebens mit ihm wie einen Faden, den er aufnehmen oder liegen lassen konnte.

»Was hat sie geschrieben?«

»Sie wollte einfach wissen, wie es dir geht. Ob du den Wanderweg auf Madeira ausprobiert hast, den sie dir empfohlen hat. Ist sie eine Freundin?«, fragte Hanna und bemühte sich dabei sichtlich, einen neutralen Gesichtsausdruck beizubehalten, während Weiland selbst das Gefühl hatte, seine Gesichtszüge würden verrutschen wie Eis, das in der Sommersonne schmolz. »Das ist deine Sache!«, schob sie schnell nach. »Ich meine nur, es ist okay. Sie klingt nett, und das mit Mama ist so lang her.«

»Können wir dieses Thema jetzt abbrechen?«

»Nichts lieber als das«, antwortete sie. »Das ist schlimmer als das Aufklärungsgespräch, das du und Mama mit mir in der fünften Klasse führen wolltet.« Die Filtermaschine gab ein schwaches, zufriedenes Seufzen von sich. Der Kaffee, dessen Farbe und Konsistenz eher schwarzem Öl ähnelte, war fertig. Hanna füllte zwei Tassen bis zum Rand und setzte sich dann zu ihm an den Tisch. Erst als der erste Schluck Kaffee seine Zunge verbrannte, fiel ihm siedend heiß ein, dass er etwas vergessen hatte.

»Was hast du eben gesagt, mein Wecker hat geklingelt?«

»Ja. Hast du heute irgendeinen Termin?«, fragte sie und verzog schmerzverzerrt das Gesicht, als sie den Kaffee probierte. Seit der Flieger in Berlin-Tegel aufgesetzt und sich die Ereignisse überschlagen hatten, hatte er jeden Gedanken an seine Zukunft erfolgreich verdrängt. Die Anhörung, die ihn in wenigen Wochen erwartete, hatte er genauso aus seinem Gedächtnis gelöscht wie die Einzelgespräche mit der Polizeipsychologin, die er bis dahin ableisten musste. Es war erstaunlich einfach gewesen, so zu tun, als sei alles wieder beim Alten. Er ermittelte wieder. Hatte eine Aufgabe, die seinem Tag Sinn und Struktur gab. Der Termin, der in knapp vierzig Minuten begann, ließ diese Illusion platzen. Nichts war, wie es sein sollte. Noch immer stand er auf dem Abstellgleis.

»Papa?«

»Ja, ich ... Ich muss nur zur Polizeipsychologin.«

Sie griff nach seiner Hand und drückte sie für einen Moment.

»Die war doch gar nicht so übel, hast du gesagt, oder? Ist alles okay?«, fragte sie.

In ihrer Stimme konnte er die Sorge hören. Es war nicht richtig. Sie sollte sich Gedanken über ihre Urlaubspläne im Sommer und um das anstehende Semester an der Uni machen, nicht um ihn.

»Alles bestens«, sagte er und zog seine Mundwinkel nach oben in der Hoffnung, dass es wie ein Lächeln aussah.

»Sie sehen erholt aus.« Wie immer begrüßte Isabell Ruiz ihn mit einem breiten Lächeln und mit einem Händedruck, der viel zu kräftig für ihre zierliche Statur wirkte.

»Danke. Die Auszeit hat gutgetan«, antwortete er und legte Mantel und Schal auf der Lehne des grünen Sofas ab, auf dem er für gewöhnlich während ihrer Sitzungen Platz nahm. Von der rechten Seite aus konnte man durch das Fenster über die Straße in den Görlitzer Park sehen. Seit seinem letzten Besuch hatte sich etwas an der Aussicht verändert: Eine Amsel hatte ihr Nest auf der Fensterbank gebaut und brütete dort über mehreren glänzenden Eiern.

»Macht es Ihnen etwas aus, wenn wir heute die Sitzordnung ändern? Sie nehmen meinen Sessel, ich Ihr Sofa?«, schlug Ruiz vor.

Es war ein eigenartiges Gefühl, in den Sessel zu sinken. Normalerweise saß sie hier, das Fenster im Rücken, die Notizen auf ihrem Schoß, während sie ihn mit ihren Fragen immer weiter aus der Reserve lockte. Isabell Ruiz war wie eine Profiboxerin, die genau wusste, wo sie treffen musste. Immer wieder schlug sie auf die gleiche, empfindliche Körperstelle, bis ihr Gegenüber zusammenbrach. Sie spürte seinen Schmerz, seine

Scham, die er hinter Mauern zu verstecken versuchte. Die Psychologin setzte sich auf das Sofa und blickte Weiland dann mit ernstem Ausdruck an.

»Ich möchte heute gern mit Ihnen die Rollen tauschen. Normalerweise erzählen Sie mir von sich. Von Ihrer Arbeit, Ihrer Frau und der gemeinsamen Tochter. Sie öffnen sich, obwohl Sie so gut wie nichts von mir wissen. Heute möchte ich Ihnen etwas von dieser Offenheit zurückgeben und etwas von mir erzählen, das kaum jemand weiß.«

Er nickte und lehnte sich gegen das weiche Polster. Für gewöhnlich liefen die Sitzungen immer gleich ab. Ruiz begann mit einer Frage und hörte ihm dann aufmerksam zu. Ließ ihm Zeit zu antworten, statt die entstehende Stille krampfhaft zu füllen. Es beunruhigte ihn, nicht zu wissen, in welche Richtung das Gespräch dieses Mal laufen würde.

»Meine Eltern hatten in meiner Kindheit ein Restaurant in der Nähe von Valencia«, sagte sie in diesem Moment. »Sie lebten vom Tourismus. Im Winter gab es selten etwas zu tun, deshalb musste das Geld aus der Hochsaison für das ganze Jahr reichen. Im Sommer hatten die guten Tage vierzehn Stunden Arbeitszeit. Die schlechten achtzehn bis zwanzig. Sie können sich wahrscheinlich vorstellen, dass ich meine Eltern während dieser Zeit kaum gesehen habe. Vor dem Morgengrauen sind sie ins Restaurant, um Gemüse vorzuschneiden und Teig anzurühren. Abends fielen sie dann todmüde ins Bett. Bis ich etwa zwölf Jahre alt war, hat deshalb unsere Nana den ganzen Sommer lang auf meine Schwester Lucia und mich aufgepasst.« Ruiz deutete auf ein Bild, das auf einem der Regale stand, von dem eine ältere Frau und zwei junge Mädchen lächelten. Entgegen seiner früheren Vorstellung war das Zimmer, in dem ihre Sitzungen stattfanden, nicht kalt und rein funktional eingerichtet. Neben den Sitzmöglichkeiten gab es deckenhohe Regale voller Bücher, Dutzende Pflanzen und Leinwandgemälde an den Wänden. Bislang war ihm das Bild, das zwischen zwei Orchideen auf dem Regal stand, gar nicht aufgefallen.

»Sie sind links auf dem Bild, oder? Ist Ihre Schwester Lucia die Jüngere?«

»Ja. Luci war das Nesthäkchen. Sie kam auf die Welt, als ich bereits acht Jahre alt war. Ein kleines Wunder.«

Ruiz lächelte das Bild für einen Augenblick an, ehe sie sich wieder Weiland zuwandte.

»Kurz vor meinem zwölften Geburtstag starb Nana an einem Herzinfarkt. Ab diesem Moment war ich jeden Sommer lang Lucis Mutter. Ich konnte nicht länger mit Freunden an den See oder in die Mall. Während andere ihren ersten Kuss erlebten oder Bier probierten, habe ich meiner kleinen Schwester Gute-Nacht-Geschichten vorgelesen. Ich habe es gehasst.« Ruiz schloss die Augen und atmete einige Male tief durch.

Weiland schwieg. Wartete. Aus einem unerfindlichen Grund hatte er das Gefühl, ungebremst auf einen Abgrund zuzurasen.

»In einem dieser Sommer bin ich morgens um 5 Uhr aufgestanden und hab Luci ihre Schulbrote geschmiert. Der Tag begann wie jeder andere. Ich habe ihr morgens Kleidung rausgelegt, ihre Haare geflochten und sie zum Schulbus gebracht. Der Bus ist losgefahren, in Richtung der Kreuzung. Die Ampel war grün. Nur raste an diesem Tag ein Lkw ungebremst auf ihn zu. Der Fahrer war eingeschlafen.«

Ihre Stimme zitterte jetzt.

»Ich hörte einen lauten Knall. Die Hupe ging ununterbrochen. Dann kam der Rauch. Alle schrien. Rannten los. Ich stand einfach nur da, unfähig, mich zu bewegen. Aber dann spürte ich, wie sich etwas veränderte. Als würde ich die Kontrolle über meinen Körper verlieren. Ich stand da und lächelte. Die Ärzte sagten später, Lucia wäre sehr schnell gestorben, sie hat wahrscheinlich nicht einmal realisiert, was passierte. Durch den Aufprall wurde sie seitlich gegen einen der Sitze geschleudert. Wegen des Schädelbruchs und die Hirnblutung hat sie innerhalb von Sekunden das Bewusstsein verloren. Ich stand also da und lächelte, während meine kleine Schwester starb. Mein erster Gedanke war, dass ich den Rest des Sommers so viel an den See fahren konnte, wie ich wollte. Ich musste nie wieder früher aufstehen, um ihre Schulbrote zu schmieren.«

Isabell Ruiz schien innerhalb der letzten Minuten in Lichtgeschwindigkeit gealtert zu sein. Das anderthalb Meter große Energiebündel saß plötzlich mit den gebeugten Schultern einer Hundertjährigen vor ihm.

»Sie wurde nur acht Jahre alt. Acht. Und alles, woran ich im Moment ihres Todes denken konnte, war meine eigene Freiheit. Ich habe mich so geschämt. Ich habe mich gehasst. Viele Jahre lang war ich fest davon überzeugt, ein abgrundtief böser Mensch zu sein. Egoistisch. In der Schule habe ich immer Ärger gemacht. Mit sechzehn habe ich angefangen zu trinken. Bis eine Vertrauenslehrerin mich eines Tages nach dem Unterricht in ihr Büro einlud. Sie kochte frischen Pfefferminztee. Wir redeten. Über alles und nichts. Irgendwann auch über meine Schwester. Es hat gedauert, bis ich verstanden habe, was damals passiert ist. Und noch viel länger, bis ich mir selbst dafür verziehen habe.«

Die Psychologin rückte an die äußerste Kante des Sofas. Ihre braunen Augen fixierten Weiland.

»Manchmal passieren uns Dinge im Leben, die zu schrecklich sind, um sie zu verarbeiten. Unser Geist konzentriert sich auf Kleinigkeiten, Nebensächliches, um sich der Wahrheit nicht stellen zu müssen. Es gibt nicht viele Menschen, denen ich diesen Teil von mir zeige. Es tut immer noch weh, daran zu denken. Obwohl es so viele Jahre her ist.«

»Der Schmerz geht nie weg, er verändert nur seine Form«, sagte Weiland sanft. Seine Kehle war staubtrocken, und jede Silbe kratzte in seinem Hals. »Es tut mir sehr leid, dass Ihre Schwester viel zu jung starb und Sie das alles verarbeiten mussten. Sie waren ja selbst noch ein Kind. Es muss sehr schwer gewesen sein.«

»Der Tod ist immer schwer. Egal, wie alt man ist.« Sie legte ihre grün lackierten Fingernägel aneinander und stützte ihr Kinn auf den Fingerspitzen ab. »Erinnern Sie sich noch an unser letztes Gespräch? Vor Ihrer Auszeit?«

Die Frage traf ihn unvermittelt. Er hatte zwar damit gerechnet, dass sie nicht lockerlassen würde – Isabell Ruiz war wie ein Bluthund, der seine schlecht verheilten Wunden roch –, aber nicht damit, dass sie so schnell und direkt wieder zubeißen würde.

»Ja. Wir sprachen über den Tag, als meine Frau starb.«

Der Raum schien plötzlich zu schrumpfen. Die Wände waren näher aneinandergerückt, als wollten sie ihn zwischen sich zerquetschen. Ruiz nickte, sagte aber nichts. Es war, als werfe sie ihm einen unsichtbaren Ball zu.

»Wir redeten darüber, wie ich sie fand. Wie ich sie aus dem Wasser zog und sofort wusste, dass sie weg war.«

Tot. Nie würde er vergessen, wie kalt ihre Haut sich angefühlt und wie leer ihre Augen ihn angesehen hatten. Weiland unterdrückte das Bedürfnis, die Position zu wechseln. Sein Körper wollte weg, sich irgendwie durch den Raum bewegen, um möglichst viel Abstand zwischen sich und die Psychologin zu bringen. Er wusste, worauf sie hinauswollte.

»Aber Sie haben mir beim letzten Mal nicht alles gesagt, nicht wahr?«, fragte Ruiz. »Irgendwas ist am Todestag Ihrer Frau vorgefallen. Sie spüren diese Schuld. Das Gefühl, es wiedergutmachen zu müssen. Und genau deswegen haben Sie bei Ihrem letzten Einsatz einen Zeugen körperlich bedroht, um ein unschuldiges Leben zu retten. Sie reden sich ein, wenn Sie nur genug Gutes tun, fühlen Sie sich wieder besser. Aber das funktioniert leider nicht. Glauben Sie mir, Weiland, ich spreche aus Erfahrung. Sie können nicht ewig davonlaufen. Solange Sie sich der Wahrheit nicht stellen, kann ich nicht guten Gewissens eine Empfehlung für den Polizeidienst aussprechen.«

Er wusste, dass sie recht hatte. Dass er sich eines Tages seinen Dämonen stellen musste.

Aber noch waren sie zu Furcht einflößend, mit spitzen Zähnen, die sich in sein Fleisch bohrten, und gelben

Augen, die ihn beobachteten, wo auch immer er hinging. Ruiz wartete auf seine Antwort. Geduldig und ohne zu verurteilen.

Die Klauen seiner Dämonen würgten seinen Hals und nahmen ihm die Worte.

Weiland blieb stumm.

KAPITEL 15

Ronja lehnte ihre pochende Stirn gegen die Scheibe. Der Ku'damm war trotz des miesen Wetters belebt. Menschen strömten wie Zombies von einem Geschäft zum anderen, magisch angezogen von schrillen Werbereklamen und grellroten Rabattschildern. Wie gern wäre Ronja selbst eine von ihnen. Kopf aus, Portemonnaie raus. Wie gern wäre ihre größte Sorge, ob sie eine passende Jeans fand, in der ihr Hintern nicht zu fett aussah.

Nur noch eine Station bis zum Treffpunkt. Ihr blieben fünf Minuten. Sicher kam Jule zu spät, wie immer, aber das machte nichts. Ronja hatte Zeit mitgebracht. Es war ihr nicht schwergefallen, vor ihrer Mutter krank zu spielen. Heute Morgen hatte Ronja ihr eigenes Spiegelbild kaum wiedererkannt. Das Mädchen, das sie in dem beschlagenen Glas ansah, war blass, ihre Haut fast durchscheinend. Ihre weit aufgerissenen Augen waren rot und wässrig, die Reste ihrer Wimperntusche malten schwarze Narben auf ihre Wangen. Mit den Schatten unter ihren Augen sah sie tatsächlich aus, als hätte sie sich irgendeinen Infekt eingefangen. Ihre Mutter hatte dem Schulsekretariat eine Entschuldigung gemailt und Ronja dann noch schnell eine Kanne Tee gekocht, die roch, als hätte sie das Unkraut vom Bordstein vor der

Wohnung gezupft und dann mit kochendem Wasser aufgegossen. Ronja hatte gewartet, bis der Wagen ihrer Mutter hinter der ersten Kreuzung verschwunden war, und sich dann schnell angezogen und gewaschen, um zehn Minuten später den nächsten Bus in Richtung Innenstadt zu bekommen.

»Alles okay, Kleines?«, fragte plötzlich eine Stimme.

Ronja hatte gar nicht bemerkt, dass sie nicht mehr allein war. Sie schluckte den Kloß in ihrem Hals hinunter und zog ihre Nase hoch. Die Frau in dem Sitz neben ihr sah sie mitfühlend an. Sie kam Ronja seltsam vertraut vor. Ihr Herz klopfte wild in ihrer Brust. War sie eine ehemalige Lehrerin? Vielleicht eine Bekannte ihrer Mutter?

»Soll ich jemanden für dich anrufen?«, fragte die Frau und zog ein Handy aus ihrer Tasche.

»Nein! Alles gut. Mir geht's prima«, sagte Ronja eine Spur zu schnell. Das Blut in ihren Wangen begann zu pulsieren.

»Du siehst aber nicht so aus. Wie heißt du?«

Ronja atmete tief aus. Glück gehabt. Anscheinend kannte die Frau sie doch nicht.

»Ich soll nicht mit Fremden sprechen«, sagte sie.

Die Fremde lächelte.

»Gutes Mädchen. Man weiß nie, wen man vor sich hat. Ich habe mir nur Sorgen um dich gemacht.«

Ronja wandte den Blick demonstrativ zum Fenster. Gespräch beendet. Nicht, dass die Frau noch auf dumme Gedanken kam und die Polizei rief, weil sie Ronja für eine Ausreißerin hielt. Sie musste schleunigst hier raus. Im dichten Gedränge würde sie nicht weiter auffallen. Sie spürte den Blick der Frau noch auf sich, als der Bus endlich die Haltestelle ansteuerte. Ronja wartete bis zur letzten Sekunde, sprang dann auf und zwängte sich durch die schließenden Türen nach draußen.

Sie zog die Kapuze tief über den Kopf und drängte sich zwischen eine Gruppe Punks an die nächste Ampel, als sich plötzlich eine Hand von hinten auf ihre Schulter legte. Ronja wirbelte herum.

»Hast du mich erschreckt!«, stieß sie aus und umarmte Jule dann. Wunderbare Jule, die so anders war, als sie selbst. Nie um einen Spruch verlegen. Nie ängstlich. Vielleicht lag es daran, dass Jule anderthalb Jahre älter war als Ronja. Sie war in der siebten Klasse einmal sitzen geblieben.

»Tut mir leid, hat ein wenig länger gedauert, meinen Dad davon zu überzeugen, dass ich krank bin.«

Jule hustete einmal theatralisch und grinste dann. Als sie in Ronjas Gesicht sah, erstarrte sie.

»Fuck, du siehst echt fertig aus!«

»Danke.«

»Im Ernst, was ist los? Deine Nachricht klang übel.«

»Können wir irgendwo in Ruhe reden?«, fragte Ronja. Sie hielt den Atem an, zählte stumm bis zehn, aber es half nichts. Die Tränen rannen in Strömen über ihr Gesicht.

Sie setzten sich in ein kleines Café, in dem es nach frischen Baklavas und Puderzucker duftete. Jule ging nach vorn und bestellte zwei Kakao mit extra Sahne. Der Mann hinter der Theke musterte sie prüfend. Sein Blick wanderte von Jule zu Ronja, die ihre brennenden

Wangen in den Händen verbarg. Er lächelte mitfühlend und gab Jule dann einen Teller voller klebrigem, köstlich aussehendem Gebäck mit.

»Gehen aufs Haus. Die sind von gestern, kann ich nicht mehr verkaufen. Aber schmecken noch genauso gut.«

Er ging durch einen Vorhang in einen Hinterraum und ließ sie allein. Ronja klammerte sich an ihre dampfende Tasse, während sie erzählte. Die ersten Worte kamen ihr nur schwer über die Lippen. Zusammenhangslose Silben, die wie Wassertropfen aus ihr herausperlten, die nach und nach zu einem reißenden Strom anschwollen. Jule sagte kein Wort. Das musste sie auch nicht. Sie hörte nur zu, nickte, während der Kakao in ihrer Tasse kalt wurde.

Ronjas Geschichte hatte keinen Anfang. Keinen lauten Knall, mit dem alles zerbrochen war. Keine Explosion wie in Filmen, kein Rauch oder Feuer. Vielleicht hatte es ganz leise begonnen, in dem Moment, als ihr Erzeuger die Tür ein letztes Mal hinter sich geschlossen hatte und die Stille seinen Platz einnahm. Irgendwann waren neue Männer in das Leben ihrer Mutter getreten, die Interesse an Ronja heuchelten, nur um sie dann bei den ersten Rissen in der Beziehung fallen zu lassen, als sei sie giftig, eklig, abstoßend. Und dann, vor sechs Monaten, kam Tom. Der Mann, der eines Tages einfach auf der Couch im Wohnzimmer gesessen hatte, die Füße auf dem kleinen Eichentisch, als sei es das Selbstverständlichste der Welt. Tom, der sich mittlerweile blind in ihrer Wohnung zurechtfand, der den Inhalt jeder Schublade und die Lage jedes Staubkorns zu kennen schien. Tom, der sich gestern Nacht in ihr Zimmer geschlichen hatte. Auch wenn sie ihn in der Dunkelheit nicht sehen konnte, hatten die Details ihn verraten. Der Geruch seines Weichspülers, unterlegt mit der holzigen Note seines Parfüms. Seine Art, sich zu bewegen, den Raum einzunehmen, als gehöre ihm die Welt.

Ronjas Stimme wollte brechen, innehalten, aber sie zwang sich weiterzureden, bis es nichts mehr zu sagen gab. Als sie verstummte, nahm Jule ihre Hand. Ihre Finger verknoteten sich zu einem untrennbaren Band.

»Ich stelle dir jetzt eine komische Frage, aber es ist wichtig, dass du sie ehrlich beantwortest, okay?«, sagte Jule und wartete, bis Ronja ihr mit einem knappen Kopfnicken antwortete. »Hat er dich angefasst? Wenn ja, dann könnte es Spuren an deinem Körper geben. Wir können ins Krankenhaus gehen. Das ist gar nicht schlimm. Die stellen dir bloß ein paar Fragen und nehmen Proben.«

»Proben?«, fragte Ronja tonlos. Das Bild vor ihren Augen begann zu flackern.

»Ich hab dir doch erzählt, dass meine Ma im Krankenhaus arbeitet. Sie hat mir erklärt, wie so was abläuft. Die machen einen Abstrich von da unten. Geht ganz schnell. Wenn du willst, schicken sie sicher eine Frau, keinen Mann. Die stellt dir dann ein paar Fragen, nimmt deine Daten auf und fragt dich, ob du eine Anzeige erstatten willst. Selbst wenn du das nicht möchtest, ist es ab diesem Zeitpunkt im System. Du könntest dich Monate oder Jahre später bei der Polizei melden.«

Ronja schüttelte den Kopf.

»Nein. Er ... er hat mich nicht angefasst. Er saß auf meinem Bett und hat mich beobachtet. Das ist gar nicht so schlimm, oder? Du musst mich für dämlich halten, es ist ja nichts passiert. Vielleicht hat er nur geschlafwandelt. Oder sich im Zimmer geirrt, und als er es bemerkt hat, ist er ...«

»Ronja, hör auf. Es ist ekelhaft. Du darfst wütend sein. Das ist dein Zimmer, und er hat rein gar nicht darin zu suchen. Ich glaube, das war ein Test. Er hat einmal den Fuß ins kalte Wasser gehalten. Wollte sehen, ob das Wasser ihn verschlingt. Mehr nicht.«

Ronja begann die Serviette zwischen ihren Fingern in kleine Fetzen zu reißen. Wenn es ein Test war, dann hatte sie ihn mit Bravour bestanden. Sie hatte das perfekte Opfer gespielt.

»Ich habe nichts gemacht. Lag einfach nur da und hab es geschehen lassen«, flüsterte sie. »Ich hätte schreien sollen, dann wäre er vielleicht weggelaufen. Einen gezielten Tritt zwischen seine Beine, wo es ihm am meisten wehtut. Irgendwas, aber ich lag nur da wie eine ... wie eine Puppe.«

»Hey ...«, Jule tippte ihr mit den giftgrün lackierten Fingernägeln sanft gegen die Stirn. »Fight oder flight. Schon mal gehört? Dein Gehirn wägt innerhalb von einer Millisekunde ab, ob du bei einem Kampf eine Überlebenschance hast. Dein schlaues Köpfchen wird sich schon etwas dabei gedacht haben, dass du dem Schwein keine reingehauen hast.«

Ronja griff sich an die Kehle. Bei der Erinnerung musste sie immer noch würgen.

»Ich hab mir vorgestellt, wie er seine Hand auf meinen Mund legt, damit ich bloß still bin. Und wenn seine Hand da erst mal liegt, dann gibt es kein Zurück mehr, verstehst du? Er kommt aus der Nummer nicht mehr raus. Also wandert seine Hand nach unten an meine

Kehle. Und er drückt zu. So lange, bis ich nicht mehr schreien kann.«

Jule rückte ihren Stuhl ganz dicht an Ronja und legte den Arm um ihre bebenden Schultern.

»Du sitzt heute hier, weil du genau das Richtige getan hast.«

»Was soll ich denn jetzt machen, Jule?! Ich kann nicht einfach zurück und so tun, als wäre nichts passiert.«

Jule legte den Kopf schief.

»Du könntest es deiner Mutter sagen, aber wenn es schlecht läuft, dann hält sie es für eine Lüge. Überleg doch mal: Ihr Typ, den du auf den Tod nicht ausstehen kannst, kommt angeblich nachts in dein Zimmer und beobachtet dich beim Schlafen. Männer, die so was machen, gucken normalerweise nicht nur. Es klingt, als hättest du dir die Geschichte ausgedacht, um ihn möglichst schnell loszuwerden.«

»Aber es ist die Wahrheit! Ich weiß nicht, warum er …« Ronja stockte. Sie wollte ihre Gedanken nicht aussprechen. Dann wurden sie irgendwie beängstigender. Realer. Was, wenn letzte Nacht nur der Anfang eines Albtraums war? Wenn es tatsächlich ein Test gewesen war und Tom nur Mut sammelte, um das zu tun, was er bislang nur in seiner Fantasie ausgelebt hatte?

»Gehen wir mal davon aus, dass deine Ma dir glaubt. Sie schmeißt Tom raus, geht vielleicht sogar mit dir zur Polizei. Er ist nicht länger dein Problem. Nur leider habt ihr nichts gegen ihn in der Hand, es steht also Aussage gegen Aussage. Eure Anzeige wird fallen gelassen. Das Schwein kann also einfach weitermachen. Er sucht sich eine neue Familie und fängt wieder da an, wo er bei dir aufgehört hat. Andere Mütter haben auch schöne Töchter.« Jule klang plötzlich unheimlich müde.

Ronja spürte, wie sich ein Sturm in ihrem Kopf zusammenbraute. Dunkle Wolken, die jedes Sonnenlicht abschirmten. Blitze, die alles und jeden zu Asche verbrennen würden, der sich ihnen in den Weg stellte.

»Wir werden ihn aufhalten. Wir brauchen nur einen Beweis, damit er sich nicht einfach herausreden kann.«

»Und wie willst du das anstellen? Das ist kein Film, Ronja. Du kannst ihn nicht einfach an einen Stuhl fesseln, ihm mit einer Taschenlampe ins Gesicht leuchten und ihn ausfragen. Obwohl die Vorstellung ihren Reiz hat. Darf ich ihm dann endlich eine verpassen?« Jule grinste für einen Moment, wurde dann aber schlagartig wieder ernst. »Wie wäre das: Wenn der Typ so ein Freak ist, dann müssen wir doch etwas finden. Vielleicht hat er Bilder auf seinem PC. Komische Chatverläufe. Wir durchleuchten ihn von vorn bis hinten. Sein Beruf. Was er so in der Freizeit treibt. Mit wem er seine Zeit verbringt. Bis wir auf Dreck stoßen.«

Ronjas Augen wurden groß.

»Er lässt ab und zu seinen Laptop bei uns liegen. Wir könnten versuchen sein Kennwort zu erraten. Vielleicht ist es sein Geburtsdatum. Passwort 123. Irgend so ein Quatsch. Aber wenn er wirklich was zu verbergen hat und mich dabei erwischt, wie ich seine Sachen durchwühle ...« Ronjas Hände zitterten, als sie mit den Fingerkuppen einen langen Schnitt über ihre Kehle zeichnete. »Dann bin ich tot.«

»Erstens: Du lässt dich nicht erwischen, dafür bist du viel zu klug. Zweitens: Du bist nicht allein. Ich geh mit dir.« Jule setzte die Tasse an den Mund und trank den mittlerweile auf Raumtemperatur heruntergekühlten Kakao in drei großen Schlucken. Dann legte sie ein paar Münzen auf den Tisch.

»Na los. Holen wir uns den Mistkerl.«

KAPITEL 16

Über Nacht hatte das Berfos seinen eigenwilligen Zauber verloren. Hatte es hier in der Dunkelheit noch urig gewirkt, wie ein Berliner Original, konserviert in einer Zeitkapsel, zeigte sich im unbarmherzigen Tageslicht der ganze Verfall. Die Zapfhähne, die gestern noch unter den Scheinwerfern verführerisch geglänzt hatten wie frisch poliertes Silberbesteck, waren in Wahrheit stumpf und grau. Auch das Publikum hatte sich gewandelt: Statt einer bunten Mischung blickte Weiland jetzt in leere Gesichter, die alle unterschiedlich und doch gleich aussahen. Für sie war die heruntergewirtschaftete Eckkneipe ein Ort der Zuflucht, in dem es zum guten Ton gehörte, den Morgen mit Kopfschmerzwodka und Zigaretten als einzige Nahrung zu beginnen. Allein zu Hause oder auf der Straße hätten sie mitleiderregend ausgesehen, hier hingegen erweckten sie unter Gleichgesinnten kein Aufsehen. Der Geruch von kalter Asche und Bier klebte als schaler Geschmack auf Weilands Lippen, als er an die Theke trat und sich auf einen der wackligen Barhocker niederließ.

»Einen Pott Kaffee, bitte.«

Die Frau hinter dem Tresen zog die aufgemalte Augenbraue in die Höhe, als sei Weilands Bestellung für sie vollkommen abwegig, sagte aber nichts. Während

der Kaffee durch den Filter in eine vergilbte Kanne
tropfte, ließ Weiland wie beiläufig seinen Blick über die
übrigen Gäste wandern. Keine Spur von Schiele oder
seinen Begleitern. Wenn sie vorsichtig waren, dann
wechselten die Männer bei jedem ihrer Treffen die
Kneipe. Zogen weiter, bevor ihnen jemand zu nahe kam
und Fragen stellte, auf die sie keine Antwort geben
wollten. Aber etwas sagte Weiland, dass sie mit der Zeit
unvorsichtig geworden waren. Sie hatten es sich bequem gemacht wie Maden im Speck. Fühlten sich zu
stark, um sich vor einer Entdeckung zu fürchten.

Er musste herausfinden, was die Gruppe tatsächlich
verband, um der Wahrheit näher zu kommen. Immerhin bestand die Möglichkeit, dass die Männer nur alte
Kegelbrüder, Arbeitskollegen oder einfach Alkoholiker
waren, die sich gern auf ein Bier trafen und darüber
sprachen, dass früher alles besser war. Vielleicht irrte
Weiland sich.

Die Filtermaschine hatte aufgehört zu knistern. Die
Barfrau füllte den dampfenden Kaffee in eine Kanne
und stellte sie gemeinsam mit einer Werbegeschenktasse vor Weiland auf den Tresen.

»Guten Durst.«

»Danke. Du bist meine Lebensretterin«, sagte er. »Eine
Minute länger, und ich wäre im Sitzen eingeschlafen.«

Sie verdrehte die Augen, lächelte dann aber, als er
seine Tasse bis zum Rand füllte. Es schmeckte so bitter,
dass Weilands Kehle sich beim ersten Schluck zusammenzog.

»Eigentlich bin ich nicht wegen dem Kaffee hier. Ich
suche einen alten Freund.«

»Wer von uns tut das nicht?«, entgegnete sie und tunkte drei Bierkrüge in asphaltfarbenes Spülwasser. »Schätzchen, tut mir leid, aber ich bin nicht die Auskunft. Ich fürchte, ich bin dir keine Hilfe.«

Weiland ließ sich nicht beirren und schob sein Telefon mit einem stark vergrößerten Fotoausschnitt über den Tisch.

»Dieses Foto wurde gestern hier aufgenommen. Mein Pegel hat wohl meine Sicht getrübt, jedenfalls ist er mir gar nicht aufgefallen. Deswegen habe ich auch nicht schlecht geguckt, als ich heute Morgen die Bilder durchgesehen hab und meinen alten Freund Frank darauf entdeckt habe.«

Es dauerte nur den Bruchteil einer Sekunde, nicht länger als einen Wimpernschlag, aber Weiland bemerkte eine Veränderung in ihrem Gesicht. Ein kurzes Zucken der Mundwinkel, bevor sie ihre Mimik wieder unter Kontrolle hatte.

»Zufälle gibt's«, murmelte sie und schob die Brille auf ihrer geröteten Nase zurecht. Sie kniff die Augen zusammen und betrachtete das Bild eingehend.

»Frank trinkt manchmal hier sein Bierchen. Es gibt Wochen, da kommt er beinahe täglich vorbei. Dann wieder Funkstille für mehrere Monate. Ich glaube nicht, dass du ihn so bald wiedersiehst.«

»Das habe ich schon befürchtet ...«, seufzte Weiland und beugte sich dann nach vorn über die Theke. Er senkte die Stimme. »Ist mir ein bisschen unangenehm, aber ich stand mal bei Frank in der Kreide. Da war ich ganz am Boden. Jetzt, wo ich es geschafft hab, würde ich das gern wiedergutmachen. Fühlt sich nicht gut an, einen Freund so hängen zu lassen. Kennst du denn einen seiner Kumpel? Vielleicht kann einer von denen mir helfen, Frank zu finden. Ich will endlich meine Schuld begleichen.«

»Da bist du bei mir an der falschen Adresse. Ich hab keine Zeit, beim Kaffeekränzchen der Gäste mitzumachen. Sitze ja bei denen nicht auf dem Schoß, wenn die ihr Bier trinken.«

»Aber du bekommst doch sicher etwas mit? Gerade zu späterer Stunde wird die Stimmung doch ausgelassener. Die Zungen lockerer. Ich wette, du weißt mehr über viele deiner Gäste als ihre eigenen Ehefrauen.«

Sie grinste. Nur erreichte das Grinsen dieses Mal nicht ihre Augen. Es wirkte kalt und hart.

»Eine Sache gibt's vielleicht. Aber ich erzähl nicht so gern was über meine Schäfchen. Sie zahlen ja nicht nur für Speis und Trank, sondern auch für das hier.« Ihr rechter Zeigefinger legte sich auf ihre Lippen.

»Verstehe.« Weiland griff nach seinem Portemonnaie und zog einen Fünfzig-Euro-Schein heraus. Die gemalte Augenbraue schoss wieder nach oben, dieses Mal schien sie fast den frisch blondierten Haaransatz zu küssen. Weiland verdoppelte. Die Barfrau griff blitzschnell nach den Scheinen und ließ sie in einer der Taschen ihres Cardigans verschwinden.

»Der Typ ganz rechts auf dem Foto arbeitet wohl in der Gegend. Er trägt manchmal einen Aktenkoffer bei sich, wenn er herkommt. Sein Job scheint ... außergewöhnlich zu sein.«

Sie rümpfte die Nase, als sie den Abfluss öffnete und das graue Waschwasser mit einem Gurgeln in der Kanalisation verschwand. Als sie sich kurz umdrehte, um nach einem Geschirrtuch zu greifen, goss Weiland den Rest seines Kaffees hinterher.

»Außergewöhnlich? Wie meinst du das?«

Sie ließ sich Zeit. Weiland gönnte ihr diesen kleinen Sieg. Hauptsache, sie machte den Mund auf und redete. Behutsam trocknete sie die grau tropfenden Bierkrüge, während sie ihn nicht aus den Augen ließ. Vermutlich durchschaute sie seine Lüge. Hinter einer Bar lernte man die Abgründe der Menschheit oft besser kennen als in einem Beichtstuhl. Endlich stellte sie das letzte Bierglas zurück an seinen Platz im Regal.

»Er trägt öfter Lippenstift, wenn er reinkommt. Sein Gesicht ist gepudert. Also entweder arbeitet er als Dragqueen in einem Tabledance-Schuppen oder hundert Meter weiter auf der anderen Straßenseite. Würde zu seinem Make-up passen. Weißes Gesicht. Roter Mund.«

Weiland musste sich nicht umdrehen und durch die Schaufenster die Straße hinunterblicken, um zu verstehen, was sie meinte. Er war selbst schon mal dort gewesen, hatte in den langen Gängen gewartet und sich hilfloser als je zuvor in seinem Leben gefühlt.

Es musste kurz nach Hannas zehntem Geburtstag gewesen sein. Gerade noch hatte sie vor ihm auf dem Eis unbeholfene Pirouetten gedreht, sie lachte und streckte die Arme in die Luft, als wolle sie davonfliegen. Eine in Zuckerguss getauchte Erinnerung, die einem im Nachhinein zu schön vorkam, um wahr zu sein. Innerhalb von zwei Sekunden schien sich die Welt aus ihren Angeln zu heben.

Dabei war es nur eine winzige Kerbe im Eis. Fingernagelgroß. Und doch groß genug, damit sich die Kufe ihres Schlittschuhs darin verhakte. Zuerst rissen Hannas Bänder mit einem Peitschenknall.

Es folgte ein Knacken, das Weiland durch Mark und Bein fuhr. Der Rest der Erinnerung war verschwommen. Alles, was er sah, war Hannas seltsam abgeknickter Knöchel. Alles, was er hörte, war ihr panisches Weinen. Man hatte sie in das nächstgelegene Krankenhaus gebracht und schon eine halbe Stunde nach Einlieferung operiert. Als Hanna zwei Stunden später wieder aufwachte, drehten die Clowns gerade ihre Runde. Zwei Männer in quietschbunten Kostümen und mit faustgroßen, tulpenroten Nasen.

Die Kinderstation eines Krankenhauses wäre das perfekte Jagdrevier für Männer wie Schiele und seine Begleiter. In ihren Clownskostümen konnten die Männer mit harmlos wirkenden Fragen und Geschenken testen, welche Kinder besonders auf ihre Aufmerksamkeiten reagierten.

»Soll ich Frank was von dir ausrichten, wenn er das nächste Mal auftaucht? Gegen ein Trinkgeld, versteht sich.«

Weiland nahm einen tiefen Zug und dachte nach. Vor Jahren hatte er eine Doku über Wölfe in Sibirien gesehen. Gegen ein Rudel hatte man keine Chance. Man musste sie verunsichern, die Mauer durchbrechen. Sie aufscheuchen und vor Panik in alle Himmelsrichtungen irren lassen.

»Sag ihm, ein alter Freund sucht seit fast fünf Jahren nach ihm. Und dieser Freund hört nicht auf, bis Frank bekommt, was er verdient.«

Ein Zwanziger wanderte aus Weilands Portemonnaie über die Theke und verschwand erneut in einer ihrer Taschen.

»Klingt ja richtig mysteriös. Und hat dieser Freund auch einen Namen?«

Ein wenig Licht kehrte in ihre dunklen Augen zurück, als hätte jemand für einen Moment etwas in ihr entzündet.

Er schüttelte den Kopf.

»Das wird nicht nötig sein. Frank wird schon wissen, mit wem er es zu tun hat.«

KAPITEL 17

»Wenn alles schiefgeht«, sagte Jule und rang nach Luft, während sie die letzte Treppenstufe bestieg, »dann kannst du immer noch bei mir einziehen. Bei fünf Brüdern macht eine Person mehr oder weniger auch keinen Unterschied mehr.«

»Ich würde mit fünf Brüdern durchdrehen.« Ronja kramte nach dem Wohnungsschlüssel, der tief in ihrer Tasche vergraben war.

»So schlimm ist es gar nicht.« Jule grinste und spannte ihren Bizeps an. »Meine Muckis kommen von unseren Kämpfen um die Fernbedienung. Meistens gewinne ich.«

Ronja rang sich ein Lächeln ab, aber ihre Hände verrieten, wie es wirklich in ihr aussah. Der Schlüssel zwischen ihren Fingern zitterte, als sie die Tür aufschloss. Ein Teil von ihr wollte nichts wie weg. Weglaufen und sich nie wieder umsehen. Jule schien ihr Zögern zu spüren. Sanft, aber unerbittlich drängte sie Ronja über die Schwelle.

»Früher haben wir ähnlich gewohnt. Dicht am Zentrum. Alles sauber und chic. Aber dann hat Papa seinen Job verloren«, plapperte Jule vor sich hin, während sie den Mantel achtlos auf die Kommode warf und ihren

Schal ablegte. »Mich stört nicht mal, dass wir jetzt weiter draußen wohnen. Das Einzige, was nervt, ist, dass die neue Wohnung so winzig ist. Meine Brüder stapeln sich quasi aufeinander, um alle reinzupassen. Die drei Kleinen teilen sich ein Zimmer. So wie die sich immer mit Deo eindieseln, grenzt das an einen Giftgasangriff.«

Ronja hörte sie kaum. Ihre ganze Kraft und Aufmerksamkeit richteten sich darauf, nicht sofort wieder umzudrehen und aus der Wohnung nach draußen zu rennen. Der Ort, der sich früher wie Zuhause angefühlt hatte, schien plötzlich nur noch aus Sackgassen zu bestehen. Es gab so viele Ecken, in die man sie drängen, und Wände, gegen die man die drücken konnte. Ronja schwitzte, obwohl die Kälte von draußen ihnen gefolgt war. Ihr Pullover schmiegte sich an ihre Haut wie eine Zwangsjacke. Überall hatte Tom seine Spuren hinterlassen. Seine Pantoffeln mit den durchgetretenen Sohlen standen vor dem Schuhregal neben der Tür. An der Garderobe hingen mehr Jacken von ihm, als Ronja überhaupt besaß. Gut möglich, dass sie zwischen all den Dingen, die er zurückgelassen hatte, Hinweise fanden, wer das Chamäleon tatsächlich war, das bei ihnen ein und aus ging. Immer freundlich. Immer mit einem Lächeln auf den Lippen. Bis er gestern Nacht einen Teil seiner wahren Farbe gezeigt hatte.

»Also gut, Sherlock, wie gehen wir vor?«, fragte Jule und rieb sich ihre kalt gefrorenen Hände.

»Wir teilen uns auf?«

»Ist das eine Frage oder dein Plan?«

»Wir teilen uns auf«, sagte Ronja, dieses Mal mit mehr Bestimmtheit in der Stimme. »Du startest im Schlafzimmer, ich nehme mir zuerst die Küche vor. Wir laufen einmal im Uhrzeigersinn durch die Räume. Mir fallen Veränderungen auf, du hast einen frischen Blick und bemerkst vielleicht Dinge, die ich aus Gewohnheit übersehe.«

»Aye, aye, Käpten«, sagte Jule und verlor keine Zeit. Kaum war sie hinter der Schlafzimmertür verschwunden, hörte Ronja, wie sie die ersten Schubladen aufriss und darin herumsuchte. Sollte Tom sie nicht umbringen, dann spätestens ihre Mutter, wenn sie erfuhr, dass sie ihre privaten Sachen durchwühlt hatten.

»Ehm, Jule, wenn du was Peinliches findest, ich meine im Schlafzimmer und so, vergiss es einfach, okay?«

»Glaubst du ehrlich, mit fünf pubertierenden Brüdern könnte mich noch irgendwas vom Hocker reißen? Aber schon kapiert«, rief Jule. Ein leises Kichern, das kurz darauf ertönte, verriet Ronja, dass ihre Freundin wahrscheinlich in einer der Nachttischschubladen fündig geworden war.

»Ich will ja nichts davon wissen!« Ronja ließ ihre Fingerspitzen über den kalten Marmor der Kücheninsel wandern und horchte in sich hinein. Nach dem Bett ihrer Mutter und dem Sofa im Wohnzimmer war das hier der Ort, an dem Tom die meiste Zeit verbrachte, wenn er sich in ihrer Wohnung aufhielt. Irgendwie hatte sie damit gerechnet, von einem Geistesblitz getroffen zu werden, der ihre Suche eingrenzen würde. Vielleicht hatte Tom einen der Hängeschränke oder eine der Schubladen besonders oft benutzt. Aber nichts geschah.

Dinge zu verlieren, war Ronja schon immer wesentlich leichter gefallen, als sie zu finden. Ihre Socken lebten häufiger ein Singleleben statt als Paar in der Schublade ihrer Kommode. Auch ihr Haustürschlüssel ging regelmäßig auf Wanderschaft, vom Haken neben der Tür, wo er eigentlich hingehörte, bis auf das Waschbecken im Badezimmer, wo sie ihn bei einem letzten Zwischenstopp auf dem Weg nach draußen gern liegen ließ. Wie zur Hölle sollte sie da etwas finden, von dem sie noch nicht einmal wusste, wie es aussah?

Ronja stellte sich hinter den Induktionsherd, hinter dem Tom für gewöhnlich stand, und hob den Blick. Direkt gegenüber an der Wand stand Omas Vitrinenschrank. Er war kein Erbstück ihrer Großmutter, sondern ein Flohmarktfund, der lediglich so aussah, als hätte man ihn bei einer Haushaltsauflösung aus der Wohnung einer Neunzigjährigen mitgenommen. Die obere Hälfte bestand aus milchigem Glas, die Schubladen der unteren Hälfte aus dunklem Nussbaum. Ronja hatte nie verstanden, was ihre Mutter, die sonst fast nur helle und moderne Möbel kaufte, an dem dunklen Ungetüm fand. Seit sie denken konnte, hatte Ronja immer nur Dinge darin verschwinden sehen, nie tauchte etwas wieder daraus hervor: Ihre schlechten Zeugnisse reihten sich darin neben Tupperdosen, die sie sowieso nie wieder benutzten. Der Schrank war wie ein magisches Tor zu einer anderen Welt, die Pforte zum Nimmerwiedersehensland. Nie hatte sie Tom an dem Schrank gesehen, aber immerhin wäre es ein Startpunkt, um endlich anzufangen. Sie ging auf den Schrank zu und kniete sich auf das kalte Parkett. Die alten Scharniere ächzten, als sie an den Griffen zog. Sie konnte den aufwirbelnden Staub riechen, gemixt mit dem süßlichen Geruch von Möbelwachs. Ein Knirschen, dann fiel ihr der halbe Inhalt des Schranks entgegen. Blechdosen rollten unter die Küchenzeile, ein vollgestopfter Ordner mit Schulschreiben knallte auf den Boden.

»Lebst du noch?«, rief Jule drei Räume weiter.

»Nur knapp! Ein Waffeleisen hat mich attackiert!«

Prüfend nahm Ronja die einzelnen Dosen, Schüsseln und Kartons in die Hand und schüttelte sie sanft. Leer. Sie wollte gerade das Waffeleisen zurück in die letzte Ecke des Schranks schieben, als plötzlich ein leises Klicken hinter ihr ertönte. Obwohl sie das Geräusch Tausende Male gehört hatte, brauchte ihr Verstand einige Sekunden, um zu begreifen, in welcher Gefahr sie sich befanden. Ronja öffnete den Mund. Sie wollte schreien, Jule warnen, aber es war zu spät.

In diesem Augenblick klickte das Schloss der Tür ein zweites Mal, dann öffnete sich die Wohnungstür.

KAPITEL 18

Der Geruch nach Weichspüler und Männerparfüm wehte zu ihr herüber, gemischt mit etwas Krautigem, das sie nicht zuordnen konnte. Sie hörte ein leises Poltern. Es klang, als würde er einen Gegenstand auf den Boden stellen, wahrscheinlich die Aktentasche, die er immer mit zur Arbeit nahm.

Ronjas Herz klopfte bis zum Hals. Was zur Hölle machte er hier, mitten am Tag? Kam Tom öfter vorbei, wenn er glaubte, niemand sei zu Hause?

Deshalb hatte er sich letzte Nacht blind in ihrem Zimmer zurechtgefunden. Wahrscheinlich ging er dorthin, wenn sie in der Schule war. Setzte sich auf ihr Bett und strich über das Laken, auf dem sie geschlafen hatte. Öffnete die Schubladen und ließ seine Finger über ihre Unterwäsche gleiten. Ihr Lieblings-BH war vor zwei Wochen verschwunden. Naiv, wie sie war, hatte sie die Waschmaschine verdächtigt.

Die Übelkeit überrollte sie und nahm ihr für einen Moment die Luft zum Atmen.

Noch konnte sie ... Sie wandte den Kopf. Suchte nach einem Versteck. Jeder der Schränke war bis zur letzten Ecke vollgestopft mit unnötigem Ballast. Schon hörte sie die Schritte, näher dieses Mal. Es war zwecklos.

»Ronja, bist du da?«

Ihre Stiefel hatten sie verraten, natürlich. An den Sohlen klebte noch frischer Dreck, auf dem Boden hatte sie nassbraune Abdrücke hinterlassen. Sie konnte sich nicht erinnern, ob Jule ihre Schuhe im Flur ausgezogen hatte. Vielleicht hatte Tom noch gar nicht bemerkt, dass Ronja nicht die einzige Person in der Wohnung war.

»Bist du hier?« Er betrat die Küche. Sie kniete noch immer vor dem Schrank, einzelne Tupperdosen wie ein Mosaik um sich herum auf dem Boden verteilt. »Alles in Ordnung? Bist du gefallen?«

Er sah ehrlich besorgt aus, wie der barmherzige Samariter, Retter in der Not. In der rechten Hand hielt er eine Tüte, aus der köstlich riechender Dampf aufstieg.

»Ich hab nur ... unser Wärmekissen. Hast du es irgendwo gesehen? Mein Bauch tut so weh.«

»Es liegt im Schlafzimmer. Verena hatte Nackenschmerzen und es sich gestern Abend noch einmal warm gemacht. Warte, ich hole es schnell.«

»Nein!«, rief Ronja lauter als beabsichtigt. Im Türrahmen zum Schlafzimmer konnte sie Jules Schatten sehen. Einen Fuß in der Luft, weil sie mitten in der Bewegung innegehalten hatte.

Wenn Ronja vorher nur vermutet hatte, dass sie Seelenverwandte waren, dann wusste sie es in diesem Augenblick. Sie hatte das Gefühl, Jules Gedanken lesen zu können. Eine telepathische Verbindung, in der eine die innere Stimme der anderen hören konnte.

Seine Aktentasche.

Sie musste wenigstens einen Blick hineinwerfen. Dieses unmodische, schwarze Ungetüm, das er jeden Tag bei sich trug, war wie gemacht dafür, Geheimnisse zu verbergen.

»Nein, ich ... ich hole es gleich selbst. Danke.«

Tom runzelte die Stirn.

»Wie du willst. Hier, ich hab dir Pho-Suppe mitgebracht, die hilft mir immer, wenn ich etwas ausbrüte.«

»Oh«, sagte Ronja verblüfft. »Woher ...?«

»Deine Mutter hat mich vorhin angerufen. Sie macht sich Sorgen, weil es dir heute Morgen so schlecht ging und du nicht ans Telefon gegangen bist.«

»Ich war nur kurz draußen. Ein bisschen frische Luft schnappen. Hier ist es so stickig.«

»Brauchst du sonst noch irgendwas?« Tom trat dicht an sie heran. Gänsehaut breitete sich in ihrem Nacken aus. »Darf ich?«, fragte er.

Ronjas Blick wanderte blitzschnell in den Flur und dann zurück zu ihm. Jule kniete gerade über der Tasche und durchwühlte die einzelnen Fächer. Sie brauchte nur noch ein paar Sekunden. Es kostete Ronja all ihre Überwindungskraft zu nicken.

Tom legte seine Hand auf ihre Stirn. Ronja starrte zu Boden. Bloß nicht den Blick heben. Ihn bloß nicht denken lassen, dass das eine Einladung war.

»Du glühst«, sagte er und nahm endlich seine Hand weg. Dort, wo er sie berührt hatte, blieb ein unangenehmes Kribbeln zurück. Wie feine Nadeln, die in ihren Schädel stachen.

»Im Ernst? Ich fühle mich gar nicht so, als hätte ich Fieber.«

»Das prüfen wir gleich. Weißt du, wo das Thermometer ist?«

»Nein! Ich meine, das ist kaputtgegangen. Ist mir runtergefallen. Ich hab's Mama nicht gesagt, weil es sie eh so nervt, wie tollpatschig ich bin. Ich lege mich gleich einfach hin, dann geht es schon.«

Tom zögerte. Er durfte sich jetzt bloß nicht umdrehen. Jule hockte immer noch über der Aktentasche, hatte aber anscheinend etwas gefunden. Gerade machte sie mit ihrer Handykamera ein Foto. Nur noch ein paar Sekunden Zeit. Mehr brauchte sie nicht, um die Tasche wieder zu schließen und zurück ins Schlafzimmer zu verschwinden.

»Mir geht's gut, ehrlich, ich brauch bloß ein wenig Ruhe. Mir ist nur so schrecklich langweilig, ich kann nicht einfach rumliegen und nichts tun! Du hast doch gestern beim Essen über diese neue Serie gesprochen.«

»Was für eine Serie?«, fragte er sichtlich verwirrt.

»Ich glaube, es ging um zehn Menschen in einer Arena, nein, warte, viel mehr. So zwanzig Leute, die eingesperrt werden. Und dann spielen sie um Leben und Tod.«

Toms Augen wurden seltsam glasig. Für einen Moment sah er aus wie weggetreten.

»Tut mir leid, das muss dir jemand anders erzählt haben. Ich schaue so ein brutales Zeug nicht. Das ist nichts für mich.«

Ronjas Blick wanderte zurück zum Flur. Keine Spur mehr von Jule.

»Wirklich? Ich war mir so sicher, dass du davon geredet hast.« Sie zuckte die Achseln. »Sorry, dann muss es wohl jemand anders gewesen sein.«

»Melde dich bitte, wenn irgendetwas ist, Ronja. Deine Mutter hat sich wirklich Sorgen gemacht. Heute Abend schaffe ich es nicht mehr, aber morgen bringe ich sicherheitshalber ein Thermometer mit.«

Ronja folgte Tom in den Flur. Während er seinen Mantel wieder anzog, stutzte er kurz. Die Aktentasche stand ein Stück weiter rechts, als er sie abgestellt hatte. Jule musste sie im Eifer des Gefechts falsch positioniert haben. Ronja griff nach dem schwarzen Henkel und drückte sie ihm schnell in die Hand.

»Danke noch mal. Für die Suppe, meine ich. Und dass du vorbeigeschaut hast«, sagte sie und öffnete die Wohnungstür.

»Ist doch selbstverständlich.«

Sie konnte sehen, dass es hinter seiner Stirn arbeitete.

»Dann bis morgen?« Ronja zwang sich, ihre Mundwinkel nach oben zu ziehen, und hoffte, die Grimasse in ihrem Gesicht erinnerte zumindest im Entferntesten an ein Lächeln.

»Bis dann«, sagte er.

Aus seinem Mund klang es nicht wie ein Abschied.

Eher wie eine Drohung.

Ronja schlug die Wohnungstür hinter Tom zu und sank dann auf der Rückseite zu Boden. Sie hörte, wie sich seine Schritte über den Flur entfernten. Ein Klingeln, dann hallte das Surren des Aufzuges durch die Luft. Sie lief zum Fenster im Wohnzimmer und blickte die Straße hinunter. Eine knappe Minute später sah sie ihn nach draußen treten. Die Aktentasche klemmte unter seinem Arm.

»Die Luft ist rein. Er ist weg!«, rief sie in die Stille der Wohnung hinein. Die Schlafzimmertür schwang langsam auf, dann trat Jule aus der Dunkelheit ins Licht.

»Mann, war das knapp«, sagte sie und wischte sich mit dem Ärmel ihres Pullovers unsichtbaren Schweiß von der Stirn.

»Kannst du laut sagen.«

»Was wollte der Spanner hier?«

»Nach mir sehen. Meine Ma hat sich Sorgen gemacht, weil ich mich nicht mehr gemeldet habe. Was hast du gefunden?«

»Das sehen wir gleich.«

Jule setzte sich im Wohnzimmer an den Couchtisch vor Ronjas Laptop.

»Passwort?«, fragte sie.

»Mein Geburtsdatum.«

»Im Ernst, Ronja?«

»Das Ding ist keine fünfzig Euro wert. Ich bin froh, dass er überhaupt noch angeht. Den klaut schon niemand.« Sie setzte sich neben ihre Freundin. »Was willst du überhaupt damit?«

»Die Wahrheit herausfinden. Ich habe in der Aktentasche seinen Personalausweis gefunden. Hier.«

Sie öffnete ein Foto auf ihrem Handy. Toms blaue Augen starrten Ronja vom Display aus an. Doch irgendwas war anders. Fremd. Sie kam nur nicht darauf, was es war.

Sie versuchte, die aufkeimende Enttäuschung zu verbergen. Alles, was sie hatten, war sein voller Name und eine Anschrift. Ein Anfang. Und doch hatte Ronja gehofft, mehr zu finden.

Jule tippte seinen Vor- und Nachnamen im Suchfenster ein. Ihre Finger zitterten sanft, als sie die Enter-Taste drückte. Anscheinend gab es eine ganze Reihe Männer in Deutschland mit dem gleichen Namen, aber niemand davon schien der Richtige zu sein. Jule tippte zusätzlich das Stichwort Berlin in das Suchfeld ein und drückte Enter.

Ronja saß plötzlich in einer Achterbahn und raste von der höchsten Stelle aus ungebremst Richtung Erdboden.

»Hast du dich vertippt?«

»Nein. Genau so steht es in seinem Ausweis.« Jule scrollte über die Suchergebnisse, ehe sie eine der Seiten auswählte.

»Dafür gibt es eine Erklärung. Wahrscheinlich ist das wieder einfach jemand, der zufällig genauso heißt und in Berlin gewohnt hat. Immerhin scheint sein Name ziemlich häufig zu sein. Kann doch sein, denkst du nicht?«

Jule wechselte zurück zu den Suchergebnissen. Ihre Lippen bewegten sich stumm.

»Stopp! Hier scheint ein Foto dabei zu sein. Wähl das mal aus«, Ronja deutete auf eine der Seiten.

Eine Sekunde später blickte Tom sie vom Bildschirm aus an. Die Aufnahme schien einige Jahre alt zu sein. Ein schwarz-weißes Porträtfoto, auf dem er verträumt in den Horizont irgendwo weit hinter der Kameralinse zu blicken schien.

Er sah jünger aus. Das Haar war voller, und weniger Lachfalten zeichneten sich auf seinem Gesicht ab.

»Das ist keine Verwechslung, Ronja. Das ist er«, sagte Jule. Ihre Stimme klang unendlich weit weg.

»Was machen wir jetzt?«, flüsterte sie.

»Ich hab keine Ahnung.«

Die Achterbahn schlug auf dem Boden auf. Trümmerteile flogen durch die Luft, setzten sich in Brand. Vor

Ronjas Augen tanzten schwarze Punkte wie Asche, während sie zu verstehen versuchte, was unmöglich war. Der Mann, der vor wenigen Minuten durch die Wohnungstür gegangen war, war seit über einem Jahr tot.

KAPITEL 19

Es war ein Fehler. Natürlich war es das.

Und doch hielt Theo Weiland verbissen an seinem Plan fest. Die erste und wichtigste Regel einer Beschattung lautete, den Verdächtigen niemals wissen zu lassen, dass er im Visier einer Ermittlung gelandet war. Gerade brach er diesen Grundsatz gleich mehrfach: Er hatte Schieles Freunde wissen lassen, dass er sie jagte. Wahrscheinlich hatte die Barfrau ihrer Stammkneipe ihnen eine Nachricht geschickt, sobald er aus der Tür getreten war. Außerdem gab es keine gute Position, von der er den Eingang des Krankenhauses ungestört beobachten konnte. Aber diese Ermittlung war auch keine gewöhnliche. Er war kein Polizist mehr, zumindest vorläufig, und er versuchte einen Mord ohne Leiche aufzuklären. Ungewöhnliche Umstände erforderten ungewöhnliche Maßnahmen.

Er hatte sich kurzerhand auf eine der Besucherbänke vor der Klinik gesetzt und die Kapuze tief ins Gesicht gezogen, während er eine Zigarette nach der anderen rauchte. Dieser Nachmittag kostete ihn sicher drei Jahre seines Lebens. Die ersten beiden Stunden war so gut wie gar nichts passiert. Das war wohl der größte Unterschied zwischen Beschattungen in Film und Fernsehen und im echten Leben: In 99,99 Prozent der

Zeit passierte in der Realität nichts. Verschiedene Patienten in Bademänteln leisteten ihm zeitweise Gesellschaft und stillten ihre Nikotinsucht auf der Nachbarbank. Während er wartete, holte er immer wieder sein Handy hervor und starrte gedankenverloren auf die Nachricht, die Sarah ihm geschrieben hatte, so als würde der Inhalt sich auf magische Weise verändern.

Ich hoffe, du konntest Kraft tanken. Wie war die Wanderung bei Caniçal? Habe ich zu viel versprochen?

Ein Teil von ihm wollte sie anrufen. Ihr erzählen, was man auf Bildern oder Videos nicht festhalten konnte. Fast drei Monate war es jetzt her, dass er ihre Stimme gehört hatte. Die einzige Verbindung waren ihre Nachrichten, die ihn mehr beschäftigten, als ihm lieb war. Mehrmals setzte er zu einer Antwort an, löschte den Text aber dann doch jedes Mal, weil er das Gefühl hatte, damit etwas in Gang zu setzen, das er nicht mehr aufhalten konnte. Bevor er weiter darüber nachgrübeln konnte, hielt plötzlich ein weißer Multivan wenige Meter von ihm entfernt am Straßenrand. Schnell schob er das Handy zurück in die Manteltasche und die Kapuze tiefer ins Gesicht. Er entzündete die letzte Zigarette des Tages und hoffte, mit dem Rest der rauchenden Masse zu verschwimmen. In der sich öffnenden Tür des Wagens erschien ein riesiger, gelber Schuh, der länger war als Weilands Unterschenkel. Es folgte eine gepunktete Hose, darüber ein knallgrünes Hemd. Ein schneeweißes Gesicht tauchte aus dem Wageninneren auf. Darin schwebte ein Mund, knallrot und grinsend.

Weilands Puls beschleunigte sich. Durch den tanzenden Rauch musterte er den Clown verstohlen, der gerade aus dem Wagen sprang und sich seiner Rolle entsprechend tief in Richtung des Fahrers verneigte. Die Show hatte begonnen.

Erneut rührte sich etwas im Wageninneren. Clown Nummer zwei trug ein weites Kleid, auf dem Kuscheltiere wie Jagdtrophäen aufgenäht waren, dazu eine riesige Nase aus rotem Plastik. Eine Frau.

Ein dritter und letzter Clown schälte sich jetzt aus dem Wageninneren nach draußen.

Er trug eine blaue Perücke, auf deren höchstem Punkt ein winziger gelber Hut saß. Seine schwarzen, aufgemalten Augenbrauen berührten beinahe den Perückenansatz.

Weiland begann am ganzen Körper zu schwitzen. Er tastete wieder nach dem Handy in seiner Jackentasche und öffnete die Fotos, die er gestern erst in der Bar aufgenommen hatte. Frank Schiele und seine Begleiter. Statur und Größe der beiden männlichen Clowns ähnelte jeweils einem der Männer, die mit Frank Schiele an einem Tisch gesessen hatten. Laut Aussage der Barfrau tauchte aber nur einer von Schieles Freunden regelmäßig mit verräterischen Make-up-Resten im Gesicht auf. Wer von beiden war der Richtige?

Während die Clowns noch in ein Gespräch vertieft waren, stand Weiland auf und hängte sich in den Windschatten eines Patienten, der gerade seine Raucherpause beendete und die Klinik durch die Glastüren wieder betrat. Er ging dicht genug hinter dem Mann, um als Begleitung durchzugehen, sodass die Frau am Empfang ihn bloß kurz musterte und sich dann wieder betont gelangweilt ihrem Bildschirm widmete. Neben den Aufzügen hing ein Gebäudeplan. Die Kinderstation befand sich im dritten Stock. Hier würden die Clowns jeden Moment ihre Runde drehen. Mit Zaubertricks und Witzen würden sie Kinderaugen, die ein Lachen bitter nötig hatten, zum Strahlen bringen. Er betrat den dritten Stock über das Treppenhaus. Auf den ersten Blick wirkte es hier ähnlich deprimierend wie in all den anderen Gängen. Neonleuchten an der Decke. Praktisches Linoleum auf dem Boden, das man leicht von Körperflüssigkeiten jeglicher Art reinigen konnte. Zittrig gemalte Wachsmalbilder an der Wand machten diesen Gang nur noch deprimierender. Gemalte Liebesbekundungen von Kindern, die sich nichts sehnlicher wünschten, als endlich wieder nach Hause gehen zu können. Die Krankenzimmer befanden sich hinter einer weiteren Tür aus Milchglas. Ein Kartenlesegerät sollte verhindern, dass jemand sich unberechtigterweise Zutritt verschaffte. Ein Schild wies Besucher darauf hin, die Klingel neben der Tür zu benutzen. Nur nützten all die Sicherheitsvorkehrungen und Hinweise nichts, wenn man das Böse zu sich einlud.

Weiland ließ sich auf einen der Besucherstühle im Gang sinken, auf denen niemand freiwillig sitzen wollte. Hilflos dabei zuzusehen, wie das eigene Kind an Schmerzen litt oder sogar um sein Leben kämpfte, zerfraß die Seele, nagte an den Knochen, bis nur noch Staub übrig blieb. Vom Aufzug bis zur Stationstür waren es knapp fünf Meter. Fünf Meter, auf denen er sich gleich jedes Detail und jede Eigenheit der Clowns einprägen musste, um herauszufinden, welcher der beiden Männer Schieles Bekannter war. Schon hörte er das sanfte Schaben der Drahtseile, an denen der Aufzug sich höher und höher zog. Das winzige Lämpchen an der Wand leuchtete auf. Sekunden später öffneten sich die Türen.

Der Clown mit den riesigen Schuhen schritt voran. Er pfiff leise vor sich hin, als schlenderte er gerade durch eine Manege, nicht durch die Gänge eines Krankenhauses. Die beiden anderen folgten ihm dicht.

»Pack die bloß weg! Letztes Mal hast du mich getroffen. Das Kostüm ist schon unbequem genug, da muss ich nicht auch noch nass werden«, zischte die Frau gerade.

»Spielverderberin«, antwortete der Clown mit Hut und schob die geladene Wasserpistole zurück in die Taschen seiner weiten Hose.

»Seid ihr zwei fertig?«

Zeitgleich verzogen alle Clowns ihre ernsten Gesichter zu einem breiten Grinsen. Der erste Clown betätigte die Klingel. Der Ärmel seines roten Hemdes rutschte dabei wenige Zentimeter nach oben. Weiland hatte plötzlich das Gefühl, als hätte sich eine unsichtbare Faust mit voller Wucht in seine Rippen gebohrt. Sein Atem stockte in seiner Brust. Er musste die Aufnahmen aus der Kneipe nicht noch einmal ansehen, um zu wissen, dass er den Richtigen gefunden hatte. Bislang hatte er den dunklen Fleck auf dem Armgelenk von Schieles Begleiter für ein auffälliges Muttermal gehalten. Die Auflösung der Fotos war zu niedrig, um die Konturen zu erkennen. Aber Größe und Position passten genau zur Tätowierung des Clowns. Weiland hatte das Tattoo nur für den Bruchteil einer Sekunde sehen können, aber es war lang genug, damit das Motiv sich auf seine Netzhaut eingebrannt hatte.

Die schwarzen Umrisse zeigten das Gesicht eines Mädchens. Der kindliche Mund war zu einem breiten Lächeln verzogen. Aber dort, wo Weiland ihre Augen erwartet hatte, lagen nur zwei dunkle Höhlen.

Jeder Zweifel, den Theo Weiland bis zu diesem Moment gehabt hatte, zerfiel jetzt zu Staub. Frank Schiele, verurteilter Sexualstraftäter, Hauptverdächtiger im Fall Franziska, war wieder auf der Jagd. Nur hatte er sich dieses Mal sogar Verstärkung gesucht. Mindestens drei weitere Jäger, die sich mit ihm auf die Lauer legten, ihr nächstes Opfer umstellten, bis es kein Entkommen mehr gab.

Einen davon hatte er gerade gefunden. Weilands Magen drehte sich um.

Volltreffer.

KAPITEL 20

»Bist du dir ganz sicher?«

Ronja hatte nicht mitgezählt, aber in der letzten halben Stunde hatte ihre Freundin genau die gleiche Frage sicher ein Dutzend Mal gestellt. Und immer war ihre Antwort dieselbe.

»Es ist besser, wenn du jetzt gehst«, sagte sie mit belegter Stimme. »Wirklich, es ist okay. Meine Mutter kommt jeden Moment nach Hause. Dann zeige ich ihr alles.«

Ronja wandte das Gesicht ab, um Jule nicht länger in die Augen sehen zu müssen. Sie fürchtete sich davor, was ihre beste Freundin darin lesen würde. Stattdessen richtete Ronja ihren Blick wieder auf den Bildschirm.

Noch immer konnte sie nicht glauben, was schwarz auf weiß vor ihr geschrieben stand.

In Gedenken an unseren geliebten und allzeit vermissten Tom, der viel zu früh aus dem Leben gerissen wurde.

Mittlerweile konnte sie die Kommentare auf den verschiedenen Seiten auswendig aufsagen wie ein morbides Gedicht.

Warum gerade du? Du fehlst mir so sehr, schrieb eine Anja.

Ich zünde jeden Tag eine Kerze für dich an, stand eine Zeile darunter.

Egal, wie oft Ronjas Augen über die Worte wanderten, in ihrem Kopf schien eine Blockade zu sein, die verhinderte, dass ihre Bedeutung vollends zu ihr durchdrang.

Tom war seit einem Jahr tot. Und doch hatte er sie gestern Nacht beim Schlafen beobachtet.

Tom lag metertief unter der Erde und war nicht mehr als Staub und Asche. Trotzdem atmete er.

»Ich kann doch mit dir warten«, sagte Jule leise und berührte sie sanft an der Schulter. Eine Berührung, die wie ein schmerzhafter Stromschlag durch Ronjas Arm bis in ihren Brustkorb fuhr. Bis zu dem Moment, in dem sie die erste Todesanzeige gefunden hatten, war die Angst wie Nebel gewesen. Sie war da, aber nicht greifbar. Unheimlich, aber nicht gefährlich. Nebel konnte niemanden verletzen. Je öfter sie die Worte las, desto realer wurde es. Nebelschwaden verbanden sich zu einer grauen, tonnenschweren Masse, die Ronja überrollte wie eine Lawine. Mit jedem Atemzug spürte sie, wie sie das Grau in sich aufsaugte und wie es sich um ihr Herz legte. Mit jeder Sekunde fiel es ihrem Körper schwerer, gegen ihr Gewicht anzukämpfen.

»Was denkst du?«, fragte Jule.

Am liebsten hätte Ronja ihre Hand weggeschlagen. Sie hatte einen der wenigen Menschen auf der Welt, die sie liebte, direkt zu einem Monster geführt. Warum hatte sie nicht früher daran gedacht? Warum hatte sie nicht ein einziges, verdammtes Mal in Erwägung gezogen, dass sie Jule in Gefahr brachte?

»Geh jetzt«, stieß sie zwischen zusammengebissenen Zähnen hervor.

»Wir können doch ...«

»Was verstehst du nicht daran? Ich will, dass du endlich gehst!«

Ronjas Stimme schnitt viel lauter durch die Luft, als sie beabsichtigt hatte. Ein tiefer Schnitt durch Jules Gesicht. Sie sah verletzt aus. Verwirrt. Ronja wünschte, sie könnte ihr erklären, dass sie es nicht so gemeint hatte. Sie wünschte, sie könnte sich bei ihrer Freundin entschuldigen. Aber Ronja hatte das Gefühl zu explodieren, wenn sie auch nur ein weiteres Wort sagte.

»Schon gut, ich wollte dir doch nur helfen!« Jule stand ruckartig auf und ging aus dem Zimmer.

Zwei Sekunden später hörte Ronja das Rascheln ihrer Daunenjacke aus dem Flur. Endlich.

Sie wollte, dass Jule endlich abhaute. Weg von ihr und dem Monster, das hier lauerte.

»Rufst du mich heute Abend an und erzählst mir, wie es gelaufen ist?«

Jule stand jetzt wieder im Türrahmen. Sie hatte ihren Rucksack wie einen Schutzschild vor ihren Körper gepresst. Ronja nickte nur. Sie wartete, bis Jules Schritte im Hausflur nicht länger zu hören waren, klemmte den Laptop unter ihren linken Arm und stand dann auf. In der Küche stellte sie den Laptop auf der Arbeitsplatte ab und nahm stattdessen eines der langen Messer aus dem Granitblock. Die Klinge war so scharf, dass Tom es normalerweise benutzte, um rohes Fleisch zu schneiden. Behutsam schob sie das Messer unter einen der Ärmel ihres weiten Pullovers. Die kalte Klinge jagte Schmerzimpulse über ihre Nervenbahnen.

Bei dem Gedanken daran, das Messer zu benutzen, wurde ihr so übel, dass sie sich auf der Stelle übergeben hätte, wäre auch nur ein Bissen in ihrem Magen gewesen. Sie wollte nicht, aber wenn es darauf ankam, würde Ronja es tun müssen.

Ein tiefer Stich in einen von Toms Augäpfeln.

Und er würde nie wieder irgendjemandem wehtun. Niemanden so ansehen, wie er sie angesehen hatte. Obwohl sie einen Beweis gefunden hatte, flatterte die Nervosität wie ein aufgeregter Vogel in ihrer Brust, als sie die klappernden Absätze hörte, die in diesem Augenblick durch den Hausflur direkt auf die Wohnungstür zusteuerten. Was, wenn ihre Mutter ihr doch nicht glaubte? Wenn sie das alles nur für einen makabren Scherz hielt? Für wenig Geld konnte heutzutage jeder eine Internetadresse kaufen und dort eigene Bilder und Texte hochladen. Man musste kein IT-Genie sein, um einen Menschen im Netz sterben zu lassen. Immerhin wirkte Tom auf den ersten Blick wie ein sanfter Riese. Die Spinnen in der Wohnung fing er behutsam in einem Glas und trug sie nach draußen auf den Balkon, statt sie vom Staubsauger fressen zu lassen. Er hob niemals die Stimme, fluchte nicht, selbst wenn Ronja es darauf angelegt hatte, ihn zu verletzen und zu provozieren, damit er verschwand wie die Männer vor ihm. Alle hatten von Familie und Zusammenhalt geredet, in guten wie in schlechten Zeiten, aber bei der ersten Gelegenheit trieb der Großteil dann doch davon wie ein Stück Treibholz im offenen Meer. Tom war anders. Er war viel länger geblieben als die anderen vor ihm. Hatte sich in ihr Leben eingenistet wie ein Parasit.

Die Wohnungstür öffnete sich. Ein Poltern ertönte, als die Stiefel ihrer Mutter neben dem überquellenden Schuhregal landeten.

»Ronja?«, rief ihre Mutter leise. Auf Zehenspitzen schlich sie zu der angelehnten Tür, die in ihr Zimmer führte. Wahrscheinlich erwartete sie, dass Ronja noch von Schüttelfrost geplagt im Bett lag.

»Ich bin in der Küche.«

Eine Silhouette erschien im dämmrigen Licht. Ihre Mutter wirkte elegant, die Haare perfekt nach oben gesteckt, keine Strähne fiel unkontrolliert nach unten. Auch ihr Kostüm saß so eng, als hätte sie sich heute Morgen höchstpersönlich hineingenäht. Nur die dunkel umrahmten Augen ließen hinter die Perfektion blicken.

»Deine Nachricht hat mir Angst gemacht! Ist etwas passiert?« Sie trat auf Ronja zu, tastete ihre Stirn und Wangen ab. »Du bist ja ganz kalt. Was ist denn los?«

»Ich muss dir etwas sagen.«

Ronja hatte versucht, sich die Worte zurechtzulegen. Aber als sie ihrer Mutter jetzt in die Augen sah, tobte ein Sturm in ihrem Kopf, der alles durcheinanderwirbelte. Es gab schlichtweg keine gute und richtige Art, ihrer Mutter zu eröffnen, dass ein lebender Toter mit ihnen unter einem Dach wohnte.

»Weißt du noch, wie ich dir ganz am Anfang mal gesagt habe, dass ich ein komisches Gefühl bei Tom habe?«

Ihre Mutter zuckte zusammen, als hätte sie einen Schlag erhalten, bevor sie nickte.

»Eigentlich habe ich es schon beim allerersten Treffen gemerkt. Erinnerst du dich? Er hat für uns gekocht. Ihr habt erzählt, wie ihr euch kennengelernt habt. Dass er dich aus Versehen in der Bahn angerempelt hat und du deinen kochend heißen Kaffee auf ihm verteilt hast.

Wie ihr nach Dutzenden Entschuldigungen ins Gespräch gekommen seid. Tom kam mir damals schon so ... so bekannt vor. Und immer wenn du nur kurz vom Tisch aufgestanden bist, hat er mich auf so eine merkwürdige Art angesehen. Keine Ahnung, wie ich das beschreiben soll. Er hat so gestarrt. So wie man sonst nur eine Sache ansehen würde, hat er mich angesehen.«

Ronja leckte sich über die aufgesprungenen Lippen. Es war seltsam, es auszusprechen. All die eigenartigen Gefühle, die kleinen Momente, die sie zu verdrängen versucht hatte, weil sie einzeln betrachtet nichts zu bedeuten schienen. Zusammen ergaben sie dennoch ein abstoßendes Bild.

»Es kam mir vor, als würde er mich kennen, verstehst du? Als hätte er schon Hunderte Male im Bus neben mir gesessen oder sich in der Supermarktkasse hinter uns gestellt, wenn wir zusammen einkaufen waren. Ich habe mir eingeredet, dass ich mir das bloß einbilde. Du warst schließlich so glücklich. An manchen Tagen habe ich dich kaum wiedererkannt. Du hast plötzlich wieder morgens unter der Dusche gesungen, hast abends von deinem Tag erzählt und dabei gelacht. Als hätte vorher ein Teil von dir gefehlt und plötzlich warst du wieder ganz.«

»Ronja ...«, die Stimme ihrer Mutter zitterte. »Was willst du mir sagen?«

»Was, wenn das alles keine Zufälle sind? Wenn Tom dich nicht rein zufällig in der Bahn angerempelt hat? Wenn er nicht rein zufällig die gleiche Musik hört wie du und die gleichen Bücher liest? Was, wenn er sich dich und mich ausgesucht hat? So wie andere sich Essen im Restaurant aussuchen, hat er sich eine neue Familie ausgewählt und spielt die perfekte Rolle, damit du ihm hundertprozentig vertraust.«

»Ronja, bitte. Glaubst du etwa, dass er ein Stalker ist? Traust du ihm das wirklich zu?«

»Ja«, antwortete sie ohne jedes Zögern in ihrer Stimme und drehte dann den Laptop um, sodass ihre Mutter den Bildschirm sehen konnte. »Schließlich hat er auch seinen eigenen Tod vorgetäuscht.«

KAPITEL 21

Anderthalb Stunden hatte Weiland im Vorhof der Klinik auf die Rückkehr der Clowns gewartet. Die offizielle Besuchszeit endete um 19 Uhr. Jeden Augenblick würde die Gruppe den Kindern auf der Station eine gute Nacht wünschen, sich ein letztes Mal vor ihrem dankbaren Publikum verneigen und die Klinik dann wieder verlassen. Er grub die vor Kälte zitternden Hände tief in die Taschen seines abgetragenen Mantels und blickte ungeduldig zur Eingangstür. Nicht mehr lange, und seine Finger wären nichts weiter als taube Eiszapfen. Er tastete schon nach der nächsten Zigarette, die er bereute, noch bevor er sie überhaupt angezündet hatte, als ihn eine Bewegung hinter den Glastüren der Klinik innehalten ließ. Drei Gestalten traten hinaus. Zwei Männer und eine Frau. Obwohl sie die bunten Kostüme in Plastiktüten trugen und das Make-up, so gut es ging, aus ihren Gesichtern gewaschen hatten, erkannte Weiland sie sofort. Die schneeweißen Puderreste auf Kinn und Nase verrieten sie ebenso wie die roten Lippenstiftschatten auf ihren ernsten Mündern. Noch beim Verlassen der Klinik löste sich die Gruppe innerhalb von Sekunden auf, so als würde der Wind sie plötzlich in drei unterschiedliche Himmelrichtungen reißen. Die Frau eilte in Richtung der nächsten Bushaltestelle. Weiland wusste auf Anhieb, welchem der beiden Männer er folgen musste. Sein Zielobjekt war wenige Zentimeter größer, drahtig gebaut wie jemand, der seinen Körper beim Laufen oder Fahrradfahren regelmäßig an die Belastungsgrenze und darüber hinaus trieb. Der Verdächtige ging südwärts in Richtung des Zentrums, den Kragen seiner schwarzen Daunenjacke so weit nach oben geschlagen, dass er die komplette untere Hälfte seines Gesichts dahinter verbarg. Weiland hielt sich im Schatten der Häuserreihen, den Blick stur nach unten gerichtet. Nur an den Kreuzungen hob er jedes Mal kurz den Kopf, passte seine Richtung und Schrittgeschwindigkeit an, um den Abstand nicht zu groß werden zu lassen. Plötzlich beschleunigte das Zielobjekt seine Schritte, verfiel in ein lockeres Joggen. Weiland fluchte leise. Sein Atem klang wie eine alte Dampflokomotive, während er versuchte, Anschluss zu halten. Zwischen zwei Häuserreihen scherte der Verdächtige unvermittelt nach rechts und verschwand damit aus seinem Blickfeld. Er zählte stumm bis zehn und betrat dann ebenfalls die schmale Gasse. Ursprünglich musste hier einmal ein Grünstreifen gewesen sein, aber infolge der Wohnungsknappheit und der daraus resultierenden explosionsartigen Mietsteigerungen schossen in Berlin immer mehr Wohnkomplexe aus dem Boden. Zwischen den beiden Mauern blieben kaum mehr als anderthalb Meter Platz, der zum Abstellen von Müllsäcken, rostigen Fahrrädern und Matratzen mit undefinierbaren Flecken genutzt wurde, über deren Ursprung er lieber nicht zu lange nachdenken wollte.

An dem neueren Gebäudekomplex waren in regelmäßigen Abständen Metalltüren eingelassen, die in verschiedene Kellerabteile zu führen schienen. Keine Spur von dem Mann, der nur wenige Sekunden zuvor in die Gasse gebogen war.

Er musste durch eine der Türen verschwunden sein. Vermutlich gab es dort unten mehrere abgetrennte Räume. Was, wenn es dort unten einen schalldichten Kellerraum gab? Ein Verlies ohne Fenster? Er folgte dem Weg, suchte nach winzigen Hinweisen, welche der Türen die Richtige war. Von außen betrachtet sahen sie alle gleich aus. Graues Metall, nur hier und da platzte der Lack an unterschiedlichen Stellen ab. Vor einigen der Türen waren achtlos Mülltüten abgestellt worden, die die Gasse mit einem ekelerregenden Gestank nach sauer gewordener Milch und verwesendem Fleisch füllten. Ein paar Grad mehr, und Heere von Fliegen würden sich auf das Festmahl stürzen. Weiland hatte beinahe das Ende der Gasse erreicht, als er plötzlich innehielt. Etwas kratzte an seinem Verstand. Eine Unregelmäßigkeit, die es nicht geben sollte. Er wandte den Blick zu der Kellertür, die ihm am nächsten war. Der Winkel passte nicht. Die Tür sah aus, als wäre sie schief in den Rahmen eingesetzt worden. Erst wenn man genau hinsah, erkannte man, dass sie einen winzigen Spalt offen stand. Fast so, als wäre vor Kurzem jemand in größter Eile hineingestürzt und hätte dabei vergessen, die Tür wieder hinter sich zu schließen. Er trat näher. Spürte die Kälte, die aus dem unterirdischen Gewölbe durch den schmalen Spalt nach draußen in die Freiheit drang.

Das leise Rascheln dicht hinter Weiland war die einzige Warnung, die er bekam. Schwere Stiefel zermalmten das trockene Laub unter ihren dicken Sohlen. Stiefel, die wie gemacht dafür zu sein schienen, einem Menschen sämtliche Knochen zu brechen. Weiland hatte gerade noch Zeit, den Kopf zu wenden und seinen Angreifer ein letztes Mal anzusehen.

Dann ließ der erste Schlag seinen Schädel explodieren. Die Faust traf ihn ungebremst am Kinn. Ein lautes Knirschen ertönte, als Knorpel und Kiefer brutal zur Seite geschoben wurden. Er taumelte zwei Schritte nach hinten. Bloß nicht das Gleichgewicht verlieren. Auf dem Boden wäre er Schlägen und Tritten völlig hilflos ausgeliefert. Weiland spuckte Blut. Ein weißer Zahnsplitter landete in der roten Pfütze neben dem Gullideckel. Und wenn schon, er musste sowieso mal wieder dringend zur Kontrolle, um seinen Bonus nicht zu verlieren. Mit dem Ärmel wischte er sich das Blut vom Mund und blickte auf.

Zu seiner Überraschung waren sie zu zweit. Der Clown stand direkt vor ihm. Mit seiner Faust hatte er vor wenigen Sekunden unfreiwillige Bekanntschaft gemacht. Etwa drei Meter entfernt stand ein zweiter Mann. Kompakter gebaut, stämmig bis muskulös. Wenn Weiland nicht alles täuschte, hatte auch er gestern mit am Tisch gesessen. Auch er war Teil des Rudels. Innerhalb von Sekunden durchschaute er ihre Taktik. Der Clown war die Vorhut, er würde sein Fleisch weich klopfen und vorgaren. Der zweite Mann dagegen schien fürs Grobe zuständig zu sein. Der Knochenbrecher.

»Wer zur Hölle bist du?« Der Mund des Clowns schäumte. Das Adrenalin ließ seine noch immer geballten Fäuste zittern. Anscheinend hatte er schon länger geahnt, dass er verfolgt wurde, und Weiland deshalb hier in die Gasse gelockt. Trotz der Schmerzen in seinem Gesicht schaffte Weiland es zu grinsen. Sein Kiefer gab dabei ein eigenartiges Schaben von sich.

»Hat euch meine Nachricht erreicht? Das ging schneller als erwartet. Ich dachte, die Barfrau gibt mir wenigstens ein paar Tage Zeit, bevor sie euch warnt«, nuschelte er, während er spürte, wie frisches Blut an seinen Mundwinkeln hinablief.

»Raffst du es nicht, Mann? Das ist kein Spiel. Du legst dich mit dem Falschen an.«

»Ihr meint Schiele?«

»Wieso fragst du nach ihm?«, zischte der Clown.

Frank Schiele schien das Zentrum der Gruppe zu sein. Die Sonne in einem kalten Universum, um die sich alles drehte. Wenn er einen Riss in die Gruppe schlagen wollte, dann musste er an ihrer blinden Loyalität rütteln.

»Sagt ihr es mir. Wieso ist euch ein verurteilter Triebtäter so wichtig? Was hat er gegen euch in der Hand, dass ihr euch wie seine kleinen Straßennutten aufführt?«

Ein kurzes Zucken ging durch den Körper des Clowns. Kaum zu sehen und doch deutlich genug, um Weiland zu bestätigen, dass er einen wunden Punkt erwischt hatte. Die beiden Männer vor ihm folgten Schiele wie zwei Welpen den Zitzen ihrer Mutter. Dass sie dabei durchschaut wurden, nagte an ihrem Stolz. Beide wechselten einen Blick, gefolgt von einem stummen Nicken. Der Clown holte erneut aus, Weiland machte einen letzten Schritt zurück. Die Wand drückte jetzt gegen seinen Rücken. Sein Plan ging auf: Der Angreifer folgte ihm einen Schritt, als tanzten sie Tango, verlor dabei aber für einen Augenblick seinen festen Stand. Weiland nutzte sein Glück und rammte ihm mit voller Wucht die Schulter gegen die Magengrube. Einen winzigen Moment lang kostete er den Sieg aus. Der Clown sackte mit einem Stöhnen zu Boden, gleichzeitig stürzte der Knochenbrecher nach vorn und bestieg damit den Ring.

»Mieses Arschloch!«

Seine Schläge waren wuchtiger, das merkte Weiland an den kalten Windzügen, wenn er ihnen in letzter Sekunde auswich. In seinem Kopf erstellte er ein Phantombild: Narbe an der rechten Augenbraue, darunter grünbraune, mandelförmige Augen. Eine breite Nase, die aussah, als wäre sie nach einer Schlägerei schief wieder zusammengewachsen.

Er ahnte, dass er das Unvermeidbare nur aufschob. Zwanzig bis dreißig Sekunden würde er vielleicht noch durchhalten. Kämpfe in der Unterzahl gingen selten gut aus. Zudem waren seine Gegner Profis – geübt und wendig. Der nächste Schlag traf ihn an der Schläfe und besiegelte sein Schicksal. Weiland verlor die Orientierung. Himmel und Boden tauschten die Plätze. Mit kindlicher Faszination sah er, wie sein eigenes Blut im Asphalt versickerte. Nase. Niere. Rippen. Schläge und Tritte prasselten im Sekundentakt auf ihn ein.

Hilfe.

Sein Mund öffnete sich, aber die Worte, die er schreien wollte, ertranken im Blut.

KAPITEL 22

»Das ist unmöglich. Ausgeschlossen.«

»Aber es stimmt, Mama. Er ist vor über einem Jahr bei einem Autounfall gestorben. Es gibt sogar Bilder vom Wrack.« Ronja öffnete einen der Zeitungsartikel, die sie gefunden hatte. »Hier. Total ausgebrannt.«

»Die Leiche wurde doch sicher untersucht? Die Polizei hätte es bemerkt, wenn jemand anders im Wagen gesessen hätte!«

»Nicht, wenn kein Verbrechen vorliegt. Der gemeldete Fahrer des Wagens rast mit über hundert Sachen gegen einen Baum. Weil man keine Bremsspuren findet, geht man von Sekundenschlaf aus. Wieso sollte sich irgendjemand noch die Mühe machen, die Aschereste zu untersuchen? Das Einzige, was keinen Sinn ergibt, ist die Tatsache, dass er jetzt seinen echten Namen benutzt. Wieso den eigenen Tod vortäuschen und dann riskieren, dass alles auffliegt?«

»Tut mir leid, ich brauche kurz ... Ich brauche ein bisschen frische Luft.« Ihre Mutter stand ruckartig auf. Sie öffnete die Balkontür und ließ die eiskalte Abendluft herein. Der Geruch der Straße zog zu ihnen hinein. Durchdrehende Reifen und heiß gelaufene Motoren. »Wir rufen die Polizei.«

Mit zitternden Fingern tippte ihre Mutter die Kurzwahl auf dem Display ihres Handys ein. Es klingelte zweimal, ehe eine Stimme sich am anderen Ende meldete.

»Guten Abend, Verena Kuhn hier, ich fürchte, mein Lebensgefährte, er ist … na ja, er ist tot. Nicht wie Sie denken. Es geht ihm gut, heute Morgen haben wir noch telefoniert. Aber der Mann, mit dem ich seit Monaten zusammen bin, ist laut einigen Berichten im Netz vor einem Jahr bei einem Unfall gestorben. Ich fürchte, er hat seinen Tod damals vorgetäuscht.«

Was der Gesprächspartner erwiderte, hörte Ronja nicht. Es ging in dem Geräusch quietschender Reifen auf der Straße unter. Während ihre Mutter noch einmal ihren vollen Namen, ihr Geburtsdatum und die Adresse der Wohnung angab, füllte Ronja sich ein Glas mit eiskaltem Wasser und trank es in einem einzigen Zug aus. Ihre Kehle blieb dennoch staubtrocken. Auch das zweite Glas half nicht, ganz im Gegenteil. Das Wasser, das in ihrem Bauch herumschwappte, verstärkte ihre Übelkeit nur noch. Was würde sie dafür geben, in diesem Moment aufzuwachen. Zu merken, dass alles nur ein böser Traum gewesen war, über den sie in wenigen Jahren lachen konnte, wenn der Schrecken erst verblasst war.

»Er hat sich mir als Tom Rodenberg vorgestellt«, sagte ihre Mutter gerade und fuhr sich nervös durch die Haare, die mittlerweile zerzaust wie ein Vogelnest aussahen. »Er sieht auch genauso aus wie der Tote auf den Fotos. Können Sie schnell jemanden herschicken? Ich bin mit meiner Tochter allein in meiner Wohnung.

Tom hat einen Schlüssel. Nein, er ist gerade nicht da. Aber er könnte jederzeit ...«

Ihre Mutter schüttelte energisch den Kopf, während die Stimme aus der Leitung auf sie einzureden schien.

»Nein, nicht direkt bedroht. Aber fänden Sie es nicht bedrohlich, wenn Sie erfahren würden, dass Ihr Partner offiziell als tot gilt?«

Wieder sagte die Stimme etwas, das Ronja nicht verstehen konnte. Aber am Gesichtsausdruck ihrer Mutter sah sie, dass es nicht die Antwort war, die sie sich erhofft hatte.

»Gewalttätig? Nein, bislang nicht. Aber Sie können doch nicht ernsthaft warten, bis er uns etwas antut! Schönen Dank auch!« Ihre Mutter legte auf und knallte das Handy auf die Fensterbank.

»Sie schicken eine Streife zu der Adresse, unter der Tom offiziell gemeldet ist, und machen eine Identitätskontrolle. Mehr können sie im Moment nicht tun. Es braucht eine konkrete Gefährdung, damit sie jemanden hierherschicken. Solange er uns nicht bedroht oder körperlich verletzt ...« Sie musste den Satz nicht beenden. »Pack deinen Koffer.«

»Was? Wieso?«

»Wir müssen hier weg. Beim Autofahren kommen mir sowieso immer die besten Ideen.«

»Und wohin fahren wir?«

»Mir fällt schon etwas ein. Solange wir kein neues Schloss haben, ist die Wohnung Tabu. Und selbst dann... Wer weiß, wozu er fähig ist.« Ihre Mutter trat direkt vor Ronja und sah sie flehend an. »Wir haben jetzt keine Zeit, um darüber zu diskutieren. Bitte tu einfach, was ich sage.«

Der Koffer mit den verblichenen Stickern lag noch unter Ronjas Bett. Ihre letzte gemeinsame Reise war Jahre her. Nicht einmal an den letzten Ausflug konnte Ronja sich erinnern. Nur sie zwei, ohne Anhängsel. Sie wünschte nur, die Reise würde unter einem besseren Stern starten. Ronja öffnete den hakenden Reißverschluss des Koffers, ging zum Kleiderschrank und begann blindlings einige Kleidungsstücke aus den Stapeln darin zu ziehen. Was packte man schon ein, wenn man weder die Dauer noch das Ziel der Reise kannte? In ihren Rucksack legte sie ihr Handy samt Ladekabel, dazu noch ein weiteres Paar Sneaker.

»Bist du so weit?«, rief ihre Mutter aus dem Bad, wo sie gerade den Inhalt des Spiegelschranks leer räumte und achtlos in eine Tüte warf.

»Keine Ahnung!«, antwortete Ronja und starrte auf den überquellenden Koffer. Sie musste sich mit dem Ellbogen daraufstützen und ihr ganzes Körpergewicht einsetzen, um den Reißverschluss wieder schließen zu können.«

»Was uns jetzt noch fehlt, kaufen wir einfach unterwegs. Na los.«

Sie zogen ihre Mäntel an. Schlüpften in ihre Stiefel. Ronjas Mutter legte den Zeigefinger auf die Lippen und lauschte. Kein Ton drang aus dem Hausflur zu ihnen hinein. Behutsam öffnete sie die Tür und blickte hinaus. Das Licht im Flur war ausgeschaltet. Die Bäume vor den Fenstern malten lange, spinnennetzartige Schatten an die Wand. Nur die vereinzelten Silberstreifen unter den Wohnungstüren verrieten, dass sie nicht allein waren. Sie schritten durch den dunklen Flur bis zu der Glastür, die sie ins Treppenhaus führte, und stiegen Stufe für Stufe nach unten. Ronjas Gedanken rasten. Sie wollte sich einreden, dass sie sicher waren. Mitten in Berlin. Wenige Meter trennten sie von den Menschen hinter den Wohnungstüren. Ein Schrei, und die Türen würden sich öffnen.

Doch die Angst flüsterte ihr leise zu, dass diese Sicherheit ein Trugschluss war.

Frauen wurden in Parkhäusern von ihren Ex-Männern angegriffen. Sie wurden am helllichten Tag vor dem Supermarkt von gekränkten Liebhabern niedergestochen oder auf dem Zebrastreifen überfahren. Ronja hatte online oft genug Berichte darüber gelesen, um zu wissen, dass es echte Sicherheit nur in ihrer Fantasie gab.

Lautlos stiegen sie die Treppe nach unten. Sie spähte durch die Glaseinsätze der Haustür nach draußen. Bis zum Wagen waren es keine fünfzehn Meter. Ein Weg, der ihr plötzlich unendlich lang vorkam. Ihre Hand berührte schon den Türgriff, als sie ihre Finger so schnell wieder zurückzog, als hätte sie sich verbrannt.

»Mama«, flüsterte Ronja. Das Zittern begann in ihrer Brust. Sie legte die Hand über ihren Mund, um sich nicht zu verraten. Ihre Mutter stand so dicht gedrängt hinter ihr, dass sie ihren schnellen Herzschlag spüren konnte.

»Was ist los?«

»Da rechts!« Sie deutete auf die andere Straßenseite. Ein roter BMW mit dunkel getönten Seitenscheiben. Es gab keinen Zweifel: In den letzten Monaten hatte sie den Wagen beinahe täglich gesehen.

»Er ist hier.«

»Siehst du ihn?«

Ronja schüttelte den Kopf. Der Fahrersitz war leer. Was bedeutete, dass Tom entweder dort draußen war. Oder – und bei diesem Gedanken richteten sich die feinen Härchen auf Ronjas Armen auf – er war im Haus. Es gab nur einen Grund, warum er sich dann nicht gezeigt hatte: Er wusste, dass sie die Wahrheit kannten. Vielleicht hatte er ihr Gespräch hinter geschlossener Wohnungstür belauscht oder schlicht seine eigenen Schlüsse gezogen, als sie überstürzt mit Koffern aus der Wohnung gestürmt waren.

»Egal, was passiert, du drehst dich nicht um. Renn, wenn es sein muss«, flüsterte ihre Mutter.

Ronja öffnete den Mund, um zu atmen, als sie das Kratzen hinter sich hörte. Metall auf Stein. Unwillkürlich sah sie ein Messer vor sich, dessen Klinge sanft über die Mauern strich.

»Lauf!«, stieß ihre Mutter noch aus. Dann stürzte Ronja nach vorn in die Dunkelheit.

KAPITEL 23

»... aufwachen!«

Ein Rütteln an Weilands Schulter riss ihn endgültig aus der Dämmerung. Der Schmerz, der nur kurz geschlafen hatte, loderte auf wie ein Feuer, in das man Spiritus gekippt hatte. Er stöhnte und blinzelte durch seine geschwollenen Augenlider. Nur wenige Zentimeter von ihm entfernt schwebte ein fremdes Gesicht über dem blutdurchtränkten Asphalt.

»Jesses, ich dachte, du bist hinüber, Kumpel!«

Zwei Hände, die in löchrigen Fingerhandschuhen steckten, krallten sich in seine Oberarme und zogen ihn in eine sitzende Position. Jeder Atemzug sandte Blitze durch seinen Brustkorb. Mindestens eine Rippe war verstaucht oder sogar gebrochen, aber sie schien keine der lebenswichtigen Organe durchstochen zu haben, sonst wäre er schon tot, erstickt an seinem eigenen Blut. Weilands Kiefer knackte, als er den Mund öffnete, und sein Gesicht fühlte sich so geschwollen an, als hätte ihn ein rasender Bienenschwarm attackiert. Abgesehen davon ging es ihm gut. Er lebte. Der Obdachlose wich einen Schritt zurück und musterte ihn misstrauisch.

»Alles in Ordnung, Mann? Die haben dir ja 'ne ganz schöne Abreibung verpasst. Vielleicht war das ein

Schlag auf den Kopf zu viel.« Er humpelte zu einem Einkaufswagen, den er vor eine der Mülltonnen geschoben hatte, und fischte eine kleine Schnapsflasche heraus. »Hier, normalerweise teile ich mein Wässerchen nicht. Aber du kannst es heute gebrauchen. Das sieht übel aus.« Er warf die Flasche so, dass sie neben Weiland in einem dünnen Streifen Moos landete.

»Danke!«, nuschelte er.

Die Rollen des Einkaufswagens klapperten über den Asphalt, als der Obdachlose ihn eilig in Richtung der belebten Straße schob. Weiland konnte es ihm nicht verübeln. Er sah aus wie jemand, der den Verstand verloren hatte: Trotz der pulsierenden Schwellungen in seinem Gesicht verzog er die aufgeplatzten Lippen zu einem blutigen Grinsen.

Laut Lehrbuch war die Observierung zwar gründlich schiefgegangen, aber trotzdem war sie ein voller Erfolg. Während der Schläge, die wie ein Platzregen auf jeden Zentimeter seines Körpers einzuprasseln schienen, hatte sein Gehirn Details seiner Angreifer wie ein Schwamm aufgesaugt. Das Tattoo am Unterarm des Clowns konnte er blind mit allen Details nachzeichnen. Genauso wie die schmale Narbe über den buschigen Augenbrauen. Wenn er die Augen schloss, konnte er ihre Gesichter vor sich in der Dunkelheit sehen. Schieles Bluthunde hatten wohl geglaubt, ihn durch stumpfe, brutale Gewalt einschüchtern zu können, dabei hatten sie das genaue Gegenteil bewirkt.

Er würde sie finden und ihre Leben sprengen. Sie aus den hübschen Wohnungen und Häusern zerren, in denen sie wie Kakerlaken wohnten. Der Gedanke daran trieb ihn trotz der stechenden Schmerzen auf die Beine.

Bevor Weiland aus der Gasse zurück auf die Straße trat, zog er die Kapuze tief über sein ramponiertes Gesicht. In einer seiner Manteltaschen ertastete er neben seinem Handy, dessen Display vollkommen zersplittert war, eine Packung Schmerztabletten. Er löste vier Stück aus dem Blister, zerkaute sie zwischen seinem knirschenden Kiefer und schluckte sie herunter. Als er den Wagen zwanzig Minuten später auf der Einfahrt seines Hauses parkte, wollte er nur noch ins Bett und diesen verfluchten Tag hinter sich bringen. Vielleicht lag es an den Schmerztabletten, die endlich zu wirken begannen. Vielleicht waren es auch die Nachwirkungen der Schläge, die seine Wahrnehmung so weit trübten, dass er die Gestalt, die ihn aus dem Schatten der Hecke heraus beobachtete, übersah. Dass er nicht allein war, bemerkte Theo Weiland erst, als die Schritte direkt hinter ihm auf dem Kies knirschten.

KAPITEL 24

Durch den Glaseinsatz der Tür konnte Weiland das flackernde Licht des Fernsehers im Wohnzimmer sehen. Wahrscheinlich war Hanna wieder auf dem Sofa eingeschlafen. Selbst wenn er jetzt ihren Namen brüllte, wären seine Verfolger längst im Haus, ehe seine Tochter realisierte, in welcher Gefahr sie sich befand. Sogar wenn es ihr noch gelang, die Wohnzimmertür zu verriegeln, würde das dünne Holz ihr höchstens ein paar Sekunden Zeit verschaffen. Weiland ballte seine rechte Hand um den Schlüssel in seiner Tasche, sodass nur noch die metallische Spitze herausragte. Ein gezielter Stich ins Auge war seine einzige Chance.

»Ich bin es!«, sagte plötzlich eine vertraute Stimme hinter ihm.

Weiland fuhr herum. Seine Pupillen brauchten einige Sekunden, um die Gestalt in der Dunkelheit zu fixieren. Den Kragen des dunklen Mantels hatte sie tief in ihr Gesicht gezogen. Wie immer trug sie die angelaufene Herrenuhr am Handgelenk. Es war jetzt zwei Tage her, dass Weiland Frieda Holm vor dem rechtsmedizinischen Institut abgepasst hatte, um sie zu den forensischen Beweisen im Fall Franziska zu befragen. In zwei Tagen schien viel passiert zu sein. Holm sah blass aus, noch blasser als sonst. Ihre Wangen wirkten eingefallen, als hätte sie seit Stunden nichts gegessen und getrunken.

»Was ist denn mit Ihnen geschehen?«

»Das Gleiche könnte ich Sie fragen. Sie sehen furchtbar aus.«

»Danke. Das Kompliment gebe ich gern zurück. Was zur Hölle machen Sie hier? Haben Sie mir aufgelauert?«

Frieda Holm schloss die Augen und atmete einige Male tief durch.

»Ich sollte nicht hier sein«, murmelte sie, mehr zu sich selbst als zu ihm.

»Sind Sie aber. Sie sind wegen Franziska gekommen, richtig? Weil Sie mich angelogen haben, als ich Sie nach ihrem Fall gefragt habe. Sie waren damals an den Ermittlungen beteiligt. Sie haben das Gutachten verfasst, das bestätigt, dass Franziska mit hoher Wahrscheinlichkeit noch auf dem Boden ihres Zimmers verstorben ist.«

Holm öffnete die Augen wieder und musterte ihn einen Moment eindrücklich, als würde sie überlegen, ob sie ihm ein Geheimnis anvertrauen konnte.

»Es ist sicherer, wenn wir das drinnen besprechen.«

Die Warnung, die Weiland vorausschickte, als er das Wohnzimmer betrat, war zwecklos. Hanna, die gerade noch im Halbschlaf eine Dokumentation über einen ungelösten Kriminalfall gesehen hatte, richtete sich bei seinem Anblick kerzengerade auf.

»Nicht schlimm, sagst du?! Wer war das?!« Sie sprang auf und musterte die Schwellungen in seinem Gesicht wie ein modernes Kunstwerk, bei dem man nicht wusste, ob man angewidert oder fasziniert sein sollte.

»Es ist nichts. Nur oberflächlich. Mir geht's gut, ehrlich«, beschwichtigte er sie.

»Sie sollten damit trotzdem zum Arzt Ihres Vertrauens gehen. Der Kiefer sieht ausgerenkt aus«, rief Holm wenig hilfreich aus dem Hausflur, während sie ihren Mantel auszog.

»Du weichst meiner Frage aus. Wer war das? Warst du bei der Polizei?« Hanna drehte eine Runde um ihn herum, um die Spuren des Kampfes aus allen Winkeln zu begutachten.

Er könnte behaupten, ein paar Jugendliche hätten ihn ausgeraubt, damit sie sich nicht mehr Sorgen als nötig machte. Aber dann dachte er an den Moment vor der Tür, als er geglaubt hatte, Schieles Rudel wäre ihm gefolgt. Heute hatten sie von ihm abgelassen. Aber wenn er weitergrub, gab es keine Garantien. Keine Sicherheit.

»Du solltest eine deiner Freundinnen fragen, ob du für ein paar Tage bei ihr unterkommen kannst. Als reine Vorsichtsmaßnahme. Das hier«, er deutete auf sein Gesicht, »ist eine Warnung von ein paar Verdächtigen gewesen. Ich ermittle in einem alten Vermisstenfall und habe heute einen der möglichen Täter beschattet.«

»Was meinst du mit ermitteln? Du bist doch freigestellt?«

»Inoffiziell. Die Familie des vermissten Mädchens hat mich gebeten, ein paar neuen Hinweisen nachzugehen.«

»Deshalb also Ihr plötzliches Interesse an den damaligen Ermittlungen zu Franziskas Verschwinden.« Holm war nun ebenfalls ins Wohnzimmer getreten.

»Könntest du mir etwas Eis und Verbandszeug bringen?«, fragte sie Hanna, während sie Weilands Verletzungen mit prüfendem Blick musterte. »Wir sollten zumindest die offenen Wunden und die Schwellungen im Gesicht behandeln. Danke dir.«

Hanna nickte knapp und ging wortlos in die Küche.

»Wenn Sie wollen, kann ich versuchen Ihren Kiefer wieder einzurenken. Je schneller der wieder in Ordnung gebracht wird, desto besser. Erwarten Sie allerdings keine Behandlung mit Samthandschuhen. Normalerweise sind meine Patienten nicht besonders schmerzempfindlich. Bereit?« Noch bevor Weiland antworten konnte, hatte Holm ihm ihre Hände links und rechts an den Unterkiefer gelegt. »Machen Sie sich locker, Weiland! Sie sind ja ganz verspannt.«

»Das sagen Sie so einfach! Können Sie das überhaupt?«

»Tief Luft holen. Ich zähle runter. Drei, zwei ...«

Ein lautes Knacken ertönte. Tränen umspülten Weilands Augenränder.

»Na bitte. Sie sind etwas blass um die Nase. Setzen wir uns doch.«

Holm schob einen der Esszimmerstühle hinter Weiland und drückte ihn dann nach unten. Sie selbst setzte sich ihm gegenüber und verschränkte die Arme vor der mageren Brust, als wäre sie eine Polizistin, die einen Verdächtigen verhörte.

»Raus mit der Sprache. Warum hat Franziskas Familie ausgerechnet Sie engagiert? Warum jetzt?«

»Sie haben in der Zeitung von meiner letzten Ermittlung gelesen.«

»Das soll alles sein? Sie sagten doch, es gäbe neue Hinweise in dem Fall.«

»Sie waren es doch, die reinen Tisch machen wollte, schon vergessen?«, erwiderte Weiland und rieb sich den Unterkiefer, der pochte, als wären alle Wurzeln gleichzeitig entzündet.

»Wie immer im Leben ist es ein Geben und Nehmen. Also sagen Sie mir zuerst, warum Sie ausgerechnet jetzt in einem fünf Jahre alten Fall ermitteln.«

»Vor einigen Wochen wurde ein Paket vor der Haustür von Franziskas Familie abgestellt. Darin befand sich ein abgeschnittener Zopf. Die DNA, die man an einigen herausgerissenen Haarwurzeln fand, ließ sich zweifelsfrei Franziska Dahl zuordnen.«

Frieda Holm zuckte zusammen, als hätte Weiland ihr eine Ohrfeige verpasst.

»Aber Franziskas Haare ... Ich erinnere mich noch an die Suchplakate, die in ganz Berlin hingen.«

»Ihre Haare waren am Tag ihres Verschwindens raspelkurz. Sie hatte sie einige Tage zuvor abrasiert. Es gibt also nur zwei Optionen. Entweder der Täter hat ihre abgeschnittenen Haare vor ihrem Verschwinden gestohlen. Oder Franziska hat entgegen den forensischen Beweisen doch noch eine ganze Weile in Gefangenschaft gelebt, sodass ihre Haare nachwachsen konnten. Wie Sie sicher wissen, gab es damals einen Hauptverdächtigen. Frank Schiele. Ein ehemaliger Polizist. Der Mann, den ich heute verfolgt habe, scheint ein enger Bekannter von ihm zu sein. Ich fürchte, sie agieren als Gruppe.«

In diesem Moment betrat Hanna wieder das Wohnzimmer. In ihren Händen hielt sie eine Salatschüssel, in die sie augenscheinlich alles geworfen hatte, was auch nur im Entferntesten nützlich sein konnte, um die Wunden zu versorgen. Besonders viel war es nicht: eine Packung gefrorene Erbsen und Geschirrtücher, dazu Pflaster, Mullbinden und Wundspray, das aussah, als sei das Verfallsdatum längst überschritten.

»Danke. Damit komme ich aus«, sagte Holm.

Sie nahm die Mullbinde und begann, sie in kleine Streifen zu reißen. Weiland konnte sehen, wie ihre Finger dabei zitterten. Auch Hanna schien zu spüren, dass etwas nicht stimmte. Ihre Augen wanderten besorgt von ihm zu der Rechtsmedizinerin und wieder zurück.

»Alles okay, Papa? Kann ich sonst noch irgendwas tun?«

Er wollte schon verneinen, als es ihm siedend heiß wieder einfiel. Er griff in der Tasche nach seinem Handy. Das Display war komplett zersplittert. Als er eine der seitlichen Tasten drückte, blieb der Bildschirm dunkel.

»Kriegst du die Fotos davon irgendwie gerettet? Ich hab gestern ein paar Aufnahmen von einer Gruppe Männer gemacht. Die brauche ich unbedingt. Wenn du die irgendwie wiederherstellen und mir ausdrucken könntest, wäre das fantastisch.«

»Falls du nichts an den Einstellungen geändert hast, sollten die automatisch in deiner Cloud hochgeladen sein. Ich gucke mal, was sich machen lässt.« Sie lächelte, anscheinend dankbar, irgendetwas tun zu können, und schnappte sich den Laptop vom Wohnzimmertisch. »Gib mir zwei Minuten. Ich habe noch ein altes Handy in der Schublade, das kannst du benutzen, bis du was Neues hast. Dann bist du wenigstens erreichbar.«

Erst nachdem sie das Wohnzimmer wieder verlassen hatte, wandte Weiland sich wieder zu Holm.

»Ich habe alles gesagt. Jetzt sind Sie dran.«

Sie faltete einen der Mullbindenstreifen mehrmals und besprühte ihn mit dem Wundspray.

»Stillhalten. Das wird vielleicht etwas brennen.«

Sie drückte die Mullbinde behutsam auf eine offene Stelle über seiner rechten Augenbraue. Es fühlte sich an, als würden lange Finger ihm die oberste Hautschicht vom Gesicht kratzen.

»Was wissen Sie?«, presste Weiland zwischen zusammengebissenen Zähnen hervor.

»Als Sie mich vor dem Institut abgefangen haben und ausgerechnet nach Franziskas Verschwinden fragten, bekam ich Panik. Deshalb habe ich Sie abblitzen lassen. Hätte ich geahnt, dass Sie so hartnäckig bleiben und sich dabei auch noch verletzen ... Eins sollten Sie wissen: Wenn Sie weitergraben, dann ist das, was Ihnen heute passiert ist, nur ein milder Vorgeschmack.«

Sie legte den ersten Verband auf sein Gesicht und klebte die Ecken vorsichtig mit einem Pflaster ab. Dann begann die Tortur von vorn.

»Was ich Ihnen jetzt sage, steht in keiner Akte. Nicht einmal Franziskas Eltern wissen davon. Und so sollte es auch bleiben, bis wir gesicherte Erkenntnisse haben. Vor etwa drei Wochen sind neue Hinweise aufgetaucht.«

Weiland spürte ein kaltes Kribbeln in seinem Nacken. Fünf Jahre nach einer Entführung oder einem Mord tauchten nicht einfach so neue Hinweise auf.

Meistens meldete sich jemand, der nach all der Zeit endlich bereit war, auszupacken. Jemand, der sein Gewissen von einer tonnenschweren Last befreien wollte.

»Ein neuer Zeuge?«, fragte er.

»So kann man es auch sehen. Ein Mädchen. Etwa achtzehn bis neunzehn Jahre alt ...« Holm atmete tief ein. »Nur leider hat sie keine Aussage gemacht. Nicht freiwillig. Stattdessen ist sie auf meinem Obduktionstisch gelandet.«

Weilands Mund fühlte sich plötzlich an, als hätte er Sand gegessen. Franziska wäre jetzt neunzehn, würde sie noch leben. Holm räusperte sich, bevor sie mit brüchiger Stimme weitersprach.

»Anfangs schien es nur ein weiterer tragischer Fall zu sein, wie ich sie in der Rechtsmedizin leider viel zu oft erlebe: Eine junge Frau, augenscheinlich ohne Perspektive im Leben, abgemagert und mit Injektionsstichen an den Armen. Dazu ältere Hämatome an der Hüfte und der Innenseite ihrer Oberschenkel. Sie wurde an der Bülowstraße unweit des Straßenstrichs in einem Abfallcontainer gefunden. Sie wurde hineingestopft und mit Müll zugedeckt. Ich dachte, es wird eine Obduktion, wie ich sie schon viel zu oft durchgeführt habe. Aber dann fiel mir die Kette auf, die die Tote um den Hals trug – eine Kette mit einem geschwungenen ›F‹ als Anhänger. Diese Kette kenne ich, Weiland. Franziska trug sie am Tag ihres Verschwindens. Sie war sogar auf den Vermisstenplakaten abgebildet, die in ganz Berlin hingen, als wir alle noch dachten, Franziska kommt wieder nach Hause. Sie hatte sie selbst gemacht. Diese Kette ist ein Unikat.«

Weiland erinnerte sich. Franziska hatte Perlen auf einen kupferfarbenen Draht gezogen und daraus ihren Anfangsbuchstaben gebogen. Auf fast allen Bildern, die er gesehen hatte, trug sie die Kette, als sei sie ihr persönlicher Talisman.

»Ich weiß, was Sie jetzt denken. Mir ging dasselbe durch den Kopf, auch wenn es unglaublich klingt: Franziska wurde vor fünf Jahren nicht getötet, weil sie lebendig viel wertvoller war. Ein blutjunges, hübsches Mädchen. Es gibt Männer, die bereit sind, sehr viel Geld dafür zu zahlen.« Holms Stimme zitterte. »Als Kind ist sie ein Vermögen auf dem Strich wert. Als junge Erwachsene dagegen so gut wie wertlos. Für die Freier war sie nur eine drogensüchtige Prostituierte. Der Reiz des Verbotenen fiel weg. Da wurde dem Entführer das Risiko zu groß. Deshalb hat man ihr eine Überdosis verpasst.«

»Wollen Sie mir gerade sagen, dass Sie Franziskas Leiche obduziert haben?«

Der bittere Geschmack seiner Magensäure breitete sich zwischen Weilands blutig geschlagenen Zähnen aus. Niemand rechnete fünf Jahre nach einer Entführung mit einem Happy End. Fünf endlose Winter lang hatte Franziskas Familie Zeit gehabt, sich an die Vorstellung zu gewöhnen, dass ihr einziges Kind tot war. Trotzdem war der Gedanke kaum auszuhalten, wie man sie vielleicht benutzt und verletzt, gequält und verhöhnt hatte, bis sie endlich Frieden auf einem kalten Seziertisch fand.

»Ich weiß es nicht. Wir wollten die DNA-Proben ins Labor schicken, aber dazu kam es leider nie.«

»Wie meinen Sie das? Was ist passiert?«

»Die Leiche und alle Spuren und Proben, die wir an diesem Tag entnommen haben ...« Holms Stimme brach. »Es ist alles weg.«

KAPITEL 25

Im dichten Nebel tanzten die Bremslichter vor ihnen wie Glühwürmchen. Obwohl Ronja die Sitzheizung auf die höchste Stufe gedreht hatte und die Klimaanlage auf Hochtouren lief, ließ sich die Kälte nicht vertreiben.

Eine rauchige Whiskeystimme drang aus den Boxen und suhlte sich im Herzschmerz.

How could I ever let you go? Wie könnte ich dich jemals gehen lassen?

Es fühlte sich fast so an, als würde Tom durch den Countrysong zu ihnen sprechen. Ihnen drohen, dass er sie nicht einfach so davonkommen lassen würde. Schnell schaltete Ronja das Radio aus.

In der eintretenden Stille kratzten die Reifen auf dem kalten Asphalt.

»Hast du den Laptop eingepackt?«, fragte ihre Mutter plötzlich.

Es waren ihre ersten Worte, seit sie in den Wagen gestürzt und mit quietschenden Reifen davongefahren waren. Ihre Augen wanderten von der Straße zum Rückspiegel und wieder zurück. Sie hielt Ausschau. Ihre Flucht fühlte sich zu perfekt an, makellos wie ein frisch zugefrorener See, der jeden Moment wieder aufbrechen und sie in den Tod reißen könnte.

»Fuck ... Ich hab ihn vergessen. Der steht noch auf dem Wohnzimmertisch. Wenn Tom den Verlauf ansieht, dann ...«

»Egal. Er wird es sowieso wissen. Wir haben Hals über Kopf die Wohnung verlassen. Dazu die absolute Funkstille. Er wird sich seinen Teil denken können.«

Das Handy in der Mittelkonsole begann zu klingeln. Beim Anblick seines Namens auf dem aufleuchtenden Display begann Ronja wieder zu zittern.

»Was machen wir?«, flüsterte sie, so als könnte er sie hören. Der nervtötende Klingelton hallte wie eine Sirene durch den Wagen.

»Schalte unsere Telefone aus. Schnell.«

Am Tonfall erkannte Ronja, dass jetzt nicht die Zeit war, Fragen zu stellen. Sie schrieb Jule eine letzte Nachricht.

Ich bin okay. Mama glaubt mir. Uns fällt schon etwas ein. Danke für alles.

Als beide Displays schwarz wurden, legte sie die nutzlos gewordenen Telefone in das Handschuhfach.

»Sind beide aus.«

»Toms Handy war doch vor ein paar Wochen kaputt. Weißt du noch, wie er sich in den Tagen danach unsere beiden Telefone für ein paar Minuten ausgeliehen hat, um irgendwelche wichtigen Anrufe zu machen? Zum Telefonieren ist er extra in ein anderes Zimmer gegangen.«

»Und?«

»Er könnte doch irgendeine App darauf installiert haben, die uns abhört oder ortet.«

Hätte ihre Mutter noch vor wenigen Stunden solche Theorien gesponnen, wahrscheinlich hätte Ronja sie ausgelacht. Ihr gesagt, dass sie paranoid wurde. Jetzt schien alles möglich zu sein. Tote erstanden wieder auf, Trackingapps verfolgten sie auf Schritt und Tritt. Vielleicht hatten sogar Kameras all ihre Bewegungen aufgezeichnet. Wie oft war Tom allein in der Wohnung gewesen? Wie viel Zeit hätte er gehabt, Kameras neben ihrem Bett oder über der Dusche zu installieren? Magensäure schoss in Ronjas Kehle. Allein der Gedanke daran ließ sie würgen.

»Ich versteh nicht, warum die Polizei nichts tun kann. Der Typ ist doch krank! Er lässt die Welt denken, er sei tot. So viele Menschen trauern um ihn. Wer macht so was?!«

Die Knöchel ihrer Mutter traten wie weiße Augäpfel am Lenkrad hervor.

»Erinnerst du dich an meine Kollegin Linn?«

»Ist sie nicht gestorben? Du warst doch letztes Jahr auf ihrer Beerdigung.«

»Ja. Ich habe dir erzählt, sie sei gestürzt. Da habe ich dich angelogen. Tut mir leid.«

»Warum?«

»Manchmal liebt man jemanden so sehr, dass man ihn schützen will. Um jeden Preis. Manchmal tut die Wahrheit weh. Ich wollte nicht, dass du Angst kriegst.«

»Aber wovor denn?«

»Linn hatte sich wenige Wochen vor ihrem Tod von ihrem Mann getrennt. Sie hatten keine schlechte Ehe, das hat sie zumindest gesagt. Aber sie war für ihn wie ein Glas Wasser. Da, aber irgendwie unsichtbar. Nicht aufregend genug. Maik hat online Frauen angeschrieben, die nur halb so alt waren wie sie. Wenige Tage nach der Trennung hat er ihr dann plötzlich Blumen auf die Arbeit geschickt. Einen riesigen Strauß Rosen. Es waren so viele. Wir hatten nicht mal eine Vase, die groß genug war. Wir haben erst noch gescherzt, was für ein hoffnungsloser Romantiker er auf einmal geworden ist. Aber als Linn die Blumen gesehen hat, ist sie zum Mülleimer gegangen und hat sie kommentarlos weggeworfen. Einige Tage später kamen Pralinen. Dann Parfüm. Eine Halskette mit einem Anhänger in Herzform. Und als er auf all seine Geschenke keine Reaktion bekam, hat er ihr schließlich eine tote Ratte geschickt.«

Ronja ahnte, wie die Geschichte enden würde. Sie hörte es am leisen Zittern in der Stimme ihrer Mutter.

»Als er wieder keine Reaktion bekam, ist er bei ihr eingebrochen. Er hat Videos in ihrem Schlafzimmer aufgenommen und sie ihr geschickt. Man sieht, wie er ihre Unterwäsche aus der Schublade nimmt und streichelt.«

»Mama ...«

»Tut mir leid. Aber ich will dich nicht mehr anlügen. Du musst wissen, dass die Leben manchmal grausam ist. Linn ist damals zur Polizei gegangen. Die sagten, sie könnten nichts tun. Auf dem Papier gehört die Wohnung ihm genauso wie ihr. Maik hätte keine Straftat begangen. Niemand sei zu Schaden gekommen. Da konnte Linn vor Angst schon kaum noch schlafen. Sie sah krank aus. Magerte mehrere Kilo ab.«

»Er hat sie getötet, nicht wahr?«, sagte Ronja tonlos.

»Er kam in der Nacht. Ein Stich in die Brust. Es war so brutal, dass er dabei drei ihrer Rippen gebrochen hat.

Sie hat wohl geschlafen, jedenfalls hat man kaum Abwehrspuren gefunden. Vielleicht hatte Linn auch einfach zu viel Angst, sich zu wehren. Hat gehofft, dass er sie am Leben lässt, wenn sie nur ...« Sie brach ab und wischte sich über die Augen. »Es ist verdammt unfair.«

»Du glaubst, die Polizei würde Tom auch einfach gehen lassen?«

»Er hat niemanden verletzt oder getötet. Es stimmt, dass er dem Mann in den Todesanzeigen frappierend ähnlich sieht ...«

»Er ist es, Mama. Das weißt du.«

»Aber die Polizei weiß es nicht. Keiner wird mit Hochdruck nach ihm suchen. Niemand wird vor unserer Tür postiert, um uns zu schützen. Das tun sie erst, wenn er uns angegriffen hat.«

Ronja biss sich auf die Unterlippe. In den Gesprächen mit Jule hatte alles so einfach geklungen. Ein Fingerschnips, und Tom verrottete im Gefängnis. Sie hatte den steinigen Weg, den sie bis dahin gehen mussten, komplett ausgeblendet. Hatte den steilen Abhang übersehen, den sie bei einem einzigen Fehltritt hinabstürzen würden.

Mittlerweile hatten sie Berlin hinter sich gelassen. Sie verließen die Bundesstraße und fuhren über Landwege weiter. Statt einem Meer roter Bremslichter begegneten ihnen nur noch vereinzelt andere Autos. Der Asphalt wurde rauer und war von Löchern durchsetzt. Anstelle eines leisen Kratzens drang jetzt in unregelmäßigen Abständen ein Geräusch ins Wageninnere, als würden geballte Fäuste von unten gegen die Karosserie schlagen. In der Schwärze der Nacht wirkte es, als fuhren sie unaufhörlich im Kreis. Die Dörfer, die sie passierten, sahen alle gleich aus. Erst kurz vor dem Ziel begriff Ronja, wohin sie die ganze Zeit über gefahren waren.

Dabei hatte sie gedacht, dass sie nie wieder hierher zurückkommen würden.

An den Ort, wo alles kaputtgegangen war.

KAPITEL 26

»Ich wusste, dass etwas nicht stimmt, als ich am nächsten Morgen den Kühlraum betrat. Es lag in der Luft, wissen Sie? Wie ein stechender Geruch, der einem den Magen umdreht.«

Theo Weiland wusste sehr gut, wovon Holm sprach. Vorahnungen hatten ihm schon mehr als einmal das Leben gerettet. Einmal, als er sich mit zwei Kollegen vor dem Haus eines Mordverdächtigen positioniert hatte. Noch bevor seine Fingerspitzen das grün angelaufene Klingelschild berührten, ließ ihn ein leises Geräusch hinter der Tür innehalten. Sein Verstand hatte noch nicht verarbeitet, dass er gerade gehört hatte, wie der Hahn einer Schusswaffe gespannt wurde, da machte er schon einen Schritt zur Seite.

Eine Sekunde länger, und die Kugel hätte ihm das Herz zerfetzt. Ganz ähnlich musste sich Holm gefühlt haben, als sie am Tag nach der Obduktion der unbekannten Mädchenleiche die Rechtsmedizin betrat.

»Die Toten müssen unbedingt bei zwei bis vier Grad gelagert werden, um die Verwesungsprozesse bis zur Bestattung zu verlangsamen. Ich kontrolliere deshalb jedes Fach, bevor ich die Rechtsmedizin abends verlasse. Und trotzdem stand das Fach, in dem wir die unbekannte Tote gelagert hatten, einen Fingerbreit offen.

So ein Anfängerfehler passiert mir nicht, Weiland. Jemand hat es in der Nacht geöffnet.«

Sie schüttelte jetzt langsam den Kopf, als könne sie noch immer nicht glauben, welche Worte ihr gleich über die Lippen kommen würden.

»Die Leiche war fort. Das Kühlfach war leer. Die Innenseiten wurden mit aggressivem Reiniger ausgewischt, sodass keinerlei DNA zurückblieb. Die digitale Dokumentation ihrer Obduktion wurde von den Rechnern gelöscht - die Notizen und Fotos, die bewiesen, dass der Leichnam jemals bei uns in der Rechtsmedizin gelandet war. Es reichte nicht, sie zu töten, Weiland. Man wollte sie zerstören, ihre Spuren für immer ausradieren. Als hätte das Mädchen niemals existiert.«

Die feinen Härchen auf seinen Armen richteten sich auf. Die Rechtsmedizin war hermetisch abgeriegelt. Kein Insekt, kein Staubkorn und schon gar kein Mensch konnte unbemerkt in die Räumlichkeiten gelangen. Es sei denn, man wollte ihn hineinlassen. Ein Mitarbeiter könnte einen Fremden durch die Tür schmuggeln. Oder aber die Person, die das Kühlfach nachts geöffnet hatte, arbeitete in der Rechtsmedizin.

»Gab es irgendwelche Spuren? Konnte die Polizei irgendwelche Verdächtigen ermitteln? Eine Leiche kann sich doch nicht einfach so in Luft auflösen!«

Holm lehnte sich auf ihrem Stuhl zurück. Ihre Atmung ging so schnell, als wäre sie gerade einen Marathon gelaufen.

»Zuerst dachte ich noch, es gibt irgendeine harmlose Erklärung. Vielleicht wurden weitere Untersuchungen oder Tests angeordnet. Ich habe sämtliche Kühlfächer und Obduktionsräume abgesucht. Zwei Mal. Keine

Spur von der Toten. Also bin ich zu meinem Vorgesetzten gegangen in der Absicht, mit ihm gemeinsam die Polizei zu verständigen. Er behauptete, alles sei in bester Ordnung. Es hätte ein DNA-Match gegeben. Die Tote sei eine vermisste, achtzehnjährige Niederländerin, und ihre Leiche wäre noch vor dem Morgengrauen über die Landesgrenze transportiert worden, wo die Kollegen vor Ort den Fall übernehmen würden.«

Ein kaltes Prickeln breitete sich von Weilands Nacken zu seinem rechten Arm aus. Als würden sich Eiskristalle von seinem Herz lösen und über die Adern mit jedem Schlag weiter in seinem Körper ausbreiten.

»Sie glauben ihm nicht«, stellte er mit einem Blick in Holms Gesicht fest.

»Ich kenne Frederik jetzt seit zehn Jahren. Ich weiß, wann er lügt.« Holm war mittlerweile aufgesprungen und wanderte wie ein im Käfig eingesperrter Tiger von einem Ende des Wohnzimmers zum anderen. Die Erinnerung wühlte sie sichtlich auf. »Nach der Diskussion mit ihm war ich so aufgebracht, dass ich für einen Augenblick an die frische Luft gehen musste. Ich bin durch die Hintertür raus, und da hab ich ihn gesehen: einen grauen Kastenwagen. Erst habe ich mir nichts dabei gedacht. Aber als er an mir vorbeigefahren ist, musste der Fahrer an der Kreuzung abrupt bremsen, und ein Teil seiner Ladung ist vom Beifahrersitz nach vorn auf das Armaturenbrett gerutscht. Es waren durchsichtige Mappen, genau solche, wie wir sie für Kopien unserer Obduktionsberichte verwenden. Ich bin stutzig geworden. Der Wagen war groß genug für einen Sarg und einen Leichnam. Leider war er zu schnell weg, sodass ich mir das Kennzeichen nicht mehr merken konnte. Zurück im Büro wollte ich dann die digitale Dokumentation der Untersuchungen aufrufen, aber sie war verschwunden. Alles gelöscht. So etwas macht man nicht, selbst wenn der Leichnam in ein anderes Land gebracht wird. Da wusste ich, dass an der Geschichte irgendetwas faul ist.«

»Sie haben doch sicher Theorien aufgestellt«, bemerkte Weiland. »Aus was für einem Grund sollte Ihr Vorgesetzter zulassen, dass jemand die Leiche aus seinem Institut entwendet? Für ihn steht immerhin seine gesamte berufliche Zukunft auf dem Spiel, wenn bekannt wird, dass Leichen aus seiner Rechtsmedizin verschwinden.«

»Ein verdammt hoher Preis. Ich weiß es nicht, Weiland. Ich schätze Frederik als Menschen und Wissenschaftler sehr. Ich kann und will mir nicht vorstellen, dass er in solche Machenschaften verstrickt ist. Deshalb wollte ich auch, dass die Polizei sich der Sache annimmt. Aber nicht irgendjemand. Eines Tages nach Feierabend habe ich Alexander Bachmann abgefangen und ihm alles erzählt.«

Weiland konnte seine Überraschung nicht verbergen, dass Holm ausgerechnet seinen früheren Chef angesprochen hatte. Schließlich hatte sie bei ihrem letzten, gemeinsamen Fall am eigenen Leib erfahren, dass Bachmann es mit der Wahrheit nicht ganz genau nahm. Zumindest nicht, wenn sein eigener Ruf oder seine Macht davon in Mitleidenschaft gezogen wurde. Aber wahrscheinlich hatte sie einfach sichergehen wollen, dass ihr Verdacht nicht bei irgendeinem Polizeianwärter als Beschäftigungstherapie auf dem Schreibtisch landete.

»Was hat Bachmann gemacht?«, fragte Weiland.

»Nichts. Er sagte mir, er vertraue Frederik voll und ganz und wisse, dass alles mit rechten Dingen zugehe. Dann hat er mir noch nahegelegt, ich sollte mich lieber auf meine Kernkompetenz konzentrieren, statt irgendwelche Verdächtigungen auszusprechen. Danach bin ich erst mal still geblieben. Man fängt an, an sich selbst zu zweifeln, wenn zwei Autoritätspersonen das eigene Empfinden so kleinreden. Ich wollte alles vergessen, bis Sie plötzlich aufgetaucht sind und mich nach Franziskas Fall ausgefragt haben.«

Hatte Holm tatsächlich Franziska Dahls Leiche obduziert? Das bedeutete, dass das Mädchen nicht bereits nach ihrer Entführung vor fünf Jahren ermordet wurde. Sondern erst nachdem man sie über tausend Tage lang misshandelt, gequält und gefangen gehalten hatte wie ein Tier. Eine Zeit, die sich wie die Unendlichkeit in der Hölle angefühlt haben musste. Wahrscheinlich hatte der oder die Täter damit gerechnet, dass Franziskas Leiche für immer auf einer Mülldeponie verschwand. Dass sie so kurz nach ihrem Tod den Weg in eine Rechtsmedizin fand, musste ein Schock gewesen sein. An einer Leiche ließen sich Spuren immerhin wesentlich leichter identifizieren als an verwitterten Knochen. Vielleicht hatte Franziska sich gewehrt und den Täter so tief gekratzt, dass Hautfetzen unter ihren Fingernägeln waren. Vielleicht gab es Speichel- und Spermaspuren auf ihrem toten Körper. Bissspuren und Fingerabdrücke. Der Täter wird all diese Möglichkeiten immer wieder durchgespielt haben.

Also musste ein Plan B her.

Die Leiche musste endgültig verschwinden, koste es, was es wolle. Weder der Leiter der Rechtsmedizin noch Alexander Bachmann schienen irgendetwas in der Sache unternommen zu haben. Warum ließen sie zu, dass die Leiche eines unschuldigen Mädchens geschändet wurde? Für Weiland gab es dafür nur zwei Erklärungen: Entweder sie hatten Todesangst um sich selbst oder um jemanden, den sie liebten. Oder – und bei diesem Gedanken drehte sich ihm der Magen um – sie hingen selbst mit drin. Ein dunkles Netz, das sich mitten durch den Berliner Rechtsapparat spannte. Frank Schiele war damit als Täter nicht ausgeschlossen, immerhin war auch er vor seiner Verurteilung Polizist gewesen. Aber Weiland begann zu zweifeln, ob er wirklich der Kopf der Gruppe war. Schiele wirkte nicht charismatisch genug, um Polizisten, Rechtsmediziner und vielleicht sogar Staatsanwälte und Richter einspannen zu können. Vielleicht waren er und die Männer, mit denen er sich in wechselnden Kneipen traf, nur die Laufburschen für die Drecksarbeit. Sie besorgten die Mädchen für Geld oder ein wenig Zeit allein mit ihnen. Die Drahtzieher waren andere.

Ein leises Knarren aus dem Flur ließ sie beide zeitgleich zusammenzucken. Weiland hatte keine Ahnung, ob Hanna tatsächlich gerade erst fertig geworden war oder ob sie schon eine ganze Zeit lang in der Dunkelheit des Flurs gelauscht hatte.

»Hab's hingekriegt«, triumphierend hielt sie mehrere Blätter Papier in die Luft. Es waren Ausdrucke der Fotos, die Weiland vor wenigen Tagen in der Kneipe von

Schiele und seinen Begleitern gemacht hatte. Das Papier war noch warm, die Tinte feucht. Weder die Fotos selbst noch die Druckqualität waren besonders gut.

»Was haben Sie damit vor?«, fragte Holm. Sie stellte sich hinter ihn, um ebenfalls einen Blick darauf zu werfen.

»Ich versuche mich bei ein paar alten Kollegen umzuhören. Vielleicht erkennt einer von denen einen der Männer von einer früheren Ermittlung wieder. Stimmt irgendetwas nicht?«

Holm sah plötzlich so blass aus, als hätte sie ein Gespenst gesehen. Ihr Finger zitterte, als sie auf dem Rand des Ausdrucks auf den vierten Mann aus Schieles Gruppe tippte, über den Weiland noch nichts herausgefunden hatte. Er war weder der Clown noch der bullige Schlägertyp, der ihm in der Gasse aufgelauert hatte.

»Er war es. Das ist der Mann, den ich am Tag des Verschwindens mit dem Kastenwagen gesehen habe. Er hat das tote Mädchen geholt.«

KAPITEL 27

Die Reifen sanken tief in Erde und Laub. In Schrittgeschwindigkeit kämpfte sich der Wagen den unbefestigten Weg voran. Ronja hielt die Luft an, als die Scheinwerfer schließlich die Mauern erfassten. Auf den ersten Blick wirkte alles verlassen. Efeu fraß sich ungehindert in die Wände des alten Hofs. Alle Gardinen waren zugezogen, sodass man hinter keines der Fenster blicken konnte. Nur das flackernde Licht auf der Terrasse verriet, dass es hier doch noch Leben gab. Verena schaltete den Motor aus. Wie erstarrt saßen sie in der Dunkelheit. Alles wirkte vertraut, und doch schien kein Stein mehr auf dem anderen zu stehen. Ronja erkannte die Lagerfeuerstelle rechts neben dem Haus, an der sie früher bis spät in die Nacht gesessen und Stockbrot gebacken hatten. Tote Äste und Laub lagen jetzt dort, wo früher die Flammen Wärme gespendet hatten. Der Anblick löste einen diffusen Schmerz in ihr aus. Als hätte sie einen Teil ihres Körpers verloren, den sie jetzt vermisste.

»Mama? Sollen wir aussteigen?«

Die Hände am Lenkrad zitterten. Ronja wandte den Kopf und blickte ihre Mutter an. Ihr Gesicht wirkte leer wie eine weiße Leinwand, die darauf wartete, mit Pinselstrichen gefüllt zu werden. Noch konnten sie umdrehen. Den Wagen wenden und in einem x-beliebigen Hotel unterkommen. Und doch hatte es sie in dem Moment größter Angst hierher verschlagen. Ausgerechnet hierher.

»Mama?«

Mit einem Ruck erwachte ihre Mutter aus ihrer Trance. Sie richtete sich im Fahrersitz auf, rieb sich die Augen, als wäre sie gerade erst aus dem Tiefschlaf erwacht.

»Was machen wir? Wir sollten nicht hier sein. Tut mir leid, ich ...«, sagte sie, aber es war zu spät. Die Haustür schwang auf. Ein gebeugter Umriss erschien im Türrahmen. Ein Glänzen zog Ronjas Augen an wie ein Magnet. Kalt und tödlich.

Eine Schrotflinte. Deren Lauf direkt auf Ronjas Kopf zielte.

»Ganz langsam!« Die Stimme ihrer Mutter war leise, aber bestimmt.

Sanft stieß sie die Fahrertür auf. Beim Aussteigen streckte sie die Hände nach oben in die Luft, um zu zeigen, dass sie unbewaffnet war. Ronja bewegte sich in Zeitlupe. Schon möglich, dass die Kugeln aus dieser Entfernung an ihrem Kopf vorbeifliegen würden. Aber sie hatte keine Lust, es darauf ankommen zu lassen.

»Es gibt nichts zu holen! Haut ab, na los!«

Ronja zuckte beim Klang seiner Stimme zusammen. Sie war rau und abgehackt, wie eine Tür, die man viel zu lange nicht mehr geöffnet hatte.

»Ich bin es, Verena! Ronja ist bei mir. Genau dort, wo deine Waffe hinzeigt. Kannst du ...? Danke.«

Die Waffe sank so abrupt nach unten, als hätte Säure die Armmuskeln innerhalb von Sekundenbruchteilen verätzt. Trotz der Entfernung konnte Ronja das Zittern sehen, das wie ein Erdrutsch durch das Gesicht des Mannes wanderte und die Wahrheit hinter den vorher so harten Zügen für einen kurzen Moment freilegte.

»Mein Gott. Träume ich das gerade?«, keuchte er.

»Ja«, antwortete ihre Mutter leise. »Nur leider ist das hier ein Albtraum.«

»Wieso habt ihr nicht vorher angerufen? Kaum auszudenken, wenn ich euch … Hier draußen kommt niemand ohne Grund vorbei. Ich dachte, ihr seid Einbrecher.«

»Freut mich auch, dich zu sehen, Papa. Können wir drinnen reden?«

»Na los, kommt rein.«

Das Laub knisterte unter ihren Stiefeln, als sie über die Einfahrt auf die Tür zugingen. Drinnen roch es wie damals: eine Mischung aus Feuer und Kräutertee, der in der altmodischen Kanne langsam vor sich hin köchelte. Ronja erkannte alles wieder: das durchgesessene, weiche Sofa im Wohnzimmer, auf dem man so gut schlafen und Filme gucken konnte. Die dunkle Kuckucksuhr, aus der jede volle Stunde ein unheimlicher Vogel hervorsprang. Es fühlte sich nicht so an, als wären seit ihrem letzten Besuch Jahre vergangen, sondern nur ein Wimpernschlag. Nur an ihrem Opa selbst war die Zeit nicht spurlos vorübergegangen. Sie erschrak, als sie im Flurlicht sah, wie alt er geworden war. Die sonnengegerbte Haut in seinem Gesicht war mittlerweile von dunklen Flecken überzogen. Die Lider hingen tief über seinen Augen und ließen ihn immerzu müde aussehen. Die Falten, die sich in sein Gesicht gegraben hatten, seit sie seinen Hof vor über fünf Jahren überstürzt verlassen hatten, konnte sie schon nicht mehr zählen, weil es so viele waren.

»Setzen wir uns in die Küche. Möchtet ihr einen Tee? Für dich warme Milch, Ronja?«

Sie lächelte. Auch er schien sich trotz all der Zeit an alles erinnern zu können.

»Gern.«

Sie setzten sich an den alten Küchentisch aus dunkler Eiche, der schon immer gewackelt hatte, seit Ronja denken konnte. Ihr Großvater füllte Wasser und Milch in zwei alte Töpfe und schaltete den Herd an.

»Sagt ihr mir jetzt, was los ist?«

»Das wissen wir selbst nicht so genau, Papa. Wir mussten so schnell wie möglich weg, irgendwohin, wo uns niemand findet. Und irgendwie hat es uns hierher verschlagen. Tut mir leid. Morgen können wir wieder fahren.«

Ihre Mutter wischte einige unsichtbare Krümel vom Tisch und sah überallhin, nur nicht auf die braunen Augen, die sie nachdenklich musterten.

»Du brauchst dich nicht zu entschuldigen. Ich bin froh, dass ihr hier seid. Es war nur etwas ... überraschend. Nach allem, was passiert ist.«

Die Erinnerung an den Streit, der alles veränderte hatte, war wie eine Wunde, die Ronja täglich neu aufkratzte. Ihr Großvater und ihr Erzeuger hatten genau hier gestanden und so laut gebrüllt, dass Ronja jedes Wort durch die geschlossene Küchentür mitanhören musste. Ihr Großvater, der Ronjas Erzeuger anschrie, dass er ein mieser Vater sei. Ronjas Erzeuger, der zurückbrüllte, er solle sich endlich heraushalten.

Ich wollte das nie!, hatte er gebrüllt. *Das alles war nie der Plan. Verena wollte das durchziehen, denkst du, sie hat mich überhaupt nur einmal nach meiner Meinung gefragt?! Wie es mir damit geht?!*

Ronja hatte eine Weile gebraucht, um zu verstehen, dass sie *das* war. Sie war es, die von dem Mann, der ihr Vater sein sollte, nie gewollt war. Sie war wie ein ewiger Tinnitus in seinem Leben, den kein Arzt der Welt heilen konnte. Eine Störung, die unbehandelbar war. Es sei denn, man schnitt sie ab wie ein Krebsgeschwür. Genau das hatte er kurz nach diesem letzten Streit getan. Kochend vor Wut war er durch die Tür gestürmt und hatte sich nie wieder umgesehen.

Die Milch im Topf schäumte jetzt. Ihr Großvater füllte sie in eine verblichene Tasse und stellte sie vor Ronja auf den Tisch. Das Porzellan war kochend heiß. Trotzdem klammerte sie sich daran, um endlich die Eiseskälte aus ihren Fingern zu vertreiben.

»Ist es Markus? Lauft ihr vor ihm weg? Gott, ich hätte ihm damals schon den Hals umdrehen sollen.«

Ronja zuckte bei dem Namen ihres Erzeugers unwillkürlich zusammen. Aus dem Mund ihres Großvaters klang er wie eine behaarte Fliege, die in seine Kehle geflogen war und ausgehustet werden musste.

»Nein. Es ist viel schlimmer, Opa«, flüsterte Ronja. »Keine Ahnung, in was wir da hineingeraten sind.«

Ihr Großvater machte einen Schritt nach vorn und nahm ihre Hand. Er drückte sie, sanft und warm.

»Wovor ihr auch immer Angst habt, hier seid ihr sicher. Ich werde nicht zulassen, dass euch irgendjemand wehtut.«

Ronja wusste, dass es eine Lüge war. Ihr Großvater war alt, die geschwollenen Adern unter seiner Haut schimmerten wie ein blaues Spinnennetz. Obwohl sein Kreuz breit und seine Hände groß wie Pranken waren, sah man die Vergänglichkeit in seinen Zügen. Er hatte nicht die Kraft, sie vor dem Bösen zu beschützen. Trotzdem beschloss sie, ihm zu glauben. Die Alternative bedeutete, dass sie vor Angst langsam, aber sicher den Verstand verlor.

»Also?« Ihr Großvater sah sie ernst an. In seinen Augen war keine Spur mehr von der Wärme, die sie zuletzt darin gefunden hatte. »Jetzt erzählt mir endlich, wen ich für euch umbringen muss.«

KAPITEL 28

Sobald die Scheinwerfer seines Wagens eines der blassen Gesichter am Straßenrand erfassten, setzten die Mädchen ein Lächeln auf und winkten ihm zu. Einige drehten sich um die eigene Achse, wippten dabei mit den Hüften, als wäre ihr Körper ein Stück Fleisch, das sie ihm besonders schmackhaft machen wollten. Im Schritttempo fuhr Weiland an ihnen vorbei. Er ließ sich Zeit bei seiner Entscheidung. Nur ein Versuch. Wenn er die Falsche erwischte, würde sie die anderen vor ihm warnen, und keine würde mehr zu ihm ins Auto steigen, um seine Fragen zu beantworten. Die Entscheidung fiel auf eine junge Frau, die mit verschränkten Armen am Ende der Schlange stand. Die pechschwarzen Haare ihrer Perücke fielen ihr über die dunklen Augen. Im Gegensatz zu den anderen trug sie einen Mantel, der bis über ihre Knie reichte. Auf den ersten Blick sah sie aus, als wäre sie einfach zur falschen Zeit am falschen Ort. Eine Studentin, die sich auf den Straßenstrich verirrt hatte. Er hielt den Wagen an und stieß die Tür auf.

»Bist du frei?«

Sie musterte ihn einen Moment. Schätzte ab, ob er einer von den Männern war, vor denen man sich in Acht nehmen musste. Schließlich stieg sie ein.

»Du kannst da vorn abbiegen. Da ist es ruhiger.«

Sie deutete auf die nächste Kreuzung. Er folgte der Anweisung und parkte den Wagen am Rand eines Parkplatzes, weit weg von allen anderen Autos mit beschlagenen Scheiben.

»Wie willst du es machen?«, fragte sie. »Mit der Hand kostet zwanzig. Mit ...«

»Gar nichts will ich. Aber ich zahle dir hundert dafür, dass du redest«, unterbrach Weiland sie.

Ihre Augen wurden groß, bevor ihre Pupillen zur Seite wanderten, als überlegte sie schon, wie sie fliehen konnte.

»Bitte. Ich habe nur ein paar Fragen.« Er hielt seine geöffneten Handflächen in die Höhe, um zu zeigen, dass er nichts zu verbergen hatte. Von seiner Schusswaffe, die er sicherheitshalber ins Handschuhfach geschoben hatte, musste sie nichts wissen. Er hatte sich die Beretta vor einigen Jahren privat gekauft, nachdem ein Verdächtiger ihm Drohbriefe in den Postkasten geworfen hatte. Glücklicherweise hatte er die Waffe bislang nie benutzen müssen. Sie mitzunehmen war eine reine Vorsichtsmaßnahme, falls Schieles Bluthunde plötzlich wieder auftauchten. Noch einmal würde er sich nicht von ihnen zusammenschlagen lassen.

»Fragen?«, wiederholte sie leise.

»Vor einigen Wochen ist ein Mädchen hier gestorben, nicht wahr? Sie haben ihre Leiche aus einem Müllcontainer geholt.«

Sie schwieg.

»Kanntest du sie?«

»Vom Sehen. Gesprochen haben wir nie.«

»Weißt du, wer sie in den Container geworfen hat? Hast du was gehört? Es gibt doch sicher Gerüchte?«

Sie begann, unruhig auf dem Autositz hin und her zu rutschen.

»Ich weiß gar nichts.«

»Hat niemand etwas mitbekommen oder erzählt?«

»Das kann jeder gewesen sein. Die Dealer haben hier nicht so gern Leichen. Zu viel Polizei. Die macht das Geschäft für einige Tage kaputt.«

»Du glaubst, ein Drogendealer hat ihre Leiche entsorgt?«

»Ich glaube gar nichts. Ich sage nur, dass es so sein kann. Ist das alles?«

»Fast. Ich möchte dir gern ein paar Bilder zeigen. Sieh sie dir bitte genau an, und überleg, ob sie das Mädchen sein könnte, das im Container gefunden wurde.«

Weiland suchte ein Foto von Franziska Dahl aus einem Zeitungsartikel und vergrößerte es, sodass ihr Gesicht das ganze Display seines Handys füllte. Seine Beifahrerin musterte das Bild einige Sekunden lang und schüttelte dann den Kopf.

»Die ist viel jünger.«

»Das Foto ist leider einige Jahre alt. Stell dir vor, das Mädchen darauf ist jetzt etwa neunzehn.«

»Na ja, die Augen ähneln sich schon. Unmöglich ist es nicht.«

Er verkleinerte das Foto wieder und scrollte durch die anderen Suchergebnisse.

»Ich zeige dir ein anderes Bild von ihr, wie wäre …?«

»Stopp! Den da habe ich hier schon mal gesehen.«

Sie deutete auf ein Foto aus einem Zeitungsartikel. Die Kälte erfasste Weiland unvermittelt. Als wäre er in schwärzester Nacht einen Schritt zu weit gegangen und über das Ufer ins eiskalte Wasser gestürzt.

»Bist du dir ganz sicher?«, fragte er.

»Der war ein paarmal da und ist jedes Mal mit einem fetten, roten SUV vorgefahren. So eine Karre sieht man hier nicht alle Tage.«

»Hat er mit dem Mädchen gesprochen?«

»Nur mit ihr. Alle anderen hat er links liegen lassen. Ich dachte schon, vielleicht hat sie einen neuen Sugardaddy.« Ihr Blick glitt wieder über den Parkplatz. »Sind wir jetzt fertig? Mehr weiß ich echt nicht.«

Wortlos drückte er ihr das versprochene Geld in die Hand.

»Danke. Bin schon weg«, gurrte sie und schob den Schein unter ihren BH.

Er registrierte kaum noch, wie sie ausstieg und die Tür hinter sich zuschlug. Die Absätze ihrer Stiefel knallten auf dem Asphalt, als sie über den Parkplatz zurück zur Straße ging. Weiland starrte nur auf das Foto und versuchte zu begreifen, was sein Verstand noch nicht begreifen wollte. Das Bild, das sie ausgewählt hatte, war auf einer Pressekonferenz kurz nach Franziskas Verschwinden entstanden. Aus dem Saal heraus war das Podium fotografiert worden, auf dem mehrere Männer und Frauen hinter einem länglichen Tisch saßen. Mikrofone schwebten vor ihren Gesichtern. Hinter ihnen waren riesige Bilder von Franziska aufgestellt. Es waren dieselben Bilder, die man damals für die Suchplakate verwendet hatte. Kurz nach ihrem Verschwinden hatte man noch einen winzigen Funken Hoffnung, Franziska lebend zu finden. Das Gutachten der Rechtsmedizin, das aufgrund der gefundenen

Menge Blut ganz eindeutig zu dem Schluss kam, dass das Mädchen noch ihrem Zimmer gestorben war, existierte damals noch nicht. Ebenso hatte man Frank Schieles DNA noch nicht im Garten der Dahls gefunden. Wahrscheinlich hatte man sich deshalb entschlossen, Franziskas Angehörige zu der Pressekonferenz einzuladen. Sie sollten an das Gewissen der Täter appellieren.

Stefan Dahl blickte mit tränenüberströmtem Gesicht in die Kamera. Flehte augenscheinlich um Antworten.

Weiland wurde schlecht.

KAPITEL 29

Mara stand schon wieder vor der roten Tür, die sich seit neun Tagen nicht mehr geöffnet hatte. Die Angst wuchs in ihr wie ein aggressiver Tumor, der sich von ihrem Herzen in Kopf, Magen und Lunge ausbreitete.

Normal war, dass Stefan nicht auf ihre Anrufe oder Nachrichten reagierte.

Nicht normal war, dass er so lange überhaupt kein einziges Lebenszeichen von sich gegeben hatte. Für gewöhnlich tauchte er alle vier bis fünf Tage unangemeldet auf. Der Ablauf war bei jedem seiner Besuche gleich: Sobald er den Mantel an die Garderobe im Flur gehängt hatte, ging er nach oben, direkt in Franziskas Zimmer. Er setzte sich auf ihr Bett, strich sanft über die Bettdecke, unter der seine Tochter seit fünf Jahren nicht mehr geschlafen hatte, und sah sich um, als wolle er den Anblick wie eine Fotografie für sich abspeichern. Es erinnerte Mara an einen Drogensüchtigen, der seine Dosis abholte. Als bräuchte er diese Momente in Franziskas Zimmer, um durchzuhalten, irgendwie den Alltag zu überstehen. Nach etwa zehn Minuten stand Stefan wieder auf. Dann ging er durch die rote Tür, die zu seinem Arbeitszimmer führte, um einige Stunden lang Gott weiß was zu tun. Bevor er das Haus verließ, schloss er die Tür jedes Mal ab.

Mara drängte ihn nicht mehr. Sie hatte aufgegeben, ihn mit Fragen zu löchern, die er immer abblockte. Tief in ihrem Inneren spürte sie das Licht. Der Mann, der sie liebte, war noch immer da, verborgen hinter Mauern aus Trauer und Wut. Deshalb liebte sie ihn, ohne eine Gegenleistung zu erwarten. Sie war wie eine Marathonläuferin in der Sahara, sie lief und lief, nicht wissend, wie lange sie noch durchhalten konnte, bevor sie zusammenbrach und verdurstete. Solange auch nur ein Funken Kraft in ihr war, würde sie weitermachen, schließlich hatte sie ihm ein Versprechen gegeben. In guten wie in schlechten Zeiten. Die Erinnerung an ihre Hochzeit und die Zukunft, die in diesem Augenblick so rosarot ausgesehen hatte, trieb ihr wie immer die Tränen in die Augen.

Sie war Ehefrau und Mutter und irgendwie doch nichts von beidem. Der Gedanke, nach Franziska auch noch Stefan endgültig zu verlieren, presste ihr die Luft aus den Lungenflügeln.

So lange war er noch nie ohne Erklärung fortgeblieben. Auch wenn sie wusste, dass es zwecklos war, rüttelte Mara sanft an der Tür. Verschlossen, natürlich. Wenn sie jemals Antworten bekommen wollte, wenn sie verstehen wollte, was in Stefan vorging und warum er so lange fort war, dann musste sie durch diese verdammte Tür. Nachdem sie kein passendes Werkzeug gefunden hatte, entschied sie sich für die brutale Tour: die Axt aus dem Gartenhaus. Mara brauchte drei Hiebe, um das erste Loch ins rot gestrichene Holz zu schlagen. Sollte Stefan je wieder nach Hause kommen, würde er wissen, dass sie eingebrochen war. Wahrscheinlich würde er wütend werden. Sie mit Schweigen bestrafen.

In diesem Moment war ihr das alles egal. Er sollte nur nach Hause kommen. Nur noch wenige Schläge, und sie wäre drin. Vor Anstrengung begann Mara zu keuchen und zu schwitzen. Ein letztes Mal holte sie aus, dann brach die Axt das nächste große Stück heraus. Schützend legte sie die Arme über ihren Kopf, um sich nicht an den Holzsplittern zu verletzen. Dann stieg sie durch die Öffnung hindurch. Die Luft schmeckte nach Staub. Im Inneren war es stockdunkel, die einzige Lichtquelle war die angeschaltete Deckenlampe im Flur, die einen unregelmäßigen, hellen Fleck auf den Teppichboden zeichnete. Blind tastete Mara nach dem Lichtschalter an der Wand. Ein leises Klicken, sonst geschah nichts, als sie ihn betätigte. Ihr Herz pochte bis zum Hals, als sie ihr Handy aus der Tasche ihrer Jeans zog und die Taschenlampenfunktion aktivierte. Der runde Lichtkegel erhellte nur wenige Quadratmeter des Raums. Zuerst Stefans Schreibtisch. Noch immer standen die gerahmten Familienfotos auf dem Tisch, die an bessere Zeiten erinnerten. Mara schluckte den Kloß in ihrem Hals hinunter. Was zur Hölle tat ihr Mann hier drin und noch viel wichtiger: Wo war er jetzt? Der Lichtkegel strich in diesem Augenblick über ein eigenartiges Muster auf der Wand neben dem Schreibtisch. Sie machte einen Schritt nach vorn, um besser lesen zu können. Als sie begriff, was sie gerade gefunden hatte, begann Maras Hand, die das Telefon hielt, unkontrolliert zu zittern. Instinktiv wich sie einen Schritt zurück.

Schon spürte sie, wie ihre Knie nachgaben, als plötzlich jemand die Tür hinter ihr mit einem beherzten Tritt aufbrach.

KAPITEL 30

Im letzten Moment streckte er die Hände nach vorn und fing ihren Sturz ab. Mara sackte in seinen Armen wie eine Puppe in sich zusammen.

»Können Sie mich hören? Mara?«

Behutsam setzte Weiland sie auf den Boden vor die Wand. Ihr Brustkorb hob und senkte sich schnell, als hätte er sie gerade aus tiefschwarzem Wasser gezogen. Sie war anscheinend so geschockt, dass sie sich nicht einmal darüber zu wundern schien, warum oder wie Weiland plötzlich hier aufgetaucht war. Das aufgebrochene Fenster, durch das er eingestiegen war, würde er ihr erklären, wenn sie wieder bei klarem Verstand war.

»Sind Sie verletzt? Tut irgendetwas weh?«

Äußerlich sah sie unversehrt aus. Keine Wunden. Kein Blut. Statt zu antworten, richtete sie den schmalen Lichtkegel ihres Handys auf die Wand hinter sich. Für einige Sekunden war nur ihr Schluchzen zu hören, während der Lichtkegel wie ein Suchscheinwerfer über die Fotos und Zeitungsartikel wanderte, die fast die gesamte Wand einnahmen. Franziskas Gesicht lächelte den Betrachter hundertfach an. Ihr Blick bohrte sich wie ein Messer mitten in Weilands Brust. Ein metallischer Geschmack breitete sich auf seiner Zunge aus, als er die Zeitungsartikel überflog, mit denen die Wand tapeziert war. Einige waren kurz nach Franziskas Verschwinden veröffentlicht worden. Andere erst vor wenigen Wochen.

»Das hier ist Stefans Arbeitszimmer, nicht wahr? Haben Sie das gerade erst entdeckt?«, fragte er.

Sie nickte schwach. Stefan Dahl hatte die Zeitungsartikel akribisch ausgeschnitten und chronologisch an der Wand sortiert wie Trophäen. Weiland begann auf der linken Seite, wo die Artikel hingen, die in den Tagen nach Franziskas Verschwinden veröffentlicht worden waren.

Ihr Entführer kam in der Nacht - Franziska (14) wurde brutal aus ihrem Elternhaus verschleppt, stand auf einem Ausschnitt aus einem lokalen Wochenblatt. Unter der dunkelroten Überschrift lächelte Franziska neben zwei Freundinnen, deren Gesichter verpixelt waren.

»Stefan saß so oft auf Franziskas Bett. Hat mit den Fingern ihr Kopfkissen und ihre Decke berührt.« Maras Stimme war nicht mehr als ein Flüstern. »Ich dachte immer, er trauert um sie, wie ein Vater um seine Tochter trauert. Aber vielleicht hat er ja daran gedacht, was er ihr angetan hat.«

Die Übelkeit überrollte ihn. Er atmete einige Male tief durch, bis der Würgereiz wieder abklang. Ein Vater, der seine eigene Tochter verschleppte, vergewaltigte, verkaufte. Ein Verbrechen, das so bösartig und ekelerregend war, dass es den gesunden Menschenverstand überstieg.

Noch immer keine Spur: Wird Franziskas Verschwinden jemals aufgeklärt?, lautete die nächste Überschrift, die Weiland ins Auge fiel.

Mara vergrub ihr Gesicht in ihren Händen und wiegte ihren Körper vor und zurück. »Ich hab es zugelassen, ich hab nichts gemerkt, ich ...«

Weiland berührte sie sanft an der Schulter. »Nur der Täter trägt die Schuld. Und er wird dafür bestraft.«

Als sie den Blick hob, waren ihre Augen leer. Das Licht dahinter wie ausgelöscht.

»Können Sie heute Nacht irgendwo unterkommen? Gibt es Familie oder Freunde, die ich für Sie anrufen kann?«, fragte er.

»Nein, es gibt niemanden. Nur ... Nur Noah. Ich kann ihn selbst anrufen.«

Mara legte das Handy auf den Boden, sodass das Display noch immer etwas Licht spendete, wählte eine Nummer und stellte den Lautsprecher an.

»Was sage ich ihm denn?«, flüsterte sie aufgeregt zwischen zwei Freizeichen.

»Die Wahrheit«, entgegnete Weiland. »Dass Sie heute Abend einen Freund brauchen, der keine Fragen stellt. Jemanden, auf den sie sich verlassen können.«

Er wandte sich wieder zur Wand und machte einen Schritt nach rechts. Etwas, das er noch nicht benennen konnte, irritierte ihn. Erst als er wieder einen Schritt zurückging, um einen größeren Ausschnitt zu sehen, bemerkte er die Unregelmäßigkeit: Die Abstände der Zeitungsartikel hatten sich verändert. Während auf der linken Seite jeder Quadratzentimeter der Wand belegt war, waren die Abstände rechts deutlich größer. Das konnte daran liegen, dass es mit der Zeit schlichtweg weniger Zeitungsartikel über Franziska gegeben hatte. Das Interesse am Schicksal eines vermissten Menschen verebbte mit jedem Tag.

Weiland trat wieder dichter heran und bemerkte winzige, schwarze Einstichstellen in der Wand. Es sah aus, als hätte jemand an dieser Stelle Informationen weggenommen und hastig einige Artikel angepinnt, um das Fehlen zu verschleiern. Einer der hängenden Zeitungsartikel wölbte sich eigenartig nach vorn. Als er sanft darüberstrich, bemerkte er, dass etwas darunter feststeckte. Ein weiteres Blatt Papier, das offensichtlich hinter den Artikel gerutscht war, ohne dass Dahl es bemerkt hatte.

Weiland zog an einem Ende. Als er begriff, was er in den Händen hielt, gefror sein Herz zu Eis.

KAPITEL 31

Ronja spürte den beruhigenden Herzschlag ihrer Mutter an ihrer Wange.

Eigenartig, wie eng umschlungen sie in dem riesigen Bett lagen. Die Beine ineinander verknotet. Ronjas Kopf ruhte auf dem Arm ihrer Mutter wie auf einem Kissen. Noch eigenartiger war es, wie wenig ihr die Nähe ausmachte. Beinahe, als hätten die letzten Stunden Ronja zurück in die Vergangenheit katapultiert, als sie sechs Jahre alt war und nach einem Albtraum noch Trost suchte. Bevor sie angefangen hatte, Mauern zu bauen und die Dinge mit sich selbst auszumachen. Vorsichtig drehte sie sich auf den Rücken und ließ den Blick durch das Zimmer wandern. Nichts hatte sich hier oben verändert. Als wäre die Zeit auf dem Hof stehen geblieben. Nur bei ihrem Großvater waren die Uhren unerbittlich weitergelaufen. In den letzten Jahren waren seine Bewegungen unbeholfener geworden, seine Hände zittriger.

»Kannst du nicht schlafen?«, murmelte ihre Mutter zwischen zwei tiefen Atemzügen. Ihre Augen blieben geschlossen. Die Lider zitterten leicht, als würde sie bereits träumen.

»Doch. Ich hatte nur einen Albtraum und bin aufgewacht.«

Ihr Körper war müde. Ihre Arme schwer und kraftlos. Aber in ihrem Kopf tobte ein Gewitter. Blitze, die durch ihre Nervenbahnen schnitten. Es fühlte sich an, als hätte sie heute ein halbes Leben gelebt, und ihr Gehirn brauchte noch Zeit, um all die Eindrücke und Gefühle zu verarbeiten. Der Wecker auf dem Nachttisch zeigte mittlerweile 3 Uhr nachts.

»Du bist immer noch wütend auf Opa.«

Es war keine Frage, sondern eine Feststellung. Ronja spürte die Wut bei jeder Bewegung, jedem Wort, das schärfer als nötig durch die Luft schnitt. Die Jahre hatten nichts daran geändert, die Wut hatte nur geschlummert wie das Magma in einem Vulkan, jederzeit bereit, auszubrechen und alles in Schutt und Asche zu legen. Ihre Mutter blinzelte. Die wässrigen Pupillen brauchten einen Moment, um Ronjas Gesicht in der Dunkelheit auszumachen und sich dann daran festzuhalten.

»Ich bin nicht wütend.« Sie stützte den Kopf auf ihren Handballen und musterte Ronja aus müden Augen.

»Sondern?«, fragte Ronja.

Ihre Mutter seufzte. »Es ist kompliziert.«

»Finde ich nicht. Ich verstehe dich. Manchmal tut es weniger weh, wütend als traurig zu sein. Aber Opa ist nicht schuld, weißt du?«, sagte Ronja leise. »Daran, dass mein Erzeuger damals weggegangen ist, meine ich. Ich weiß, dass Opa schlimme Sachen zu ihm gesagt hat. Ich hab sie durch die geschlossene Küchentür streiten gehört, kurz bevor er abgehauen ist.«

»Ronja ...« Die Stimme ihrer Mutter war kaum mehr als ein Flüstern. Sie streckte die Hand nach ihr aus. Strich mit den Fingerspitzen sanft über Ronjas Schultern. »Wieso hast du mir das denn nie erzählt?«

Ronja zuckte die Achseln. »Und wenn schon, was hätte es geändert? Ganz am Anfang habe ich Opa gehasst, genau wie du. Es war einfach, sich einzureden, dass er unsere Familie kaputtgemacht hat. Es tut weniger weh zu glauben, dass ich keinen Vater habe, weil Opa ihn so mies behandelt hat. Aber er wäre sowieso gegangen, Mama. Er hat nur nach einem Grund gesucht, uns zu verlassen.«

»Ronja, er hat nicht dich verlassen, sondern mich. Denk nicht so etwas.«

»Ich war ihm keinen einzigen Anruf wert. Keine Karte. Nicht mal ein Lebenszeichen, das hätte mir schon gereicht. Und ich Idiotin dachte noch, ihm wäre etwas passiert. Ein Unfall, irgendwas mit seinem Kopf, sodass er uns vergessen hat. Aber irgendwann reichte die Erklärung nicht mehr aus. Weißt du noch, wie ich an meinen Geburtstagen nie das Haus verlassen wollte? Ich dachte, jeden Moment klingelt das Telefon und er ist dran. Sagt, dass er mich vermisst.«

Ein Zittern wanderte durch das Gesicht ihrer Mutter. Ihre Augen begannen zu glänzen.

»Dein Vater hatte seine eigenen Dämonen. Das hat nichts mit dir zu tun, gar nichts, bitte glaub mir das.«

Ronja drückte die Hand ihrer Mutter.

»Ich versuch es, Mama. Ehrlich. Aber dafür musst du versuchen, dich mit Opa zu vertragen. Wir haben schon so viele Jahre verloren. Er ist so alt geworden. Lass es nicht noch mehr werden.«

»Wie wäre es, wenn wir morgen ein Lagerfeuer machen und Stockbrot rösten? Wie früher.«

Ronja spürte, wie ein Lächeln sich auf ihren Mund legte. Es fühlte sich fremd an. Als hätte sie heute vergessen, wie es war, unbeschwert zu sein. Die Atemzüge neben ihr wurden wieder ruhiger und gleichmäßig. Behutsam schälte Ronja sich aus den Armen ihrer Mutter. Der Durst trieb sie trotz ihrer Müdigkeit aus dem Bett. Sie brauchte dringend etwas zu trinken.

»Soll ich dir auch ein Glas Wasser mitbringen?«

Als Antwort bekam sie nur noch ein leises Seufzen. Ronja schlug die Decke zurück. Sie fröstelte, als ihre Fußsohlen das kalte Parkett berührten. Für einen winzigen Moment streifte ihr Blick das Messer, das sie in der Wohnung in einen ihrer Ärmel geschoben hatte und das jetzt auf dem Nachttisch neben dem Bett lag. Die silbrige Klinge glänzte im Mondlicht.

Schon streckte sie die Hand nach dem hölzernen Griff aus, als die Stimme ihres Großvaters in ihrem Ohr widerhallte.

Ihr seid hier sicher.

Worte, die sich wie ein Schutzschild über ihre Schultern legten. Ronja beschloss, das Messer liegen zu lassen. Niemand wusste, dass sie hier waren. Sie durfte der Angst keinen Raum geben, sonst würden die Gefühle sie mit Haut und Haaren verschlingen. Mit leeren Händen schlich sie die Treppe nach unten, nicht ahnend, wie sehr sie ihre Entscheidung in wenigen Sekunden bereuen würde.

Die Stufen unter ihren Füßen knarrten leise bei jedem Schritt. Eine Wolke hatte sich vor den Mond geschoben, sodass sich die Nacht pechschwarz färbte. Ronja fand sich auch in vollkommener Dunkelheit gut zurecht. Der Grundriss des Hauses hatte sich ihr seit ihrer Kindheit eingebrannt. Vierzehn Stufen. Acht Schritte nach links, dann stand sie vor der geschlossenen Küchentür. Behutsam drückte sie die Klinke nach unten. Ihre Finger tasteten nach dem Lichtschalter an der Wand. Ein Klicken, und die altmodische Deckenlampe aus buntem Glas flammte auf. Ihre Tassen standen noch immer auf dem Küchentisch. In der Luft lag der Geruch von warmer Milch. Ronja öffnete den Küchenschrank über der Spüle und füllte eines der Pokalgläser bis zum Rand mit Wasser. Sie setzte gerade das Glas an die Lippen, als sie plötzlich ein Frösteln erfasste. Ein eiskalter Hauch, den es nicht geben sollte. Ronja hielt ganz still und lauschte. Das Geräusch, das aus dem hinteren Teil des Hauses zu ihr herüberdrang, ließ die feinen Haare auf ihren Armen zu Berge stehen. Ein unmelodisches Klingen und Klackern. Obwohl es so viele Jahre her war, erkannte sie es sofort wieder. Sie hatte ihrem Großvater ein selbst gebasteltes Windspiel zu seinem siebzigsten Geburtstag geschenkt. Glocken in allen Formen und Größen hingen zwischen gesammelten Steinen und Federn an einer dünnen Juteschnur. Ihr Großvater hatte es direkt über die Tür auf der Rückseite des Hauses gehängt, damit er immer hörte, wenn Ronja nach ihren Erkundungstouren aus dem angrenzenden Wald zurückkam. Was bedeutete, dass jemand die Tür auf der Rückseite des Hauses geöffnet hatte.

Jemand, der jetzt bei ihnen im Haus war.

KAPITEL 32

»Wer ist das?«, fragte Mara irgendwo hinter ihm in der Dunkelheit. Sie hatte den Anruf unterbrochen, als Noahs Mailbox angesprungen war. Das Bild, das hinter einen der Zeitungsartikel gerutscht war, zeigte ein Mädchen in rotem Tanktop. Sie grinste in die Kamera ihres Handys. Es sah aus wie ein Screenshot aus einem Social-Media-Profil. Über dem Foto stand ein Benutzername, darunter einige Kommentare.

Das Mädchen auf dem Foto hatte ungefähr das gleiche Alter wie Franziska, als sie verschwunden war.

»Hier steht ihr Name. Ronja Kuhn. War sie vielleicht eine Freundin von Franziska?«

»Ich glaube nicht, nein. Ich kenne einige Kuhns in Berlin, aber eine Ronja ... Tut mir leid. Woher haben Sie das Bild? Hing sie auch ...?«

Maras Augen wurden groß. Ihr Blick wanderte von dem Foto zu der Wand. Es gab nicht viele Gründe, warum ein Mädchen an dieser Wand hing. Und die meisten davon verhießen nichts Gutes.

»Suchen Sie bitte im Netz nach ihrem Namen.«

Weilands Puls schien ins Unermessliche zu steigen, als Mara die Buchstaben in die Suchleiste tippte.

»Nichts. Keine Artikel über ihr Verschwinden!«, sagte Mara hörbar erleichtert und sprach damit seine größte

Sorge laut aus. »Hier ist ein Profil von ihr, aber sie scheint nicht besonders aktiv zu sein. Das letzte Bild, das sie gepostet hat, ist über zehn Wochen alt. Moment, Kuhn natürlich! Das war einer von Franziskas früheren Ärzten. Hier ist noch ein Bild von den beiden, das sie hochgeladen hat. Da ist sie fast noch ein Kleinkind. Ronja scheint seine Enkelin zu sein.«

»Könnte Stefan das Mädchen in der Praxis des Arztes mal gesehen haben?«, fragte Weiland.

Mara wurde leichenblass.

»Möglich. Ab und zu hat er Franziska bei ihren Terminen begleitet, wenn ich mal nicht konnte.«

»Können wir irgendwie mit Ronja in Kontakt treten? Gibt es eine Telefonnummer?«

»Leider nein. Weil wir auf der Seite nicht befreundet sind, kann ich nichts kommentieren. Aber Moment, hier hat öfter eine Jule unter ihre Fotos geschrieben. Bingo. Sie scheint noch online zu sein. Wir können sie zumindest anchatten. Hier, machen Sie das besser«, sagte Mara und reichte ihm das Handy.

Weiland fing an, eine Chatnachricht zu tippen, die er gleich wieder löschte. Auch der zweite Versuch klang nicht besonders vertrauenerweckend. Kein Teenager mit einem Funken Selbsterhaltungstrieb würde auf eine solche Nachricht von einem vollkommen Fremden antworten. Weiland versuchte es dennoch.

Jule, das hier klingt sicher komisch. Ich befürchte, dass deine Freundin Ronja in Gefahr ist. Ich kann sie nicht erreichen. Es ist wirklich wichtig. Melde dich bitte so schnell wie möglich.

Wenige Sekunden nach dem Absenden leuchtete ein grünes Häkchen auf. Jule hatte die Nachricht gelesen. An drei Punkten konnte Weiland sehen, dass sie tippte.

Wer bist du? Woher weißt du von Ronja?

»Sie schreiben von meinem Account. Eine Frau wird ihr sicher weniger Angst machen als ein Mann.«

Mara hatte die Arme vor der Brust verschränkt. Es sah aus, als müsste sie ihren Körper davor bewahren, auseinanderzubrechen.

Weiland tippte:

Mein Name ist Mara. Meine Tochter Franziska ist vor fünf Jahren entführt worden. Ich befürchte, der Entführer von damals hat es auf deine Freundin Ronja abgesehen.

Wenige Sekunden später leuchtete eine neue Nachricht auf dem Bildschirm auf.

Das kann jeder sagen. Ich hab echt Angst.

Wollen wir telefonieren? Ein Polizist ist auch bei mir. Bitte, Jule. Wir machen uns wirklich Sorgen um Ronja.

Weiland ergänzte die Telefonnummer und drückte auf Senden.

Schick mir erst ein Beweisfoto. Ich will dein Gesicht sehen. Halt vier Finger der rechten Hand hoch.

»Cleveres Mädchen. Sind Sie bereit? Drei, zwei, eins - Cheese!«, sagte Weiland, dann erhellte das Blitzlicht der Kamera die Dunkelheit. Er schickte das Foto von Mara in den Chat.

Etwa eine Minute lang, die sich wie eine halbe Ewigkeit anfühlte, passierte nichts. Dann klingelte endlich das Telefon. Als Mara das Gespräch annahm und auf Lautsprecher stellte, füllte ein leises Schluchzen den Raum.

»Ihr wollt Ronja wirklich helfen?«, fragte das Mädchen am anderen Ende des Telefons.

»Ja, das wollen wir! Du kannst die Berichte über meine Tochter lesen. Franziska Dahl. Ich bin auch auf einigen Fotos. Bitte, Jule, ich will nicht, dass so etwas noch mal passiert. Weißt du, wo Ronja jetzt gerade ist oder wie wir sie erreichen können?«

Das Schluchzen wandelte sich in ein trotziges Schniefen.

»Sie ist mit ihrer Ma geflohen.«

»Geflohen? Wieso geflohen?«

»Vor ihrem neuen Freund. Ein echt kranker Typ. Ronja hat gleich gewusst, dass mit dem etwas nicht stimmt. Wir haben ein bisschen recherchiert und dann seine Todesanzeigen gefunden. Der Typ ist seit einem beschissenen Jahr offiziell tot.«

Mara verrutschte das Gesicht. Ihre Mundwinkel sackten nach unten.

»Weißt du seinen Namen?«

»Tom. Tom Rodenberg. Was für ein Mensch täuscht seinen eigenen Tod vor?! Ich mache mir echt Sorgen ...«

Jules Stimme überschlug sich vor Wut und Angst. Mara dagegen sah aus, als hätte sie einen Geist gesehen.

Wortlos drückte sie Weiland das Telefon in die Hand. Anscheinend konnte oder wollte sie in diesem Augenblick nicht weitersprechen.

»Jule, hier ist Theo. Ich bin bei der Polizei. Weißt du, wohin Ronja und ihre Mutter geflohen sind?«

»Leider nicht. Ronja hat mir noch eine Nachricht geschrieben, dass alles gut sei. Seitdem ist ihr Handy aus. Können Sie sie trotzdem orten oder so?«

»Wir sehen, was wir tun können. Danke, Jule«, sagte er und legte auf.

»Tom?«, fragte Weiland an Mara gewandt. »Kennen Sie etwa einen Tom?«

Sie nickte schwach.

»Stefans Bruder. Stefan heißt gebürtig auch Rodenberg, hat bei der Hochzeit aber meinen Namen angenommen. Sein kleiner Bruder Tom ist vor einem Jahr bei einem Autounfall gestorben. Er ist ungebremst gegen einen Baum gerast, wahrscheinlich Sekundenschlaf. Es war ein absoluter Schock.«

»Stefan hat die Identität seines Bruders angenommen, um nicht mit Franziskas Entführung in Verbindung gebracht zu werden. Beim Namen Dahl wäre seine neue Freundin sofort hellhörig geworden. Als Tom Rodenberg dagegen musste er sich keinen neuen Lebenslauf ausdenken. Er musste sich nur an seinen toten Bruder erinnern. Es ist immer einfacher zu lügen, wenn ein Hauch Wahrheit darin liegt.«

»Das kann nicht sein.« Mara hyperventilierte. Ihre Brust hob und senkte sich hektisch, während sie um jeden Atemzug rang.

»Ganz ruhig. Atmen Sie mit mir. So.«

Er gab den Takt vor. Atmete so lange aus, wie er nur konnte. Dann ein kurzes Einatmen und wieder von vorn.

»So ist besser. Es ist nicht Ihre Schuld, verstanden? Nur seine. Ich gebe Ihnen mein Wort, dass er seine gerechte Strafe bekommt.«

»Was machen wir denn jetzt?«, flüsterte sie.

»Sie rufen jetzt die Polizei. Sagen Sie ihnen alles, was Sie wissen. Wahrscheinlich wird man die persönlichen Sachen von Stefan noch einmal durchsuchen. Ihnen ein paar Fragen stellen. Dann wird man Ihren Mann zur Fahndung ausschreiben.«

»Zur Fahndung?«, wiederholte sie tonlos.

»Leider ja.«

»Bleiben Sie hier bei mir?«

»Tut mir leid. Ich muss Ronja suchen. Jede Minute ist kostbar«, antwortete er. Aus Erfahrung wusste Weiland, dass es dauern konnte, bis die Fahndung startete. Zuerst würden die Beamten sich selbst einen Überblick verschaffen. Für bestimmte Suchmaßnahmen brauchte es einen richterlichen Beschluss.

Zeit, die Ronja Kuhn wahrscheinlich nicht mehr hatte. Er musste sie finden, bevor Dahl es tat.

Auch wenn er in diesem Augenblick keine Ahnung hatte, wo er mit der Suche beginnen sollte.

KAPITEL 33

Ronja zwang sich, ruhig ein- und auszuatmen, obwohl ihr Puls sich überschlug.

Sie musste eine Entscheidung treffen. Jetzt.

Sie könnte wieder nach oben schleichen und ihren Großvater und ihre Mutter wecken. Aber dann wären sie oben gefangen. Einen Sprung aus dem ersten Stock würden sie wahrscheinlich nicht unverletzt überstehen. Bei der Vorstellung, wie sie sich dort oben zusammenkauerten und den immer näher kommenden Schritten lauschten, drehte sich ihr der Magen um. Sicher, sie konnte darauf spekulieren, dass die Polizei in wenigen Minuten hier wäre, aber sie wusste nicht einmal, ob ihr Großvater sein Handy oben bei sich hatte. Ihr eigenes Handy lag noch immer ausgeschaltet draußen im Wagen.

Noch hatte sie einen entscheidenden Vorteil: Der Eindringling wusste nicht, dass sie ihn gehört hatte. Er rechnete damit, dass alle seelenruhig oben schliefen. Sie brauchte eine Waffe.

Die Schrotflinte, die ihr Großvater im Flurschrank verschlossen hatte, war viel zu weit weg. Außerdem hatte sie keine Ahnung, wo er den Schlüssel aufbewahrte. Direkt neben dem Herd stand ein Messerblock. Die Messer daran waren stumpf. Wirkungsloser als das, welches oben auf dem Nachtschrank lag. Trotzdem könnte sie mit all ihrer Kraft eine der Klingen durch zwei Rippen ins Herz jagen. Immer noch besser, als dem Bösen unbewaffnet entgegenzutreten.

Mach schon.

Sie griff nach dem größten Messer und umklammerte den Griff. Auf Zehenspitzen schlich sie zurück zur Küchentür, wo sie schnell das Licht löschte.

Ronja suchte den dunklen Flur mit den Augen ab, bevor sie aus der Küche trat und weiter in Richtung Hausrückseite schlich. Viele Verstecke gab es nicht, denn hinter der Küche lagen nur zwei weitere Räume. Zuerst eine alte Schlachtkammer, die, soweit Ronja wusste, seit Jahren nicht mehr in Benutzung war. Sie lauschte einige Sekunden. Kein Ton drang hinter der morschen Tür hervor. Nur der Knauf knackte leise, als sie ihn herunterdrückte und die Tür dann sanft aufstieß. Der Geruch von Blut und Rauch schlug ihr entgegen. Über die Jahre hatte er sich tief in die Steinwände gefressen und blieb unterschwellig immer da, ganz egal, mit wie viel Chemie man ihn zu überdecken versuchte. Auch auf dem Boden hatte der Tod seine Spuren hinterlassen: Purpurne Flecken malten ein unregelmäßiges Muster auf die Fliesen. Ein dunkler Kreis erinnerte daran, wie das Blut sich beim Abfluss gesammelt hatte, bevor es für immer in der Erde versickert war.

Bis auf die alte Schlachtbank an der Wand und zwei Fleischerhaken an der Decke war der Raum leer.

Sie wandte sich zurück in den Flur. Etwa drei Meter weiter auf ihrer linken Seite zweigte die nächste Tür ab. Sie führte in die Wäschekammer, an deren Ende sich der zweite Ausgang des Hauses befand. Wer auch immer sich Zutritt zum Haus verschafft hatte - derjenige musste noch immer dort drinnen sein. Ronja blieb vor der Tür zur Wäschekammer stehen. Sie zögerte.

Das Messer in ihrer Hand begann immer stärker zu zittern. Die Angst durfte nicht gewinnen, denn das wäre ihr Todesurteil. Stattdessen fokussierte sie sich ganz auf die brüllende Wut in ihrem Inneren. Das Katz-und-Maus-Spiel musste enden, sonst würden sie nie ihren Frieden finden.

Ein letztes Mal atmete sie tief durch. Jetzt gab es kein Zurück mehr.

Sobald sie die Tür aufstieß, spürte sie, wie eine plötzliche Kälte sich auf ihre Wangen legte. Ein eisiger Zug ließ die toten Zweige und Steine des Windspiels klappern. Die Tür auf der gegenüberliegenden Seite der Kammer stand sperrangelweit offen. Wenn man durch sie hinaustrat, gelangte man auf einen Trampelpfad, der sich kurvig wie ein natürlicher Wasserlauf immer tiefer in den Wald auf der Rückseite des Hauses schlängelte. Der Mond hatte sich jetzt vor die Wolkendecke geschoben und ließ den Wald silbrig aussehen. Ein Teil von ihr versuchte sich einzureden, dass ihr Großvater die Tür einfach nicht richtig geschlossen hatte. Eine Unaufmerksamkeit, die es dem Wind leicht gemacht hatte, die Tür aufzuschlagen und sich den Weg ins Haus zu bahnen. Tief in ihrem Inneren wusste sie es besser. Der Großvater, den sie in Erinnerung hatte, war misstrauisch, manchmal beinahe paranoid. Türen wurden doppelt abgeschlossen und Fenster verriegelt.

Eine Bewegung in ihrem Augenwinkel ließ Ronjas Atem stocken. Die weißen Laken, die zum Trocknen an den Nylonschnüren von der Decke hingen, peitschten im Wind um sich. Ronja schob die nasse Baumwolle zur Seite, den Blick starr auf den Schatten hinter dem letzten Laken gerichtet. Sanft wiegte sich die Gestalt vor und zurück. Ronja hatte damit gerechnet und sich gleichermaßen davor gefürchtet, dass Tom ihnen hierher gefolgt war. Außer sich vor Wut, weil sie es gewagt hatten, ihn zu verlassen. Aber die dunklen Umrisse hinter dem Laken wirkten viel kleiner. So schmal.

Ein Kind? Ganz allein hier draußen?

Die Bewegungen hinter dem Laken wurden langsamer. Erstarben schließlich ganz. Ronjas Fingernägel bohrten sich in den Stoff. Stumm zählte sie bis drei.

Sie riss das Laken zur Seite, als sich plötzlich eine Hand von hinten über ihren Mund legte.

KAPITEL 34

Die kalte Hand auf Ronjas Mund erstickte jeden Laut.

»Ganz ruhig! Ich bin es!«, raunte die Stimme von hinten in ihr Ohr. Erst als sie nickte, nahm ihre Mutter die Hand wieder von ihrem Gesicht.

»Ich bin aufgewacht, weil draußen Geräusche waren. Du warst plötzlich weg! Ich hatte solche Angst um dich!«

Ronja schüttelte nur den Kopf. Sie bekam keinen Ton heraus. Ihre Kehle war wie zugeschnürt.

»Ab jetzt keine Alleingänge mehr. Wir müssen zusammenbleiben! Das ist sicherer.«

Das unmelodische Klingen des Windspiels erstarb, als ihre Mutter die Tür auf der Rückseite des Hauses wieder schloss und verriegelte.

»Ist das da Bär? Ich dachte, dein Opa hätte ihn längst weggeworfen!« Ihre Mutter hob den Plüschteddy auf, der hinter dem Laken auf dem Boden gesessen hatte.

Bis zu ihrem achten Lebensjahr waren Ronja und Bär unzertrennlich gewesen. Dementsprechend sah der Plüschteddy auch aus: Ein Ohr fehlte, sein Fell war verknotet und verblichen. Seine dunklen Knopfaugen waren stumpf, als hätte er grauen Star entwickelt. Sein Kopf hing nur noch an Fäden auf seinem Rumpf.

Weiße Füllung quoll aus seinem Hals und hatte sich auf dem Boden ringsherum verteilt.

»Er hat sich gerade noch bewegt! Irgendjemand muss ihn angestoßen haben.«

»Das war nur der Wind, Liebes. Anscheinend war die Tür nicht richtig abgeschlossen. Du brauchst keine Angst zu haben. Niemand weiß, dass wir hier sind.«

Ronja nickte, obwohl sie nicht daran glaubte. In den letzten Stunden hatte sie zu viele Lügen gehört, um noch an irgendetwas zu glauben. Angefangen bei Tom, der Sorgen um sie vorgeheuchelt hatte. Bis zu ihrem Großvater, der ihr versprochen hatte, dass sie hier sicher waren.

Solange Tom lebte und auf freiem Fuß war, gab es keine Sicherheit mehr. Nirgendwo.

»Wir gehen jetzt nach oben und wecken Opa. Es ist besser, wenn wir Wache halten. Gleich morgen früh fahren wir zur nächsten Polizeistation. Die müssen irgendetwas unternehmen. Und wenn ich erst einen Aufstand machen muss, mir ganz egal.«

Sie hielten sich an den Händen, als sie zurück durch den dunklen Flur zur Treppe gingen. Auch wenn ihre Mutter ihr versichert hatte, dass sie nichts zu befürchten hatte, suchten Ronjas Augen unaufhörlich ihre Umgebung ab. Musterten die Schatten, die ihr plötzlich so bedrohlich vorkamen. Das Haus, das ein untrennbarer Teil ihrer Kindheit war, schien ihr mit einem Mal fremd und eigenartig. Stufe für Stufe stiegen sie nach oben. Ronja lauschte. Kein Laut war hinter der angelehnten Schlafzimmertür zu hören. Vorsichtig klopfte ihre Mutter.

»Papa? Bist du wach?« Keine Reaktion. Sie klopfte erneut, lauter dieses Mal. Dann drückte sie die Klinke hinunter und stieß die Tür auf.

»Papa?« Noch immer drang kein Ton aus der Dunkelheit zu ihnen herüber. Ronja konnte die Umrisse des Bettes nur erahnen. Blind tastete sie nach dem Lichtschalter an der Wand. Dann würden sie ihren Großvater eben auf die unsanfte Tour wecken. Mit einem Klicken tauchte die Glühbirne das gesamte Zimmer in gelbes Licht.

Sie schmeckte das Blut auf ihrer Zunge, bevor sie es sah. Ronja begann zu würgen. Obwohl alles in ihr sich dagegen sträubte, machte sie einen weiteren Schritt nach vorn.

Direkt neben dem Bett ihres Großvaters war eine handtellergroße, dunkle Lache, die wie schwarzes Öl im Deckenlicht schimmerte. Wenige Zentimeter entfernt lag seine Brille. Ein Glas war zerplatzt, der Rahmen gebogen, als wäre jemand mit voller Absicht darauf herumgetrampelt.

Von Ronjas Großvater dagegen fehlte jede Spur.

KAPITEL 35

»Er war es. Er hat Opa geholt.« Die Schuld, die Ronja verspürte, fraß sich wie Säure in ihr Herz. Eine Schuld, die sie den Rest ihres Lebens tragen würde. Sie hatten Zimmer für Zimmer abgesucht. Hatten Schränke geöffnet und unter den Betten nachgesehen. Vergeblich. Das Blut auf dem Boden und die zerbrochene Brille waren die einzigen Spuren, die von ihrem Großvater geblieben waren. Als hätte ein Raubtier ihn mit einem großen Bissen verschlungen und die unverdauliche Brille wieder ausgespuckt.

»Warum gerade Opa? Warum hat er uns hier zurückgelassen? Er will doch *uns*, nicht ihn.« Verzweifelt grub Ronja ihre Finger in das Kopfkissen, auf dem ihr Großvater geschlafen hatte. Ein Zittern fuhr durch ihre Fingerspitzen direkt in ihr Herz. Der dicke Leinenstoff war ganz kalt.

»Das ist Teil seines Spiels. Es sind seine Regeln. Er will, dass wir allein sind. Das wir vor Angst wie gelähmt sind. Aber das lasse ich nicht zu.« Ihre Mutter riss die Schublade des Nachtschranks auf und ließ den Inhalt wie Konfetti zu Boden regnen. »Scheiße. Sein Handy ist auch weg. Die Schlüssel zu seinem Wagen auch, genauso wie die Waffe.«

»Und unser Autoschlüssel? Die Handys sind noch da drin. Wir könnten die Polizei rufen und an der Straße auf sie warten. Die haben doch Spürhunde. Die finden Opa sicher.«

»Der Schlüssel ist auch weg. Ich hatte ihn auf dem Küchentisch liegen gelassen. Wir müssen uns zu Fuß durchschlagen.«

Jetzt spürte Ronja sie doch, die Angst. Draußen im Wald. Sie stellte sich vor, wie Tom zwischen den Bäumen lauerte. Die Schrotflinte in seinen Händen war durstig nach Blut.

»Zieh dir was Warmes aus Opas Schrank an. Irgendeine dunkle Farbe, damit man dich zwischen den Bäumen nicht so gut erkennen kann. Hier, das könnte gehen.«

Ihre Mutter warf ihr einen dunkelgrünen Pullover zu. Als Ronja ihn überzog, reichte er ihr bis zu den Knien. Sie krempelte die Ärmel fünfmal um. Bis zur Straße sollte der Pullover sie warm halten. Sofern sie es bis dorthin schafften.

Und selbst wenn sie so weit kamen: Die Gegend war nicht besonders belebt. Aber vielleicht hatten sie Glück, und einer der Bauern fuhr heute zufällig in die Stadt. Touristen, die sich in diese einsame Gegend verirrt hatten. Es wäre nur fair, wenn das Glück zur Abwechslung einmal auf ihrer Seite wäre. Ihre Mutter zog eine schwarze Strickjacke über.

»Deinen Rucksack hast du doch mit reingenommen, oder? Wir sollten zumindest ein bisschen Wasser einpacken. Verbandszeug. Hast du noch andere Schusswaffen gesehen?«

Ronja schüttelte den Kopf.

»Dann müssen die Messer eben reichen. Komm!«

Ihre Mutter griff nach ihrer Hand. Der Rucksack stand im Flur auf dem Boden. Ronja öffnete den Reißverschluss und kippte den Inhalt vor sich aus, als sie abrupt innehielt. Sie hatte das unscheinbare, graue Kästchen noch nie gesehen, und doch musste es zwischen ihren Sachen in ihrem Rucksack gelegen haben. Es war nicht größer als eine Streichholzschachtel. Behutsam hob sie das Kästchen auf und musterte es von allen Seiten.

»Was ist das?«

»Dieser Mistkerl! Das sieht aus wie ein Peilsender. So hat Tom uns also gefunden.«

Ronja ließ den Sender so schnell fallen, als hätte sie sich daran verbrannt. Sie hob den Fuß, um ihn unter den Sohlen ihrer Schuhe zu zermahlen.

»Warte! Vielleicht können wir den Sender irgendwie zu unserem Vorteil einsetzen. Wenn wir ihn nur glauben lassen könnten, dass wir in eine ganz andere Richtung laufen ...«

»Der Bach! Zumindest vor ein paar Jahren gab es dort noch Wasser. Er fließt recht langsam, das könnte passen. Das Signal wird aussehen, als würden wir uns zu Fuß durch den Wald schlagen.«

Wortlos ging ihre Mutter in die Küche und kam wenige Sekunden später mit einer vollen Flasche Wasser, einem Gefrierbeutel und einem Gummiband zurück. Sie schob den Sender in den Beutel, verknotete ihn und band dann zusätzlich das Gummi um das Ende.

»Das hier sollte ihn zumindest eine Weile ablenken. Ich glaube, wir haben das Nötigste. Bist du so weit?«

Ronja nickte. Der Plan war einfach, schlichtweg weil
es keine anderen Alternativen zum Überleben gab: Sie
würden sich auf der Rückseite des Hofes hinausschlei-
chen und hoffen, dass Tom nichts von ihrer Flucht mit-
bekam. Die Wege würden sie meiden und sich stattdessen durch das Dickicht zur Straße schlagen.

Tom hatte vielleicht einen klaren Vorteil. Aber sie waren nicht machtlos. Es gab eine Chance, hier wieder
rauszukommen. Und ihren Großvater zu retten, sofern
er noch lebte.

Die Chance war verschwindend gering, aber es gab
sie.

Das war alles, was zählte. Vor der Tür, die auf der
Rückseite des Hofes nach draußen führte, drehte sich
ihre Mutter ein letztes Mal zu ihr um. Ronja versuchte
den Moment aufzusaugen, ihn in ihrem Gehirn abzu-
speichern wie eine Fotografie.

»Bereit?«, formte der Mund ihrer Mutter stumm.

Ronja nickte, obwohl ihr Herz irgendwo in ihre Magengegend gerutscht war. Geduckt liefen sie auf die
Fichten am Waldrand zu, als ein Schuss die Luft zerriss.
Den Aufprall spürte sie kaum. Da war plötzlich nur der
Geschmack von Erde und Blut in ihrem Mund. Ein ver-
zweifeltes Schreien, dicht an ihrem Ohr. Dann wurde
die Welt um Ronja herum still.

KAPITEL 36

Seine Nervenbahnen erwachten langsam aus der seligen Betäubung. Die Tabletten dämpften die Schmerzen zwar noch, doch unter ihrer betäubenden Wirkung spürte Weiland dennoch jede Stelle, an der Fäuste und Tritte ihn malträtiert hatten. Sein Körper schrie danach, sich noch mehr Schmerzmittel einzuwerfen, mehr Pillen mit süffigem Wein oder malzigem Bier hinunterzuspülen, aber er musste jetzt bei klarem Verstand bleiben.

Wo bist du bloß?, dachte er, während er das Foto auf seinem Handy betrachtete. Er hatte das Profil von Ronja Kuhn geöffnet. Den einzigen Anhaltspunkt seiner Suche. Bei seinen Ermittlungen standen ihm normalerweise Dutzende Möglichkeiten zur Verfügung: Die Polizei konnte Spürhunde und Wärmebildkameras einsetzen, Standortdaten von Mobiltelefonen grenzten das Suchgebiet auf wenige Hundert Meter ein. Heute konnte er auf keines dieser Hilfsmittel zurückgreifen. Ronja Kuhn und ihre Mutter konnten überall sein. Allein in Berlin gab es etwa achthundert Hotels. Zählte man das Umland hinzu, ergaben sich Tausende Möglichkeit, um über Nacht unterzukommen. Weiland scrollte sich durch die wenigen öffentlich einsehbaren Beiträge, die Ronja gepostet hatte. Bei dem Großteil handelte es sich um Skizzen, die das Mädchen wohl selbst angefertigt hatte. Anscheinend hatte sie ein Faible für das Jenseits und skurrile Gestalten. Er sah tanzende Skelette und geisterhafte Silhouetten, die sich aufzulösen schienen. Die Bilder waren unheimlich und doch auf eine eigenwillige Art schön. Unwillkürlich musste er an die Maske in dem alten Wäscheschacht in Franziskas Elternhaus denken. Der Stil passte. Noch eine Verbindung. Weiland hatte keinen Zweifel mehr daran, dass Stefan Dahl das Mädchen als sein nächstes Opfer ausgesucht hatte. Die Frage war nur, wer sie zuerst fand. Die Polizei oder ihr Mörder.

Weiland scrollte weiter durch das Profil des Mädchens. Insgesamt hatte Ronja neben ihren Skizzen fünf Fotos hochgeladen. Zwei davon waren Porträts. Auf den restlichen Bildern lächelte sie neben ihrem Großvater Paul in die Kamera. Die Aufnahmen schienen bereits mehrere Jahre alt zu sein, Weiland schätzte sie darauf auf neun, vielleicht zehn Jahre. Ihre Haare waren zu kindlichen Zöpfen geflochten, in ihrem Mund glänzte eine giftgrüne Zahnspange. Der Mann hatte jedes Mal die Arme um seine Enkelin gelegt. Sie lehnte sich im Gegenzug an ihn. Anscheinend herrschte zwischen den beiden ein inniges Verhältnis.

Einer plötzlichen Eingebung folgend, rief Weiland seine Tochter Hanna an.

»Wie gut bist du darin, online etwas über eine fremde Person herauszufinden?«

Sie gähnte einmal laut in sein Ohr.

»Weißt du, wie spät es ist?«

»Ja. Tut mir leid, es ist wirklich dringend.«

»Du möchtest, dass ich jemanden für dich stalke?«

»So in etwa. Nur ein bisschen weniger illegal. Ich habe drei Fotos, leider erkenne ich auf meinem winzigen Handydisplay nicht alle Details. Auf allen Bildern ist ein Mädchen zu sehen. Zumindest zwei der Fotos scheinen in der gleichen Gegend entstanden zu sein. Im Hintergrund ist beide Male eine Art Wasserturm erkennbar. Auf dem dritten Bild scheint sie an einem Waldrand zu stehen, aber da sind noch Teile eines Gebäudes zu sehen. Eine Art Hof oder so etwas. Ich will wissen, wo die Fotos aufgenommen worden sind.«

»Schick mir alles, was du hast, per Mail. Ich schaue, was sich machen lässt.«

»Schon erledigt.«

Er hörte, wie ihr Laptop startete. Kurz darauf drang nur noch das Tippen der Tastatur durch die Leitung. Vor Anspannung zündete er sich eine Zigarette an und brannte sie mit vier großen Zügen bis auf den Filter ab.

»Okay, das war überraschend einfach«, sagte Hanna plötzlich und klang dabei hellwach.

»Was hast du gefunden?«

»Auf dem ersten Bild sieht man ein Straßenschild im Hintergrund. Ich habe den Ausschnitt vergrößert und den Kontrast erhöht. Der Straßenname hat mich zu drei möglichen Orten in Deutschland geführt. Einen Wasserturm gibt es nur in einem davon.

»Treffer. Schickst du mir die Adresse?«

»Warte, das ist noch nicht alles! Es gibt in der Gegend einige Aussiedlerhöfe, das würde ja zum dritten Foto passen. Im letzten Jahr finden sich einige Zeitungsartikel darüber, weil es einen großen Waldbrand gab, bei dem einige der Gebäude fast abgebrannt wären. Die Stadt wollte die Eigentümer gern umsiedeln, aber die haben natürlich protestiert. Jetzt rate mal, wer sich in einem der Zeitungsartikel kritisch darüber äußert? Richtig, der Mann auf den Bildern ist hier auch zu sehen. Ein gewisser Paul Kuhn.«

»Du bist großartig«, sagte Weiland.

»Danke. Und jetzt schicke ich dir auch die Adresse.«

Weiland beschloss, es zu versuchen. Immerhin war das der einzige Anhaltspunkt, den er hatte.

Die einzige Hoffnung, Ronja lebend zu finden.

KAPITEL 37

Der Geschmack nach Eisen breitete sich auf Ronjas Zunge aus. Seltsamerweise spürte sie keine Schmerzen, nicht mal ein Brennen. Sie hatte davon gehört, dass ein Schock sämtliche Empfindungen ausblenden konnte. Dass Menschen ganze Gliedmaßen verloren, ihre Knochen zersplitterten und sie dabei keine Miene verzogen. Bei Ronja dämpfte der Schock die Wirkung der Kugel, die sie nach vorn geschleudert hatte und jetzt zweifelsohne irgendwo in ihrem Körper feststeckte.

Tom hatte im Dickicht gelauert. Wie ein Jäger auf seinem Stuhl hatte er dort im undurchdringlichen Grün gesessen und nur auf den Moment gewartet, in dem seine Beute ihr sicheres Versteck verließ.

»Ganz ruhig! Alles wird gut!«

Das Gesicht ihrer Mutter war angsterfüllt. Die Augen weit aufgerissen, Tränen schimmerten auf ihren Pupillen.

»Ronja, es geht dir gut. Der Schuss war auf der anderen Seite des Hofs. Mehrere Hundert Meter entfernt. Er hat dich nicht erwischt. Du hast dich nur erschrocken und bist gestürzt.«

Ronja wollte lachen, wäre ihr nicht nach Heulen zumute. Keine Kugel. Nur der Schreck, der ihr bis in die Eingeweide gefahren war.

»Aber wenn er nicht auf uns geschossen hat, auf wen ...?«

»Ich weiß es nicht. Ich weiß nur, dass wir hier wegmüssen.«

Ihre Mutter reichte ihr die Hand und zog sie zurück auf die Füße.

»Was, wenn es Opa war? Wenn er unsere Hilfe braucht? Er könnte noch leben, Mama!«

Ihre Fingernägel bohrten sich in Ronjas Schultern.

»Ronja, wenn wir hier stehen bleiben und Tom uns erwischt, sind wir auch keine Hilfe. Wir müssen weg. Sofort. Kannst du laufen? Tut dir irgendetwas weh?«

»Alles okay.«

»Wir halten an unserem Plan fest. Vielleicht war das nur ein Jäger. Oder Tom hat unerwarteten Besuch bekommen. Dann ist er jetzt erst recht abgelenkt. Na los.«

Geduckt liefen sie weiter in Richtung Baumgrenze. Ronja lauschte angestrengt. Immer damit rechnend, plötzlich einen weiteren Schuss oder schnelle Schritte hinter sich zu hören. Aber ihr rasselnder Atem und das Knistern von Moos unter ihren Stiefeln blieben für den Moment das einzige Geräusch weit und breit.

»Wo müssen wir hin?«, flüsterte ihre Mutter vor ihr.

Zwischen den Bäumen konnte man sich leicht verirren. Irgendwann sah jeder Stamm, jede Baumkrone gleich aus. Es war leicht möglich, hier draußen falsch abzubiegen und sich immer tiefer im Wald zu verlaufen. Ronja übernahm die Führung. Sie bildete sich ein, hoffte, die Baumkonstellationen aus ihrer Kindheit wiederzuerkennen. Bei einer uralten Kastanie bogen sie scharf links ab. Sie spürte die ersten Zweifel in sich aufkeimen: All das war viel zu lange her. Die Bäume waren gewachsen, seit sie zuletzt hier gewesen war, einige waren den Stürmen und Borkenkäferplagen der letzten Jahre zum Opfer gefallen. Vielleicht war all das hier doch kein guter Plan, sondern ihr Untergang. Ronja spürte, wie die Panik sich in ihr auszubreiten drohte, als sie urplötzlich innehielt und den Zeigefinger an die Lippen hob. Da war es. Ganz leise und doch unverkennbar. Das sanfte Rauschen von Wasser, das sich seinen Weg durch den torfigen Waldboden suchte. Sie beschleunigten ihre Schritte. Etwa zwanzig Meter vor ihnen wand sich der Bauchlauf zwischen den Baumstämmen hindurch. Winzige Schiffe aus totem Laub schwammen auf der Oberfläche. Ronja setzte den Rucksack ab und kniete sich in das weiche Moos. Sie zog die Plastiktüte mit dem GPS-Sender aus der Seitentasche. Die Kälte prickelte auf ihrer Haut, als Ronja die Finger unter die Wasseroberfläche tauchte. Sobald ihre Finger sich lösten, riss die Strömung die Tüte samt Inhalt mit sich.

Wenn ihr Plan funktionierte, dann würde Tom dem Signal zumindest für eine Weile folgen. Genug Zeit, um die Straße zu erreichen und Hilfe zu holen. Sie mussten sich beeilen. Seit sie den Schuss gehört hatte, verfolgte ein einziges Bild Ronja bei jedem Schritt: ihr Großvater, der gegen einen Baumstamm lehnte und nach Atem rang. Die Hände auf die Schusswunde auf seinem Bauch gepresst, während das Blut einen immer größer werdenden Kreis auf seinem Hemd malte.

»Wir können es schaffen, Ronja«, sagte ihre Mutter in diesem Augenblick, so als hätte sie ihre düsteren Gedanken hören können. »Wir dürfen nur nicht zurücksehen. Egal, was mit mir passiert, du rennst weiter. Egal, ob ich hinfalle und liegen bleibe, ob Tom mich erwischt, du rennst einfach weiter.«

»Mama, sag so was nicht! Wir kommen hier zusammen raus.«

»Ich weiß. Nur für den Fall der Fälle. Ich würde mein Leben geben, um deins zu schützen. Also versprich mir, dass du weiter zur Straße läufst. Bitte, Ronja. Sonst schaffe ich das hier nicht.«

»Ich verspreche es«, sagte sie tonlos.

Ihre Mutter nahm ihre Hand und drückte sie.

»Ich liebe dich. Und jetzt zeigen wir dem Mistkerl, dass wir uns nicht so einfach unterkriegen lassen.«

KAPITEL 38

Sie benötigten etwa eine halbe Stunde, um sich durch den Wald zurück auf Höhe des Hofes zu schlagen. Den Großteil des Weges legten sie schweigend zurück. Nur manchmal flüsterten sie sich Warnungen zu.

Pass auf die Wurzel auf.

Achtung, da vorn sackt der Boden ein Stück ab.

Ein verstauchter Knöchel würde ihre Flucht zwar nicht unmöglich machen, aber ihre Überlebenschancen doch drastisch senken - obwohl die sowieso schon nicht besonders rosig aussahen. Wie es sich wohl anfühlte, zu sterben? Hoffentlich stimmten die Geschichten von dem Tunnel mit dem weißen Licht am Ende. Hoffentlich wäre es nicht so kalt und einsam und Furcht einflößend, wie der Gedanke an den Tod sich in ihrer Brust anfühlte.

Es war so verdammt ungerecht. Ronja wollte schreien, etwas zertrümmern. Es gab doch noch so vieles, was sie erleben wollte. Reisen. Kunst studieren. Sich verlieben. In dieser Reihenfolge, alles andere würde nur zu Chaos führen. Aber dann war dieser Mann in ihrer beider Leben getreten, der beschlossen hatte, sie zu besitzen. Bevor er sie tötete, würde sie ihm die Augen auskratzen. Nie wieder sollte er eine Frau oder ein Mädchen so ansehen, wie er sie angesehen hatte. Ronja machte den nächsten Schritt nach vorn und wäre ihrer Mutter dabei fast in den Rücken gelaufen. Wie versteinert war sie stehen geblieben und starrte jetzt durch eine Lücke zwischen den im Wind zitternden Ästen wie gebannt auf den Hof, der noch etwa hundert Meter entfernt lag. Ronja folgte ihrem Blick. Die Fenster waren dunkel. Die Türen verschlossen. Alles wirkte genau so, wie sie es zurückgelassen hatten.

»Mama?«, flüsterte sie so leise, dass sie selbst es kaum hörte. »Was siehst du?«

»Der Kofferraum.« Die Stimme ihrer Mutter klang heiser. Fremd.

Ronjas Puls raste, als sie ihren Blick weiterwandern ließ. Der schwarze Renault stand noch genau so da, wie sie ihn gestern Abend geparkt hatten. Genau wie alle anderen Schlüssel war auch der Schlüssel des Wagens gemeinsam mit ihrem Großvater, seinem Telefon und der Schrotflinte verschwunden. Jetzt stand der Kofferraum mehrere Zentimeter weit offen. Irgendetwas blockierte die Klappe, die sich normalerweise automatisch verschloss.

Ronja machte einige Schritte nach vorn, um einen besseren Blick auf die Rückseite des Wagens zu bekommen. Ihr Körper reagierte, noch bevor ihr Verstand die Information verarbeitet und einen klaren Gedanken daraus geformt hatte. Der Drang wegzulaufen wurde beinahe übermächtig. Alles in ihr schrie danach zu rennen, so schnell sie nur konnte, weg hier.

LAUF UM DEIN LEBEN.

Aber Ronja hielt ganz still. Ihre Beine zitterten vor Anstrengung, so fest bohrte sie die Fersen in den Boden, um jetzt ja keinen Fehler zu begehen. Eine unüberlegte Bewegung, und das Rascheln von Laub und Totholz würde ihre Position verraten.

Ihr Blick wanderte von der schlaffen Hand, die aus dem Kofferraum heraushing, bis zu dem Knochen, der aus dem blutverschmierten Unterarm ragte. Ronjas Herz trommelte in ihrer Brust. Dort drüben im Kofferraum ihres Wagens lag eine Leiche.

Blut rann die Haut hinab und tropfte dann von den Fingerspitzen auf die Erde. Obwohl nur der Arm aus dem Kofferraum herausragte, brauchte man nicht viel Fantasie, um sich den Rest vorzustellen: Der Bruch knapp unter dem Ellbogen sah aus, als hätte ein Tier sich darin verbissen und so lange geschüttelt, bis der Knochen die Haut durchstoßen hatte. Der untere Teil des Arms war in einem unnatürlichen Winkel abgeknickt. Wer auch immer dort drinlag, musste wie ein Löwe um sein Leben gekämpft haben. Vielleicht ein Spaziergänger, der nur zur falschen Zeit am falschen Ort gewesen war. An die Möglichkeit, dass ihr eigener Großvater dort lag, wollte Ronja lieber gar nicht denken. Niemand hatte es verdient, so zu sterben. In einen Kofferraum gestopft wie Müll. Die Haut sah aus wie die ihres Großvaters: faltig und voller Altersflecken. Der Wald um sie herum begann zu schwanken. Baumwipfel taumelten von einer Seite zur anderen. Sie hielt sich an einem der Stämme fest, um nicht das Gleichgewicht zu verlieren.

»Trink erst mal einen Schluck. Dann wird es besser.«

Der Vorschlag ihrer Mutter klang so absurd, dass Ronja im ersten Moment überzeugt war, sie hätte sich verhört. Wenn sie so darüber nachdachte, wusste sie tatsächlich nicht mehr, wann sie zuletzt getrunken, geschweige denn etwas gegessen hatte. Sie spürte weder Durst noch Hunger, weil ihr Körper so damit beschäftigt war, jede noch so kleine Veränderung in ihrer Umgebung wahrzunehmen. Vor ihnen in dem Kofferraum lag der Beweis dafür, wie grausam Tom sein konnte.

Was hatte er sich dann erst für sie ausgedacht? Wie langsam und qualvoll würde ihr Ende sein? Magensäure schoss in ihren Mund. Ronja beugte sich nach vorn und spuckte. Als nichts mehr nachkam, setzte sie den Rucksack ab, holte die Wasserflasche heraus und trank sie bis zur Hälfte leer. Der bittere Geschmack auf ihrer Zunge blieb.

»Besser?«, fragte ihre Mutter.

»Besser.«

Ihre Mutter atmete einige Male tief durch.

»Jetzt ziehen wir unseren Plan durch. Laufen weiter zur Straße, immer geradeaus. Wir können nicht mehr helfen, Ronja. Keiner kann das.«

»Wir lassen ihn einfach so zurück? Wenn er seine Leiche wegschafft und wir ihn nie wiedersehen?«

Ronja merkte, wie ihre Mutter mit den Tränen kämpfte. Wie schwer es ihr fiel, diese Entscheidung zu treffen.

»Es ist zu gefährlich. Er könnte noch immer in der Nähe sein. Vielleicht ist es eine Falle.«

Der rationale Teil ihres Verstandes wusste ja, dass ihre Mutter recht hatte. Trotzdem fühlte es sich falsch an, den Toten einfach im Kofferraum zu lassen.

»Gehen wir«, sagte sie leise. Die Straße war ihre einzige Chance. Sie mussten weiter, alles andere wäre Selbstmord. Ronja setzte den Rucksack wieder auf und wollte den Blick endlich von dem Leichenwagen wenden.

Da ballte der Tote plötzlich seine Finger zu einer Faust.

KAPITEL 39

Ihr Körper gehorchte ihr nicht länger. Sämtliche Muskeln und Sehnen gefroren zu Eis. Ihr Atem stockte in ihrer Brust. Wahrscheinlich waren es nur Sekunden, die Ronja vollkommen still stand und auf die Finger der Leiche starrte, die sich gerade noch bewegt hatten. Es fühlte sich an wie Stunden, eine halbe Ewigkeit in der Hölle. Sie hatte irgendwo davon gelesen, dass Leichen sich manchmal durch Gase und vertrocknende Muskeln bewegten, aber das bislang nur für eine Schauergeschichte gehalten. Womöglich hatte sie sich die Bewegung auch nur eingebildet. Ein Streich ihres übermüdeten Gehirns, nichts weiter. Der letzte Funke Überlebenswille in ihrem Kopf schrie, dass sie sich auf der Stelle umdrehen und rennen sollte. Hauptsache, weg. Aber tief in ihr regte sich ein anderer Gedanke. Es war der Teil von ihr, der sich nicht von Tom brechen lassen wollte. Der Teil, der nicht wie ein Tier vor einem Jäger davonlaufen wollte. Sie zitterte vor Anstrengung, als sie die Starre ihres Körpers löste und einen Schritt nach vorn machte. Heraus aus ihrem Versteck. Dabei übersah sie den Ast, der direkt vor ihr auf dem Boden lag. Das tote Holz brach laut wie ein Peitschenknall unter den Sohlen ihrer Stiefel.

»Ronja!«, flehte ihre Mutter irgendwo hinter ihr. »Was machst du denn da?! Komm sofort zurück!«

»Hast du es auch gesehen?«, fragte sie, ohne ihre Mutter anzusehen. Ihre Augen fixierten die Hand, die jetzt wieder schlaff aus dem Kofferraum heraushing.

»Was gesehen?!«

»Die Finger! Sie haben sich gerade bewegt!«

Ronja wartete, dass ihre Mutter protestierte. Dass sie sagte, sie habe sich die Bewegung nur eingebildet, und dass sie jetzt gefälligst zur Straße gehen sollten. Aber sie blieb still.

»Er lebt noch, Mama. Wir können nicht einfach gehen.«

»Ronja ...«

»Lass uns wenigstens sehen, ob wir helfen können.«

»Wir sterben, wenn wir zu ihm gehen!«

Als Ronja sich umdrehte, sah sie die nackte Angst in den Augen ihrer Mutter. Nicht um ihr eigenes Leben. Sondern um das ihrer Tochter. Eine Angst, die die Seele zerfraß und jedes Mitgefühl für andere, jede Vorstellung von Moral verschlang. Ihr Brustkorb zitterte, so als würde sie jeden Moment in Tränen ausbrechen.

»Er stirbt, wenn wir jetzt gehen. Bitte, Mama. Wahrscheinlich hat Tom ihn nur hier abgelegt und ist gar nicht mehr hier.«

»Aber er könnte jeden Moment ...« Die Stimme ihrer Mutter brach mitten im Satz, aber auch so verstand Ronja, was sie sagen wollte.

Er könnte jeden Moment zurückkommen und uns töten.

Für einige Sekunden schwiegen sie. Sahen sich an und führten dabei ein stummes Gespräch. Ronja hatte das Gefühl, an einer Abzweigung zu stehen. Schatten und Licht. Wenn sie einfach gingen, dann schlugen sie sich auf die Schattenseite. Dort, wo Tom und seinesgleichen lebten. Obwohl das Licht ihr eine Heidenangst einjagte, fürchtete sie sich noch viel mehr vor der Dunkelheit.

»Du bleibst hier. Ich gehe vor und sehe zuerst nach. Du kommst erst, wenn ich dir ein Zeichen gebe. Wir helfen, so gut es geht. Aber falls er nicht laufen kann, dann müssen wir ihn irgendwo verstecken und ohne ihn weitergehen. Je schneller wir die Straße erreichen und die Polizei anrufen, desto größer sind auch seine Überlebenschancen.«

Ihre Mutter setzte ihren eigenen Rucksack mit dem Proviant ab. Dann trat sie einen Schritt auf Ronja zu und drückte ihr einen Kuss auf die Stirn.

»Ich bin stolz auf dich, ehrlich. Du bist viel mutiger, als ich es jemals war. Wenn irgendetwas schiefgeht ...«

»Dann laufe ich und hole Hilfe«, vollendete Ronja ihren Satz. Sie setzte sich auf einen umgestürzten Baumstamm, um ihren zittrigen Beinen wenigstens eine kurze Pause zu geben. Obwohl sie ganz stillhielt, raste Ronjas Herz wie bei einem Sprint, als ihre Mutter sich wieder umdrehte und aus dem Schutz des Dickichts heraustrat.

Jetzt, wo Ronja selbst keinerlei Geräusche verursachte, kam ihr jede Bewegung unheimlich laut vor. Das Knacken der Zweige hallte von den ringsum stehenden Bäumen wider. Blätter raschelten bei jedem Schritt ihrer Mutter, egal, wie vorsichtig sie die Sohlen auf dem Boden abrollte. Unaufhörlich suchten Ronjas Augen das sie umgebende Grün ab. Sie rechnete damit,

jeden Moment ein Gesicht zwischen den Blättern auftauchen zu sehen. Augen, die sie musterten wie ein
Stück Fleisch. Die Lippen zu einem hämischen Grinsen
verzogen, weil er endlich gefunden hatte, wonach er so
lange gesucht hatte. Gänsehaut breitete sich auf ihren
Unterarmen aus. Bevor Ronja sich weitere Horrorszenarien ausmalen konnte, erreichte ihre Mutter den
Kofferraum. Trotz der Entfernung konnte Ronja sehen,
wie ihre Hand zitterte, als sie ihre Finger nach vorn
streckte und die blutverschmierte Haut berührte.
Keine Reaktion. Hatten sie sich die Bewegung doch nur
eingebildet und ihr Leben umsonst aufs Spiel gesetzt?
Vielleicht war die Bewegung reines Wunschdenken gewesen. Ihre Mutter holte ein letztes Mal tief Luft, dann
zog sie die Kofferraumklappe nach oben.

Sie schrie nicht. Sie weinte nicht. Aber Ronja konnte
in ihrem Gesicht lesen wie in einem offenen Buch. Ihre
schlimmste Befürchtung bestätigte sich: Sie hatte Opa
gefunden. Das Adrenalin durchflutete Ronjas Adern.
Sie sprang auf und rannte los, direkt auf ihre Familie
zu. In diesem Moment war es ihr vollkommen egal, ob
Tom sie hörte oder sah. Sie war so wütend, dass sie ihm
das Grinsen mit den bloßen Händen von den Lippen
reißen würde. Ihr Atem ging stoßweise, als sie den Wagen erreichte. Obwohl sie versucht hatte, sich innerlich
zu wappnen, traf der Anblick sie wie ein Pfeil in die
Brust. Ihr Großvater lag in Fötusstellung in dem winzigen Kofferraum, die Knie vor der Brust. Der offene
Bruch an seinem Arm war nicht die einzige Verletzung:
Die rechte Schulter ihres Großvaters blutete, der Stoff
seines Pullovers war zerfetzt. Anscheinend war das der
Schuss gewesen, den sie gehört hatten.

»Ich glaube, ich kann mehrere Schrotkugeln sehen. Sie stecken noch in seiner Schulter.«

»Was sollen wir machen? Müssen wir sie rausholen?« Ronja begann unkontrolliert zu zittern. In Filmen sah es immer so einfach aus. Als wüssten alle immer ganz genau, was man tun musste, wenn man eine schwerverletzte Person fand.

»Es sind zu viele. Wir müssen die Blutung irgendwie stoppen. Hast du den Rucksack dabei? Vorn habe ich Verbandszeug eingepackt.«

Ronja durchwühlte das vordere Fach und zog eine Mullbinde daraus hervor. Kurzerhand zog ihre Mutter noch ihre Jacke aus und zerriss sie in mehrere Streifen. Dann begann sie, die Wunde an der Schulter mit dem Verbandszeug und den Stofffetzen abzubinden.

Seine eingerissenen Lippen öffneten und schlossen sich. Er versuchte etwas zu sagen, aber die Worte blieben in seiner Kehle stecken.

»Opa! Alles wird gut, hörst du? Wir sind jetzt da.«

Sanft strich Ronja über sein dreckverkrustetes Gesicht. Eine einzelne Träne löste sich aus seinem rechten Augenwinkel und malte einen hellen Streifen über die mit Blut und Erde verschmierte Wange, während ihr Großvater seine Lippen wieder öffnete. Ein verzweifelter Versuch, mit ihnen zu sprechen. Ronja beugte sich nach vorn, bis sie den schnellen Atem an ihrem Ohr spürte. Sie brauchte mehrere Sekunden, um die geflüsterten Worte zu verstehen, die ihr Opa wie eine Tonbandaufnahme wiederholte.

»Lauft, lauft weg ...«

Ronja schauderte. Wenn sie in seine Augen schaute, war es, als würde er immer wieder in tiefschwarzes

Wasser abtauchen. In einem Moment voller Panik, im nächsten völlig weggetreten.

»Verdammte Scheiße.«

Ronja zuckte unwillkürlich zusammen. Normalerweise war ihre Mutter die Geduld in Person. Noch nie hatte sie so viele Flüche wie heute aus ihrem Mund gehört. Aber das hier war auch keine alltägliche Situation. Es gab wohl kaum eine Gelegenheit, in der ein aus tiefstem Herzen kommender Fluch angebrachter sein könnte.

»Das kannst du laut sagen. Oberscheiße«, bestätigte Ronja, und kurz lächelten sie sich an, bevor Anspannung und Angst ihre Gesichter wieder versteinerten.

»Es reicht nicht. So kann ich die Blutung nicht stoppen. Ich brauche mehr Verbandszeug.«

Verzweifelt zog sie die improvisierten Stoffverbände fester um die Schulter, aber das Blut sickerte unaufhörlich weiter. Tauchte alles in bedrückendes Rot: die Mullbinden, die Fleecejacke ihrer Mutter und den Kofferraum. Ronja hatte keine Ahnung, wie viel Blut ein Mensch verlieren konnte, bevor er starb. Dennoch wurde ihr beim Anblick der immer größer werdenden Blutlachen klar, dass ihnen nicht mehr viel Zeit blieb. Wahrscheinlich hatte eine der Kugeln eine Blutader oder ein Organ getroffen. Nicht mehr lange, und ihr Großvater würde vor ihren Augen sterben. Das Blut würde auf Ronjas Haut trocknen, noch bevor sie die Straße erreichten. Und selbst wenn sie es abwusch, würde es immer bei ihr bleiben, wie eine Narbe, die nur sie sehen und spüren konnte.

»War das die einzige Rolle?«, sie deutete auf die Mullbinde, die nun rot schimmerte. »Oder gab es noch mehr
davon?«

»Ich weiß es nicht. Es musste so schnell gehen ...«
Ihre Mutter atmete tief durch.

»Ich sehe nach. Im Schrank vor dem Badezimmer
könnte noch etwas sein. Du bleibst hier bei Opa. Drück
den Stoff auf die Wunden, genau so!«

Ronjas Finger verkrampften sich, als sie die nassen
Fetzen berührte, die dem Blutstrom kaum etwas entgegensetzen konnten. Warm und klebrig sickerte es
durch die Wunden immer weiter.

»Nimm meine Armbanduhr. Wenn ich in spätestens
fünf Minuten nicht zurück bin, dann renn zur Straße.
Sieh dich nicht um«, sagte ihre Mutter noch. Dann lief
sie geduckt in Richtung der Mauern. Ronja sah ihr
nach, bis der Hof ihre Silhouette vollkommen verschluckte. Erst dann richtete sie den Blick wieder auf
das Gesicht ihres Großvaters. Obwohl seine Lippen sich
nicht länger bewegten, glaubte Ronja noch immer ein
Flüstern zu hören.

Lauft.

Die Atemzüge ihres Großvaters wurden immer ange-
strengter. Seine Augen hielt er meist geschlossen. Nur
ab und zu schien er aus der Bewusstlosigkeit wieder
aufzutauchen und die Umgebung für einige Sekunden
wahrzunehmen. In diesen kurzen Momenten der Klar-
heit trafen sich ihre Blicke und verknoteten sich ineinander. Die Dankbarkeit, die Ronja jedes Mal darin las,
schnürte ihr die Kehle zu. Obwohl es vollkommen
zwecklos schien, knäulte sie die blutgetränkten Stoff-

fetzen einmal mehr zusammen und presste sie mit letzter Kraft auf die Wunde, die ihr am lebensbedrohlichsten erschien.

»Halt durch. Nicht mehr lang ...«, flüsterte sie, wobei sie nicht wusste, ob sie tatsächlich ihren sterbenden Großvater oder doch eher sich selbst beruhigen wollte. Die Tür zum Hof schwang auf. Ihre Mutter sprintete direkt auf sie zu. Sie war fündig geworden: In ihrer rechten Hand hielt sie noch mehr Verbandszeug.

»Hier.« So schnell wie möglich wickelten sie die Mullbinden auf und begannen, die Schulter neu abzubinden, als ein Geräusch sie plötzlich erstarren ließ. Mit angehaltenem Atem lauschte sie auf die brechenden Zweige, die von einem leisen Brummen begleitet wurden. Ein laufender Motor.

Irgendwo hinter ihr kämpfte sich ein Wagen durch den Wald. Jetzt sah sie auch das Licht: Scheinwerfer, die immer wieder zwischen Bäumen und Büschen aufleuchteten. Vor Angst wurde Ronja übel. Sie hatte geglaubt, dass Tom zu Fuß nach ihnen suchte. Mit einem Auto wäre er deutlich schneller, wenn auch weniger flexibel. Wahrscheinlich hatte er den Peilsender im Bach schon längst gefunden und war dann wutentbrannt wieder umgekehrt.

Noch bevor sie einen Plan fassen konnten, brach der Wagen hinter ihnen durch das Dickicht. Zuerst sah Ronja die schwarze Motorhaube, die sich zwischen den Zweigen hervorschälte. Dornen hinterließen weiße Kratzer auf dem stumpf gewordenen Lack, aber das schien den Fahrer des Wagens nicht weiter zu stören, ebenso wenig wie der linke Seitenspiegel, der nur noch an einem Kabel herunterhing. Der Wagen stoppte mit

laufendem Motor. Hinter dem grellen Scheinwerferlicht stieg ein schwarzer Schatten aus dem Wagen und
steuerte direkt auf sie zu.

KAPITEL 40

Das Blut war überall. Auf ihren Händen, die so verzweifelt versucht hatten, die Wunden zu versorgen. Auf der Karosserie des Wagens. Sogar auf ihren Gesichtern zeichneten sich hellrote Streifen wie Kriegsbemalungen ab. Instinktiv wichen sie einen Schritt zurück, sobald er einen Schritt nach vorn machte. Er streckte seine Hände nach oben, um zu zeigen, dass er keine Waffe bei sich trug.

»Mein Name ist Theo. Ich will euch helfen.«

Obwohl er keine Antwort bekam, glaubte Weiland ihre Gedanken an den blutverschmierten Gesichtern ablesen zu können. Mit seinem abgetragenen Mantel, den tiefschwarzen Augenringen und dem verbeulten Leihwagen wirkte er nicht besonders vertrauenerweckend. Nachdem er den Hof, auf dem Paul Kuhn lebte, leer vorgefunden hatte, war er auf der Suche nach Ronja, ihrer Mutter und dem Großvater quer durch den Wald gefahren. Die Kratzer am Leihwagen würde er Arash, dem Automagier seines Vertrauens, in einer ruhigen Minute beibringen müssen. Fast wollte er schon aufgeben, als er in seiner Verzweiflung ein zweites Mal den verlassenen Hof ansteuerte.

»Ich war früher mal Polizist. Heute bin ich Privatermittler und hinter dem Mann her, vor dem ihr geflohen seid. Soweit ich weiß, hat er sich vor euch als Tom ausgegeben. In Wahrheit heißt er Stefan. Stefan Dahl. Seine Tochter Franziska ist vor etwa fünf Jahren spurlos verschwunden. Der Fall war groß in den Medien. Wahrscheinlich habt ihr den Namen schon einmal gehört.«

Das Mädchen nickte schwach. Endlich eine Reaktion. Langsam drangen seine Worte zu ihnen durch. Er überlegte, wie er die nächste Botschaft so schonend wie möglich rüberbringen konnte. Aber ihm fiel kein Weg ein außer die brutale, schonungslose Wahrheit.

»Vermutlich hat Stefan Dahl seine Tochter entführt. Ich habe Hinweise gefunden, dass er es jetzt auf dich abgesehen hat, Ronja. Er hat anscheinend mehrere Fotos von deinen Profilen im Netz ausgedruckt. Daher weiß ich auch, wie du heißt.«

Als er ihren Namen nannte, zuckte Ronja sichtbar zusammen. Ihre Mutter schlang beide Arme um ihren Körper und zog sie fest an sich.

»Wieso sollten wir dir glauben? Woher wissen wir, dass dieser Stefan oder Tom dich nicht geschickt hat?! Keinen Schritt näher!«

Weiland blieb stehen. Endlich konnte er in den geöffneten Kofferraum sehen. Trotz seiner totenbleichen Gesichtszüge und der Zeit, die seit den Fotos vergangen war, erkannte er Paul Kuhn wieder. Ein schwaches Zittern in seiner Brust verriet, dass er noch lebte. Aber es sah nicht gut aus für ihn. All das Blut stammte offensichtlich aus einer Wunde an seiner Schulter und einem offenen Bruch an seinem rechten Arm. Sie mussten sich beeilen.

»Ich gebe dir jetzt mein Handy. Tut mir leid, wie war dein Name?«

»Verena«, sagte sie.

»Gut, Verena. Ruf bitte die Polizei und einen Notarzt. Sag ihnen, wir fahren ihnen zur Straße entgegen. Es muss schnell gehen. Darf ich mir kurz die Wunden ansehen? Ich muss sicherstellen, dass er transportfähig ist.«

Er warf das Telefon vor ihnen ins Gras. Verena griff blitzschnell danach.

»Keine Tricks. Wir sind auch bewaffnet!«, sagte sie und tippte dann eine Nummer auf dem Display ein. Als sich die entsprechende Leitstelle meldete, machte sie einen Schritt zur Seite und gab ihm mit einem Nicken zu verstehen, dass sie einverstanden war.

Weiland verlor keine Zeit. Er trat an den Kofferraum und prüfte die Vitalfunktionen. Atmung und Puls waren schwach, aber immerhin noch da. Ronja beobachtete jede seiner Bewegungen mit Argusaugen.

»Die Schulterverletzung habt ihr sehr gut versorgt«, stellte er erleichtert fest.

»Eine Schusswunde. Wir haben die Kugeln einfach dringelassen, wir wussten nicht, was richtig ist.«

»Ihr habt alles richtig gemacht. Die Ärzte kriegen das schon hin.«

Weiland versuchte sich den Schock, der durch seinen Körper fuhr, nicht anmerken zu lassen. Stefan Dahl besaß anscheinend eine Waffe und schreckte nicht davor zurück, sie einzusetzen.

»Aber den Bruch sollten wir zumindest notdürftig versorgen. Kannst du einen Zweig für mich suchen, der etwa so lang ist wie sein Unterarm? Wir müssen den Arm irgendwie stabilisieren.«

Sie sprang auf und begann die nähere Umgebung abzusuchen. Es dauerte wenige Sekunden, dann kam sie mit einem passenden Ast zurück. So behutsam wie möglich schob Weiland die beiden Teile des Arms zusammen und legte den Ast auf der Unterseite ab, wo die Haut unverletzt war. Dann wickelte er die Mullbinde mehrfach darum. Kuhn stöhnte vor Schmerz. Seine Augenlider flackerten.

»Sie sind in etwa acht Minuten an der Hauptstraße!«, rief Verena hörbar erleichtert und gab Weiland sein Telefon zurück.

»Super. Können wir euren Wagen nehmen?«

»Wir haben keinen Schlüssel. Der Kofferraum stand offen.«

»Dann eben meinen Wagen. Ich nehme seinen Oberkörper. Jede von euch greift sich ein Bein, in Ordnung? Eins, zwei, los!«

Kuhn war kein Fliegengewicht. Sie fluchten und stöhnten, während sie ihn auf die Rückbank von Weilands Wagen schleppten.

»Ich gehe nach hinten!«, rief Verena.

Sie wollte bei ihrem Vater sein, wenn er überlebte, und erst recht, wenn er starb. Ronja schwang sich auf den Beifahrersitz und Weiland hinters Steuer. Er gab Gas, sodass die Reifen über den unbefestigten Weg zu fliegen schienen.

»Hört ihr das?«, rief Verena plötzlich von der Rückbank.

Sirenen. Rettung nahte. Sie begann zu lachen. Ronja, die zuvor verschlossen und abweisend gewirkt hatte, stimmte plötzlich ein, sodass Wärme das gesamte Wageninnere zu fluten schien. Später würde Weiland oft an diesen winzigen Moment zurückdenken. Dieser kostbare Augenblick, in dem Ronja wie ein ganz normales, fröhliches Mädchen schien. Bevor ihre Augen sich vor Terror weiteten und ihr lachender Mund sich zu einem Schrei verzog. Bevor Weiland das Gaspedal durchdrückte und dabei den armdicken Ast übersah, der quer über der Fahrbahn lag und die Vorderachse zerriss.

KAPITEL 41

Der Knall war so laut, dass er wie ein scharfes Messer in Ronjas Trommelfell fuhr. Es folgte ein metallisches Krächzen und Schaben, dann kam der Wagen so abrupt zum Stehen, dass Ronja aus ihrem Sitz nach vorn geschleudert wurde. Der Gurt presste ihr die Luft aus den Lungenflügeln und Magensäure in den Mund. Der Geruch nach angebranntem Gummi stach ihr in die Nase. Ronja würgte und keuchte, als sich urplötzlich die Gewissheit in ihr ausbreitete, dass etwas Schreckliches geschehen war.

»Mama?«, flüsterte sie und drehte sich so abrupt um, dass die einzelnen Wirbel knackten. Ihre Mutter war auf dem Rücksitz zusammengesackt. Von ihrer Stirn, die gegen den Vordersitz lehnte, lief ein feines Rinnsal Blut. Ihr Großvater war in den Fußraum gerutscht, wo er regungslos lag.

»Mama? Mama, ist alles okay? Wach auf!« Sanft rüttelte sie an der Schulter. Keine Reaktion.

Wie aus dem Nichts griff eine Hand an die Kehle ihrer Mutter und verharrte dort für einige Sekunden.

»Sie ist nur bewusstlos«, sagte eine warme Stimme. »Geht es dir gut?«

»Du hast gesagt, du bringst uns hier raus!« Ronja wollte flüstern, aber die Wut ließ ihre Stimme fast wie ein Jaulen klingen. Sie wusste, dass es unfair war. Aber wie immer suchte sich die Wut in ihr das nächstbeste Ziel, irgendein Ventil, damit sie nicht das Gefühl hatte, platzen zu müssen.

Die Augen des Polizisten wurden für wenige Herzschläge weich, als würden ihn ihre Worte tatsächlich treffen.

»Hier ist der Schlüssel. Du bleibst hier drinnen bei den anderen und verriegelst die Türen. Ich schaue, ob ich den Wagen irgendwie wieder fahrtüchtig bekomme.«

Er griff nach ihrer eiskalten Hand und drückte sie.

»Du musst mir jetzt gut zuhören, Ronja. Keine Panik. Egal, was gleich passiert, du bleibst im Wagen. Ich weiß, ein Teil von dir will weglaufen. Aber dann würde er dich kriegen. Und das lasse ich nicht zu, versprochen. Hast du das verstanden?«

Sie nickte nur. Ihre Kehle war wie zugeschnürt.

»Lass die Türen verriegelt. Ich bin gleich zurück.«

Bevor er ausstieg, griff Theo noch in das Handschuhfach und zog eine Pistole daraus hervor. Ronja bildete sich ein, dass der schwarze Lauf Kälte ausstrahlte. Als könnte man den Tod spüren, wenn man dem Ding zu nahe kam. Als die Tür hinter ihm ins Schloss fiel und sie auf die Zentralverriegelung drückte, begann sie am ganzen Körper zu zittern. Das leise Einrasten verriet, dass sie jetzt eingeschlossen waren. Ihre Welt war auf wenige Quadratmeter zusammengeschrumpft. Sie sollte sich sicher fühlen: Das Böse war irgendwo da draußen im Wald ausgesperrt. Aber Ronja kam sich vor, als säße sie in einer Falle. Ein Sarg aus Metall, in dem die Luft mit jeder Sekunde dünner wurde. Die gesamte Karosserie wackelte plötzlich wie ein Schiff auf dem stürmischen Meer. Im Seitenspiegel konnte Ronja sehen, wie Theo die Füße gegen die Felge presste und mit aller Kraft an dem Ast zog, der sich unter dem Auto verkannntet hatte. Wenn er es schaffte, ihn herauszuziehen, dann gab es vielleicht noch eine Chance. Dann konnten sie vielleicht aus diesem verdammten Wald fliehen. In der Ferne konnte sie die Sirenen immer deutlicher hören. Ronja stellte sich das blaue Licht vor, als könne sie die Polizei allein mit der Kraft ihrer Gedanken schneller herbeibeschwören. Eine Bewegung zog im Rückspiegel ihre Aufmerksamkeit auf sich. Ein sanftes Zittern fuhr durch Zweige und Blätter, obwohl die Baumkronen über ihnen aussahen, als wäre es absolut windstill. Sie starrte so angestrengt in das dichte Grün, dass ihre Augen zu tränen begannen.

Vielleicht war es nur ein Tier. Ein Reh oder ein Fuchs, der sich durch das Gestrüpp schob und mindestens genauso viel, wenn nicht sogar mehr Angst hatte als sie in diesem Augenblick. Ronjas Herz setzte einige Takte lang aus. Sie wusste nicht, wie lange sie diesen Albtraum noch ertragen konnte, ohne endgültig den Verstand zu verlieren. Ihre Hände wurden schweißnass, als ein Umriss sich aus den Blättern löste und Ronja begriff, dass sie in eine tödliche Falle getappt waren.

KAPITEL 42

Dumpfe Schläge ließen die Fensterscheibe des Wagens vibrieren. Als Weiland hochsah, bemerkte er zuerst das Blut. Rote Schlieren auf kaltem Glas. Ronjas Fäuste hämmerten so fest und panisch gegen die Scheibe, dass sie die aufgeplatzten Stellen an ihren Knöcheln nicht einmal zu registrieren schien.

Die Warnung kam zu spät, um ihn noch zu retten. Als er sich umdrehte, zielte der Lauf des Gewehrs bereits auf seine Stirn. Nur eine unüberlegte Bewegung, ein Zucken, und das Nichts würde ihn verschlingen. Als Polizist hatte er Situationen wie diese hundert Mal geübt. Trotzdem herrschte in seinem Kopf in diesem Augenblick eine beunruhigende Stille. Er wusste beim besten Willen nicht, wie er lebend aus der Situation herauskommen sollte. Er hatte keine Ahnung, ob sein Gegenüber ein geübter Schütze war und aus der Distanz treffen würde. Darauf ankommen lassen wollte er es nicht.

Der Mann, der jetzt etwa acht Meter von ihm entfernt stehen blieb, hatte nichts mehr mit dem lächelnden Familienvater gemein, den er auf den Porträts im Haus der Familie Dahl gesehen hatte. Die Warmherzigkeit, die er auf den Bildern wahrgenommen hatte, war etwas Dunklem gewichen. Weiland kannte den Ausdruck in Stefan Dahls Gesicht: Es war der gleiche Ausdruck, mit dem ein Selbstmörder auf die Gleise springt oder ein Amokläufer einen geschlossenen Raum betritt.

Sein linkes Auge war fast zugeschwollen und erinnerte mit seiner dunkelvioletten Farbe an eine überreife Pflaume, die jeden Moment aufplatzen würde. Dahls Pupillen wirkten wie zwei dunkelgraue Murmeln, die gefangen in einem Netz aus geplatzten Äderchen in ihren Höhlen schwammen.

»Es ist noch nicht zu spät. Der Mann, den du angeschossen hast, lebt, verliert aber sehr viel Blut. Er braucht dringend Hilfe, sonst stirbt er. Wenn du uns jetzt gehen lässt, rettest du nicht nur sein Leben, sondern auch deins.«

»Du wirst jetzt aufstehen. Dann läufst du bis zur Straße.« Eine Mischung aus Blut und Speichel verteilte sich bei jedem von Dahls Worten in der Luft. »Die Optionen sind einfach: Wenn du dich noch einmal umdrehst, werde ich dich mit einem Kopfschuss töten. Wenn du meine Anweisungen befolgst, wirst du leben.«

»Bitte, es gibt einen Ausweg hier heraus!«

Dahl schüttelte nur den Kopf.

»Gibt es nicht. Nicht für mich. Es liegt ganz in deiner Hand. Tod oder Leben. Ich zähle bis drei herunter. Drei ...«

Weilands Gedanken rasten. Vor wenigen Wochen noch war ihm das Leben leer und unbedeutend vorgekommen. Jetzt schien es ihm kostbar, voller Farben, die er noch sehen, und Dingen, die er endlich wieder spüren wollte. Hanna wartete zu Hause auf ihn. Sie sollten mal wieder Pizza bestellen. Zusammen eine seichte Komödie sehen. Die Vorstellung, dass all das vorbei sein sollte, trieb ihm die Tränen in die Augen. Er konnte, er durfte nicht sterben.

»Zwei«, sagte Dahl.

Weilands Körper übernahm das Steuer, bevor er eine bewusste Entscheidung treffen konnte. Er drehte sich um. Alles wirkte plötzlich laut. Der Kies, der unter seinen Stiefeln knirschte, als er den Wagen hinter sich ließ. Ronjas Schreie hinter der Scheibe, als sie begriff, dass er sein Versprechen brach und sie zum Sterben zurückließ.

»Eins«, sagte Dahl noch hinter seinem Rücken.

Wut und Angst schärften Weilands Sinne. Jeder seiner Muskeln war zum Zerreißen gespannt. Obwohl die Sirenen schon blaue Schatten auf die Bäume am Horizont malten, kamen sie zu spät. Die Kugeln würden die Scheiben des Wagens mühelos durchschlagen. Nur eine, vielleicht zwei Minuten trennten Leben und Tod. Weiland zählte stumm bis drei. Dann fuhr er herum und blickte seinem Ende ins Gesicht. Ein Schlag auf seine Brust, dann sackte er zu Boden. Er wartete auf den Schmerz, der nicht kommen wollte. Ein Pulsieren, das ihm anzeigen würde, wo genau die Munition ihn getroffen hatte. Er hatte bei seinen Ermittlungen so viele Todesopfer mit Schussverletzungen gesehen, dass er sich unwillkürlich gefragt hatte, wie es sich anfühlte, so zu sterben. Immer hatte er es sich kalt vorgestellt. Wie Eis, das sich von der Einschusswunde aus in alle Gliedmaßen verteilt. Zu seiner Überraschung fühlte er in diesem Augenblick gar nichts. Eine gleichgültige Leere. Als wäre es seinem Körper schlichtweg egal, dass er gerade starb. Die Dunkelheit legte sich wie eine tröstende Decke auf seine Schultern. Flüsterte ihm zu, die Augen zu schließen, nur für einen kurzen Moment.

Weiland folgte dem Flüstern und fiel ins Nichts.

KAPITEL 43

Obwohl Ronjas Lunge brannte wie Feuer, schien der Sauerstoff nicht länger bei ihr anzukommen. Ihr Puls raste, während sich die Katastrophe in Zeitlupe vor ihren Augen abzuspielen schien. Der Schock fuhr wie ein Stromschlag durch ihren Körper, lähmte sie, sodass sie nicht einmal mehr fähig war, den Kopf zu drehen oder die Augen zu schließen. Irgendwas, um nicht länger das Blut sehen zu müssen, das im schwarzen Boden unter dem reglosen Körper versickerte. Wieder und wieder blitzten die Bilder vor ihr auf wie ein nicht enden wollender Horrorfilm. Zwei Schüsse. Blut, das aus der Eintrittswunde spritzte. Dann sackte der Polizist zusammen wie eine Puppe. Nur noch seine Finger zuckten, als wollten sie sich verzweifelt am Leben festhalten.

Ronjas Atem stockte.

Zwei Schüsse.

Fast zeitgleich, sodass sie unmöglich aus derselben Waffe stammen konnten. Sie musste all ihre Willenskraft aufbringen, um sich in ihrem Sitz aufzurichten und den Kopf zu drehen. Ihr Mörder lag mit dem Gesicht nach unten im Dreck. Auch ihn hatte eine Kugel erwischt. Ein tiefroter Fleck breitete sich auf seinem Unterschenkel aus. Das Gefühl der Euphorie legte sich schlagartig wieder, als er den Kopf hob und begann, wie eine Schlange über den Boden zu kriechen. Zu ihrer Überraschung kroch er nicht auf sie zu, sondern in Richtung des Gestrüpps am Wegesrand. Als Ronja die Augen zusammenkniff, sah sie auch, warum: Das Gewehr war ihm beim Sturz aus der Hand gerutscht. Die restlichen Kugeln in der Trommel waren für sie und all die Menschen, die sie liebte, gedacht. Sie brauchte eine Waffe. Irgendwas, um dem Tod nicht hilflos ausgeliefert zu sein. Ronja riss das Handschuhfach auf und fand nichts, bis auf eine Bedienungsanleitung und eine Packung Taschentücher. Abrupt hielt sie inne. Natürlich.

Sie *hatte* eine Waffe. Eine Tonne Stahl. Der Polizist hatte den Ast aus dem Radkasten gezogen. Sie hatte keine Ahnung, ob der Wagen noch fahrtüchtig war. Aber sie musste es zumindest versuchen. Wie in Zeitlupe drehte sie sich wieder nach vorn. Bloß keine Aufmerksamkeit erregen. Sie durfte dem Monster keine Möglichkeit geben, sich im Gestrüpp vor ihnen zu verstecken und aus der Deckung weiter auf sie zu schießen. Der erste Versuch musste sitzen. Schweiß lief ihren Nacken hinunter. Nur ein einziges Mal war sie verbotenerweise mit dem BMW von Jules ältestem Bruder in einer Seitenstraße gefahren. Dabei hatte sie den Motor alle fünf Meter abgewürgt. Kupplung, Bremse, Gas. Das Autofahren kam ihr vor wie ein hoch komplizierter Tanz, bei dem sie mit ihren zwei linken Beinen nur versagen konnte. Für ihren Geschmack waren das viel zu viele Pedale. Behutsam drückte Ronja das linke Bein nach unten, drehte den Schlüssel und legte den Rück-

wärtsgang ein. Der Motor begann zu stottern. Die Rück-
lichter leuchteten auf und tauchten den Boden hinter
ihr in ein warmes Rot.

Der Mann, der sie töten wollte, drehte den Kopf und
starrte sie einige Sekunden lang entgeistert an. Dann
machte er einen Satz nach vorn auf die Waffe zu.

Ronja gab Vollgas.

KAPITEL 44

Zwanzig Tage später

Verhörzimmer wie dieses waren nicht darauf ausgelegt, gemütlich zu sein. Kahle weiße Wände. Eine verspiegelte Glasscheibe, hinter der Beobachter dem Verhör beiwohnen konnten. Dazu eine Neonlampe an der Decke, deren Licht so unangenehm war, dass man Kopfschmerzen bekam, wenn man zu lange hinsah. Die Luft schmeckte mittlerweile zäh und abgestanden. Weiland kämpfte gegen den Drang, aufzuspringen und mit den Fäusten gegen die Tür zu hämmern, um endlich aus der Acht-Quadratmeter-Hölle herauszukommen.

»Damit ich das richtig verstehe ...«, Alexander Bachmann lehnte sich in seinem Stuhl zurück und verschränkte die Arme in seinem Nacken, woraufhin die einzelnen Wirbel erleichtert knackten.

»Eines Tages liegt ein Paket ohne Absender vor Franziskas Elternhaus. Als Mara Dahl es öffnet, findet sie darin abgeschnittene Haare, die laut späterem DNA-Test ihrer verschwundenen Tochter gehören. Sie bittet ausgerechnet dich, den Hinweisen in Franziskas Fall noch einmal nachzugehen, statt sich direkt an die Polizei zu wenden.«

Es war ungewöhnlich, dass Bachmann selbst das Verhör führte. Wenn er überhaupt noch an Verhören teilnahm, dann stand er normalerweise hinter der verspiegelten Glasscheibe und beobachtete. Genauso ungewöhnlich war die Tatsache, dass Weiland auf der Seite der Verdächtigen saß, das Gesicht direkt zum Spiegel gewandt. Vorsichtig verlagerte er sein Gewicht auf dem harten Plastikstuhl. Das schmerzhafte Ziehen rund um die Verletzung in seiner linken Schulter folgte prompt. Er konnte von Glück reden, dass Schmerzen und die Physiotherapie, die in wenigen Tagen startete, die einzigen Folgen des Schusswechsels zu sein schienen. Wenige Zentimeter tiefer, und die Schrotkugeln hätten seine Lunge getroffen. Laut den Ärzten hatte Weiland mehr als einen Schutzengel gehabt.

»Korrekt. Leider hat die Familie das Vertrauen in die damaligen Ermittler verloren. Franziskas Mutter hat mich als Privatperson engagiert. Ich sollte die Spuren von damals noch einmal bewerten und meine eigenen Nachforschungen anstellen.«

»Was dich anfangs zu dem damaligen Hauptverdächtigen Frank Schiele geführt hat, nehme ich an?«, fragte Bachmann.

»Es war so naheliegend. Franziska entsprach Schieles Beuteschema bei früheren Übergriffen, für die er verurteilt wurde. Dann noch seine DNA auf dem Privatgrundstück der Dahls. Eigentlich schien die Spurenlage klar. Ein Sechser im Lotto für die Polizei. Aber bis heute fehlte der eindeutige Beweis. Also beschloss ich, Schiele und einige seiner Freunde zu beschatten. Dabei ist leider das hier passiert.«

Weiland deutete auf sein Gesicht. Die Schwellungen waren fast vollständig zurückgegangen, aber die Haut schimmerte an einigen Stellen noch gelblich, wo die Fäuste ihn besonders erbarmungslos getroffen hatten.

»Ich war mir sicher, einer Sache auf der Spur zu sein«, fuhr Weiland fort. »Ich glaube, Schiele und seine Männer sind die Laufburschen. Sie besorgen die Mädchen. Ihre Kunden kommen aus ganz anderen gesellschaftlichen Kreisen. Polizisten. Rechtsmediziner. Richter. Die Bestätigung für mich war die Mädchenleiche, die aus der Berliner Rechtsmedizin verschwand.« Weiland beugte sich weit nach vorn und ignorierte den beißenden Schmerz in seiner Schulter.

»Ist sie es? Ist es Franziska Dahl? Warum spricht keiner darüber? Wo ist die Leiche jetzt? Und wieso, verdammt noch mal, hast du nicht Himmel und Hölle in Bewegung gesetzt, als die Leiche aus der Rechtsmedizin verschwunden ist?!«

Bachmann legte den Kopf schief.

»Weil ich es so angeordnet habe. Ich habe mit richterlichem Beschluss die Anweisung gegeben, ihre Leiche so schnell wie möglich abzutransportieren und sie in einer anderen Rechtsmedizin untersuchen zu lassen. Ich schätze, ich muss dir gratulieren, Theo. Du hast mit deinen Schnüffeleien beinahe einen der größten Undercovereinsätze, die ich jemals in meiner Karriere geleitet habe, gesprengt. Wir haben einen Kollegen in Schieles engsten Kreis eingeschleust. Fast ein Jahr lang hat niemand Verdacht geschöpft. Bis du mit deinem Alleingang beinahe eine seit Monaten laufende verdeckte Ermittlung zu Fall gebracht hättest.«

Der Schmerz kam unvermittelt. Weilands Kopf schien jeden Moment unter dem plötzlichen Druck zu platzen.

»Es war nicht meine Absicht, eure Ermittlungen zu sabotieren. Tut mir leid. Ich dachte ...«

»Du dachtest, ich hänge mit drin, nicht wahr? An deiner Stelle wäre ich wahrscheinlich zum gleichen Schluss gekommen. Trotzdem nicht besonders schmeichelhaft«, sagte Bachmann. »Bis vor wenigen Wochen waren wir genau wie du fest davon überzeugt, dass Frank Schiele das Mädchen entführt und ermordet hat. Wir vermuteten, dass er damals Tipps oder Hilfe von jemandem von der Polizei oder der Rechtsmedizin zu aktuellen Ermittlungsständen bekam, schließlich haben wir neben dem Zigarettenstummel keinen einzigen belastenden Hinweis gefunden. Wir dachten, ein Profi hätte ihn beraten, um die Spuren zu beseitigen. Als dann vor wenigen Wochen die Mädchenleiche mit Franziskas Kette aufgetaucht ist, wollten wir eine unabhängige Untersuchung auf neutralem Boden außerhalb Berlins. Zu unserer Überraschung passte die DNA nicht. Die Tote ist nicht Franziska Dahl. Dafür haben wir einen anderen Treffer. Sagt dir der Name Lisa Stein etwas?«

»Nein. Habe ich noch nie gehört.«

»Sie verschwand etwa ein Jahr nach Franziska. Zuletzt wurde sie am Braunschweiger Bahnhof gesehen. Etwa eine Woche später wurde der Rucksack, den sie immer trug, in der Eilenriede in Hannover gefunden. In einem der Reißverschlüsse steckte ein abgerissenes Haar fest. Es stammte nicht von Lisa. Sondern von dem vorbestraften Sexualstraftäter Sven Neumann.«

Weiland hatte plötzlich das Gefühl, in die Leere zu fallen. Noch ein vermisstes Mädchen. Noch eine DNA eines Sexualstraftäters, die ihn in den Fokus der Ermittler rückte, ohne den unwiderruflichen Beweis zu erbringen.

»Das gleiche Muster. Es ist fast zu perfekt. Wie ...«, er zögerte. »Wie inszeniert.«

»Du sagst es. Diese Männer, deren Spuren man an den Tatorten gefunden hat, sind die perfekten Bauernopfer. Ich sage nicht, dass Frank Schiele und Sven Neumann unschuldig sind. Ganz im Gegenteil. Bei Neumann fand man DVDs mit eindeutigem Inhalt. Unsere IT-Abteilung hat bei Schiele und seinen Freunden mehr als zwei Terabyte Daten gefunden, die sie auf verschiedenen Darknetseiten hochgeladen haben. Kein eigenes Material, sie waren eher Sammler und Tauscher. Dafür werden sie ihre Zeit im Gefängnis noch absitzen. Aber die Entführungen, die man ihnen zur Last gelegt hat, haben sie laut unseren Erkenntnissen nicht begangen. Der wahre Täter hat jahrelang unbescholten weitergelebt.«

»Stefan Dahl. Wahrscheinlich war seine eigene Tochter die Erste, die er entführt und getötet hat. Der Fall Lisa könnte ein Versuch sein, die Tat nachzuahmen. Und beide Male hat er die Ermittler mit falschen Spuren erfolgreich von sich abgelenkt.«

Bachmann musterte ihn mit unergründlichem Gesichtsausdruck.

»Wann ist Stefan Dahl als Verdächtiger in deinen Fokus gerückt?«

»Die Mädchenleiche, die aus der Rechtsmedizin verschwand. Ich hatte damals die Vermutung, dass die

Tote Franziska sei, immerhin trug sie ihre Halskette. Ich habe mich auf dem Straßenstrich umgehört, in dessen Nähe die Leiche entdeckt wurde.«

Endlich eine Regung. Bachmanns rechte Augenbraue schoss in die Höhe.

»Ich habe einer der Prostituierten Fotos von Franziska gezeigt. Ich wollte wissen, ob sie tatsächlich die Tote ist. Sie war sich unsicher. Aber Stefan Dahl war auch auf einem der Fotos abgebildet. Ihn erkannte sie sofort wieder. Anscheinend kam er regelmäßig und sprach immer nur mit dem Mädchen, das später tot aufgefunden wurde. Da hat es klick gemacht. Franziskas Entführung war perfekt geplant. Fast zu perfekt, als dass jemand von außerhalb sie so reibungslos durchführen konnte. Ich dachte damals, vielleicht haben Dahl und Schiele gemeinsame Sache gemacht. Als Mara Dahl im Büro ihres Mannes dann diese Collage mit den Bildern von Franziska gefunden hat, war ich mir zu sicher, den Richtigen zu haben.«

Weiland hatte aufgegeben, sich zu fragen, was im Kopf eines Vaters vorging, der seine eigene Tochter entführte und tötete. Einige Gedanken waren so düster, dass man den Verstand verlor, wenn man sie erforschte.

»Den Rest kannst du eins zu eins im Polizeibericht nachlesen. Es war reines Glück, dass ich Ronja und ihre Mutter fand, bevor Dahl ihnen etwas antun konnte.«

»Es scheint alles zu passen, nicht wahr? Stefan Dahl tötet seine eigene Tochter Franziska. Mit Lisa Stein hat er die Tat noch mal durchlebt. Hat nachgespielt, was er seinem eigenen Kind vor Jahren angetan hat. Ronja Kuhn sollte sein drittes Opfer werden.«

Bachmann schüttelte langsam den Kopf, als könne er selbst noch nicht glauben, was er jetzt sagen würde. Tränen glänzten in seinen Augen. Für gewöhnlich verstand Weilands Chef wie kein anderer, seine Emotionen zu kontrollieren. Alexander Bachmann war die Definition von professionell. Kaltherzig, wie böse Zungen behaupteten. Und auch Weiland hatte sich mehr als einmal gefragt, wie viel Mensch hinter der Fassade mit den perfekt gescheitelten Haaren und den knitterfreien Anzügen steckte. Es brauchte schon ein Jahrhundertbeben, um die kühle Aura, die Alexander Bachmann wie einen Schutzschild um sich herumtrug, niederzureißen. So wie Bachmann jetzt aussah, hatte es vor Kurzem ein Beben der Stärke zehn in Berlin gegeben.

»Das alles war leider erst der Anfang, Theo.«

»Der Anfang von was?«

»Dem Bösen«, antwortete Bachmann.

KAPITEL 45

Die letzte Schicht, bevor sie die Zelte abbrach. Das letzte Mal Windelnwechseln, eiternde Wunden säubern, Infusionen nachstellen und Tee servieren, ohne auch nur ein Nicken als Dankeschön zu bekommen. Dass sie nach acht Jahren als Krankenschwester die Nase voll hatte, war eine Untertreibung. Larissa hatte das Gefühl, mit jeder Minute in diesem Höllenladen ein Stück ihrer Seele zu verlieren. Ihre Hände kribbelten, der Nacken schmerzte, und ihr Knie pochte bei jedem Schritt, seit sie den dickbauchigen Patienten aus der 304 in den Rollstuhl gewuchtet hatte, nachdem Anke sich mal wieder zum Rauchen verzogen hatte. Ihr Körper brauchte eine Pause. Brauchte Abstand von diesem Ort, der die Lebensenergie aus ihr heraussaugte wie eine verhungernde Stechmücke. Sehnsüchtig wanderten ihre Augen zu der Wanduhr. Kurz nach 19 Uhr. Nur noch etwa zwei Stunden, dann würde sie zum letzten Mal ausstempeln. Gott sei Dank sahen die meisten Patienten fern oder waren so ruhiggestellt, dass sie keinen Ärger machten. Ganz anders als am Tag, wenn ihr Pieper alle drei Sekunden losging, weil jemand Kaffee, Kekse oder die Fernbedienung haben wollte.

Larissas Blick wanderte zum leeren Schreibtisch. Anke war -natürlich - noch immer oder schon wieder rauchen. Für gewöhnlich blieb sie dann eine viertel Stunde weg, vertrat sich die Beine und starrte Löcher in die Luft. Larissa hatte sich schon öfter anonym über sie beschwert, bisher ohne Erfolg. Auch das war einer der Gründe, warum sie es gar nicht erwarten konnte, endlich von hier wegzukommen. Nichts änderte sich, egal, wie sehr sie für Veränderung gekämpft hatte. Ein sanftes Vibrieren in ihrer rechten Hosentasche riss sie aus den Gedanken, die sich immer wie Steine in ihrem Magen anfühlten. Seufzend zog sie den Pieper heraus und spürte ein Kribbeln in ihrem Nacken, als sie sah, aus welchem Zimmer man nach ihr gerufen hatte. 306.

Nur ein einziger Patient lag dort. Ein Wachkomapatient, der weder auf Berührungen, Ansprache noch sonstige Umweltreize reagierte. Und doch hatte jemand in diesem Moment die Klingel in seinem Zimmer betätigt. Larissas Puls stieg. Der komatöse Mann in Zimmer 306 war kein gewöhnlicher Patient. Am Tag nach seiner Einlieferung hatten mehrere Journalisten versucht, die Ärzte und Schwestern auszufragen. Natürlich hatte Larissa keine Informationen weitergegeben, das war Ehrensache. Sehr wohl hatte sie aber den Namen des Patienten aus seiner Akte recherchiert.

Paul Kuhn. Doktor Paul Kuhn, genauer gesagt. Sie fand einige Berichte in reißerischen Lokalblättern über ihn. Anscheinend war Kuhn auf seinem Hof außerhalb Berlins von einem Irren angegriffen worden. Larissa kannte die Gegend nur zu gut, schließlich wohnten ihre Eltern nur etwa eine viertel Stunde mit dem Auto von dort entfernt. Die Vorstellung, dass man nicht mal mehr dort draußen sicher war, ließ sie frösteln. Irre gab es heutzutage wohl überall. Der Angreifer selbst war gestorben. Wie genau, war unklar. Larissa tippte, dass er von einer Polizeikugel getroffen worden war und man die genauen Todesumstände wegen der laufenden Ermittlungen geheim hielt. An und für sich wäre die Geschichte keine Schlagzeile wert. Was das Ganze so pikant machte, war der Name des Täters.

Kein geringerer als Stefan Dahl. Erst glaubte sie, es wäre reiner Zufall. Ein Mann, der denselben Namen trug. Ein Tippfehler vielleicht. Larissa hatte vor fünf Jahren die Berichterstattung über das Verschwinden seiner Tochter verfolgt. Wie nahezu allen Menschen in Berlin, wenn nicht sogar in der Bundesrepublik, hatten die mysteriösen Umstände des Falles ihr keine Ruhe gelassen. In Foren hatte sie sich mit Gleichgesinnten ausgetauscht und Theorien gesponnen, die jedoch schließlich alle im Nichts endeten. Es war, als hätte sich der Erdboden aufgetan und Franziska Dahl einfach mit Haut und Haaren verschluckt. Seit Dahls Tod wärmten die Zeitungen das ungeklärte Verschwinden seiner Tochter wieder auf. Alte Reportagen wurden zurück auf die Titelseiten gezerrt, ehemalige Schulkameraden und Lehrer befragt, die plötzlich alle aussagten, dass sie Franziskas Vater schon immer verdächtigt hatten.

Larissa schaltete den Pieper aus und ging mit weichen Knien in Richtung des Zimmers 306. Noch immer keine Spur von Anke. Zum ersten Mal in dieser Nacht hätte sie sich ehrlich gefreut, ihre Kollegin zu sehen. Wahrscheinlich bloß ein Fehlalarm. Kein Grund, so nervös zu sein. Larissa straffte die Schultern und holte tief Luft. Dann betrat sie Zimmer 306.

Ihre Augen brauchten einen Moment, um sich an die Dunkelheit zu gewöhnen. Bis auf das rhythmische Piepen des Herzmonitors war es totenstill. Sie ging einen Schritt weiter nach vorn und stieß mit dem rechten Bein gegen einen der Besucherstühle. Endlich gewöhnten sich ihre Pupillen an die Schwärze, die sie umgab. Larissas Augen glitten von dem Stuhl, der sich gerade schmerzhaft in ihr Knie gebohrt hatte, über einen Tisch mit frischen Blumen bis zu dem Krankenbett, in dem eine reglose Gestalt saß und sie anstarrte.

»Heilige!«, stieß sie aus. Blind griff sie nach der Tischkante, um sich daran wie an einem Rettungsring festzuklammern. »Sind Sie wach?«

Natürlich war er wach. Immerhin saß er jetzt aufrecht in seinem Bett. In den Wochen zuvor hatte Paul Kuhn vierundzwanzig Stunden am Tag, sieben Tage die Woche gelegen. Immer wieder hatten sie ihn sanft gedreht, damit er nicht noch mehr wunde Stellen bekam. Eine Physiotherapeutin bewegte alle zwei Tage seine schlaffen Gliedmaßen, um die Muskeln zu trainieren. »Verstehen Sie mich?« Larissa griff in ihre Tasche nach dem Pieper. Das Protokoll sah beim plötzlichen Aufwachen eines Komapatienten vor, dass sie sofort einen Arzt rief, der den Patienten untersuchte.

»Nicht!«, keuchte Kuhn. »Bitte! Rufen Sie keinen Arzt. Noch nicht.«

Kuhn wusste anscheinend nicht, wo er war und wie er hierhergekommen war. Seine weit aufgerissenen Augen rasten panisch durch das Zimmer.

»Es ist alles in Ordnung. Sie sind im Krankenhaus. Der Arzt wird Sie untersuchen.«

»Bitte, ich möchte ... Wie geht es meiner Tochter? Und meiner Enkelin?«

»Es geht beiden gut. Sie sind täglich hier bei Ihnen gewesen.«

»Gott sei Dank.« Larissa konnte förmlich sehen, wie dem Mann eine tonnenschwere Last von den Schultern fiel. »Das ist das Wichtigste. Hat meine Tochter mir Sachen vorbeigebracht? Könnten Sie einmal im Schrank nachsehen? Ich würde es ja selbst tun, aber meine Beine gehorchen mir noch nicht.«

»Ich sehe gern nach, sobald der Arzt ...«

»Bitte!«

Etwas an seiner Stimme ließ Larissa innehalten.

»Vielleicht liegt mein Handy dort. Ich will nur die Stimme meiner Tochter hören. Fünf Minuten. Geben Sie mir nur fünf Minuten. Dann können Sie den Arzt rufen.«

»Ich glaube nicht, dass Ihr Handy hier ist. Wissen Sie die Nummer Ihrer Tochter auswendig? Dann kann ich ...«

»Nein. Sehen Sie einfach nach, bitte.«

Larissa fand einen Lichtschalter neben dem Tisch an der Wand. Die Neonlampe tauchte den Raum in ein kaltes Licht. Sie öffnete eine der Schranktüren und fand eine braune Ledertasche auf dem Boden. Der Reißverschluss glitt mühelos auf. Sie durchsuchte den Inhalt. Jede Menge Pullover, Jogginghosen, Socken und Boxershorts. Kein Handy. Natürlich nicht. Ein Handy war das Letzte, was ein Komapatient brauchte. In einer der Seitentaschen befand sich ein vergilbtes Fotoalbum. Wahrscheinlich hatte die Tochter es in einem Anflug von Melancholie eingepackt und sich die alten Familienfotos angesehen, wann immer sie hier neben ihm am Bett ausgeharrt hatte.

»Tut mir leid. Ich sehe hier kein Handy.«

»Können Sie mir die Tasche herbringen? Ich möchte gern selbst nachsehen.«

Larissa rollte mit den Augen, erfüllte ihm aber seinen Wunsch. Solange er sich danach anstandslos behandeln ließ, war es ihr recht. Dass er ausgerechnet heute während ihrer letzten Schicht aufgewacht war, war wir ein krönender Abschluss. Die Kirsche auf der Sahnetorte, die sie verdiente. Sie legte Paul Kuhn die Tasche auf den Schoß und sah ihm dabei zu, wie er den Inhalt auf der Decke ausbreitete. Als er das Fotoalbum hervorzog, huschte ein Lächeln über sein Gesicht.

»Darf ich mir kurz ein paar Fotos ansehen, bevor Sie den Arzt rufen? Ich brauche nur noch ein wenig Zeit, um ganz anzukommen. Es war alles so still. Jetzt ist es laut und grell.«

Ein eigenartiger Mann, dachte Larissa. Trotzdem spürte sie Mitleid. Sie vermochte sich kaum auszumalen, wie beängstigend es sein musste, nach einem Monat der Dunkelheit plötzlich an einem fremden Ort aufzuwachen. Wobei Paul Kuhn nicht einmal wusste, wie lange er im Koma gelegen hatte. Für ihn konnte es sich wie Stunden, Monate oder sogar Jahre anfühlen.

»Fünf Minuten. Keine Sekunde länger. Dann stehe ich mit dem Arzt vor Ihrem Bett!«, sagte sie und versuchte dabei streng zu klingen.

Der Patient auf Zimmer 306 nickte.

»Sehr freundlich von Ihnen. Fünf Minuten reichen mir.«

KAPITEL 46

Die Männer waren fast fertig. Still und routiniert packten sie alles in Kartons, beschrifteten die Deckel gewissenhaft und stapelten dann alles im Flur. Hinter der Pappe befanden sich Erinnerungen an ein Leben, das es nicht mehr gab. Morgen bereits würden zwei Lkws alles fortschaffen. Ein Teil landete in ihrer neuen Maisonettewohnung beim Berliner Tiergarten. Ein anderer auf dem Müll. Der Großteil jedoch wurde anonym an verschiedene Hilfsorganisationen gespendet. Zurück blieb ein Skelett von einem Haus. Ein leeres Gerippe, das Mara schmerzhaft vor Augen führte, dass alles, was sie liebte, tot war. Die Entscheidung zu verkaufen, hatte sie direkt nach dem Anruf der Polizei gefällt. Zehn Stunden nachdem der Makler das Inserat hochgeladen hatte, war es zwanzig Prozent über dem marktüblichen Wert an eine junge Familie verkauft worden.

So verzweifelt, wie sie nach Franziskas Verschwinden an dem Haus festgehalten hatte, weil alles hier sie an glücklichere Zeiten erinnerte, so schnell wollte sie es loswerden, jetzt, da sie wusste, dass alles eine Lüge gewesen war. In diesem Haus hatte sie öfter mit Stefan geweint, als ein Mensch jemals weinen sollte. Unzählige Abende hatten sie hier im Wohnzimmer in der Dunkelheit gesessen und sich gehalten, ohne ein Wort zu sprechen. Mara hatte immer nur den vor Schmerz zerrissenen Mann in ihm gesehen. Einen Vater, der gebrochen war und bei jedem Atemzug litt, genau wie sie.

Irgendwo hatte sie mal gelesen, dass Täter manchmal an den Ort des Verbrechens zurückkehrten. Anhand der Bilder und Gerüche konnten sie die Tat noch einmal durchleben. Den Kick erneut spüren. Stefan hatte bloß in das Zimmer seiner Tochter gehen brauchen. Wie häufig hatte sie ihn nach dem Verschwinden in Franziskas Bett gefunden. Das Gesicht in ihr Kopfkissen vergraben und die Hände in die Bettdecke gekrallt. Die Erinnerung daran ließ ihr jetzt die Galle hochsteigen. Schnell setzte Mara das Glas in ihrer Hand an die Lippen und nippte an dem honigfarbenen Inhalt. Der eiskalte Whiskey brannte wie Feuer in ihrer Kehle und spülte die aufsteigende Säure zurück in ihren leeren Magen.

»Entschuldigung? Ich will Sie nicht stören.«

Ein Mann in einem grauen Overall lächelte sie sichtlich verlegen an. Vermutlich ein Student, der sich bei der Umzugsfirma ein wenig Geld dazuverdiente. Mara schluckte die Antwort herunter, die ihr bitter auf der Zunge lag.

Dann tu es nicht, wollte der verbitterte Teil ihrer Seele sagen. *Mach deinen verdammten Job, ohne dämliche Fragen zu stellen.*

»Ja?«, sagte sie stattdessen und wurde sich in diesem Moment schmerzhaft bewusst, wie erbärmlich sie aussehen musste. Eine spindeldürre Frau in einem rosa Bademantel mit einem Gips am linken Arm, die allein eine halbe Flasche Whiskey vernichtete. Andererseits: Wen interessierte das noch. Was kümmerte sie schon, was andere von ihr dachten. Über diesen Punkt war sie doch längst hinaus. Eigentlich sollten die Männer bis 18 Uhr fertig sein. Mara hatte sich auf einen ruhigen Abend eingestellt, an dem sie Abschied nehmen konnte von allem, was nicht mehr war. Mittlerweile war es fast 22 Uhr. Eine Stunde brauchten sie sicher noch.

»Ist Ihnen vielleicht ein Fehler unterlaufen? Dieses Bild lag auf dem Stapel, der entsorgt werden soll. Ich wollte nur sichergehen, dass wir nicht aus Versehen etwas wegwerfen, das Ihnen etwas bedeutet.«

Erst jetzt bemerkte sie das Bild in seiner Hand. Es war ein Familienporträt mit drei lächelnden Fremden. Rechts stand Stefan, der zeit seines Lebens den liebenden Vater gespielt hatte. In der Mitte Franziska, die vielleicht schon geahnt hatte, wozu ihr Vater fähig war, aber dieses Geheimnis still mit sich trug.

Und dann war da noch Mara selbst. Die Blinde unter den Sehenden.

»Schmeißen Sie es weg. Ich will es nicht mehr sehen.«

Sie war selbst überrascht davon, wie schrill ihre Stimme plötzlich klang. Wie Fingernägel, die über eine Tafel kratzten. Der Student wich zurück wie ein geprügelter Hund. Schon spürte sie auch die Blicke der anderen Männer auf sich. Neugierig streckten sie die Köpfe, um herauszufinden, was die Irre so aufgebracht hatte.

»Ja klar! Sorry für die Störung«, stammelte der Jüngling im grauen Overall noch, dann ging er mit schnellen Schritten in Richtung Tür, wo er fast mit Noah zusammenstieß.

Mara spürte, wie das Blut ihre Wangen erröten ließ. Das Glas verbarg sie schnell hinter ihrem Rücken, obwohl die Tarnung vermutlich vollkommen sinnlos war. Jede ihrer Poren stank nach Alkohol.

»Was machst du denn hier?«

Schon eigenartig, dass Stefans früherer bester Freund noch immer an ihrer Seite war. Beinahe täglich hatte er sie im Krankenhaus besucht, nachdem sie nach der Nachricht von Stefans Tod vollkommen zusammengebrochen war. Hatte ihr Blumen geschickt. Ihre Hand gehalten. Auch wenn sie es niemals laut ausgesprochen hätte: Er war der Einzige, dessen Gegenwart Mara nicht nur ertrug, sie sehnte sich sogar danach. Wenn er bei ihr war, dann verstummten die grausamen Stimmen in ihrem Kopf für einen Moment. Dieses Grundrauschen, welches sie sonst in jeder wachen Minute quälte.

Aber als ihr Blick jetzt seinen traf, wurde ihr Magen flau. Die Ränder seiner Augen waren rot geweint. Die Wangen aschfahl. Sie wollte den Mund öffnen, ihn fragen, was los sei, aber sie fürchtete, dass sie dann anfing zu schreien und nicht mehr aufhören konnte.

»Ein Freund hat mich gerade angerufen. Er arbeitet bei einer Tageszeitung. Jemand von der Polizei hat ihnen einen Hinweis gegeben. Sie sind gerade in der letzten Korrektur, aber der Bericht geht in etwa einer Stunde online.«

Noahs Stimme zitterte, als er ihr endgültig den Boden unter den Füßen wegzog.

»Sie glauben, dass Stefan doch unschuldig ist. Er wurde hereingelegt, Mara. So wie wir alle.«

KAPITEL 47

Sie wälzte sich von einer Seite auf die andere, ohne Ruhe zu finden. Das Kopfkissen knisterte viel zu laut in ihren Ohren. Der Bezug kratzte wie Schmirgelpapier auf ihrer Haut. Unter der Baumwolle wurde ihr so heiß, dass der Schweiß auf Ronjas Oberschenkeln klebte, doch sobald sie die Decke zur Seite trat, zitterte sie vor Kälte.

Es war eine der schlechten Nächte. Die Psychologin hatte ihr erklärt, wie sie die Bilder, die sie wach hielten, abwehren konnte. Kurz ein- und dann so lange ausatmen, wie es nur ging, auch wenn sie sich dabei fühlte, als würde ihr Gehirn in einen Dämmerzustand verfallen. Meistens half das schon. Heute nicht. Dabei gab es nichts mehr, vor dem sie sich fürchten musste. Das Monster war tot. Im letzten Moment vor dem Aufprall hatte er sich umgedreht und sie angesehen. Er hatte gar nicht erst versucht, aus dem Weg zu springen. Hatte nicht geschrien. Als hätte er nur darauf gewartet, dass ihn endlich jemand stoppte. Und Ronja hatte ihm den letzten Gefallen seines Lebens erwiesen. Ein dumpfer Aufprall, dann verschlang das Raubtier mit Zähnen aus Metall seinen Körper. Sie bremste erst wieder, als der Wagen ihn auf der anderen Seite wieder ausspuckte. Er sah aus, als hätten die riesigen Zähne auf ihm herumgekaut und ihn zerdrückt. Blut lief aus seinen Ohren und seiner Nase. Seine Arme waren verdreht, der rechte Fuß zeigte in einem unnatürlichen Winkel zur Seite. Die braunen Augen, die sie Sekunden vorher noch angesehen hatten, starrten plötzlich bewegungslos in den Himmel. Sie hatte das getan. Und auch wenn sie nie ein Sterbenswort darüber verlieren würde, erfüllte sie dieser Gedanke mit trotzigem Stolz. Er würde niemals mehr jemandem wehtun. Ronja, die Monstermörderin. Der Notarzt, der Minuten später eintraf, hatte ihren Großvater und den Polizisten mit Blaulicht ins Krankenhaus gefahren. Für Tom - oder Stefan - dagegen war nur ein weißer Leichensack geblieben. Sie hatte mit eigenen Augen gesehen, wie sie den toten Körper behutsam in den Plastiksack wuchteten und den Reißverschluss zuzogen. Ihr Kopf sagte ihr, dass es keinen Grund mehr gab, Angst zu haben. Und trotzdem ließ sie das Gefühl nicht los, dass etwas Schreckliches geschehen würde. Eine böse Vorahnung, die wie Nebelschwaden immer wieder die Form veränderte, bevor sie die Gefahr zu fassen bekam. Sie schloss die Augen, ein letzter verzweifelter Versuch, endlich einzuschlafen, als das Klingeln an der Wohnungstür sie zusammenschrecken ließ. Ronjas Hände begannen vor Angst zu zittern. So spät erhielt man keine guten Nachrichten. In der Nacht kamen Katastrophen und Albträume, die das Leben auf den Kopf stellten. Sie lauschte angestrengt in der Hoffnung, dass sie sich alles nur eingebildet hatte.

»Polizei. Machen Sie bitte die Tür auf!«, rief eine Frau.

Atemlos hörte Ronja, wie die nackten Füße ihrer Mutter über das Parkett zur Tür tappten. Die Türangel ächzte, als sie die Wohnungstür öffnete.

Was gesagt wurde, konnte sie nicht wahrnehmen. Es schien, als würde geflüstert werden. Die Stille, die sie jetzt umgab, war fast noch unheimlicher als das Klingeln mitten in der Nacht. Vorsichtig richtete sie sich auf. Ging mit klopfendem Herzen in Richtung Tür.

Sie wollte gerade nach der Türklinke greifen, als ein gedämpfter Schrei die Luft zerriss. Ronja stürmte hinaus. Das plötzliche Licht blendete sie. Zuerst sah sie ihre Mutter auf dem Boden. Sie war auf die Knie gesunken. Die rechte Hand vor ihren Mund gepresst, während die Tränen über ihr blasses Gesicht liefen. Die Polizistin redete leise auf sie ein. Ein zweiter Polizist stand verlegen einige Schritte hinter ihr und sprach hektisch in sein Diensttelefon. Als er Ronja sah, schien er zu erstarren, und legte schnell auf.

»Was ist passiert?«, fragte sie atemlos.

»Ronja!«, stieß ihre Mutter nur aus, bevor einer der Polizisten irgendetwas sagen konnte. In ihrer Stimme lag mehr Schmerz, als Ronja ertragen konnte. Als hätte jemand mit einer Nadel immer wieder auf ihre Stimmbänder eingestochen, sodass jeder Atemzug, jede Silbe zur Qual wurde.

»Opa ist tot.«

»Tot?«, wiederholte sie tonlos. Ronja rechnete damit, vom Schmerz erdrückt zu werden, genau wie ihre Mutter. Aber da war nur Leere. Als wäre ihr Innerstes plötzlich ein kalter Raum ohne Fenster und Möbel. Gestern noch hatten die Ärzte gesagt, es würde bergauf gehen. Die Hirnaktivität nehme rasant zu. Ein Zeichen, dass ihr Großvater bald aufwachen würde. Das alles ergab überhaupt keinen Sinn.

»Ich muss Sie und Ihre Tochter leider bitten, eine Aussage zu machen. Mir ist bewusst, dass es ein Schock für Sie beide ist. Aber es gibt einige offene Punkte, die wir so schnell wie möglich klären müssen«, sagte der Polizist.

KAPITEL 48

»Wie hat er es gemacht?« Theo Weiland saß nicht länger. Die Nachricht von Paul Kuhns Tod hatte ihn auf die Beine getrieben. Rastlos wanderte er in dem winzigen Raum auf und ab. Alexander Bachmann dagegen war auf seinem Stuhl zusammengesunken und starrte auf die Wand, als würden die Antworten auf seine Fragen dort jeden Moment wie von Geisterhand auftauchen.

»Die Krankenschwester glaubt, dass Kuhn ein Päckchen Gift zwischen seinen persönlichen Sachen versteckt hatte. Als sie ihn fand, lag eine kleine Tüte mit weißen Pulverresten darin auf seinem Schoß. Allem Anschein nach hatte Kuhn das Gift irgendwo in seiner Tasche.«

»Aber er wurde doch bewusstlos ins Krankenhaus eingeliefert. Er hat die Tasche nicht einmal selbst gepackt. Könnte er nicht vergiftet worden sein?«, fragte Weiland.

»Die Kameras im Krankenhaus haben niemanden aufgezeichnet, der Kuhn an diesem Abend vor seinem Tod besucht hat. Nur Krankenhauspersonal. Wahrscheinlich gibt es auf seinem Hof noch mehr Gifttütchen an Stellen, an denen die Polizei nicht nach Spuren sucht. Wer schaut bei einer Routinedurchsuchung schon hinter der Waschmaschine oder schraubt vermeintliche Wasser- und Heizungsrohre auseinander? Er wird das Gift für den Fall seiner Entdeckung dort platziert haben. Dass ein Päckchen es mit ins Krankenhaus geschafft hat, war vielleicht reiner Zufall. Sonst hätte er wohl das Bettlaken zum Strick gedreht oder wäre aus einem der Fenster gesprungen. So ging es leider schnell und schmerzlos. Seine Opfer bekommen keine Gerechtigkeit mehr.«

Bachmanns Finger strichen behutsam eines der Fotos glatt, die er auf den Tisch gelegt hatte. Insgesamt waren es drei Bilder. Drei Gesichter, die in die Kameras lächelten, nicht ahnend, dass ein Raubtier sie viel zu früh aus ihren Familien reißen würde. Nach Dahls Tod hatte man gemäß Protokoll die nähere Umgebung durchsucht, um den Tatablauf rekonstruieren zu können. Routinemäßig hatten die ermittelnden Polizisten auch DNA-Proben und Fingerabdrücke dort auf dem Hof genommen, wo der Angriff begonnen hatte. Die anschließende Untersuchung im Labor hatte keine Priorität, schließlich war der Hauptverdächtige tot und keine Gefahrenlage erkennbar. Erst gestern waren die Ergebnisse eingetroffen. Ein DNA-Profil und zwei Fingerabdrücke ließen sich keiner der Personen zuordnen, die sich am Tattag auf Kuhns Hof aufgehalten hatten. Stattdessen brachten sie drei Treffer in der Vermisstendatenbank.

Der halbe Daumenabdruck am Gestell eines Bettes in Kuhns Haus ließ sich Franziska Dahl zuordnen. Der Zeigefingerabdruck am Treppengeländer führte zu Lisa Stein aus Braunschweig, deren Leiche vor wenigen Wochen in der Berliner Rechtsmedizin gelandet war. Das letzte Foto der unheimlichen Bilderreihe zeigte einen Jungen. Der elfjährige Moritz Frohn war vor etwa anderthalb Jahren spurlos verschwunden. Ein winziger Blutspritzer nahe der Eingangstür ergab eine 99,99-prozentige DNA-Übereinstimmung. Bislang hatte man weder Franziskas noch Moritz' Familie informiert. Lisa Steins Eltern waren vor einem knappen Jahr gestorben. Sie würden nie erfahren, was ihrer Tochter zugestoßen war.

»Mal angenommen, Stefan Dahl hat Hinweise darauf gefunden, dass Kuhn seine Tochter entführt hat«, dachte Weiland laut nach. »Er ist verzweifelt. Die Polizei hat ihn schon vor Jahren als wahnhaft abgestempelt. Keiner ermittelt mehr aktiv im Fall Franziska. Er ist ein Mann, der alles verloren hat und bereit ist, alles zu tun. Also beschließt Stefan Dahl, selbst nach der Wahrheit zu suchen. Er nähert sich Kuhns erwachsener Tochter Verena mit falscher Identität an. Wahrscheinlich hat er ihr immer wieder vermeintlich unschuldige Fragen zu ihrem Vater und ihrer Kindheit gestellt. Nach Orten, die sie häufig besucht haben. Freunden ihres Vaters. Alles, um nur irgendwie an Hinweise zum Verbleib seiner Tochter zu kommen.«

»Anfangs, sicher. Aber warum war er dann fast sechs Monate mit Verena Kuhn zusammen? Ein paar Wochen hätten sicher auch gereicht, um an diese Informationen zu kommen.« Bachmann kratzte sich gedankenverloren so fest auf seiner tauben Gesichtshälfte, dass rote Striemen darauf zurückblieben.

»Weil das Leben so spielt«, entgegnete Weiland. »Wahrscheinlich hat Dahl sich wirklich verliebt und wusste keinen Ausweg mehr, bis die Situation eskaliert ist. Vielleicht gefiel ihm auch einfach nur der Gedanke, wieder eine heile Familie zu haben. Vater, Mutter, Tochter, wie früher. Herausfinden werden wir das wohl nie. Aber es ging nicht länger um reine Informationsbeschaffung. Irgendwas hat ihn dort glücklich gemacht. Vermutlich hat es ihn selbst erschreckt, dass er plötzlich Gefühle für Verena und ihre Tochter Ronja entwickelt hat. Die ganze Situation ist aus dem Ruder gelaufen.« Weiland blieb vor der verspiegelten Fläche stehen und lehnte sich gegen das angenehm kühle Glas. »Als alles aufgeflogen ist, wusste er: Jetzt oder nie. Er wollte Ronja und Verena nie verletzen. Deshalb hat er auch nur Paul Kuhn auf dem Hof angegriffen. In seiner Verzweiflung wollte er Kuhn wohl an einen ungestörten Ort bringen und zur Not die Wahrheit aus ihm herausfoltern. Es war seine allerletzte Chance, die Wahrheit zu erfahren. Mich musste er aus dem Weg räumen, um Kuhn entführen zu können.«

Das eigene Kind zu verlieren erzeugte eine tiefe Wunde, die nie heilte. Im schlimmsten Fall eiterte sie und infizierte den gesamten Körper. Die Verzweiflung, nicht zu wissen, was Franziska zugestoßen war, hatte Dahl über fünf Jahre lang zermürbt. Aus einem gewöhnlichen Familienvater war jemand geworden, der bereit war, anderen Menschen für die Wahrheit Schmerzen zuzufügen und sie vielleicht sogar zu töten.

»Was jetzt?«, fragte Weiland. »Sucht ihr das Gelände ab?«

»Alles im Umkreis von vier Kilometern. Aber der Wald ist riesig, das Gelände schwierig. Bislang haben wir nichts gefunden. Ich möchte, dass du mit Verena und Ronja Kuhn redest. Dir vertrauen sie, immerhin hast du den beiden das Leben gerettet. Ich kenne den Chef der Aufsichtsbehörde ganz gut und habe ihm die Lage erklärt. Deine Suspendierung liegt für heute auf Eis«, sagte Bachmann und musterte Weiland dabei abschätzig. »Die entführten Kinder könnten noch leben. Wenn wir verdammt viel Glück haben, hat Kuhn sie irgendwo eingesperrt und ihnen für ein paar Tage oder Wochen Vorräte dagelassen. Es wäre knapp, aber denkbar. Weil Gefahr im Verzug ist, haben wir gemeinsam einen unkonventionellen Weg gefunden.«

Weiland horchte auf. Ihm gefielen unkonventionelle Wege.

»Noch ist es keine offizielle Befragung«, betonte Bachmann. »Nur ein zwangloses Gespräch, das du mit Verena und Ronja Kuhn führst. Du übernimmst die Leitung. Eine Kinder- und Jugendpsychologin hört hinter der Scheibe mit. Anne Frey schreitet nur ein, wenn du zu weit gehst, wofür du ja leider bekannt bist, oder die beiden psychologische Hilfe brauchen. Vielleicht erinnerst du dich an sie. Soweit ich weiß, war sie schon bei einigen deiner früheren Fälle beratend tätig.«

Weiland nickte. Glücklicherweise konnte er die Fälle der letzten Jahre, bei denen er Jugendliche oder Kinder als Zeugen befragen musste, an seinen Fingern abzählen, aber Anne Frey war ihm dennoch als pragmatische und angenehme Gesprächspartnerin in Erinnerung geblieben.

»Denk allerdings daran, dass wir unser Glück nicht zu sehr strapazieren dürfen. Wir haben nur den heutigen Tag, sonst müssten wir den offiziellen Weg gehen. Außerdem könnte es für die Opfer da draußen dann schon zu spät sein. Sofern sie noch leben. Verena und Ronja wissen bislang nur, dass Paul Kuhn tot ist. Sie sind weder darüber informiert, dass er vermutlich Suizid begangen hat, noch wissen sie irgendetwas über die Spuren, die wir auf Kuhns Hof gefunden haben. Wir wollten nicht riskieren, dass sie völlig dichtmachen. Zuerst müssen wir herausfinden, ob ihnen auf dem Hof von Kuhn je irgendetwas aufgefallen ist. Vielleicht gab es eine Hütte im Wald. Einen Weg, den er besonders oft genutzt hat. Sobald wir die Informationen haben und die Obduktion abgeschlossen ist, erfahren die beiden die ganze Wahrheit.«

Es gefiel Weiland nicht, sie zu belügen. Aber wenn auch nur die geringste Chance bestand, dass zumindest Franziska Dahl und Moritz Frohn noch lebten, war ihm selbst dieses Mittel recht. Vielleicht hatten Verena und Ronja ja schon vor Jahren Beobachtungen gemacht, die ihnen damals unwichtig vorkamen, aber angesichts der neuen Entwicklungen plötzlich in einem ganz neuen Licht erschienen. Vielleicht würden diese Indizien ihnen helfen, die Jugendlichen, die mittlerweile junge Erwachsene wären, zurück zu ihren Familien zu bringen – falls sie noch lebten.

Er stand auf und legte gerade die Hand auf die Türklinke, als Bachmann sich noch einmal räusperte und ihn innehalten ließ.

»Ihr drei habt zusammen viel durchgemacht, Theo. Das schweißt zusammen. Aber denk bei der Befragung daran, dass sie dich anlügen könnten. Niemand verdächtigt eine Mutter und ihre Tochter, irgendetwas mit der Entführung Minderjähriger zu tun zu haben. Man vertraut ihnen blind. Das könnte ein Fehler sein.«

»Hast du einen Verdacht?«, fragte Weiland.

Bachmann zuckte die Achseln.

»Nur so ein Gefühl. Wir müssen uns alle Optionen offenlassen. Verena und Ronja Kuhn könnten immerhin der Köder gewesen sein. Vielleicht haben sie die Opfer vorher ausspioniert. Ihre Tagesabläufe studiert. Dann wäre es ein Leichtes für Paul Kuhn gewesen, sie zu entführen.«

Weiland ignorierte die erstaunten Blicke der Kollegen, die ihm folgten, als er den Flur hinunter in Richtung der Verhörzimmer ging. Als er zwei Minuten später durch die Tür trat und in Ronjas blasses Gesicht sah, hallten die Worte seines Vorgesetzten wie ein Echo in seinem Kopf wider.

KAPITEL 49

»Du lügst.« Das Mädchen sprach die Worte mit vollster Überzeugung aus, als sei sie sich noch nie einer Sache so sicher gewesen. Sie lehnte sich auf dem Stuhl zurück, der nur auf den Hinterbeinen balancierte. Ihr starrer Blick schien Löcher ins Weilands Brust zu brennen. »Es ging ihm gut. Die Ärzte haben gesagt, Opa wird aufwachen.«

»Ronja!« Behutsam legte Verena eine Hand auf den Arm ihrer Tochter. »Er kann auch nichts dafür.«

»Das nicht, aber er kann uns doch wenigstens die Wahrheit sagen.«

»Schon gut. Ich verstehe, warum du wütend bist, Ronja. Aber wir haben bislang nur Vermutungen, keine Beweise.«

»Das ist alles sehr ... verwirrend und schwer für uns. Gestern noch hieß es, es geht bergauf mit Papa. Ist denn ... etwas eigenartig an seinem Tod?«, fragte Verena und strich ihrer Tochter dabei sanft über das Haar.

»Die Gesamtumstände. Sein Zustand hatte sich stabilisiert. Der Tod kam sehr unerwartet. Da ist es üblich, anschließend den Leichnam zu untersuchen und Befragungen durchzuführen.«

»Er wird untersucht?« Der Stuhl landete mit einem Knallen wieder auf allen vier Beinen, als Ronja sich nach vorn beugte.

»Sie suchen nach Spuren an und in seinem Körper, um herauszufinden, woran genau er gestorben ist.«

Weiland rechnete damit, dass die Tür zum Verhörzimmer jeden Moment aufflog und Anne Frey das Gespräch abbrach. Schließlich gab es keine behutsame Art, einem Kind mitzuteilen, was nach einem plötzlichen Todesfall passierte. Wahrscheinlich lag Paul Kuhns Körper gerade auf einem Obduktionstisch, die Rippen weit geöffnet. Die Ergebnisse der chemischen Analyse würden sie erst in einigen Tagen erhalten. Weiland tippte auf Zyankali. Winzige Mengen reichten, um einen Mann von Kuhns Statur effizient und schmerzlos zu töten.

»Sie schneiden ihn also auf«, sagte Ronja.

Verena schloss die Augen und schüttelte den Kopf, als wolle sie die Bilder abschütteln, die unwillkürlich in ihrem Kopf aufstiegen.

»Ja.«

»Ich glaube, jemand hat ihn umgebracht. Können Sie das bei der Untersuchung herausfinden?«

»Wenn das der Fall sein sollte, dann gibt es Spuren. Aber dein Großvater scheint sehr friedlich eingeschlafen zu sein. Es gab keine äußerlichen Verletzungen an seinem Körper.«

»Auch wenn er erstickt wurde? Würde man das auch sehen?«

»Ja. Auch dann lassen sich meist kleinste Verletzungen oder Einblutungen feststellen. Wir finden die Wahrheit heraus. Es dauert allerdings ein paar Tage.«

»Wir würden wirklich gern helfen, aber ich fürchte, wir wissen nichts«, sagte Verena leise. »Erst gestern haben wir meinen Vater im Krankenhaus besucht. Wie immer hat er nicht reagiert. Aber er hatte schon mehr Blut in den Wangen. Sah irgendwie lebendiger aus. Sein Arzt sagte, es gehe langsam voran. Nichts war auffällig oder seltsam.«

»Ich werde einige Fragen stellen, die euch vielleicht unwichtig vorkommen. Antwortet einfach das, was euch gerade in den Sinn kommt, okay? Manchmal spielt uns die Erinnerung einen Streich, wenn wir zu intensiv über etwas nachdenken.«

Die beiden nickten.

»Stimmt es, dass ihr mehrere Jahre keinerlei Kontakt zu Paul Kuhn hattet?«

»Leider ja.« Verena blickte zu Boden. »Ich habe damals den Kontakt abgebrochen.«

»Und aus welchem Grund?«, fragte Weiland.

»Unsere Beziehung hatte schon immer einen kleinen … Schluckauf würde ich es nennen. Mein Vater konnte sehr bestimmend sein und hatte einen ausgeprägten Beschützerinstinkt. Bei unserem letzten Streit ging es darum, dass er sich sehr stark in meine Beziehung zu Ronjas Vater eingemischt hat. Er hielt nicht besonders viel von ihm und konnte es nicht akzeptieren, dass ich meine Beziehungsangelegenheiten ohne ihn regeln wollte. Da habe ich dann die Reißleine gezogen. Ist das denn relevant für seinen Tod? Das ist doch schon ewig her.«

»Verstehe«, entgegnete Weiland und überging die Frage. »Und Paul Kuhn hat den Kontaktabbruch einfach so akzeptiert?«

»Anfangs nicht. Er hat Briefe geschrieben, auf die ich jedoch nie geantwortet habe. Erst nach dem zehnten oder zwölften Brief hat er aufgegeben. Ich dachte, das war's. Wir sehen uns nie wieder. Bis zu dem Abend, an dem Ronja die Todesanzeige von Tom gefunden hat.«

»Wir hatten eine Heidenangst. Tom hat einen Schlüssel für unsere Wohnung. Also haben wir ein paar Sachen zusammengepackt und sind so schnell wie möglich losgefahren.«

Ronja wischte sich mit dem Ärmel ihres Pullovers über ihre glänzenden Augen. Wortlos zog Verena ihre Tochter näher zu sich. In ihrem Gesicht konnte Weiland völlige Hilflosigkeit und den unerfüllbaren Wunsch ablesen, ihrem Kind die Schmerzen irgendwie zu ersparen, die untrennbar mit dem Leben verbunden waren.

Bis hierher passte die Geschichte. Laut den Mobildaten hatte Verena Kuhn noch in Berlin die Polizei verständigt. Im Protokoll der Beamten stand, dass sie die Wohnung zwar aufgesucht hätten, dort aber keine Gefährdungslage erkennbar gewesen war. Also waren sie unverrichteter Dinge zurück ins Revier gefahren.

»Ich wollte an dem Abend nur noch zu meinem Vater. Auch wenn wir unsere Probleme miteinander hatten, war der Hof immer ein Stück Zuhause für uns. Ronja hat es dort als Kind geliebt. Der viele Platz, die Natur. In den Sommerferien konnte sie es kaum erwarten, endlich bei ihrem Großvater zu sein. Ich dachte, wir könnten wenigstens für ein paar Tage bei ihm unterkommen. Bis die Polizei Tom oder Stefan gefunden hat.«

»Hat sich irgendetwas auf dem Hof verändert, seit ihr ihn das letzte Mal gesehen habt? Gibt es vielleicht neue Wände oder wirken einige der Räume plötzlich kleiner?«

»Neue Wände? Nein. Es war alles ganz genau so, als wären wir erst gestern da gewesen.«

Die Fragen irritierten sie sichtlich. Viel länger würde sie das Spiel wahrscheinlich nicht mehr mitspielen.

»Hat Paul Kuhn schon einmal Vermisstenfälle oder sonstige Verbrechen in eurer Gegenwart erwähnt?«

»Opa hat sogar weggeschaltet, wenn sie Verbrechen im Fernsehen gezeigt haben«, antwortete Ronja. »Er hat immer gesagt, das macht ihn zu traurig.«

Weiland trommelte mit den Fingern leise auf der Tischplatte herum. Sämtliche seiner Fragen schienen in die gleiche, frustrierende Sackgasse zu führen. Es gab nur drei Möglichkeiten: Die erste war, dass Paul Kuhn unschuldig war. Jemand anders könnte die Beweise auf seinem Hof platziert haben. Sehr unwahrscheinlich, schließlich konnte niemand wissen, dass die Polizei den gesamten Hof absuchen würde, es sei denn, derjenige gehörte zur Polizei. Option zwei besagte, dass Kuhn schuldig war, aber die Rolle des liebenden Vaters und Großvaters so perfekt gespielt hatte, dass niemand aus seinem Umfeld etwas von seinen dunklen Machenschaften geahnt hatte. Die letzte Option lautete, dass Kuhn schuldig war, aber wie viele andere Täter Fehler begangen hatte. Dann gab es zumindest Mitwisser. Zwei davon könnten gerade in diesem Raum sitzen. Wenn sie nicht sogar daran beteiligt waren, wie Bachmann angedeutet hatte. Weilands

Blick wanderte zwischen Mutter und Tochter hin und her.

»Wenn ihr zu Besuch wart, hat Paul dann manchmal plötzlich den Hof verlassen und ist für eine Weile verschwunden?«

»Nein. Die meiste Zeit war er bei uns.«

»Was hat er denn gemacht, wenn er mal fort war?«

Verenas Blick verklärte sich einen Moment lang, als müsse sie sich erst zurückerinnern.

»Na ja, Dinge, die man auf einem Hof so macht. Er musste ab und zu etwas reparieren, da habe ich ihm natürlich nicht über die Schulter geschaut. Auch wenn er sagte, er müsse etwas in der Stadt erledigen, bin ich ihm natürlich nicht gefolgt. Wieso auch? Nichts daran kam mir seltsam vor.«

Weiland fiel plötzlich auf, wie still Ronja geworden war. Sie kaute auf ihrer Unterlippe und starrte geistesabwesend auf einen Punkt irgendwo hinter ihm an der Wand. Als er sie ansprach, zuckte sie zusammen.

»Ronja? Was ist los?«

»Eine komische Sache gab es schon. Das Brennholz«, sagte sie tonlos. »Erinnerst du dich, Mama?«

Verena wandte den Kopf und starrte ihre Tochter mit einem Ausdruck an, den Weiland nicht recht deuten konnte.

»Manchmal ist Opa stundenlang im Wald verschwunden. Er hat gesagt, dass er Brennholz suchen geht. Ich schätze, bei jedem zweiten Ausflug kam er mit leeren Händen zurück. Als Kind hab ich ihn damit aufgezogen. Er muss blind sein, hab ich gesagt. Der ganze

Wald ist voller Holz, und er findet nichts für den Kamin. Da hat er nur gelacht und gesagt, dass da wohl etwas dran ist.«

Obwohl der kleine Raum sich stickig und heiß anfühlte, schlang Ronja die Arme um ihren Körper. Weiland war vorn auf die Kante des Stuhls gerutscht. Er musste sich beherrschen, um nicht aufzuspringen und rastlos von einem Ende des Verhörzimmers zum anderen zu laufen.

»Erinnerst du dich, ob dein Großvater öfter an eine Stelle oder in eine bestimmte Richtung gegangen ist?«

Zu Weilands Enttäuschung schüttelte Ronja den Kopf. Das Waldgebiet, das den Hof umschloss, war riesig. Ohne irgendeinen Anhaltspunkt hätten sie keine Chance, Kuhns Bewegungen nachzuvollziehen und mögliche Verstecke darin zu finden.

»Ich hab Opa nur ab und zu mal begleitet, und da waren wir jedes Mal woanders.«

»Hat er bei diesen Ausflügen irgendjemanden getroffen? Vielleicht einen Freund?«

»Nein, nie. Mein Großvater war sehr für sich.« Sie zögerte. »Nur ein einziges Mal, da sind wir so einem seltsamen Mädchen im Wald begegnet.«

Ein kaltes Kribbeln breitete sich von seinem Nacken in seinem gesamten Körper aus.

»Was meinst du mit seltsam?«

»Sie trug eine Pyjamahose und einen Pullover, obwohl es warm war. Mein Großvater hat sie zuerst bemerkt. Sie hatte sich im Gebüsch versteckt, aber man konnte ihr rotes Haar zwischen den Zweigen sehen. Die haben wie Feuer geleuchtet.«

Die Worte trafen Weiland wie ein Faustschlag in die Magengegend. Keines der Mädchen, deren DNA man auf Kuhns Hof gefunden hatte, war rothaarig.

»Woran genau erinnerst du dich?«

Ronja zuckte die Achseln.

»Opa hat ihr zugerufen, ob sie sich verlaufen hat. Da ist sie aus dem Gebüsch rausgekommen und hat erzählt, dass sie auf einem der umliegenden Höfe lebt und nur ein bisschen durch den Wald spaziert. Anscheinend kannte Opa das Mädchen und ihre Familie, denn er hat ihr angeboten, sie nach Hause zu bringen. Ich wollte die beiden begleiten, aber Opa meinte, ich solle einfach kurz warten und weiter Holz sammeln. Der Hof, auf dem sie wohnt, wäre nicht weit weg. Sie nahm seine Hand und ist mit ihm weggegangen.«

»Er hat dich allein im Wald zurückgelassen?«, wiederholte Verena ungläubig.

»Es war nicht schlimm für mich. Ich hatte ja keine Angst dort draußen. Und Opa war nur zehn, vielleicht zwanzig Minuten weg. Danach kam er ohne das Mädchen wieder.«

Die feinen Härchen auf Weilands Armen richteten sich auf. War Kuhn so kaltblütig, dass er eines seiner Opfer getötet hatte, während seine Enkelin auf ihn wartete? Aber warum war das Mädchen dann anscheinend anstandslos mit ihm mitgegangen? Wenn sie versucht hatte zu entkommen und er der Täter war, dann wäre dies vielleicht die letzte Chance gewesen, ihr Leben zu retten. Er schlug den Ordner mit den Vermisstenanzeigen auf und zog die beiden Meldungen von Franziska Dahl und Lisa Stein heraus.

»Du sagtest, sie hatte rote Haare. Nehmen wir mal an, sie trug bloß eine Perücke. Ähnelte sie vielleicht einer von diesen beiden hier?«

Verena Kuhn wurde bleich.

»Was soll das alles?!«

»Ich erkläre es gleich. Bitte beantworte zuerst meine Frage, Ronja. Konzentrier dich. Das Mädchen, das du im Wald gesehen hast: Ähnelte es vielleicht einem der Mädchen auf diesen Bildern?«

Ronja senkte den Kopf und musterte die Bilder mehrere Sekunden lang. Die Luft im Raum schien zu stehen.

»Es ist lange her. Aber sie ist nicht dabei. Sie hatte Sommersprossen. Und die Namen passen auch nicht.« Ronja schob die Vermisstenanzeigen zurück über den Tisch. »Wegen ihrer roten Haare kann ich mich noch erinnern. Sie sagte, alle nennen sie Ari. Fast wie Arielle, die Meerjungfrau.«

»Das reicht jetzt! Ich dachte, es geht hier um den Tod meines Vaters?! Was haben diese Mädchen mit ihm zu tun?«

Weiland legte die Vermisstenanzeigen zurück in die Mappe und schloss den Deckel, damit sie die Gesichter nicht ansehen mussten, wenn er ihnen die Wahrheit sagte. Seine Kehle schnürte sich zu, weil er genau wusste, wie viel seine nächsten Worte zerstören würden.

»Leider müssen wir davon ausgehen, dass Paul Kuhn diese beiden Mädchen entführt und vielleicht ermordet hat.«

KAPITEL 50

»Die Kleine lag *fast* richtig. Leider.«

Alexander Bachmanns Finger zitterten, als er Weiland den Ausdruck reichte. Sie standen vor dem röhrenden Kaffeeautomaten, der eine dickflüssige Brühe in eine verblichene Tasse spuckte. Die Tinte auf dem Blatt war noch nicht einmal getrocknet, das Papier fühlte sich noch warm an. Ein junges Mädchen lächelte Weiland von einem Foto an. Ihr Aussehen passte zu Ronjas Beschreibung: feuerrote Haare, Sommersprossen auf Nase und Wangen.

»Ari ist die Kurzform von Adrianne, nicht Arielle. Sie war mit einer Freundin in Hamburg an der Alster verabredet, tauchte dort aber nie auf. Einige Tage später fand man ihren Rucksack am Rand der A 7, kurz hinter dem Elbtunnel. Seither gibt es kein Lebenszeichen mehr von ihr. Sie könnte Kuhns Opfer Nummer vier sein.«

»Verdammt.« Am liebsten hätte Weiland das Papier in tausend Stücke gerissen, um endlich aus dieser grausamen Dauerschleife auszubrechen. Noch eine Vermisstenanzeige. Noch ein junges Mädchen, das seit Jahren wie vom Erdboden verschluckt war.

»Du sagst es. Er war anscheinend in ganz Norddeutschland aktiv: Berlin, Braunschweig, jetzt Hamburg. Dadurch konnte er so lange unter dem Radar der Polizei bleiben. Keiner hat die Zusammenhänge gesehen.«

Der Kaffee war fertig. Weiland nahm einen Schluck und verzog das Gesicht. Bitter, aber immer noch um Längen besser als das heiße Wasser, das Bachmann schlürfte. Seit seinem Schlaganfall verbot er sich sämtliche irdischen Genüsse. Wie er einen Arbeitstag ohne Kaffee überstand, war Weiland ein Rätsel.

»Was hattest du gerade für einen Eindruck? Wie geht es den beiden jetzt?«

»Ich glaube nicht, dass sie lügen. Wenn doch, dann hätten sie einen Oskar dafür verdient. Es zerreißt sie. Verena Kuhn wollte nur nach Hause. Ronja hat keinen Ton mehr gesagt, als hätte man einen Stecker gezogen. Das Angebot, mit Anne zu sprechen, haben sie auch ausgeschlagen. Sie brauchen erst einmal Ruhe, um den Schock zu verdauen.«

Man hörte nicht abrupt auf, einen Menschen zu lieben, nachdem man die schreckliche Wahrheit über ihn erfahren hatte. Es war ein Prozess, der Wochen oder Monate, manchmal sogar ein ganzes Leben lang andauerte. Manche hörten nie auf zu lieben, obwohl sie die Taten ihrer Männer, Frauen, Eltern, Geschwister oder Kinder zutiefst verabscheuten. Es gab keinen Schalter, der jegliche Zuneigung abkappte, sobald man erfuhr, dass der eigene Vater oder Großvater ein Mörder war.

»Haben die Teams schon irgendwas Brauchbares gefunden?«

Bachmann schüttelte den Kopf.

»Was hältst du davon, wenn ich mir die Akten zu den Fällen noch einmal ansehe?« Weiland nahm den letzten Schluck der bitteren Brühe und pfefferte den durchweichten Pappbecher in den Mülleimer. »Wahrscheinlich kennen wir bis jetzt nur die Spitze des Eisbergs. Wenn ich Gemeinsamkeiten zwischen den Fällen finde, hilft uns das vielleicht zu verstehen, warum er gerade sie ausgesucht hat. Und es könnte uns helfen, weitere Opfer zu identifizieren.«

Bachmanns linke Augenbraue schoss in die Höhe.

»Du bist immer noch suspendiert. Das heute war eine absolute Ausnahme.«

»Sicher. Aber die meisten Kollegen sind draußen unterwegs. Ein weiteres Augenpaar schadet nicht. Je schneller wir Antworten finden, desto besser können wir den Fall restlos aufklären.«

Mittlerweile kannte Weiland seinen Chef gut genug, um zu wissen, welche Fäden er ziehen musste. Bachmann war ein absoluter Prozess- und Vorschriftsgläubiger. Es sei denn, das Biegen und Brechen ebendieser Prozesse und Vorschriften verschaffte ihm einen persönlichen Vorteil. Wobei es hier eher um Schadensbegrenzung ging. Weiland konnte die Schlagzeilen beinahe vor sich sehen: *Der Kindersammler aus Norddeutschland. Die Polizei tappt über Jahre im Dunkeln.*

»Geh am besten nach Hause, und ruh dich aus.« Bachmann pfefferte seinen Becher ebenfalls in den Müll und wandte sich schon in Richtung des Ausgangs, hielt dann aber noch einmal inne. »Du hast vorhin einen Teil deiner Notizen in meinem Büro liegen lassen. Die Tür steht offen. Ich bin für zehn Minuten draußen, um den Kopf ein bisschen freizubekommen.«

Weiland nickte. Zehn Minuten waren mehr als genug
Zeit für das, was er vorhatte.

KAPITEL 51

Jeder ihrer Schritte kam plötzlich einem Kraftakt gleich. Der Boden unter Ronjas Füßen war zu Treibsand geworden, seit sie das Verhörzimmer verlassen hatte. Ihr Herz pumpte in ihrer Brust, und der Schweiß rann ihr den Rücken herab, obwohl es so kalt war, dass ihr Atem als Dampfwolke in Richtung des trüben Himmels stieg. Auch wenn sie äußerlich nicht verletzt war, schmerzte jede ihrer Fasern. Es gab keine Wunden, die versorgt werden mussten. Keine Blutungen, die man stillen konnte. Die Wahrheit hatte ein faustgroßes Loch in ihr Herz gerissen, das kein Arzt der Welt nähen konnte. In Dauerschleife spielte sie Gespräche mit ihrem Großvater durch, durchlebte ihre Ausflüge und Abenteuer noch einmal auf der Suche nach Schatten, wo keine sein sollten. Harte Schale, weicher Kern - diese Redensart schien eigens für ihren Opa erfunden worden zu sein. Mit den buschigen Augenbrauen, die ihn auf Fremde zornig wirken ließen, seinen wettergegerbten Händen und den Jagdwaffen auf seinem Hof sah er aus wie jemand, mit dem man sich nicht anlegen sollte. Aber Ronja hatte immer hinter die Fassade geblickt: Ihr Großvater war ein Mann, der kaum die Stimme hob, egal, wie wütend er wurde. Wenn doch, dann hatte man es wirklich vermasselt. Einmal hatten sie auf einer ihrer Wanderungen ein verletztes Rotkehlchen gefunden. Statt es mit einer einzigen Halsumdrehung zu erlösen, wie ihr Großvater das sonst nannte, hatte Ronja ihn angefleht, den vor Schmerzen krächzenden Vogel zu retten. Mit seinen so grob wirkenden Händen hatte er sanft die Wunden des Vogels gereinigt. Hatte ihn gefüttert und alle paar Stunden unter einer Wärmelampe gedreht. Sogar nachts war er aufgestanden, um das hilflose Tier zu pflegen. Der Großvater, den sie kannte und liebte, würde niemals jemandem mutwillig Schmerzen oder gar Schlimmeres zufügen. Wenn die Anschuldigungen stimmten, dann war ihre Kindheit eine Lüge. All die Erinnerungen, die sie für so kostbar gehalten hatte, wären blutgetränkt. Und auch sie selbst wäre nicht mehr dieselbe: Auch sie war dann eine Mörderin. Immerhin hatte sie einen vollkommen unschuldigen Mann überfahren. Stefan Dahl hatte nur nach Antworten zu seiner Tochter gesucht. Stattdessen hatte er den Tod gefunden. Ronjas ganzer Körper zitterte. Sie waren eine Mörderfamilie. Abschaum.

»Wir haben es fast geschafft«, flüsterte ihre Mutter und griff nach ihrer Hand. Es waren ihre ersten Worte, seit sie die Polizeistation verlassen hatten. Eigentlich hatte Ronja fest damit gerechnet, dass ihre Mutter das Kreuzverhör des Polizisten fortführen und sie mit Fragen löchern würde. Aber stattdessen schien sie genauso wie Ronja ihren eigenen trüben Gedanken nachzuhängen.

Hätten sie etwas merken können?

Hätten sie es wissen müssen?

Ihn aufhalten können? Ein Teil von ihr stellte immer neue bohrende Fragen. Der andere Teil wollte nichts davon glauben. Ihr Großvater, ein Mörder. Ein Gedanke, der genauso Furcht einflößend wie lächerlich war. Ronja bemerkte erst, dass sie ihr Zuhause beinahe erreicht hatten, als ihre Mutter den Schlüssel aus der Manteltasche zog.

»Bist du müde?«, fragte sie beim Treppenaufstieg. Die Stufen nach oben, die sie sonst mit links meisterte, fühlten sich heute fast wie eine Bergbesteigung an.

»Todmüde. Aber ich fürchte, ich werde kein Auge zukriegen.«

»Mir geht's genauso. Wie wäre es, wenn wir uns beide auf die Couch legen und irgendeinen Film schauen? Nur ein paar Stunden lang so tun, als wäre alles normal. Es sei denn, du willst darüber reden?«

»Bloß nicht.« Ronja hakte sich bei ihrer Mutter ein und lehnte den Kopf an ihre Schulter. Für heute hatte sie genug gesagt. Sie wollte den Kopf auf ein Kissen betten und sich beschallen lassen, alles tun, um nicht weiter nachzudenken. Endlich erreichten sie die Wohnungstür. Die Müdigkeit verlangsamte all ihre Sinne, machte sie träge und unaufmerksam. Deshalb hatten sie viel zu lange die Schritte überhört, die ihnen im Treppenhaus wie ein Echo gefolgt waren und in diesem Moment direkt hinter ihnen verstummten.

KAPITEL 52

Weiland fand die Kopien der Akten in der obersten Schublade von Bachmanns Schreibtisch. Er schob sie unter seinen Mantel und lauschte. Auch wenn Bachmann inoffiziell seine Einwilligung gegeben hatte, machte Theo sich keine Illusionen darüber, dass sein Chef alles dementieren würde, wenn er jetzt damit erwischt wurde. Der Diebstahl wäre wohl der letzte Sargnagel für seine Ermittlerkarriere, sofern der Sarg durch seine Alleingänge in den letzten Wochen nicht sowieso schon luftdicht versiegelt war. Weiland stieß die Tür auf und trat hinaus in den Flur. Die Notausgangsbeleuchtung im Treppenhaus war die einzige Lichtquelle auf seinem Weg ins Erdgeschoss. Er setzte den Fuß über die Schwelle nach draußen, wich aber blitzschnell wieder zurück, als er begriff, dass er jeden Moment auffliegen würde. Der Duft, der ihn warnte, war nur ganz zart wahrnehmbar, und doch reichte es, um jede seiner Fasern in Alarmbereitschaft zu versetzen. Normalerweise dieselte sich Mona vom Empfang so stark ein, dass sie eine Duftwolke hinterließ, aber es gab keinen rationalen Grund, warum sie mitten in der Nacht noch arbeitete. Sein Blick raste über den Parkplatz. Keine Spur von Mona. Er presste die Kopien noch enger an seinen Körper und ging dann mit gesenktem Kopf geradewegs auf seine alte Dame am anderen Ende des Parkplatzes zu. Knapp zweitausend Euro hatte er letztendlich für die Reparatur hinlegen müssen. Der gleiche Betrag wurde noch einmal für den Leihwagen fällig, den Weiland Arash nach dem ungeplanten Ausflug in den Wald mit einer gebrochenen Vorderachse und unzähligen Kratzern im Lack zurückgebracht hatte. Wie immer hatte Arash dankenswerterweise keine Fragen gestellt - wahrscheinlich hatte er die Berichte in den Zeitungen gelesen und dann eins und eins zusammengezählt. Dem Geld trauerte Weiland nicht nach. Die alte Dame glänzte wie neu, und er selbst war noch am Leben. Mehr konnte er nach den letzten Wochen wirklich nicht erwarten. Zwei Querstraßen weiter parkte er am Straßenrand und breitete die gestohlenen Akten gerade auf dem Beifahrersitz aus, als es plötzlich an der Scheibe klopfte.

Das war es, dachte er. Anscheinend hatte seine Nase ihn doch nicht getäuscht. Mona war ihm gefolgt und erwischte ihn jetzt auf frischer Tat. Er wandte den Kopf und starrte seinem Ende ins Gesicht.

»Herrgott, Holm, haben Sie mich erschreckt!«

Die Rechtsmedizinerin verzog die dünnen Lippen zu einem spöttischen Grinsen.

»Sie sehen aus, als wären Sie dem Teufel höchstpersönlich begegnet. So schlimm sehe ich nun auch wieder nicht aus.«

»Verfolgen Sie mich?«

»Das Gleiche könnte ich Sie fragen, Weiland. Ich musste gerade ungeplant eine erste Leichenschau bei einem möglichen Mordopfer vornehmen. Das hier ist mein üblicher Weg nach Hause, da vorn ist die Bushaltestelle.« Sie deutete auf das Wartehäuschen auf der gegenüberliegenden Straßenseite. »Leiden Sie öfter an einer Amnesie? Immerhin haben Sie mir hier erst vor ein paar Wochen aufgelauert und mich nach Franziska Dahl ausgefragt. Vielleicht sollten Sie Ihr Gedächtnis mal prüfen lassen.«

»Das funktioniert bestens«, erwiderte er mürrisch. »Hören Sie, Holm, es war nett, mit Ihnen zu plaudern, aber ich habe wirklich keine Zeit.«

Er kurbelte das Fenster wieder nach oben, aber sie schob blitzschnell die Finger dazwischen.

»Das sehe ich. Das ist ein ganz schöner Berg Papier, den Sie da vor sich haben«, sagte sie mit Blick auf die Akten. »Hat man Ihre Suspendierung aufgehoben? Glückwunsch.«

»Sagen wir einfach, ich darf heute inoffiziell einen Blick in einige Unterlagen werfen. Aber es wäre schön, wenn das unter uns bleiben würde.«

Frieda Holm pfiff leise durch die Zähne.

»Immerhin. Das bedeutet, tief in seinem Innersten hält Bachmann wohl doch etwas von Ihnen, auch wenn er das selbst unter Folter nicht zugeben würde. Geht es um diesen unheimlichen Hof und die vermissten Jugendlichen? Im Sektionssaal gab es vorhin kein anderes Thema unter den Assistenten. Haben Sie etwas gegen ein wenig Gesellschaft einzuwenden?«

»Ich will Sie nicht wieder in irgendwelchen Ärger hineinziehen!«, rief Weiland, aber da war es schon zu spät. Die Rechtsmedizinerin war einmal um den Wagen herumgewandert und öffnete die Beifahrertür. Dann schwang sie ihre langen, dürren Beine ins Wageninnere.

»Tun Sie nicht. Das mache ich von ganz allein, wie schon beim letzten Mal. Allein werden Sie niemals damit fertig, und ich werde heute sowieso kein Auge mehr zutun.«

Sie schob ihm die Hälfte der Akten aus der Mittelkonsole zu und legte die andere Hälfte auf ihren Schoß. Weiland seufzte. Mit ihrer Sturheit wäre sie sicher eine nervige, aber ausgezeichnete Polizistin geworden.

»Wonach suchen wir genau?«, fragte Holm und begann bereits in der ersten Akte zu blättern.

»Nach dem roten Faden. Auf den ersten Blick sieht es so aus, als hätten Kuhns Opfer nichts gemeinsam. Aussehen, Hobbys und Wohnorte sind vollkommen unterschiedlich. Das jüngste Opfer, das wir kennen, war bei der Entführung gerade einmal elf Jahre alt. Das älteste dagegen schon fast fünfzehn. Es sind sowohl Mädchen als auch Jungen dabei. Normalerweise haben Täter wie Kuhn einen bestimmten Typus, der ihren Jagdinstinkt anspringen lässt.«

»Und deshalb glauben Sie, es muss eine Gemeinsamkeit geben?«

»Korrekt. Die gibt es bei solchen Fällen immer.«

»Was sagt Ihnen, dass der Täter nicht einfach auf das Gefühl von Macht gestanden hat? In dem Fall wäre es vollkommen irrelevant, wen er entführt. Hauptsache, er bringt sein Opfer in eine hilflose Position«, wandte Holm ein.

»Darüber habe ich nachgedacht, aber die Art der Entführungen passt nicht dazu. Franziska wurde aus ihrem Elternhaus entführt. Adrianne ist vermutlich am helllichten Tag an einer dicht befahrenen Straße verschwunden. Warum sollte er dieses Risiko und diesen großen Aufwand auf sich nehmen, wenn es auch irgendein junger Obdachloser und ein betrunkenes Mädchen nachts auf dem Heimweg getan hätte? Aus irgendeinem Grund hat Kuhn genau sie ausgesucht. Wenn wir den Grund herausfinden, dann finden wir vielleicht auch seine weiteren Opfer. Es muss noch mehr geben.« Weiland deutete auf die Daten, an denen die Vermisstenanzeigen aufgegeben worden waren. »Er hat drei Jahre hintereinander zugeschlagen. Dann plötzlich eine Pause von zwei Jahren. Die letzte Entführung, von der wir wissen, hat letztes Jahr stattgefunden.«

»Das bedeutet also, es gibt zwei weitere Vermisste«, sagte Holm leise.

Weiland nickte.

»Mindestens.«

KAPITEL 53

»Nicht schreien!«, sagte die Stimme hinter Ronja. Als könnte sie die Panik einfach unterdrücken, die in diesem Moment durch ihre Nervenbahnen schoss und ihren Körper zittern ließ.

»Ich will nur mit euch reden!«

Als Ronja sich umdrehte, blickte sie in ein fremdes Gesicht. Obwohl die Frau teure Kleidung trug, wirkte sie abgebrannt. Die kurzen, blondierten Haare standen wirr von ihrem Kopf. Ihre Augen waren rot und geschwollen. Trotz des dicken Pullovers und der Jeans konnte man sehen, wie abgemagert sie war. Es schien kaum möglich zu sein, aber die Frau sah tatsächlich aus, als hätte sie einen noch schlimmeren Tag als Ronja gehabt.

»Wir sind aber verdammt noch mal nicht in Redestimmung. Sind Sie von der Zeitung? Wollen Sie das beschissene erste Interview, um mehr über das Monster zu erfahren, das mein Vater angeblich war? Deswegen sind Sie doch hier, oder?!« Ihre Mutter machte einen Schritt nach vorn, direkt auf die eigenartige Frau zu.

»Ich bin nicht von der Zeitung. Und ich will kein Interview, sondern die Wahrheit wissen.«

»Die wollen wir alle. Leider können wir Ihnen dabei nicht weiterhelfen.«

Sie wollte sich umdrehen, da schoss die linke Hand der Fremden nach vorn und krallte sich in ihren Arm.

»Lassen Sie ...«

»Ich bin wegen meiner Tochter hier. Franziska.«

Für einen Moment sah Verena die Fremde verständnislos an, dann verstand sie. Die ganze Wut, die Sekunden zuvor aus ihren Poren zu rauchen schien, verpuffte. Zum ersten Mal sahen sie live und in Farbe, was Paul Kuhn angerichtet hatte. Die Frau, die sie auf den ersten Blick für eine Obdachlose oder Süchtige in teurer Kleidung gehalten hatte, war eine Mutter, die ihre Tochter so sehr vermisste, dass sie daran zugrunde ging. Schuldgefühle stachen wie Hunderte Nadeln zwischen Ronjas Rippen.

»Gott, ich ... Es tut mir unfassbar leid!« Die Stimme ihrer Mutter klang heiser und fremd.

»Ich will nur wissen, was er mit ihr gemacht hat. Mehr verlange ich gar nicht.« Tränen rannen über das magere Gesicht und hinterließen dunkle Streifen auf den Wangen der Frau. »Das bin ich meiner Tochter schuldig. Wenigstens das.« Wie in Zeitlupe schob sie den rechten Arm in die Tasche ihres Mantels und ballte die Finger um den Griff eines Messers, dessen Klinge sich unter dem dünnen Stoff abzeichnete. »Ich will euch nicht wehtun. Aber wenn ihr nicht endlich mit mir redet, lasst ihr mir keine Wahl.«

»Bitte, ich verstehe, wie schmerzhaft das alles sein muss! Wir können in Ruhe darüber reden, okay? Ohne Drohungen.«

»Ich hab recherchiert«, redete die Frau unbeirrt weiter. »Angeblich soll es dort draußen im Wald einige Bunker und unterirdische Unterschlüpfe aus dem

Zweiten Weltkrieg geben. Paul könnte doch so einen umgebaut haben. Da drin hält er sie gefangen. Wahrscheinlich lässt er ihnen immer Vorräte da. Wasser für ein paar Tage. Franziska könnte noch leben, wenn sie sich alles gut eingeteilt hat. Zwei Wochen ist sie jetzt schon allein da drin. Können Sie sich vorstellen, wie viel Angst sie hat? Ganz allein in der Dunkelheit. Die Luft wird immer dünner. Sie hat solchen Durst und Hunger.«

»Bitte ... Falls sie noch lebt, dann wird die Polizei sie finden. Sie suchen das ganze Gebiet ab!«

»Ich bin nicht irre. Ich weiß, dass sie vermutlich tot ist. Wahrscheinlich hat er sie schon vor Jahren irgendwo verscharrt. Aber wenn auch nur die geringste Chance besteht, dass meine Tochter noch irgendwo da draußen ist und ich sie retten kann, dann muss ich das hier tun.«

Sie erstarrten, als die Haustür im Erdgeschoss knarrte. Schritte torkelten durch den Flur auf die Treppe zu. Irgendein Nachbar kam anscheinend betrunken nach einer langen Nacht zurück. Alles passierte so schnell, das Ronja keine Zeit hatte zu reagieren. Das Messer drückte plötzlich gegen die Kehle ihrer Mutter.

»Keinen Ton. Mach schon auf. Wir gehen rein!«, zischte die Fremde.

Mit zitternden Fingern drehte Ronja den Schlüssel, der noch immer im Schloss steckte. Drinnen riss die Frau den Schlüssel an sich und sperrte die Tür von innen ab.

»Nach vorn. Los! Setzen wir uns«, befahl sie und deutete auf die Stühle am Esstisch.

»Franziska würde das hier nicht wollen«, flüsterte ihre Mutter und rang dabei zwischen zwei Schluchzern nach Luft. Sie nahm Ronjas Hände in ihre und drückte sie fest. Als wolle sie sagen, dass alles gut werden würde. Es fiel Ronja schwer, daran zu glauben. Die Frau vor ihnen sah nicht bösartig aus. Aber so verzweifelt, als wäre sie bereit, alles zu tun, um ihre Tochter zu finden.

»Schon möglich. Aber weißt du, was sie wollte? Franziska wollte leben. Sie wollte die Welt bereisen. Journalistin werden wie ihr Vater. Irgendwann heiraten und selbst Kinder bekommen. All das wurde ihr genommen. Kannst du dir überhaupt vorstellen, wie es sich anfühlt, jeden Morgen aufs Neue aufzuwachen, ohne zu wissen, wo dein Kind ist?«

»Nein.« Verenas Stimme war vor Tränen erstickt. »Dein Schmerz übersteigt meine Vorstellungskraft.«

»Seit fünf Jahren bete ich täglich. Ich flehe auf Knien einen Gott an, an den ich nicht mehr glauben kann. Jede Nacht malt mein Hirn sich ein anderes Horrorszenario aus, was man meiner Tochter angetan hat. Wurde sie verkauft? Mit Werkzeugen gequält? Musste sie lange leiden? Leidet sie immer noch?«

Am liebsten hätte Ronja sich die Ohren zugehalten. Die Worte malten tiefschwarze Bilder in ihre Gedanken, die mit jeder ausgesprochenen Silbe brutaler und hoffnungsloser wurden. Ohne dass sie etwas dagegen tun konnte, schob sich das Gesicht eines Mädchens vor ihre Augen. Sie schrie nicht. Sie weinte nicht. Dafür hatte sie keine Kraft mehr. Ronja hielt den Atem an, um das Schluchzen zu unterdrücken. Wenn die Polizei recht behielt, dann hatte ihr Großvater das getan.

»Manchmal höre ich Franziskas Stimme in meinem Kopf«, sagte die Frau in diesem Augenblick. Der Schmerz ließ ihre Stimme zerspringen wie Glas, das ungebremst auf kaltem Asphalt zerschellte. »Wie sie im Moment ihrer größten Angst nach ihrer Mama schreit. Und ich bin nicht da. Ich habe sie alleingelassen. Das muss ich wiedergutmachen.«

Sie blickte zur Uhr.

»Ich gebe euch dreißig Minuten. So lange habt ihr Zeit, mir alles zu sagen, was ihr wisst. Alles, was ihr der Polizei heute verschwiegen habt.«

»Und was dann? Was passiert nach den dreißig Minuten?«, fragte Ronja leise.

Die Frau wischte sich die Tränen aus dem Gesicht und legte das Messer direkt vor sich auf den Tisch, sodass die Spitze auf Ronja zeigte.

»Dann überlege ich mir, ob ich euch glaube. Oder ob ich einer von euch wehtun muss, damit ihr endlich den Ernst der Lage begreift.«

KAPITEL 54

Der Anruf, den Weiland gefürchtet und erwartet hatte, erreichte ihn, als er gerade die erste Akte auf seinem Schoß zuschlug.

»Ich wollte nur, dass du es von mir erfährst statt aus den Nachrichten.«

Bachmanns Stimme am anderen Ende der Leitung klang heiser. Holm und er wechselten einen Blick. Sie wussten, was er sagen würde, noch bevor er die Worte aussprach.

»Wir haben Knochen unweit eines Bachs gefunden. Aller Wahrscheinlichkeit nach sind sie menschlichen Ursprungs. Der Rechtsmediziner ist jeden Moment hier. Sieht aus, als hätte ein Tier daran herumgenagt. Ich melde mich, wenn wir die Bestätigung haben«, sagte Bachmann noch und legte auf.

Für einige Sekunden starrte Weiland in die Dunkelheit. Egal, wie lange er schon Polizist war. Der Moment, in dem sie bei einer Suche Leichenteile oder Knochen fanden, war immer bedrückend. Egal, wie hoffnungslos ein Fall schien. Irgendwo gab es immer einen Funken Licht, der ihn hoffen ließ, dass es dieses eine Mal nicht mit dem Tod endete.

Er atmete tief durch. Weitermachen. Er und all die anderen, die da draußen suchten, mussten funktionieren.

Das waren sie denjenigen schuldig, die viel zu früh aus dem Leben gerissen wurden. Er räusperte sich, um seine Stimme wiederzufinden.

»Haben Sie schon etwas?«

»Zwei Gemeinsamkeiten gibt es«, geräuschvoll schlürfte Holm dampfenden Kräutertee aus einem Thermobecher, den sie aus ihrer schwarzen Aktentasche gezogen hatte und der das Innere des Wagens wie eine finnische Sauna riechen ließ. »Aber die betrifft weniger die Opfer als ihre Familien: Geld und Macht. Die Eltern sind Rechtsanwältinnen und Chirurgen, Piloten und Unternehmensberater mit Einfluss in die Politik. Der Entführer könnte sie erpresst haben. Risikoreich, aber äußerst lukrativ, wenn es funktioniert. Ein paar solcher Coups, und Kuhn hätte für den Rest seines Lebens auf den Malediven am Strand liegen können.«

»Als Arzt mit eigener Praxis sollte er selbst genug verdient haben, um komfortabel zu leben«, wandte Weiland ein. »Vielleicht nicht die Malediven, aber ein schickes Apartment an der italienischen Küste wäre drin gewesen.« Er kurbelte das Fenster ein Stück herunter, um dem krautigen Dampf zu entkommen. »Kuhn hat außerdem sehr spartanisch auf seinem Hof gelebt. Ich glaube nicht, dass er sich besonders viel aus Geld gemacht hat. Keine der Familien hat auch nur angedeutet, dass der Entführer in irgendeiner Form mit ihnen Kontakt aufgenommen hat, geschweige denn ein Erpressungsversuch stattgefunden hat. Die einzige Ausnahme ist Mara Dahl, die fast fünf Jahre nach dem Verschwinden plötzlich ein Paket mit den abgeschnittenen Haaren ihrer Tochter erhielt.«

»Warum ausgerechnet sie?«

»Ich vermute, weil sie am hartnäckigsten war. Sie hat immer wieder neue Privatdetektive beauftragt, um herauszufinden, was mit ihrer Tochter geschehen ist. Das Paket vor ihrer Tür sollte ihr Angst machen. Eine stille Drohung und die Erinnerung daran, dass der Mörder ihrer Tochter sich ihr jederzeit nähern kann. Oder eine Warnung, dass er wieder auf der Jagd ist.«

»Wenn Sie recht haben und es nicht um Geld geht, dann fangen wir wieder bei null an«, sagte Holm seufzend.

»Nicht ganz«, Weiland richtete sich in seinem Sitz auf, sodass die einzelnen Wirbel entlang seines Rückens ächzten. »In einer Sache haben Sie vollkommen recht. Die Familien der entführten Jugendlichen sind auffällig. Vielleicht ist das Muster eine Anomalie.«

»Also bitte, Sie werfen mir ja manchmal vor, in Rätseln zu sprechen, aber Sie machen es gerade keinen Deut besser«, sagte Holm vorwurfsvoll und warf ihm einen bösen Blick über den Rand der Akte hinweg zu.

»Rechnen wir mal die wenigen Fälle heraus, in denen ein Entführer zuschlägt, weil sich gerade eine günstige Gelegenheit bietet. Wenn sie gefasste Triebtäter fragen, wie sie ihre Opfer aussuchen, dann ähneln sich die Antworten häufig: Die Opfer haben meist kein stabiles Umfeld, und ihnen fehlen enge Bezugspersonen. Die Täter schenken ihnen das, was sie am meisten vermissen: Aufmerksamkeit. Da kommt plötzlich jemand, der sich für sie interessiert und viele Fragen stellt. Jemand, der das neue Paar Sneaker kauft, für das die Eltern kein Geld übrig haben. Klassisches Grooming, die Täter erschleichen sich mit harmlosen Gesprächen und Geschenken das Vertrauen ihrer Opfer, bis diese sich in einer Abhängigkeitsposition befinden. Erst dann gehen sie den nächsten Schritt in den Abgrund.«

»Die Anomalie ist demnach, dass Paul Kuhn bewusst keine Kinder und Jugendlichen aus schwierigen Verhältnissen gesucht hat? Sondern die perfekte Bilderbuchfamilie?«

»All diese Fälle sprengen auf den ersten Blick die Statistik im Vergleich zu anderen Vermisstenfällen«, sagte Weiland. »Alle Opfer hatten anscheinend den perfekten Start ins Leben. Nur bei Moritz Frohn, dem jüngsten Opfer, ist mir etwas aufgefallen. Es scheint Risse in der perfekten Fassade zu geben. Die Mutter lehrt an der Universität, sein Vater ist Investor, der in Berlin viele Bauprojekte umsetzt. Moritz ging auf ein privates Internat, und laut seinen Lehrern war er dort immer ein Vorzeigeschüler. Bis er eines Tages beim Schwimmunterricht ausrastete und einen Mitschüler so lange unter Wasser drückte, bis dieser das Bewusstsein verlor. Der Junge musste sogar wiederbelebt werden.«

»Es kann auch ein Unfall gewesen sein. Zwei Jungen rangeln im Schwimmbecken. Der Klassenkamerad schnappt gerade nach Luft, als Moritz ihn wieder unter die Oberfläche drückt, und seine Lunge füllt sich mit Wasser. In so einem Fall reichen manchmal schon Sekunden, um das Bewusstsein zu verlieren«, wandte Holm ein. »Man unterschätzt, wie schnell Wasser töten kann. Leider sehe ich das immer wieder. Gab es denn nach dem Vorfall eine Aufarbeitung? Ein Gespräch, was genau zwischen den Jungen vorgefallen ist?«

»Hier steht nichts. Es sieht so aus, als wäre die ganze Angelegenheit mehr oder weniger unter den Teppich gekehrt worden. Moritz wurde weder von dem Internat verwiesen, noch musst er sonst irgendwelche Konsequenzen tragen. Drei Wochen später verschwand er dann plötzlich vom Innenhof. Zuerst glaubte man, er wäre weggelaufen.«

Holm legte den Kopf schief und starrte für einige Sekunden gedankenverloren auf die Akte in ihrem Schoß.

»Wenn ich das so höre, habe ich vielleicht auch etwas«, sagte sie und blätterte zurück an den Anfang. »Bei Adrianne steht zwar nichts Auffälliges in der Akte, aber die Vermisstenanzeige hat mich irritiert. Sie wurde nicht von ihrem alleinerziehenden Vater aufgegeben, sondern von der Haushälterin. Eine Katja Wilk.«

»Was ist das für ein Vater, der es nicht für nötig hält, seine eigene Tochter als vermisst zu melden?«, fragte Weiland.

»Genau die Frage habe ich mir auch gestellt. Adrianne war bereits über vierundzwanzig Stunden verschwunden, als die Haushälterin zur Polizei gegangen ist. Wenn die Frau damals bereit war zu reden, vielleicht ist sie es auch heute noch. Hier stehen ihre Kontaktdaten.«

Holm las ihm Ziffer für Ziffer vor, während Weiland auf das Display seines Handys tippte. Er stellte den Lautsprecher an. Immerhin klingelte es. Wahrscheinlich war die Nummer nicht einmal mehr aktuell. Schließlich war die Akte mehrere Jahre alt und die Informationen vermutlich nie aktualisiert worden. Er wollte schon auflegen, als sich zu seiner Überraschung nach dem fünften Klingeln eine Stimme meldete.

»Frau Wilk? Mein Name ist Theo Weiland. Ich ermittle in dem Vermisstenfall von Adrianne neu. Wie ich der Akte entnehmen konnte, haben Sie damals die Anzeige bei der Polizei aufgegeben. Ich würde ihnen gern einige Fragen ...«

»Ich habe es in den Nachrichten gesehen!«, unterbrach sie ihn atemlos. Obwohl es mitten in der Nacht war, klang sie hellwach. »Dieser Hof bei Berlin. Haben Sie Adrianne dort gefunden?«

»Noch nicht. Aber wir hoffen es.«

»Ich habe damals alles gesagt! Es wollte nur niemand zuhören. Von Anfang an nicht.«

»Ich höre Sie jetzt«, sagte Weiland. »Ich untersuche Adriannes Verschwinden unabhängig von den früheren Ermittlungsergebnissen. Ich bin weder an eine bestimmte Polizeidienststelle noch an eine Staatsanwaltschaft gebunden. Bitte, Frau Wilk. Leider gibt es Indizien, die darauf hindeuten, dass Adrianne Oper eines Serientäters geworden ist. Es könnte noch mehr vermisste Jugendliche wie sie geben. Noch mehr Familien, die endlich Antworten verdienen.«

Am anderen Ende war es lange still. Weiland glaubte schon, sie hätte das Telefon weggelegt.

Aber dann holte Katja Wilk tief Luft und erzählte eine Wahrheit, die so verstörend war, dass er das Gefühl hatte, kopfüber in einen schwarzen See aus Eiswasser zu tauchen.

KAPITEL 55

»Jedes Haus hat seine eigenen Regeln. Sie legen fest, wo ich mich bewegen darf. Was ich sehen oder anfassen darf. Ich werde dafür bezahlt, diese Regeln zu befolgen«, erklärte die frühere Haushälterin.

Im Hintergrund konnte Weiland das Knacken eines Feuerzeuges hören. Kurz darauf knisterte eine Zigarette durch die Verbindung. Er widerstand dem Drang, sich selbst eine anzuzünden.

»Ich bin seit über dreißig Jahren Haushaltshilfe und sehr diskret. Stelle keine Fragen über Dinge, die mich nichts angehen, ganz egal, wie seltsam mir einiges vorkommen mag. Deshalb habe ich auch im Haus der Pohls zuerst keine Fragen gestellt. Es gab nur zwei Anweisungen, an die ich mich halten sollte: Erstens, ich durfte niemals in den Keller gehen.«

Weiland fröstelte.

»Hat man Ihnen denn erklärt, warum es diese Regel gab?«

»Nein. Ich habe mir einfach meinen Teil dazu gedacht. Ich war mir sicher, es gibt dort unten irgendetwas Wertvolles. Eine Art Safe oder so was. Es ist ganz normal, dass Teile eines Hauses tabu sind. Die zweite Regel hat mich schon wesentlich mehr beunruhigt, aber auch dafür hat mein Kopf sich eine Erklärung zurechtgesponnen.«

Katja Wilk nahm einen tiefen Zug und hustete dann einige Male röchelnd.

»Wie lautete sie?«, fragte Weiland, als das Röcheln wieder in ein keuchendes Atmen übergegangen war.

»Ich durfte die schmutzige Wäsche des Mädchens niemals waschen, geschweige denn anfassen.«

Weiland schloss für einen Moment die rot geränderten Augen. Er konnte die Dunkelheit schon riechen. Konnte sie auf der Zunge schmecken. Bitter und beißend.

»Man unterstellt einem Vater doch nicht gleich etwas Böses. Ich habe mir eingeredet, er wäre einfach nur übervorsichtig. Vielleicht wollte er die Privatsphäre seiner Tochter schützen. Es gibt ja eine Menge Verrückte da draußen.« Ihre Stimme zitterte. »Ich habe mich mit der Erklärung zufriedengegeben. Aber eines Tages stand die Kellertür einen Spalt weit offen. Normalerweise achtete Adriannes Vater immer penibel darauf, dass sie verschlossen war. Sie hatte sogar so ein Sicherheitsschloss, damit man nicht einbrechen konnte. Ich wollte nicht hineinschauen. Einfach weitergehen, aber da hatte ich ihn schon im Augenwinkel gesehen: ein leuchtend roter Slip. Er lag auf der obersten Treppenstufe. Und ich fand keine vernünftige Erklärung dafür. Die Waschmaschine befand sich nicht im Keller, sondern im ersten Stock. Es gab einfach keinen Grund, warum die Unterwäsche dort lag. Zumindest keinen, bei dem sich mir nicht der Magen umgedreht hat. Ich musste es einfach wissen. Also bin ich nach unten, um nachzusehen.«

Weiland hörte ein Zögern in ihrer Stimme. Als müsse sie sich überwinden, Stufe für Stufe nach unten zu steigen und zurück in den Keller zu gehen. Zurück ins Grauen.

»Dort unten war ein einziger Raum, der fast leer war. Nur ein paar Regale und ein verrosteter Tisch, auf dem einige Päckchen standen. Ein Teil war bereits zugeklebt. Aber eines war noch offen, so als wäre jemand beim Verpacken gestört worden und hätte es nur kurz stehen lassen. Darin lag noch ein Slip aus schwarzer Spitze auf Seidenpapier und Rosenblättern. Er war getragen.«

Holm schüttelte den Kopf, als könnte sie so das eben Gehörte aus ihrem Gedächtnis verbannen.

»Ich war mir nicht sicher, verstehen Sie? Natürlich hatte ich den Verdacht, aber die Wäsche hätte genauso gut von irgendeiner Geliebten oder einer Internetbekanntschaft sein können. Ohne Beweise wollte ich meinen Job nichts aufs Spiel setzen. Ich hab selbst Kinder, die ich versorgen muss. Ich wollte gerade Fotos machen, um sie später mit Adriannes Unterwäsche vergleichen zu können, als ich plötzlich hörte, wie über mir die Haustür aufging. Ich bin die Treppe nach oben gesprintet und habe es gerade noch geschafft, ohne entdeckt zu werden.«

»Haben Sie die Polizei informiert? Oder mit irgendjemandem sonst darüber gesprochen?«, fragte Weiland.

»Nicht sofort. Ich wollte Adrianne am Abend fragen, ob sie Wäsche vermisst. Sie zur Polizei begleiten, wenn es nötig wäre. Aber sie kam nie wieder nach Hause. Sie war wie vom Erdboden verschluckt.«

»Was sagte ihr Vater damals zu ihrem Verschwinden?«

»Es war nicht das erste Mal, dass Adrianne ausriss. Er sagte, sie brauchte nur etwas Zeit. Würde schon wieder auftauchen. Sie sei wahrscheinlich einfach bei einer Freundin untergekommen. Das Mädchen war doch gerade mal vierzehn. Und er fragte sich nicht einmal, wo seine Tochter blieb. Nach dem, was ich gesehen hatte, ließ es mir keine Ruhe. Also bin ich am nächsten Tag zur Polizei und habe ihnen alles gesagt.«

»Hat man den Keller durchsucht?«

»Nein. Nicht sofort«, antwortete sie. »Die Polizisten fragten mich, warum ich dort runtergegangen sei. Ob ich etwas stehlen wollte. Sie glaubten nicht, dass es die Unterwäsche von Adrianne war. Ich hatte ja keine Beweise. Pohl hatte damals wie heute mächtige Freunde. Er war äußerst beliebt. Die Anzeige haben sie nur widerwillig aufgenommen. Erst als es drei Tage später noch immer kein Lebenszeichen gab, haben sie wohl den Ernst der Lage begriffen. Klar, dass da schon nichts mehr zu finden war.«

»Pohl hatte genug Zeit, alle Beweise für seinen Missbrauch zu beseitigen.«

»Nicht nur das. Ich war nicht die Einzige, die gemerkt hat, dass in diesem Haus etwas Seltsames vor sich ging. Einer der Gärtner hat ihn einmal durch ein Fenster splitterfasernackt im Zimmer seiner Tochter gesehen. Wir und alle anderen, die versucht haben, die Wahrheit ans Licht zu bringen, wurden mundtot gemacht. Kurz nachdem ich bei der Polizei war, hatte ich die Kündigung und eine Unterlassungsklage am Hals. Pohl behauptete, ich sei nur auf sein Geld aus und wolle ihn mit dieser ausgedachten Geschichte erpressen. Am Ende haben ihm alle geglaubt: Ich war die Hexe, die aus dem tragischen Verschwinden seiner Tochter auch noch Profit schlagen wollte. Jeder, der auch nur noch ein Wort darüber sprach oder gar druckte, wurde von einer Armee von Anwälten abgemahnt und verklagt. Bis es einfach totgeschwiegen wurde.«

»Glauben Sie, Pohl könnte seine eigene Tochter entführt haben, um seine Taten zu vertuschen?«

»Nein«, sagte sie zu seiner Überraschung. »Als er begriffen hat, dass seine Tochter tatsächlich weg ist, hat er geweint wie ein Schlosshund. Da hätte er schon ein sehr guter Schauspieler sein müssen, wenn das gespielt war. Ich glaube, er hat seine Tochter wirklich vermisst. Aber nicht, weil er sie geliebt hat. Sondern weil ein Mann wie er nicht glauben kann, dass ihm sein Lieblingsspielzeug einfach so weggenommen wird. Er konnte sie nicht länger benutzen. Das tat ihm am meisten weh.«

KAPITEL 56

Der Tod machte ihr keine Angst. Nicht mehr.

Seit Franziska fort war, war der Gedanke daran zu sterben für Mara wie ein alter Freund. Er besuchte sie, wenn sie an Bahngleisen vorbeispazierte und in der Ferne das Donnern der Räder auf den Gleisen hörte. Wenn sie auf der Landstraße fuhr, dann saß der Tod auf dem Beifahrersitz und flüsterte ihr zu, sie solle einfach das rechte Pedal nach unten drücken und die Augen schließen. In der Dunkelheit war nur ein winziger Lichtstreif geblieben: die Hoffnung auf die Wahrheit. Sie war es Franziska schuldig, die Wahrheit zu kennen und zu ertragen. Die Ungewissheit zerfraß ihr Herz. Sie musste wissen, wie sie ihre letzten Stunden erlebt hatte, um Frieden zu finden. Und noch nie war sie der Wahrheit so nah gewesen wie in diesem Augenblick. Mara schwitzte, obwohl es in der Wohnung angenehm kühl war. Ihre Finger schlossen sich noch fester um das Messer in ihrer Hand. Zur Not würde sie für die Wahrheit zum Äußersten gehen. Weiter, als ihr Verstand sich in diesem Moment ausmalen konnte, ohne Gefahr zu laufen, in den Wahnsinn abzudriften. Für Franziska würde sie diese Grenze überschreiten. Eine Einbahnstraße in den Irrsinn, ohne die Möglichkeit zu wenden.

»Ich will euch nicht wehtun«, sie leckte sich über die aufgesprungenen Lippen und schmeckte zu ihrer Überraschung Blut. »Ich will das alles hier nicht. Aber ihr lasst mir keine Wahl, wenn ihr nicht endlich redet, versteht ihr das nicht? Ich will doch nur meine Tochter zurück. Mein Kind.«

»Es gibt immer eine Wahl. Man kann sich immer entscheiden.« Verena Kuhn hatte sich wie eine Mauer vor ihre Tochter Ronja geschoben. Als könnten ihr Fleisch und ihre Knochen die Zehn-Zentimeter-Klinge in Maras Hand aufhalten. Als könnte die reine Mutterliebe ihr Kind von dem Schmerz fernhalten. »Wir wissen nicht, was mein Vater Franziska angetan hat. Oder wo sie jetzt ist. Aber ich weiß, dass die Polizei es herausfinden wird. Sie stellen den gesamten Hof auf den Kopf. Mit Spürhunden durchkämmen sie den Wald. Sie werden Franziska finden und nach Hause bringen. Wir brauchen nur etwas mehr Geduld.«

Der aufbrandende Schmerz ließ Mara nur noch stoßweise atmen. Wie gern würde sie ihr Kind begraben. Einen Ort haben, an dem sie Franziska nah sein konnte. Aber der Wald gab seine Toten nur äußerst ungern wieder her. Füchse und Marder zerbissen die Knochen zu winzigen Splittern und verteilten sie kilometerweit. Falls Franziska wirklich dort draußen gestorben war, dann würde man nur noch winzige Bruchstücke ihrer Gebeine und einzelne Zähne finden. Was von ihrer Tochter übrig war, würde in eine kleine Holzschatulle passen. Ihr Gehirn, ihr Herz, ihre Seele - all das blieb für immer dort draußen im dunklen Wald.

»Ihr lügt.« Wie gern hätte Mara ihren Worten geglaubt. Hätte das Messer zurück in ihre Manteltasche geschoben. Aber ihr Bauchgefühl sagte ihr, dass die beiden nicht die Wahrheit sagten. Zu oft hatte sie in den letzten Jahren ihren Instinkt ignoriert und denen Vertrauen geschenkt, die es nicht verdienten. Zuerst den Ermittlern der Polizei, die angeblich alles taten, um ihre Tochter zu finden, und doch keinen einzigen brauchbaren Hinweis aufgetrieben hatten, der sie zu ihrer Tochter führte. Dann auch noch Stefan, der geschworen hatte, sie zu lieben und zu respektieren. Ewige Treue hatte er ihr versprochen. Stattdessen hatte er sie betrogen und belogen. Ausgerechnet mit ihr: der Tochter des Mannes, der ihr einziges Kind auf dem Gewissen hatte. Wie er es ausgehalten hatte, mit ihr auch nur in einem Bett zu liegen, war Mara ein Rätsel. Ihr wurde schon schlecht, wenn sie Verena zu lange ansah. Sie hatte die gleichen Augen wie ihr Vater Paul. Mörderaugen. Sie waren grau wie das Meer an stürmischen Tagen. Noch einmal wäre sie nicht so naiv. Während Mara einen Schritt nach vorn machte, taumelte Verena einen zurück und drückte Ronja dabei gegen die Wand. Verzweifelt schlang sie die Arme um ihre Tochter und zog das Mädchen an sich. Der Gedanke, ihnen wehzutun, schnürte Mara die Luft ab.

Es gab keinen Ausweg mehr. Keine Alternative. Sie musste sie zum Reden bringen.

Um die nötige Kraft zu finden, dachte sie nur an Franziska. An ihr Mädchen, das Unvorstellbares erduldet und nie Gerechtigkeit erfahren hatte.

Mara hob das Messer und stieß die Klinge dann mit voller Wucht nach vorn.

KAPITEL 57

»Aufhören!«

Die Stimme fuhr wie eine glühende Nadel durch Maras Trommelfell und setzte ihr Gehirn in Brand. Innerhalb von Sekunden verkohlte sie ihre Nervenenden zu schwarzer Asche, sodass ihr Körper kapitulierte. Zuerst versagte ihr rechter Arm, der mitten in der Bewegung einfror und die Klinge wenige Zentimeter vor Verenas Rippen stoppen ließ. Es folgten die Knie, die abrupt unter ihrer Last nachgaben. Mara sackte zu Boden. Sie wollte schreien, aber auch ihre Stimmbänder gehorchten ihr nicht länger. Nur ein Krächzen drang aus ihrer Kehle.

Verena und Ronja standen vollkommen still, als sei die Zeit stehen geblieben. Nur ihre Gesichter ließen keine Zweifel daran, dass sie die Stimme ebenfalls gehört hatten und sie nicht bloß Maras einsetzendem Wahnsinn entsprungen war. Ronjas Augäpfel traten so weit aus ihren Höhlen hervor, als würden sie jeden Moment herausfallen und wie zwei stumpfe Murmeln über das Parkett rollen.

»Gut so. Und jetzt lass das Messer fallen.«

Mara gehorchte. Ihre Finger lösten sich von dem Messergriff, den sie vor wenigen Sekunden noch umklammert hatte, als hinge ihr Leben davon ab. Die

Klinge war sowieso nutzlos geworden. Auf keinen Fall hätte sie jetzt noch die nötige Kraft aufbringen können, die es brauchte, um einen Menschen damit ernsthaft zu verletzen. Sie war ausgebrannt. Verkohlt bis auf das Knochengerüst, das sie noch aufrecht hielt.

»Was ist, willst du mich denn gar nicht ansehen?! Ich dachte, du freust dich auf mich«, lockte die Stimme.

Es kostete Mara all ihre verbliebene Willenskraft, den Kopf zu drehen und über ihre Schulter nach hinten zu sehen. Sie hatte aufgehört zu zählen, wie oft sie sich diesen Augenblick schon ausgemalt hatte. Den Moment der Wahrheit, den sie seit fünf Jahren herbeisehnte und fürchtete.

Sie hatte damit gerechnet, dass eines Tages die Polizei vor ihrer Tür stand, um ihr mitzuteilen, dass man Franziskas menschliche Überreste gefunden hatte. Fragmente ihrer Knochen, die der Regen und der Wind klein gemahlen hatten. Fetzen der Kleidung, in der sie gestorben war. Voll mit Schlamm und getrocknetem Blut.

Mehr wäre nach all der Zeit von ihrer einzigen, geliebten Tochter nicht übrig.

Doch was Mara jetzt sah, war viel schlimmer als alles, was sie sich in ihren dunkelsten Albträumen ausgemalt hatte. Die Wahrheit stand im halbdunklen Wohnungsflur und lächelte sie an.

Sie zweifelte keine Sekunde daran, dass die Gestalt aussah und klang wie Franziska. Dort, wo ihr linkes Ohrläppchen bei der Entführung abgerissen worden war, leuchtete eine rote Narbe. Die feinen Sommersprossen auf ihrer Nase, das spitze Kinn und ihre Stimmfarbe - alles passte. Und doch wusste Mara, dass das nicht mehr ihr Kind war. Der Anblick ihrer Tochter weckte keine Sehnsucht oder Freude in ihr, sondern nur nackte Angst. Die Frau im Flur wirkte wie ein Reptil, das sich in die Haut ihres Kindes gezwängt hatte. Als sich ihre Blicke trafen, verstand Mara auch, warum. In ihren Augen lag keine bedingungslose Liebe, nicht mal die Spur menschlicher Wärme. Nur Hass und Grausamkeit.

»Wer bist du?!«, stieß sie aus. Das Bild um sie herum begann zu flackern, als würde sie jeden Moment in die Dunkelheit eintauchen und in Ohnmacht fallen. Sie biss sich selbst brutal in die Zunge, damit der Schmerz sie bei Bewusstsein hielt. Wie in Zeitlupe hob die Fremde ihren rechten Arm und streckte ihn nach vorn. Der Lauf einer Pistole zielte jetzt mitten auf Maras Stirn. Das Lächeln in dem unheimlichen Gesicht wurde breiter, als sie die Waffe entsicherte.

»Ich bin dein Tod.«

KAPITEL 58

Der Anblick der Waffe legte einen Schalter in Maras Kopf um. Bei dem Blick auf die schwarze Öffnung fing ihr Herz an, sich vor Angst in ihrer Brust zu verkrampfen. Es sah aus wie ein winziges Tor zur Hölle, hinter dem nichts als Dunkelheit und Tod lauerte. Der winzige Rest Überlebenswille, den sie noch in sich trug, wachte aus seinem Tiefschlaf auf. Die Küche, in der sie jetzt auf dem Boden kniete, war eine Sackgasse. Der einzige Weg nach draußen führte durch den Flur - und der war durch die Pistole versperrt. Mindestens drei Meter lagen zwischen Mara und dem Lauf der Waffe. Wenn sie nach vorn stürzte und versuchte, sie aus der Hand ihrer Mörderin zu schlagen, würde ihre Stirn bei dem Versuch unter einem Kugelhagel platzen. Jetzt, wo der Tod ihr die Hand reichte, wirkte er doch nicht mehr wie ein alter Freund. Eher wie ein Schatten, der das Licht der Welt verschluckte. Sterben war so endgültig. So unumkehrbar. Erst jetzt, wo der Tod ihr so nah war wie nie zuvor, begriff Mara, dass sie nicht sterben wollte. Alles, wonach sie sich sehnte, war eine Atempause von ihrem Schmerz. Einen Moment der Ruhe, in dem sie Kraft schöpfen konnte. Aber dafür war es jetzt zu spät. Nur ein leichter Druck der Finger am Abzug der

Waffe, und die erste tödliche Kugel würde sie direkt am Haaransatz treffen und sich in ihr Gehirn bohren.

»Warum?!« Die Luft war plötzlich drückend und schwül wie an einem nie enden wollenden Sommertag. »Ich bin es!«

Die Frau legte den Kopf schief und musterte Mara. Für einen Moment huschte ein Ausdruck der Belustigung über ihr Gesicht. Ihre Mundwinkel zuckten, als habe jemand einen unanständigen Witz erzählt, über den sie in der Öffentlichkeit nicht lachen wollte.

»Denkst du, ich weiß nicht, warum du mich kaum wiedererkennst? Du suchst nach dem kleinen, naiven Mädchen, das vor fünf Jahren verschwunden ist. Aber das gibt es nicht mehr. Was ist denn, Mutter? Hast du plötzlich Angst vor mir?«

Franziska spuckte das Wort »Mutter« aus, als sei es Dreck. Was hatte der Teufel mit ihrer Tochter gemacht? Welcher Gehirnwäsche hatte er sie unterzogen? Bei dem Gedanken daran, was man Franziska angetan haben musste, dass sie so hasserfüllt war, wurde Mara schlecht. Wahrscheinlich war sie so verzweifelt und ängstlich gewesen, dass sie einen Schuldigen gebraucht hatte. Irgendjemanden, auf den sie ihren Hass projizieren konnte. Dass ausgerechnet ihre eigene Mutter das Ziel ihrer Abscheu geworden war, traf Mara wie ein Dolch mitten ins Herz. Franziska brauchte eine Therapie. Aber vor allem Zeit. Vorsichtig machte Mara einen Schritt zurück, weg von der tödlichen Gefahr, als eine sanfte Bewegung in ihrem Augenwinkel ihre Aufmerksamkeit auf sich zog. Ronjas Fuß war ein winziges Stück weiter nach rechts gerutscht. Er zeigte jetzt in Richtung der Balkontür, die zu dem winzigen Balkon über der Straße führte. Verena stand noch genauso da wie vorher. Doch Mara konnte sehen, wie sie all ihre Muskeln anspannten. Bereit, jeden Moment loszurennen. Es war Wahnsinn. Wenn sie sich richtig erinnerte, dann trennten drei Stockwerke die Brüstung des Balkons vom kalten Asphalt. Bei einem Sprung aus dieser Höhe würde der harte Boden ihre Schienbeine aufspießen wie Zaunpfähle, die Schmerzen wären unerträglich, aber immerhin gab es eine Chance. So mickrig und zerbrechlich sie auch war: Ein Sprung in die Tiefe war vielleicht ihre einzige Möglichkeit, hier lebend rauszukommen. Sie brauchte nur eine Gelegenheit, um zu entkommen. Zwei Sekunden reichten aus, um zum Balkon zu stürzen und zu springen. Zwei Sekunden, die Mara nicht mehr hatte.

»Wie du willst. Dann eben keine Abschiedsworte.«

Wie in Zeitlupe spannte sich der Finger am Abzug. Mara war wie gelähmt, die Muskeln völlig erstarrt, als das Klingeln an der Wohnungstür die Stille zerriss. Keine von ihnen rührte sich. Erst als das Klopfen begann, legte die Fremde ihren Zeigefinger an die Lippen und bedeutete ihnen so, still zu sein. Nach Hilfe zu schreien hatte sowieso keinen Zweck. Bis derjenige, der dort draußen stand, den Ernst der Lage begriffen hätte, wären sie tot.

»Pizza!«, rief ein dünnes Stimmchen auf der anderen Seite der Tür. Die letzte Hoffnung starb in Mara. Im Treppenhaus stand wohl kein kräftiger Mann, der die Tür mit einem beherzten Tritt aufbrechen konnte.

»Ich habe nichts bestellt. Verschwinde!«

Keine Sekunde wandte ihre Mörderin den Blick ab. Nur der Lauf der Waffe war einige Zentimeter nach unten gerutscht. Statt auf ihre Stirn zeigte er jetzt auf Maras Herz.

»Die Pizza wird kalt!«, sagte die Stimme entrüstet. »Zweimal Salami, doppelt Käse. Das wäre die reinste Verschwendung. Was soll ich denn jetzt damit machen?!«

»Verflucht, stell sie einfach in den Flur!«

Franziska drehte den Lauf der Waffe ein Stück weiter nach rechts in Richtung der Tür. Weg von Mara.

»Aber ich bin nicht schuld, wenn sie geklaut werden! Einer Ihrer Nachbarn hat mir das schon mal ...«

Den Rest hörte Mara nicht mehr, weil sie zeitgleich mit Verena und Ronja in Richtung der Balkontür stürzte. Sie erreichte die Tür zuerst und rüttelte verzweifelt am Griff. Das durfte nicht wahr sein. Abgeschlossen, aber wenigstens steckte der Schlüssel. Blitzschnell drehte sie ihn im Schloss und wollte die Tür endlich aufdrücken, aber das war schon nicht mehr nötig.

Denn in diesem Moment zersprang das Glas vor ihren Augen, und eine Wand aus Scherben stürzte auf sie hinab. Sie riss die Arme hoch, um wenigstens ihr Gesicht zu schützen. Dann explodierte der Schmerz.

KAPITEL 59

Weiland versuchte noch, sie zu warnen, aber es war zu spät. Der Stein, den er geworfen hatte, um die Glasscheibe zu zerstören, traf Mara mit voller Wucht. Sie sank mitten auf den Scherben in die Knie. Mit der linken Hand zog Weiland seinen Mantel wie eine Kapuze über den Kopf und stieg dann geduckt durch den Türrahmen, aus dem vereinzelte Glassplitter wie Dornen ragten. Das Glas knackte unter seinen Stiefeln, als er die Wohnung mit gezogener Waffe betrat. Die Idee, Holm als Pizzaboten vorzuschicken, war aus der Not heraus geboren. Per SMS hatte Bachmann ihnen erst vorgeworfen, dass sie den Verstand verloren hatten, gefolgt von der Info, dass das Einsatzkommando erst in etwa zehn Minuten eintreffen würde. Zeit, die sie nicht hatten. Innerhalb von Sekunden hatten sie eine Entscheidung getroffen. Während Holm klingelte, hatte Weiland eine Nachbarin überredet, ihren Balkon benutzen zu dürfen, um zur Wohnung der Kuhns hinüberklettern zu können. Wie sich herausstellte, war es die einzig richtige Entscheidung gewesen.

Blitzschnell hatte Weiland sich im Wohnbereich orientiert. Mara krümmte sich vor Schmerzen vor ihm auf dem Boden zusammen. Das zerspringende Glas hatte feine Kratzer auf ihrem Gesicht hinterlassen. Ronja und Verena standen wenige Zentimeter hinter ihr, augenscheinlich unverletzt, aber sichtbar unter Schock. Die Waffe auf der anderen Seite des Flurs und die Frau, die jetzt damit auf Weilands Kopf zielte, zogen seinen Blick ruckartig an wie ein Magnet.

Obwohl anders als auf den letzten Fotos keinerlei Freundlichkeit in ihren Zügen zu erkennen war und ihr Kinn spitzer und die Wangen eingefallen waren, erkannte er sie sofort.

»Waffe fallen lassen«, sagte sie nur.

»Tun Sie ihr nichts!«, presste Mara zwischen zusammengebissenen Zähnen hervor. »Bitte. Er hat sie krank gemacht. Sie braucht Hilfe!«

Weiland machte einen Schritt nach vorn in Richtung der Wohnungstür und stellte sich damit direkt in die Schusslinie.

»Du hast dein ganzes Leben noch vor dir, Franziska. Wirf es nicht weg. Ich kann dir helfen.« Als er noch einen Schritt näher trat, begann die Pistole in ihrer Hand zu zittern. »Aber dazu musst du die Waffe herunternehmen. Sonst kann ich nichts für dich tun.«

»Etwas für mich tun?« Franziska schüttelte den Kopf. »Du verstehst gar nichts. Also geh endlich zur Seite, sonst schieße ich mir den Weg frei.«

»Du vertraust mir nicht. Und dazu hast du allen Grund.«

Weiland machte einen letzten Schritt auf Franziska zu. Der Lauf ihrer Waffe war nur noch etwa dreißig Zentimeter von seiner Stirn entfernt. Seine Waffe hingegen zeigte auf ihr Herz. Die Muskeln eines sterbenden Körpers konnten sich krampfartig zusammenziehen. Drückte nur einer von ihnen ab, wären sie vermutlich beide tot. Er beschloss, alles auf eine Karte zu setzen.

»Niemand steht über dem Gesetz. Niemand bleibt ungestraft, der Strafe verdient hat. Ich beweise es dir«, sagte er noch. Und dann drehte er sich um die eigene Achse, sodass der Lauf seiner Waffe nicht länger auf Franziskas Herz zeigte. Sondern direkt zwischen Maras Augen.

KAPITEL 60

»Du könntest mich jetzt von hinten erschießen«, sagte Weiland in einem Tonfall, als hätte er gerade ein Restaurant fürs Abendessen vorgeschlagen. »Oder du schaust dir an, wie ich deine Mutter vorläufig festnehme. Zumindest, bis die alarmierten Kollegen eintreffen und übernehmen. Wie entscheidest du dich?«

Es waren nur Sekunden, in denen Franziska nichts sagte. Sekunden, die sich in eine halbe Ewigkeit zu strecken schienen. Sie träumte. Halluzinierte. Anders konnte Mara sich nicht erklären, was gerade passierte. Was ihre Augen sahen, war nicht real. Was sie hörte, waren Stimmen in ihrem Kopf, nichts weiter.

»Ich will, dass sie im Gefängnis verrottet. Der Tod wäre zu gnädig.«

»Franziska.« Mara flüsterte ihren Namen. Die Buchstaben brannten auf ihrer Zunge wie Essig. »Was hat er dir angetan?!«

Sie kroch einen Schritt nach vorn auf ihre Tochter zu. Scherben bohrten sich in ihre Schienbeine und Kniescheiben, aber sie ignorierte den Schmerz. Vielleicht musste sie ihr Kind in die Arme schließen, um den Fluch zu brechen und die Lügen zu vertreiben, die Paul Kuhn ihr eingepflanzt hatte. Vielleicht wachte sie endlich aus dem Albtraum auf, wenn sie Franzi nur berührte, sie hielt, wie sie sie schon als kleines Mädchen gehalten hatte, wenn sie Schmerzen oder Angst hatte.

»Bleiben Sie, wo Sie sind!«, warnte Weiland. »Arme hinter den Rücken. Machen Sie es nicht schwerer, als es sein muss.«

»Ich bin ihre Mutter! Ich weiß, was sie jetzt braucht. Das Schwein hat sie manipuliert. Ihr Lügen erzählt.«

»Lügen?!«, Franziska schüttelte den Kopf. »Du bist es, die alle belügt. Mich. Die Polizei. Vor allem aber dich selbst. Nicht mal jetzt kannst du dir deine Schuld eingestehen. Wie erbärmlich du doch bist.«

»Wir bekommen das hin, Franzi. Du und ich, genau wie früher. Kuhn hat dir Dinge eingeredet, die nicht wahr sind, siehst du das denn nicht?«

Mit der Zeit würden die Narben, die Paul Kuhn verursacht hatte, verheilen. Franziska würde wieder das Mädchen werden, das sie vor fünf Jahren verloren hatte.

»Die Einzige, die etwas nicht sieht, sind Sie selbst, Mara. Die trauernde Mutter. So voller Schmerz und Verzweiflung«, sagte Weiland. »All die Vermissten sind in auf den ersten Blick perfekten Familien aufgewachsen. Die Eltern sind Rechtsanwälte und Ärzte, Politiker und Psychologen. Beruflich erfolgreich und mit einem großen Bekanntenkreis. Aber hinter der Fassade gab es Risse, die so tief waren, dass man sich darin verlieren konnte. Bei Ihnen habe ich es erst nicht gesehen, Mara. Aber heute Nacht hat es endlich klick gemacht. Eine Zeugin in einem anderen Vermisstenfall sagte mir, der Vater des vermissten Mädchens trauerte nicht um seine Tochter, sondern vielmehr darum, dass man ihm sein Lieblingsspielzeug weggenommen hatte. Genauso war es bei Ihnen, nicht wahr?«

Blind tasteten ihre Finger nach den Glasscherben auf dem Boden, während ihr Blick stur auf Weilands Gesicht gerichtet war. Sie fand nur winzige Splitter. Viel zu klein, um damit ernsthaften Schaden anzurichten. Ihre Finger wanderten weiter.

»Ihr Parfüm hat Sie verraten. Ich habe es nicht gleich erkannt, als ich es heute vor der Polizeistation gerochen habe. Aber dann ergab plötzlich alles einen Sinn. Sie haben Verena und Ronja aufgelauert, weil Sie glaubten, die beiden wüssten irgendetwas über Franziskas Schicksal. Jetzt, wo Ihr Mann auch noch tot ist, ist Ihr vermisstes Kind Ihr einziger Lebensinhalt. Alles, was Ihnen geblieben ist. Noch nie waren Sie so nah daran, Ihr Lieblingsspielzeug wiederzubekommen.«

»Wovon zur Hölle reden Sie?! Wissen Sie, was ich für meine Familie geopfert habe?!« Mara gab ihm keine Chance zu antworten. Vor Wut spuckte sie ihm die Worte vor die Füße. »Ich war immer bei meiner Tochter. Ich habe *mein Leben* für mein Kind gegeben.«

Mara merkte erst, dass sie schrie, als das Mädchen neben ihr zusammenschreckte. Ronja und ihre Mutter wichen noch einen Schritt zurück und stießen gegen eines der Küchenregale. Ein paar Gewürzdosen fielen klappernd zu Boden und rollten über das Parkett. Für den Bruchteil einer Sekunde sah niemand sie an. Blitzschnell suchten ihre Augen den Boden ab. Sie griff nach einer Scherbe, die gerade groß genug war, um sie in ihrer geballten Faust zu verbergen. Niemand schien irgendetwas bemerkt zu haben.

»Auch das haben Sie mit den anderen Eltern gemeinsam. Sie können sich so gut verstellen. Die Löwenmutter, die für ihr krankes Mädchen kämpft. Die von Ärzten und dem Krankenhauspersonal für ihr unerschütterliches Durchhaltevermögen bewundert wird. Gleich bei unserem ersten Treffen erzählten Sie mir von den epileptischen Anfällen Ihrer Tochter. Ich habe ein wenig recherchiert. Sie haben immer wieder mit gemeinnützigen Stiftungen und Spendenaktionen von sich reden gemacht. Das hat sich gut angefühlt, oder? Dabei war es gar nicht deren Aufmerksamkeit, die Sie wollten. Es muss schwer sein zu akzeptieren, dass der eigene Mann lieber durch die Welt reist, statt zu Hause bei seiner Frau und seiner Tochter zu sein. Da kamen Ihnen die medizinischen Notfälle Ihrer Tochter ganz recht. Immer wenn es Franziska plötzlich schlechter ging, brach Ihr Mann seine Reisen ab und kehrte zu Ihnen ins traute Heim zurück.«

»Hören Sie sich eigentlich selber reden? Stefan hat mich geliebt. Franziska hat er vergöttert. Er hat viel gearbeitet, ja, aber er war eben ambitioniert.«

»Wir waren Papa scheißegal, und das weißt du auch. Er ist nur bei uns geblieben, weil er nicht wie das letzte Arschloch aussehen wollte. Erst als ich weg war, hat er sich plötzlich einen Dreck um mich geschert.«

»Er hat dich geliebt, Franziska!« Maras Stimme brach vor Schmerz. »Hat er dir das eingeredet? Hat Kuhn dir gesagt, wir würden dich nicht lieben?«

Wie einsam musste Franziska gewesen sein? Wie verzweifelt? Fast fünf Jahre in den Händen eines Irren, der sie psychisch gefoltert hatte. Die Folgen konnte Mara im Gesicht ihrer Tochter sehen. Das Lächeln, das sie so geliebt hatte, war unwiederbringlich ausgelöscht.

»Ich habe immer nur das Beste für mein Kind getan! Sie braucht Hilfe, merken Sie das denn nicht?!«

»Darüber wird ein Richter entscheiden. Ich nehme Sie hiermit aufgrund des Verdachts der Misshandlung von Schutzbefohlenen fest.«

Weiland griff mit der linken Hand in eine seiner Manteltaschen und zog eine Packung Kabelbinder hervor, als Mara nach vorn stürzte. Die Glasscherbe hielt sie in ihrer Hand wie ein Messer. Spitz und – wenn sie richtig eingesetzt wurde - tödlich. Sie zielte auf sein rechtes Auge, bereit, den Augapfel zu durchstechen und die Scherbe in sein Gehirn zu rammen, als er mit der Waffe ausholte und sie an der Nasenwurzel traf. Der Schmerz war so heftig, dass rote Punkte vor ihrem Gesicht tanzten. Sie brauchte einen Moment, um zu begreifen, dass sie ihr eigenes Blut sah, das bis an die Decke spritzte.

»Das hätten Sie wirklich nicht tun sollen«, sagte er, während er ihre Arme grob auf ihren Rücken drehte und die Hände mit dem Kabelbinder fixierte. »Damit kommt auch noch versuchte schwere Körperverletzung hinzu. Das gibt mindestens drei Jahre als Sahnehäubchen obendrauf.«

KAPITEL 61

Alexander Bachmann sah aus, als würden ihm die Augäpfel jeden Moment aus dem Schädel fallen. Fast zehn Minuten lang starrte er nun schon auf die verspiegelte Glasscheibe, als befände sich ein exotisches Tier dahinter, das er noch nie in seinem Leben gesehen hatte. Eine Art Fabelwesen, an dessen Existenz er nicht wirklich geglaubt hatte.

»Ich fasse es nicht.«

»Frag mich mal«, erwiderte Weiland.

»Franziska Dahl. Wer hätte das gedacht. Sie hat das perfekte Verbrechen inszeniert. Fünf Jahre lang hat sie alle an der Nase herumgeführt. Woher wusstest du, dass sie noch lebt?«

»Gewusst habe ich es nicht. Aber seit Ronja von dem rothaarigen Mädchen im Wald erzählt hat, hat es in mir gearbeitet.«

»Du meinst Adrianne.«

»Hätte Paul Kuhn sie gegen ihren Willen entführt, hätte sie Angst bekommen müssen, als sie sich plötzlich im Wald gegenüberstanden. Sie hätte versucht, wegzurennen. Aber sie tat nichts davon. Sie ging einfach mit ihm mit. Ab dem Moment bin ich stutzig geworden. Ein Entführungsopfer, das keinerlei Angst hat. Das passt nicht.«

Die junge Frau hinter der Glasscheibe wandte plötzlich den Kopf und starrte direkt in ihre Richtung, als
würde sie spüren, dass sie beobachtet wurde. Die dunklen Augen, die ihr eigenes Spiegelbild aufmerksam
musterten, erzählten stille Geschichten. Sie wirkten
deutlich älter als neunzehn Jahre, in ihnen lag eine
Ruhe und Kraft, die viele andere Menschen erst nach
einem halben Jahrhundert in sich entdeckten. Um zu
überleben, hatte Franziska schneller erwachsen werden müssen als andere.

»Will sie einen Anwalt?«, fragte Bachmann.

»Nein. Die Kollegen im Streifenwagen haben sie bereits über ihre Rechte aufgeklärt. Sie sagt, sie braucht
keinen. Sie behauptet, sie hat nichts zu verbergen. Was
ist mit den anderen Kindern und Jugendlichen? Habt
ihr irgendwelche Spuren? Die Knochen, die ihr im
Wald gefunden habt ...?«

»Die Rechtsmedizin sagt, sie sind zu groß für ein Kind.
Wahrscheinlich gehören sie einem ausgewachsenen äl-
teren Mann. Vor einigen Jahren hat sich ein Wanderer
in der Gegend verirrt. Die DNA-Analyse läuft noch. Ansonsten haben wir nichts dort draußen gefunden.«

»Also könnten die anderen Vermissten bis auf Lisa
noch leben.«

»Ja. Es klingt unglaublich, aber ja. Genauso unglaublich wie die Tatsache, dass du während deiner Suspendierung mehr Richtlinien gebrochen hast, als ich Finger habe.«

Weiland schwieg. Dem war nichts hinzuzufügen.

»Du wurdest zwei Mal mit einer Waffe bedroht. Einmal sogar angeschossen. Und wie schon beim letzten
Einsatz, der zu deiner Suspendierung geführt hat, hast

du Dickschädel allein gehandelt, anstatt frühzeitig die Kollegen einzuschalten.« Bachmann seufzte tief. »Aber du hast verdammt gut ermittelt. Glückwunsch, Theo. Das offizielle Verhör mit den Kollegen beginnt in wenigen Minuten. Mach schon. Rede mit ihr, und frag sie, was du fragen willst. Und danach …«, er klopfte ihm leicht auf die Schulter, »… danach muss ich hoffentlich dein Gesicht bis zur offiziellen Anhörung nicht mehr sehen.«

Franziska Dahl verzog keine Miene, als er wenige Sekunden später den Raum betrat und sich zu ihr an den Tisch setzte. Sie wirkte gefasst, beinahe abgebrüht. Wahrscheinlich war irgendwo hinter den Mauern, die sie zum Selbstschutz errichtet hatte, noch das kleine Mädchen, das nie Kind sein durfte. Wenn sie blinzelte, dann schimmerte für einen winzigen Moment etwas Verletzliches darin auf.

»Die letzten Jahre müssen sehr einsam für dich gewesen sein«, sagte Weiland.

An dem Zucken um ihren Mund erkannte er, dass er einen wunden Punkt getroffen hatte. Ein Gefühl, das sie all die Jahre zu verdrängen versucht hatte.

»Manchmal kam ich mir vor wie eine Außerirdische, die sich eine Menschenhaut übergezogen hat. Wenn ich in den Spiegel sah, war da ein Mensch: Er sah zwar anders aus als ich, weil ich ständig Perücken und Make-up getragen habe, aber dennoch äußerlich eindeutig ein Mensch. Nur wusste dieses Wesen im Spiegel nicht mehr, wie es ist, menschlich zu sein.«

»Das Mädchen, das du kanntest, war verschwunden.«

»Es ist an dem Tag meiner Entführung gestorben, damit ich leben konnte. Alles war anders. Ich hatte keinen

Alltag mehr. Keine Familie. Freunde sowieso nicht. So-gar die Schule und die Hobbys, die meine Mutter für mich ausgesucht hatte, haben mir gefehlt. Paul hatte mich davor gewarnt. Er sagte, anfangs fühlt es sich für die meisten von uns an, als würde man um einen ge-liebten Menschen trauern. Nur dass man selbst dieser Mensch ist.«

»Die meisten von euch? Wer seid ihr?«

»Andere Kinder wie ich.«

»Wir wissen von Lisa, Adrianne und Moritz. Gibt es noch mehr?«

»Dazu kann ich nichts sagen.«

Obwohl er mit keiner anderen Antwort gerechnet hatte, spürte Weiland eine Enttäuschung in sich. Dort draußen gab es noch immer Familien, die auf Antwor-ten warteten. Auch wenn sie diese aus Franziskas Sicht nicht verdient hatten. Er verstand, dass sie schwieg, um die anderen zu schützen.

»Wann hast du gemerkt, dass die Beziehung zu dei-nen Eltern anders ist als bei anderen Kindern?«

Sie lächelte.

»Anders ist ein nettes Wort dafür. Krank trifft es eher. Ich glaube, unterbewusst habe ich es schon ganz früh gemerkt, aber es hat Jahre gedauert, mir alles einzuge-stehen. Es begann mit Papa, da war ich etwa vier, viel-leicht fünf. Gesundheitlich ging es mir immer besser. Sie probierten ein neues Medikament an mir aus, und die Anfälle, die ich seit meiner Geburt hatte, wurden endlich weniger. Für ein paar Monate war ich fast wie ein normales Kind, etwas lauter und aufgedrehter viel-leicht. All die Zeit, die ich zuvor in Krankenhäusern und bei Ärzten hatte verbringen müssen, wollte ich nachholen. Mama sagte immer, ich wäre wie ein Flummi, es gab keine ruhige Minute mehr für mich.«

»Das muss eine schöne Zeit gewesen sein.«

Sie lächelte.

»Es war wie im Himmel. Ich war viel draußen. Hatte zum ersten Mal so etwas wie Freunde, weil ich nicht mehr nur das komische kranke Mädchen war. Für etwa sechs Monate. Aber dann fing Papa an, immer öfter auf Reisen zu gehen. Eine Auslandsreportage in Kroatien, dann ein Bericht aus Nepal. Es zog ihn an immer exotischere Orte, als wollte er möglichst viel Abstand zwischen uns bringen. Wenn Papa doch zu Hause war, dann war er meist in seinem Arbeitszimmer, wollte seine Ruhe. Ich war ihm immer etwas lästig, wie eine brummende Fliege, die um seinen Kopf herumgeflogen ist. Er hat versucht es zu verbergen und mit teuren Geschenken wiedergutzumachen, aber ein Kind merkt, dass es nicht gewollt ist. Am liebsten war ich ihm wohl, wenn ich schlief.«

Sie erzählte es ohne Bitterkeit oder Traurigkeit in der Stimme. Als ginge es um ein anderes Kind, das ungewollt war, immer zu viel, sobald es den Mund aufmachte.

»Kurz darauf fing Mama an, mir jeden Abend eine Tasse Tee zu kochen. Ich weiß noch, wie bitter er schmeckte, aber ich dachte mir nichts dabei. Schließlich war sie meine Mutter. Sie sagte, es sei wichtig, dass ich die ganze Tasse leer trinke.«

»Und plötzlich wurdest du wieder krank.«

Sie nickte. »Nicht sofort. Ein paar Wochen lang passierte nichts. Aber dann fing alles von vorn an, wenn auch anders. Die Anfälle wurden viel schlimmer, mehr wie Ohnmachtsanfälle. Ich bekam manchmal wie aus dem Nichts Schüttelfrost. Spuckte Blut. Eines Nachts wurde es so schlimm, dass ich wieder ins Krankenhaus musste. Etwas Gutes hatte meine Krankheit: Papa hat seine wochenlange Auslandsreise abgebrochen und ist zurück zu uns gekommen. Für ein paar Tage waren wir wie eine heile Familie. Meine Eltern saßen bei mir am Krankenbett, und wir spielten Brettspiele. Sie lachten. Küssten sich. Das machten sie normalerweise nicht mehr.«

»Deine Krankheit hat sie einander wieder nähergebracht.«

»Ja. Angst schweißt zusammen.«

»Ich nehme an, die Ärzte fanden nichts und du wurdest ohne Befund entlassen?«

»Ich weiß nicht, ob sie nicht so genau hingeschaut haben, weil sie dachten, die Kinderepilepsie sei zurück und das Medikament schlägt einfach nicht wie gewünscht an. Vielleicht hat meine Mutter es auch so geschickt angestellt, dass sie nichts nachweisen konnten. Aber ich hatte so ein Gefühl. Ich weiß noch, dass ich Angst hatte an dem Tag, als wir wieder nach Hause gefahren sind. Mama wollte mir wieder Tee kochen, aber ich habe mich geweigert, ihn zu trinken. Von da an gab es einen vorbereiteten Teller mit Essen für mich. Sie stellte mir abends eine Flasche mit Saft ans Bett und schloss mich ein, sodass ich gar nicht anders konnte, als davon zu trinken.«

»Hat dein Vater gar nichts davon gemerkt?«

»Nein. Er saß in jeder freien Minute an seinem Schreibtisch. Ich glaube, die Schuldgefühle, weil er meine Kindheit verpasst hat, haben ihn am Ende krank gemacht. Deshalb hat er nach meinem Verschwinden so obsessiv nach mir gesucht.«

Franziskas Blick wanderte zu Boden. Jetzt konnte Weiland doch Tränen in ihren Augenwinkeln sehen. Er wusste nicht, ob es Trauer, Wut oder doch eine Mischung aus beidem war.

»Der Mensch gewöhnt sich an alles. Auch daran, dass die eigene Tochter manchmal Krampfanfälle bekommt. Mein Vater flog nicht mehr jedes Mal zurück, wenn ich ins Krankenhaus musste. Also mussten die Anfälle und Komplikationen immer schlimmer werden. Einmal wäre ich fast erstickt, weil ich meine eigene Zunge verschluckt hatte. Ein anderes Mal hatte ich eine Gehirnerschütterung, weil ich die Treppe hinunterfiel, während ich krampfte.«

»Bis dahin hast du niemandem von deinem Verdacht erzählt?«

»Nein. Ich hatte es mir selbst noch nicht einmal eingestanden. Nicht ein einziges Mal habe ich gedacht, dass meine eigene Mutter mich vergiftet. Es ist gegen die Natur. Es ist das Gegenteil von dem, was eine Mutter tut. Ich wusste nur, dass ich in ihrer Gegenwart vorsichtig sein muss. Es hat mich depressiv gemacht. Das hat kein Arzt diagnostiziert, aber es gab Tage, da habe ich es nicht einmal aus dem Bett geschafft. Ich habe nur auf die Uhr gestarrt und gehofft, dass die Zeit vorbeigeht. Ich wusste, lange halte ich das nicht mehr aus. Entweder ich rede mit jemandem oder ...«

Sie sprach die Alternative nicht aus. Das musste sie auch nicht. Weiland nickte.

»Ich verstehe. Du warst verzweifelt und einsam.«

»Ich war am Ende. Aber es gab diesen einen Arzt, der war anders als der Rest.«

»Doktor Paul Kuhn.«

»Kennen Sie das Gefühl, nur eine Nummer zu sein? Sie gehen ins Behandlungszimmer und der Arzt schaut öfter auf die Uhr als in Ihr Gesicht. Ich dachte immer, niemand nimmt mich ernst, wenn ich von meinen Symptomen erzähle. Viele Ärzte haben irgendwann abgewinkt und gesagt, so viele unterschiedliche Symptome kann niemand haben. Als hätte ich mir das alles nur ausgedacht. Doktor Kuhn war anders. Er nahm sich Zeit. Hörte mir zu. Und er brachte mich auf die Idee, genau zu notieren, wann es mir schlechter geht. Bei meinem nächsten Termin sollte ich meine Notizen mitbringen.«

»Und ihr habt ein Muster gefunden.«

»Es war so offensichtlich. Aber ich wollte es damals einfach nicht sehen. Er blätterte meine Notizen nur einmal durch und fragte mich dann, ob mir schon aufgefallen sei, dass es mir immer nur dann schlechter ging, wenn mein Vater auf Reisen war oder verreisen wollte. Erst da habe ich es verstanden.«

»Warum seid ihr mit euren Erkenntnissen nicht zur Polizei oder zum Jugendamt gegangen?«, fragte Weiland. »Hat Kuhn dir davon abgeraten?«

»Nein, nicht direkt. Aber er sagte, wir brauchen Beweise. Die Menschen sehen Geld und Wohlstand, wenn sie zu uns kommen. Sie sehen Papas Sportwagen, eine Villa, in der locker fünf Wohnungen Platz finden würden. Sie sehen unsere Urlaubsbilder von den Bahamas und den Malediven, auf denen ich von einem Ohr zum anderen grinse. Meine Mutter hatte so eine Art, alle um den Finger zu wickeln. Wenn nicht mit ihrem Charme, dann mit ihrem Kontostand. Eine Spende hier für ein Hilfsprojekt. Eine Investition da für einen Verein. Ohne Beweise hätte man in mir nur die verwöhnte Göre gesehen, die ihrer Mutter eins auswischen wollte. Aber Paul hatte eine Idee. Das nächste Mal, wenn es mir schlechter ging, sollte ich mir zu Hause Blut abnehmen. Er würde es auf alle gängigen Gifte und Medikamente testen, die Krampfanfälle auslösen können.«

»Hat er etwas gefunden?«

»Dazu kam es nie. Der nächste Anfall kam so plötzlich und heftig, dass ich für zwei Wochen ins künstliche Koma versetzt werden musste. Mein Gehirn war angeschwollen. Spätestens da habe ich dann begriffen, dass ich keine Zeit mehr hatte. Meine Mutter wollte mich nie töten. Aber ein einfacher Anfall reichte nicht mehr. Krank sein war die neue Normalität. Es musste immer dramatischer werden, damit mein Vater so lange wie möglich bei uns blieb. In ihrem kranken Kopf tat sie etwas Gutes. Sie hielt die Familie zusammen.«

Weilands Kehle war staubtrocken, als er nach dem Wasserglas griff.

»Ich habe Paul angefleht, mir zu helfen. Ich musste so schnell wie möglich da raus, sonst wäre ich früher oder später gestorben. Und genau das tat er. Er bot mir einen Ausweg.«

KAPITEL 62

»Was hat mich verraten?«, fragte Franziska.

»Nichts. Gemeinsam habt ihr das perfekte Verbrechen begangen. Das Blut in deinem Kinderzimmer. Das abgerissene Ohrläppchen. Und dann auch noch die DNA eines Sexualstraftäters im Garten. Ihr habt die perfekte Entführung inszeniert.«

Franziska lächelte.

»Das war Paul. Er sagte, es sei wie ein Theaterstück. Über Wochen hat er mir Blut abgenommen, damit es aussah, als wäre ich schon in meinem Zimmer gestorben. Das mit dem Ohrläppchen war meine Idee. Er fand es ein wenig dramatisch, aber ich wollte es so. Ich wollte einen bühnenreifen Abgang, bei dem niemand auch nur eine Sekunde lang daran zweifelt, dass ich tot bin. Also hat er es mir im Zimmer unter Betäubung ausgerissen und die Wunde danach genäht, damit es nicht weiter auffällt.«

Weiland schauderte bei der Vorstellung. Ihr Ziel hatte sie erreicht: Niemand hatte ernsthaft nach einer lebenden Person gesucht. Jeder, der den Tatort betreten hatte, war aufgrund der Brutalität und der Blutmenge überzeugt davon gewesen, dass Franziska Dahl tot war.

»Den bühnenreifen Abgang hast du gehabt. Niemand hat ernsthaft daran geglaubt, dass du noch leben könntest. Stutzig bin ich erst geworden, als Ronja von dem Mädchen erzählt hat, das ihr und ihrem Großvater Paul Kuhn bei einem Spaziergang im Wald begegnet ist. Ein rothaariges Mädchen im Pyjama. Wir ahnten damals schon, dass sie eines von Paul Kuhns angeblichen Opfern sein könnte. Aber laut Ronjas Aussage machte das Mädchen überhaupt keine Anstalten wegzulaufen, als sie Kuhn sah. Sie wirkte nicht ängstlich. Ganz im Gegenteil. Sie nahm seine Hand und ging widerstandslos mit ihm mit. Ab diesem Augenblick bin ich nachdenklich geworden. Wäre Adrianne gegen ihren Willen entführt worden, hätte sie sich wohl kaum widerstandslos abführen lassen. Es hätte ihr Todesurteil bedeuten können.«

»Adrianne wurde auch von Paul gerettet. Ihr Vater ist ein Schwein.«

»Das wissen wir mittlerweile. Gegen ihn wird auch eine Ermittlung eingeleitet.«

Ein Ausdruck der Genugtuung huschte über ihr Gesicht.

»Ronja und Verena Kuhn waren mehrmals über Tage oder Wochen bei Paul zu Besuch. Wo wart ihr in dieser Zeit? Angeblich haben sie weder dich noch eines der anderen Kinder je dort gesehen.«

»Es gibt eine einfache Hütte im Wald. Nicht besonders gemütlich, aber es reichte«, sagte sie.

Weiland lehnte sich auf seinem Stuhl zurück und musterte sie nachdenklich.

»Ich verstehe nicht, warum du nicht irgendwo ein neues Leben angefangen hast. Du bist mittlerweile volljährig. Wenn Paul Kuhn eine Entführung inszenieren kann, hätte er dir sicher auch eine neue Identität besorgen können. Wieso bist du geblieben und hast deinen Eltern sogar Hinweise geschickt?«

»Paul hat mir und den anderen alles beigebracht, was wir brauchten. Wir wurden unterrichtet. Bekamen Taschengeld, das wir uns selbst einteilen mussten. Autofahren haben wir vor dem Hof geübt und nachts dann auf den Straßen, auf denen niemand fährt. Es war immer sein Ziel, dass wir von Neuem starten können, wenn wir alt genug sind. Die meisten von uns haben sich kurz nach dem achtzehnten Geburtstag verabschiedet. Ihre Eltern haben nach Jahren aufgehört, nach ihnen zu suchen, weil es einfach zu schmerzhaft war. Meine Mutter und mein Vater waren anders. Sie wollten nicht aufgeben, waren fast obsessiv. Meiner Mutter fehlte die Aufmerksamkeit. Sie wollte mich zurück, um mich weiter für ihre Zwecke zu benutzen. Meinen Vater dagegen hat das schlechte Gewissen fast umgebracht. Beide haben sich immer wieder an die Medien gewandt und Privatermittler engagiert, die natürlich nichts gefunden haben. Ich habe mir das ganze Theater zuerst nur aus der Ferne angesehen. Aber dann ist mein Vater einen Schritt zu weit gegangen und hat eine Beziehung mit Verena, Pauls Tochter, begonnen.«

»Das kann kein Zufall sein. Er muss geahnt haben, dass Paul Kuhn irgendwie in dein Verschwinden involviert war.«

»Genau das habe ich auch befürchtet. Verena war wohl anfangs sein Mittel zum Zweck, um an Informationen zu kommen. Aber dann ist er bei ihr geblieben. Ich glaube, er hat sich nicht wirklich in sie verliebt, dazu ist mein Vater gar nicht fähig, sondern mehr in die Idee, wieder eine Familie zu haben. Es war seine zweite Chance, nachdem er bei mir als Vater so kläglich versagt hatte.«

»Aber woher sollte dein Vater wissen, dass Paul etwas mit deinem Verschwinden zu tun hat?«

»Ich fürchte, Lisa hat es ihm gesagt.«

»Lisa Stein?«, fragte Weiland.

Franziska nickte.

»Sie wurde auch von Paul gerettet, genauso wie ich. Ihr Vater war ein Sadist, der Spaß daran hatte, sie und ihre Mutter zu quälen. Stromschläge. Waterboarding. Alles, was keine eindeutigen Spuren am Körper hinterlässt. Etwa drei Jahre nachdem Lisa untergetaucht ist, hat das Schwein ihre Mutter und dann sich selbst umgebracht. Er hat sie von einer Talsperre geschubst und ist dann hinterhergesprungen. Dreißig Meter freier Fall. Ihre Leichen hat man nie gefunden.«

»Das muss schrecklich für Lisa gewesen sein.«

»Sie hatte wahnsinnige Schuldgefühle. Lisa hat ihre Eltern auf eine seltsame Art geliebt. Das tun wir alle. Plötzlich sagte sie, es wäre ein Fehler gewesen, mit Paul mitzugehen. Deshalb hat sie versucht mich zu überreden, zu meinen Eltern zurückzukehren, solange es noch geht.«

»Sie hat sich die Schuld am Tod ihrer Eltern gegeben?«

»Leider ja. Man konnte ihr richtig ansehen, wie es sie zerfressen hat. Paul hat alles versucht, um ihr zu helfen. Er hat sie mit falschen Papieren für ein paar Wochen nach Frankreich geschickt. Ihr Therapiestunden besorgt. Stundenlang mit ihr geredet. Nichts hat geholfen. Irgendwann ist Lisa vom Hof abgehauen. Es gab Gerüchte, dass sie auf den Straßenstrich geht und Drogen nimmt. Paul hat mehrfach versucht, sie zu finden. Vergeblich. Eines Tages schrieb sie mir plötzlich, sie hätte die Mailadresse meines Vaters im Netz gefunden. Sie würde ihm schreiben und ihm verraten, dass ich noch lebe und bei Paul Kuhn wohne. Ich habe sie angefleht, es zu lassen. Danach habe ich nie wieder etwas von ihr gehört. Ist sie ...?«

»Leider ist Lisa tot. Vermutlich eine Überdosis.«

Franziska atmete einige Male tief durch. Dieses Mal konnte sie die Tränen nicht zurückhalten. Sie tropften von ihrem Kinn auf die Tischplatte, wo ihre Finger sie verwischten.

»Es ist nicht fair. Sie hatte ein langes Leben verdient.«

»Ich weiß«, antwortete Weiland. »Das habt ihr alle. Ich kann mir nicht mal vorstellen, wie es für ein Kind sein muss, eine solche Entscheidung zu treffen. Die Eltern zurückzulassen.«

»Wir waren alle keine Kinder mehr. Die waren längst tot.«

»Wie hat Paul Kuhn reagiert, als er von der Beziehung seiner Tochter zu Stefan Dahl erfahren hat?«

»Er wusste gar nichts davon. Er und Verena hatten schon seit Jahren keinen Kontakt mehr. Außerdem hatte er schon länger mit gesundheitlichen Problemen zu kämpfen und lebte die letzten zwei Jahre bereits sehr zurückgezogen. Ich habe es nur mitbekommen, weil ich alle paar Monate bei meinen Eltern nach dem Rechten gesehen habe. Nur um herauszufinden, ob sie noch mehr Menschen Schaden zufügen. Ich habe Paul nichts davon erzählt, weil ich nicht wollte, dass er sich Sorgen macht. Ich wollte es dieses Mal allein, auf meine Weise regeln. Das war ich ihm schuldig, nach allem, was er für mich getan hat.«

»Hast du deinen Eltern deshalb die Botschaften geschickt? Das Paket mit deinen Haaren und die Maske?«

»Fünf Jahre ohne neue Spuren haben meine Eltern nicht davon abgehalten, weiter nach mir zu suchen. Also dachte ich, ich ändere meine Taktik. Statt totaler Funkstille wollte ich ihnen Angst machen. Sie sollten denken, dass der Mörder ihrer Tochter ihnen droht. Es war meine letzte Hoffnung. Bei dem Paket mit meinen Haaren hat noch alles funktioniert. Meine Mutter ist komplett zusammengebrochen, nachdem sie es geöffnet hat.«

»Hast du gar nicht befürchtet, dass sie die Polizei ruft und dein Fall neu aufgerollt wird?«

»Nein«, sagte sie, ohne zu zögern. »Ich wusste, wie wenig sie von der Polizei hält. Ich hatte fest damit gerechnet, dass sie meinen Vater anruft. Der Plan war, dass er die Maske im Wäscheschacht findet, wenn er das Haus auf der Suche nach weiteren Hinweisen auf den Kopf stellt. Sie gehört Ronja, Pauls Enkelin. Ich dachte, wenn mein Vater die Maske wiedererkennt, begreift er endlich, dass er sich von ihr fernhalten soll. Leider hat meine Mutter stattdessen Sie engagiert und meinem Vater nichts davon gesagt.«

»Auch mich wolltest du einschüchtern. Deswegen hast du meinen Wagen zerkratzt und das Fenster mit einem Stein zertrümmert.«

»Tut mir leid. Aber ich wollte Sie irgendwie loswerden. Leider ging auch das gründlich schief.«

Es klopfte an der Tür. Die Beamten waren da. Das offizielle Verhör begann. Weiland machte ein Zeichen in Richtung der verspiegelten Glasscheibe. Noch eine Minute.

»Eine letzte Frage. Die ganze Logistik. Die Planung. Kuhn hat nicht allein gehandelt, oder?«

Franziska Dahl zögerte.

»Ich weiß nicht viel darüber. Paul hat immer gesagt, das ist zu unserem Besten.«

»Was weißt du denn?«

»Sie nennen sich ›Die grauen Engel‹. Ich weiß nicht, wer dazugehört. Oder wie viele es tatsächlich sind. Angeblich sind sie in ganz Europa aktiv. Sie helfen Kindern, wie ich damals eines war. Kinder, die sterben, wenn nicht endlich jemand eingreift. Ich kenne nur eine Regel: Wer entdeckt wird, wählt den Tod, um die Identität der anderen zu schützen.«

Franziska wischte sich die letzten Tränen aus dem Gesicht. Statt der Trauer lag nun ein Ausdruck von Stolz in ihren Augen.

»Genau das hat Paul getan. Er hat uns und all diejenigen, die noch gerettet werden müssen, so sehr geliebt, dass er sein Leben dafür gegeben hat.«

»Graue Engel …«, murmelte Bachmann, als Weiland das Verhörzimmer verließ und wieder zu ihm hinter die Glasscheibe trat. »Glaubst du diese Geschichte?«

Weiland beobachtete, wie die beiden Polizisten sich zu Franziska an den Tisch setzten. In den wenigen Sekunden, seit er den Raum verlassen hatte, hatte sie die unsichtbare Mauer wieder hochgezogen. Der Ausdruck auf ihrem Gesicht wirkte kühl, beinahe abwesend. Ihr Innerstes, in das sie Weiland für kurze Zeit hatte blicken lassen, war wieder hinter Steinen geschützt.

»Es passt bei den Fällen, die uns bekannt sind. Franziska wurde von ihrer eigenen Mutter vergiftet. Bei Lisa Stein und Adrianne Pohl waren es die Väter, die ihre Töchter gequält und missbraucht haben. Bei Moritz Frohn wissen wir immerhin, dass er auffällig gewaltbereit war. Einen Mitschüler unter Wasser zu drücken, bis er bewusstlos wird, ist definitiv kein normales Verhalten für einen Elfjährigen, sondern ein Warnsignal. Nur hat keiner der Erwachsenen in seinem Umfeld reagiert. Genau wie bei den anderen. Niemand konnte oder wollte sich vorstellen, was hinter geschlossenen Türen passiert«, sagte Weiland. »Wie einsam und verzweifelt all diese Kinder gewesen sein müssen. Sie haben ihr Leben einem Fremden anvertraut. Ihr Schicksal in seine Hände gelegt, weil sie wussten, dass sie keine Alternative hatten. Keinen anderen Ausweg.«

»Wir werden ihre Familien durchleuchten. Sobald sich der Verdacht der Kindesmisshandlung erhärtet, gehen wir damit zur Staatsanwaltschaft. Wenn wir es richtig anstellen, verschwinden sie für einige Jahre von der Bildfläche.«

»Und was ist mit ihr?« Weiland deutete mit dem Kinn in Richtung der Glasscheibe. »Mit Franziska und all den anderen?«

»Was soll mit ihnen sein? Sie waren Kinder. Einige waren zum Zeitpunkt ihres Verschwindens nicht einmal strafmündig. Mittlerweile dürften die meisten von ihnen volljährig sein und damit frei über ihren Aufenthaltsort bestimmen können.« Bachmanns Gesichtsausdruck verfinsterte sich. »Aber was diese selbst ernannten ›Engel‹ angeht ... Nichts auf der Welt rechtfertigt es, ein Kind so aus seinem Lebensumfeld zu reißen. In dem Alter sind sie sich der Tragweite ihrer Entscheidung noch nicht einmal bewusst. Wenn das alles wahr ist, Theo, dann haben wir nur die Spitze des Eisbergs entdeckt. Es könnten Hunderte Fälle sein. Wir müssen das Netzwerk sprengen.«

»Viel Glück dabei, aber ich fürchte, du wirst keinen Erfolg haben.« Weiland schlüpfte in seinen Mantel. Er hatte seine Arbeit getan. Es war Zeit, endlich nach Hause zu gehen. Zurück zu Hanna. »Das sind keine normalen Kriminellen, sondern eine Gruppe Menschen mit einem Ziel. Selbst wenn du ein oder zwei von ihnen erwischst: Die Idee dahinter wird weiterleben. Einen Täter kannst du verurteilen und einsperren. Aber die Idee niemals.«

KAPITEL 63

»Mit Ihnen wird es nie langweilig, oder?«

Isabell Ruiz lächelte Weiland über den Rand ihrer dampfenden Teetasse hinweg an.

»Ich fürchte nicht, nein.«

Er sank zurück auf das grüne Sofa. Die weiche Rückenlehne umarmte ihn wie ein alter Freund. Irritiert stellte er fest, dass es sich gut anfühlte, wieder hier zu sein. Es war ihm, als hätten ihn die letzten Tage, seine Ermittlungen und Nahtoderfahrungen, zurück hierhergeführt. Seit ihrer letzten Sitzung schien die Zeit stehen geblieben zu sein. Alles war so, wie er es verlassen hatte. Sogar die Amsel brütete noch hinter der Fensterscheibe. Nur die Körner und die Schale mit Wasser neben dem Nest waren neu.

»Haben Sie sich angefreundet?«, fragte Weiland mit Blick auf die Amsel.

Ruiz legte den Kopf schief. »So in etwa. Eine Elster hat ihre Eier gestohlen. Sie sitzt trotzdem jeden Tag da und wärmt das leere Nest. Als würde sie noch immer warten. Ich glaube, sie würde eher verhungern und verdursten, als ihr Nest jetzt zu verlassen. Ich helfe ihr ein wenig, bis es ihr besser geht und sie neue Eier legen kann. Was die Trauer angeht, unterscheiden Vögel sich gar nicht so sehr von uns Menschen.«

Sie stellte die Tasse vor sich auf den niedrigen Tisch und richtete ihre gesamte Aufmerksamkeit auf ihn. Unwillkürlich musste Weiland an Mara Dahl denken. Er zweifelte nicht daran, dass auch sie getrauert hatte. Fünf lange Jahre hatte sie den Verlust ihres Kindes beweint, ohne sich einzugestehen, dass sie selbst schuld an ihrem Verschwinden war. Auf ihre eigene, unheimliche Weise hatte sie Franziska geliebt.

»Wie lange kennen wir uns jetzt schon?«, fragte Ruiz unvermittelt und riss ihn damit aus seinen düsteren Gedanken.

»Drei Monate?«

»Gar nicht mal so schlecht. Ich habe vor unserem Treffen in meinem Kalender nachgeschaut. Es sind zwei Monate und zwanzig Tage. Keine Ewigkeit, aber lange genug, damit ich Ihnen vertraue. Beim letzten Mal habe ich Ihnen etwas sehr Persönliches erzählt. Etwas, für das ich mich lange geschämt habe. Erinnern Sie sich?«

Weiland sank ein Stück tiefer in den Sessel und atmete einige Male tief durch. Er hatte gewusst, dass sie nicht lockerlassen würde.

»Ich erinnere mich«, sagte er leise. »Wir haben über Ihre Schwester gesprochen. Lucia.«

Er blickte zu dem Bild auf einem der Regale, von dem ein Mädchen mit Zahnspange herunterlächelte. Mittlerweile war sie länger tot, als sie gelebt hatte.

»Ich habe Ihnen erzählt, wofür ich mich am meisten auf der Welt schäme. Und Sie haben mich nicht dafür verurteilt. Sie hätten aufstehen und gehen können. Hätten die Therapie abbrechen können. Aber Sie sind wiedergekommen. Weil Sie tief in ihrem Inneren wissen, dass dieser eine Moment mich nicht als Menschen definiert. Genauso wie Sie es bei mir nicht getan haben, werde ich Sie nicht dafür verurteilen. Was meinen Sie, wollen wir heute den Sprung wagen?«

Er zögerte einen Moment, nickte dann aber.

»Schließen Sie bitte Ihre Augen.«

Weiland folgte ihrer Anweisung, auch wenn sich alles in ihm dagegen sträubte. Er wollte nicht zurück. Nicht noch einmal zu der Erinnerung reisen, die er seither jeden einzelnen Tag, jede Minute zu verdrängen versuchte, und doch trieb ihn etwas weiter, immer weiter, bis er sich selbst dabei zusah, wie er seinen Wagen in der Einfahrt parkte. 15. Dezember. Ihr Todestag. Alles war grau, die Straße, der Himmel, auch er selbst: mausgrau, weil er da schon nicht mehr wusste, was er fühlte. Seine ganze Kraft und seine Gedanken, sein Handeln galt immer nur ihr. Ingrid, die er mitten in der Nacht zur Notaufnahme fuhr, weil die Angst ihr die Luft zum Atmen nahm. Seine Frau, die er auf Knien anflehte, sich endlich längerfristige Hilfe zu suchen, statt nur Pillen zu nehmen, die sie betäubten. Seine Seelenverwandte, die ihn in einer Minute voller Liebe ansah und im nächsten Moment mit kaltem Schweigen abstrafte. Er wusste nie, welche Frau ihn hinter der Haustür erwartete. Himmel oder Hölle.

Die einzige Empfindung, die Weiland noch geblieben war, waren die stechenden Schmerzen in seiner Magengegend, während er an diesem grauen Tag über die Einfahrt zur Haustür ging.

»Beschreiben Sie mir, wo Sie gerade sind!«, flüsterte eine Stimme an seinem Ohr. Er spürte eine Hand an seiner Schulter. Warm und weich.

»Ich schließe die Tür auf und gehe in unser Haus hinein. Im Flur bleibe ich stehen und sehe mich um. Mich irritiert, dass alles so … so zurechtgemacht ist. Der Boden ist gesaugt und frisch gewischt. Kerzen brennen auf der Kommode im Flur.« Weiland konnte das leise Knistern der Kerzen hören. In der Luft lag der Duft nach Rosen.

»Ich weiß, dass Ingrid oben im Bad ist. Ich kann das Badewasser riechen. Aber ich zögere, nach oben zu gehen. Bestimmt fünf Minuten lang stehe ich einfach nur da.«

»Warum?«

»Weil ich Angst habe. Ich will ihr nicht zu nah kommen, und ich will es doch. An guten Tagen rede ich mir ein, dass alles so werden kann wie früher. Wenn sie nur endlich zum Arzt geht, wenn sie nur endlich eine Therapie macht. Aber wenn sie mich dann wieder fortstößt, wird alles nur noch schlimmer.«

»Irgendwann gehen Sie trotz Ihrer Angst nach oben. Was passiert dann?«

»Ich stehe oben am Treppenansatz. Die Tür zum Bad ist nur angelehnt, und durch die Öffnung kann ich eine Hand sehen. Sie hängt seitlich über dem Badewannenrand. Es ist ihre Hand, ich erkenne ihren Ehering, ihre lackierten Fingernägel, aber trotzdem sieht sie vollkommen anders aus. Wie die Hand einer Puppe.«

Erstaunt fühlte Weiland eine plötzliche Wärme auf seinen Wangen. Tränen. Er konnte sich nicht einmal daran erinnern, wann er zuletzt geweint hatte. Nicht einmal bei Ingrids Beerdigung. Er hatte die Beileidsbekundungen nur stoisch ertragen und mit versteinertem Gesicht zugesehen, wie man die Urne in die kalte Erde bettete. Von den Versprechen, die sie einander unter Tränen gegeben hatten, waren nur Staub und Asche übrig.

»Sie gehen durch den Flur zu ihr«, sagte Ruiz jetzt leise.

Er nickte. Der längste Weg seines Lebens, obwohl es nur ein paar Schritte sind.

»Ich stoße die Tür auf und sehe sie in der Badewanne. Ich weiß, dass sie tot ist. Ihr Körper ist noch da, aber ich kann spüren, dass sie weg ist, ausgelöscht. Ich knie mich auf den Boden, nehme ihre Hand. Sie ist so kalt, genau wie das Wasser.«

Er hielt die Tränen nicht auf. Sie rannen über seine Wangen, tropften von seinem Kinn auf sein Hemd. Stumm wartete Weiland auf die nächste Frage. Irgendwas, damit er nicht aussprechen musste, was dann geschah. Aber die Therapeutin schwieg. Atmete ganz ruhig an seiner Seite und ließ ihm Zeit. Es waren sicher nur Minuten, die sich anfühlten wie Stunden, in denen niemand von ihnen ein Wort sprach.

»Ich halte ihre Hand. Ganz fest. Ich will nicht aufstehen, will niemanden anrufen, denn dann wird es so real. Irgendjemand wird kommen und sie in einen Leichensack einschließen. Und ich bleibe allein auf dem Boden zurück. Also sitze ich da und will schreien.«

»Aber das tun Sie nicht, oder?«

»Später, ja. Aber in dem Augenblick sitze ich nur da und fühle …« Er vergräbt die Hände im Gesicht. Spürt das Blut, das heiß hinter seinen Wangen pulsiert. »Ich fühle mich für einen Moment erleichtert. Es ist vorbei, denke ich. Sie hat Frieden, den sie bei mir nie gefunden hat. Ich dachte, jetzt ist Ruhe. Kein Weinen und Schreien. Keine Vorwürfe. Keine Angst. Nur Ruhe.«

Noch immer sagte sie nichts. Ruiz saß nur da und wartete, während er unter Schmerzen die Worte aus sich herausschälte.

»Ich wusste damals schon, dass es falsch ist. Ich habe mich so geschämt. In guten wie in schlechten Zeiten, haben wir uns versprochen, aber diese Gedanken kamen einfach in meinen Kopf, ich konnte sie nicht aufhalten, ich konnte nicht …«

»Stopp. Das reicht. Kommen Sie zurück zu mir. Sie sind nicht in Ihrem Haus. Sie knien nicht länger auf dem Boden Ihres Badezimmers. Konzentrieren Sie sich darauf, was Sie jetzt gerade fühlen. Den Stoff des Sessels unter Ihren Fingern. Die Luftbrise, die durch das gekippte Fenster kommt.«

Ruiz bohrte ihre Fingernägel sanft in seine Hand und zog ihn damit zurück ins Hier und Jetzt. Weg von seiner toten Frau und der eisigen Kälte, sie sich über ihren Körper gelegt hatte. Weiland atmete schwer, rang nach Luft wie nach einem Sprint.

»Was habe ich Ihnen beim letzten Mal über den menschlichen Verstand gesagt?«

Weiland stand auf und stellte sich an das geöffnete Fenster. Die hereinströmende Kälte beruhigte ihn.

»Er sucht sich einen Weg, um zu überleben«, sagte er. Ruiz nickte.

»Diese Gedanken kommen, weil der Verstand noch nicht bereit ist, sich mit der Katastrophe auseinanderzusetzen. Dieser eine Moment definiert nicht, wer Sie als Mensch sind. Er definiert nicht, wie sehr Sie Ihre Frau geliebt und unterstützt haben, wenn sie selbst nicht einmal die Kraft hatte, sich aufrecht zu halten. Sie verdienen Nähe. Sie verdienen Freundschaft und, wenn Sie so weit sind, eine neue Liebe. Dieser eine Moment macht Sie nicht zu einem schlechten Menschen, Theo.«

Isabell Ruiz stellte sich neben ihn und legte die Hand auf seine Schulter. »Es macht Sie nur zu einem Überlebenden.«

KAPITEL 64

Die Sonne schien in sein Gesicht, als Weiland auf den Bürgersteig trat. Zum ersten Mal in diesem Jahr vertrieben ihre Strahlen die Kälte, die sich über die letzten Monate in alle Ecken und Winkel Berlins verbissen hatte. Der Frühling hatte endlich gegen den Winter gewonnen. Für einige Sekunden schloss er die Augen und genoss die unerwartete Wärme auf seiner Haut. Er spürte, dass etwas in ihm zu tauen begann. Das Eis, das seit Ingrids Tod jeden Zentimeter seine Organe zu bedecken schien, begann zu tropfen. Noch war es da. Noch konnte er sich selbst nicht verzeihen.

Aber zum ersten Mal hatte er das Gefühl, dass er eines Tages so weit sein würde. Nicht heute, nicht hier. Aber irgendwann. Er dachte an Moritz Frohn und Adrianne Pohl und fragte sich, ob sie gerade auch die Berliner Sonne auf ihrer Haut spürten oder ob sie irgendwo ans andere Ende der Welt geflohen waren. Noch immer hatte die Sonderkommission keine Hinweise auf ihren Aufenthaltsort finden können. Bislang hatten die Ermittler vier weitere mögliche Fälle identifiziert, deren Muster dem Vorgehen der ›grauen Engel‹ ähnelten. Allerdings war man der Sprengung der Gruppe keinen Schritt näher gekommen.

Weiland blinzelte, als sich plötzlich ein Schatten vor das Licht schob.

»Pechschwarz, kein Zucker, keine Milch. Wie bestellt«, sagte Hanna und hielt ihm einen dampfenden Pappbecher vor die Nase. »Wie findest du es?« Sie drehte eine kleine Pirouette, damit er ihre neue Frisur von allen Seiten betrachten konnte. Ihre Haare leuchteten gelb. Es war derselbe Farbton, den Kinder benutzten, wenn sie versuchten das Licht der Sonne auf ein Blatt Papier zu malen.

»Es passt zum Wetter«, sagte er diplomatisch.

»Finde ich auch.« Sie warf die langen Haare über ihre Schulter und grinste. »Hast du Lust auf einen Spaziergang an der Spree? Gefühlt habe ich ein halbes Jahr lang keine Sonne mehr gesehen.«

Sie hakte sich bei ihm ein, und gemeinsam schlenderten sie in Richtung der Brüstung, von der aus man das schäumende Wasser sehen konnte. Ein paar Enten schwammen gerade entgegen der Strömung zum Ufer. Der heiße Kaffee brannte auf seiner Zunge. Weiland konzentrierte sich darauf, alles einzufangen, die Erinnerung in eine Glaskugel zu pressen, die er später schütteln und wieder lebendig machen konnte. Ein kleines Stück Glück, das er konservierte.

»Papa?«, fragte Hanna unvermittelt. Das Zittern in ihrer Stimme zerschlug die Illusion. Die Glaskugel zersprang, und die Erinnerung versickerte im Boden. »Hast du Angst?«

Er wusste sofort, wovon sie sprach. Die Anhörung schwebte wie ein Damoklesschwert über seinem Kopf. Nächste Woche würde sich entscheiden, ob er wieder als Ermittler arbeiten durfte oder seine Zukunft bei der

Polizei für immer verspielt hatte. Die Entwicklungen der letzten Wochen konnten beides sein: Rettung oder Untergang. Wenn seine Menschenkenntnis ihn nicht täuschte, dann würde Alexander Bachmann tatsächlich ein gutes Wort für ihn einlegen.

»Nein«, antwortete Weiland und spürte zu seiner Überraschung, dass es dieses Mal die Wahrheit war. »Nicht mehr.«

EPILOG

»Siostra«, flüsterte Kaja. *Schwester.*

Die Kleine hob das tränennasse Gesicht, das sie gerade noch an ihre Brust gedrückt hatte, und sah Kaja mit großen Augen an.

»Vertraust du mir?«

Sie nickte. Viel Zeit blieb nicht mehr. Die Männer unten im Wohnzimmer begannen schon zu grölen. Sie konnte hören, wie die ersten leeren Flaschen über die Fliesen rollten. Nicht mehr lange, und sie hätten ihr Gewissen taub getrunken. Danach dauerte es meist nur noch eine halbe Stunde, bis der Erste die Treppe hinauftorkelte und in das winzige Zimmer stolperte, das Kaja und ihre kleine Schwester Zofia sich teilten. Meistens war es zuerst ihr Onkel, der sie fragte, ob sie Lust hatten, zu spielen. Kaja und Zofia hatte nie Lust.

Trotzdem hob er die Kleine irgendwann auf seinen Schoß und begann mit Hoppe-Hoppe-Reiter, während sich die Hose seiner Polizeiuniform im Schritt immer mehr spannte. Irgendwann wurde die Beule so groß, dass er den Reißverschluss öffnen musste.

Kaja fing an zu würgen. Nein, nein, nein. Sie musste ganz still sein. All das wäre bald vorbei.

»Es pikst einmal kurz. Ihr müsst nur noch einmal tapfer sein. Schafft ihr das für mich?«

Die Frau, die sich als Eleni vorgestellt hatte, kniete jetzt vor ihnen auf dem Boden. Zwischen ihren Fingern, die in Gummihandschuhen steckten, hielt sie zwei Spritzen. Die beiden Mädchen nickten.

»Streckt beide die Arme aus. So ist es gut. Es wird einmal kalt, dann kommt der Piks. Genau wie beim Arzt.«

Zofia quiekte leicht, als die Nadel durch ihre Haut stach, und klammerte ihre Fingernägel dann in Kajas Hand. Kaja dagegen verzog keine Miene. Die Schmerzen waren nichts im Vergleich zu dem, was sie sonst ertragen musste.

»Das war es schon.« Eleni sah sie mitfühlend an. »Am besten macht ihr die Augen zu, das wird jetzt ein wenig unappetitlich.«

Kaja bedeckte Zofias Gesicht mit ihrer Hand. Sie selbst ließ ihre Augen einen winzigen Spalt offen. Eleni ging zu ihren Betten und verteilte den Inhalt der Spritzen darauf. Kissen und Decke waren jetzt mit tiefroten Sprenkeln überzogen. Danach ging sie zum Mülleimer und fischte eines der Taschentücher heraus, die die Männer meistens benutzten, um sich sauber zu machen, wenn das Spiel vorbei war. Sie rieb das Tuch an verschiedenen Stellen über das Laken und den Holzrahmen und stopfte es dann zwischen das Bett und die Wand.

»Fertig.« Eleni lächelte. In ihren Augen lag eine Wärme, die ansteckend war. Am liebsten hätte Kaja sich in ihre Arme geworfen. Sich an sie geklammert, wie sie es bei ihrer Mutter gemacht hatte, als sie noch lebte.

»Na los«, sagte Eleni sanft, aber bestimmt.

Kaja stellte sich vor, wie ihr Onkel die Tür aufstieß. Wie sein glänzendes Gesicht schneeweiß wurde, wenn er das Bett mit dem Blut sah. Die Vorstellung ließ sie grinsen. Kaja ging jetzt voran, Zofia an ihrer Hand. Eleni folgte ihnen durch den Flur bis zu dem Schlafzimmer ihres Vaters, von dem die Feuertreppe außen am Haus entlang bis in den Garten führte.

»Dalej«, flüsterte Eleni und deutete auf einen Wagen, der mit laufendem Motor auf der anderen Straßenseite wartete. *Weiter.* Als sie die Türen aufrissen, drehte der Fahrer sich um und lächelte sie an.

»Das ist Henryk. Er fährt uns zu einem Safehouse, in dem wir die ersten Tage unterkommen. Ich bleibe die ganze Zeit bei euch.«

Sie hatten wirklich an alles gedacht. Auf der Rückbank saßen zwei Kuscheltiere. Ein Eisbär und ein Pinguin. Es gab Kekse und Apfelsaft. Sogar ein Kindersitz für Zofia war da. Kaja schnallte erst ihre Schwester, dann sich selbst an. Sie griff nach der kleinen Hand und hielt sie fest, während Hendryk Gas gab. Zofia wandte den Kopf und starrte auf das immer kleiner werdende Haus am Horizont.

»Tata?«, fragte sie mit zittriger Stimme. Sie war zu klein, um zu verstehen. Zofia liebte ihren Vater, weil er sie in die Luft warf und sie dabei vor Vergnügen kreischte. Sie liebte es, dass er ihr manchmal Schokoriegel von der Arbeit mitbrachte. Obwohl sie wusste, dass sie das Richtige taten, hatte Kaja einen Kloß im Hals.

»Vertrau mir«, flüsterte sie und drückte ihre kleine Schwester an sich. »Jetzt wird alles gut.«